LEE TRIMBLE *with*
JEREMY DRONFIELD

BEYOND THE CALL

1945 秘密营救

[美]李·特林布尔
[英]杰里米·德龙菲尔德◎著
高瑞梓◎译

The True Story of
One World War II
Pilot's Covert Mission to Rescue
POWs on the Eastern Front

浙江文艺出版社
Zhejiang Literature & Art Publishing House

谨以此书纪念罗伯特·M. 特林布尔，一位踏上战场的勇士

以及埃莉诺·特林布尔，是她带他回到故乡

这个故事基于罗伯特·M.特林布尔的回忆写成，由他的儿子李·特林布尔记录。我们尽了最大努力来核实该故事的方方面面，在大多数关键点上都列有第三方的佐证。然而，针对书中某些情节，我们没有找到还在世的目击者。同时也由于特林布尔上尉任务的仓促性、顶级机密性和一定的政治敏感性，直接留下的官方记录近乎为零。因此在那些部分，我们所能依凭的只有特林布尔上尉的回忆。如有相关佐证，我们将列诸书中的脚注。

目　录

前　言

1944年秋天，苏联红军主力以惨痛的伤亡为代价将纳粹侵略者驱逐出了俄罗斯。前线持续推进到乌克兰和波兰境内，苏联红军发现并解放了第三帝国众多反人性的集中营、死亡营、劳工营和战俘营，上千名受尽苦楚的囚犯们重获自由。

对被解放的战俘，苏联方面并未完全仁慈对待。为对抗纳粹德国，斯大林为“伟大卫国战争”奠定了道德基调。在1941年，他颁布命令称：这世上没有战俘，只有叛国者和懦夫。他的声明，加上东部前线固有的残酷，导致苏联以粗暴甚至残忍的态度对待从战俘营中解放出来的红军战士。

这项命令还影响了盟军战俘所受的待遇。他们被迫流浪挨饿，遭受病痛折磨，濒于死亡。一些战俘被军队无差别地扫射，有的还遭到士兵的劫掠，大部分的盟军战俘被迫行军到后方，然后就被丢弃不顾。更糟的是，上百名盟军战俘被赶进了苏联的收容营，在那里他们被当成了潜在的间谍或反苏联组织成员。还走得动的人都逃出来躲进森林里，或是废弃的农舍中。那里还有同样被解放的劳工和从纳粹撤退行军中逃出来的人。幸运的话，他们能遇到为他们提供庇护的波兰平民。而对于和家人重逢，很多人都不再抱有希望。

美国和英国政府急切请求苏联政府履行善待盟军战俘的责任。美国愿意提供飞机、供给，还有联络小组来集合被解放的盟军战俘，之后进行疏散转移。苏联方面拒绝了他们，因为他们不希望有外国人在自己的领土内走来走去，看到一些不该他们看到的东西。

冷漠和政治拉锯让前战俘们进退两难。

苏联方面开始将战俘问题作为筹码，强迫美英政府遣返那些在战俘营中被解放，或是在对德作战中被捕的苏联军人。把我想要的给我，我就把你想要的给你——看上去就是这个态度。

一切陷入了僵局。

罗斯福总统、外交官，还有军队的高级指挥官们别无选择：和苏联的关系正愈加紧张，甚至在恶化，但是这关系必须维持下去。如果想要拯救他们流落在外的同胞——更别提其他盟国的战俘——想把他们从饥饿、监禁、死亡中拯救出来，他们就必须悄悄做这件事。

战略情报局（OSS），也就是美国中情局（CIA）的前身，提出了一个办法，而且除此之外他们也别无选择。战略情报局的欧洲分支总部位于伦敦，战俘营所在地区根本没有他们的分支机构。美国在苏联占领区内只有小小一块落脚地：乌克兰波尔塔瓦的空军基地。在战争早期，苏联曾允许美国军队驻扎在此，以便完成从英国和意大利出发的长距离“穿梭式轰炸”行动。“穿梭式轰炸”在 1944 年底结束，东线指挥部的规模缩小为一支冬日特遣队，任务寥寥无几，基本处于被遗忘状态，干等着战争结束。

于是波尔塔瓦，那红色海洋中一点小小的陆地，将会成为秘密营救战俘行动的据点。

有了地点，有了任务，只欠一个来完成它的人。

*

我的父亲是个普普通通的人。虽然不能说平庸，但也没有特别引人注目地不同。相比那些抛家弃子的人，他不是个坏父亲，他忠实可靠，也尽力做到了最好，尽管他自己的父亲也不是个好榜样。作为公民，他在战争期间参军，活了下来，然后回家又养活了一家人。关于他，我本不能告诉你什么惊世骇俗的事，如果没有他 86 岁时那一次惊人的坦白，从而揭开了他生命中我从不知道的一段岁月。

促使我父亲说出真相的那件事，开始于 2005 年一个炎热的夏日。那天，父亲一个人在退休社区的公共花园里做园艺。在太阳底下站了好几个小时后，他开始感到头晕目眩，却忘了带药和饮用水。他干完活站起来的时候感觉一阵眩晕，在倒地之前就失去了意识。人们找到他时，他在那儿已经躺了几个小时，被严重晒伤，差点没了命。

但是罗伯特·特林布尔总是能化险为夷。第二天中午时分，柳树谷庄园养老院里，父亲在床上躺够了，未经允许就站起来，穿上了那件他被送来时就穿着的脏兮兮、汗津津的园艺服。他在走廊另一头看望了亲爱的妻子埃莉诺（她患了老年痴呆症，无法离开养老院）后，就回到了自己的公寓里。他从冰箱里拿出家里做的豆子汤，打开电视看球赛。吃完晚饭后，戴上那顶有二战空军中队徽章的帽子，他又回到了花园里。

*

父亲这次晕倒让我明白，留给我和父母之间的时间不多了。所以在 2006 年的冬天，我从弗吉尼亚开车到宾夕法尼亚州，开启了随后一系列的长途访问。

我需要父亲帮助我熟悉属于我的遗产。我知道他在战时曾是一名轰炸机飞行员，我想再听他细讲一次那些故事，更多地了解一点他年轻时的生活。从小到大，他对我来说都像是个谜。他热衷于社交，人也很和善，但他绝不是我们几个孩子可以亲密分享烦恼的那种父亲。对他来说，跟我们分享他自己的感受甚至还要更难。他人很好，也关心我们，但小时候我们中没一个人和他关系亲密。他是个严苛自律的人，所以在遇到麻烦时，也就是大部分时候，我们都绕着他走。

在那个冬日，我敲响他公寓的门，他很开心地开了门。我随口说想花点时间和他谈谈他年轻时的经历，还有战争中的故事——还带了一个录音笔来保存他的回忆——他皱起了眉头，说："如果你真想那么干，好吧。"他建议我们先去娱乐室打台球。

"好的爸爸。"我说，暗暗偷笑，过了那么多年他还是一样喜欢绕弯子。我下定决心要让他开口。我开始问他当飞行员的经历，我知道他会上钩的，他虽不太想要谈论过去，但还是喜欢讲讲飞行的事。我们的对话一直持续到晚饭时间，他放松下来，忘了有支录音笔正在记录他的话。

我们几个孩子——我的哥哥罗伯特（他继承了父亲的名字），我的姐姐（她是在二战时期出生的），还有我，一直都很崇敬他在二战中的英雄壮举。他不常提起那段战事，但是一旦让他开口，他就能描述得栩栩如生。在他说话的那一刻，回忆又被点燃了，他甚至还记得当时的对话和情绪。

2006 年的那一天，我终于实现了毕生的梦想，把父亲的故事录了下来，那是他在欧洲上方那片充满敌意的天空里的传奇经历。他驾驶的是重型轰炸机（一开始是B-24"解放者",后来换成了B-17"空中堡垒"）；在 1944 年的下半年，他经受了 35 次残酷空袭的考验，飞越德国和法国上空。他忍受住目睹战友被德国高射炮炸成碎片的恐惧，勇敢挣扎着把飞机开回基地，引擎冒着熊熊大火，有时还会整个被从机翼上炸下来，露出一个可以容纳十个人站进去的大洞。从前我们还小，听到这些故事时当然无法明白，父亲能活下来，站在这给我们讲述这些，该是有多幸运。

那一周，只要他谈起战争中的故事，他就能一直说下去。可是当我们问起他的个人感受，他却总是岔开话题，转而去评论作为背景音的电视里放的球赛。但是我已经很满意了，我完全记录了父亲所见证的战争。最重要的是，我感觉自己开始了解他了，在心里和他紧紧相依。

那个周日下午我们离开前，我问了父亲关于他自己父亲的事。他陷入了沉默。然而他终于开口，声音却因为愤怒而颤动。我努力让自己不要去逼他，因为他垂垂老矣，身体虚弱；但是我也必须知道。好像是被触动了什么隐藏的机关，最后，父亲的真情开始流露。

"李，"他说，"我不知道从哪儿说起。我父亲离开的时候，他把我和母亲都毁了。我恨他，我母亲也鄙视他。在他离去的那天之前，我一直都无忧无虑，可那之后，我很长时间都不开心。生活变得更艰难了，所剩的情感就只是空虚和愤怒。然后我碰见了你妈妈，我的孩子，是她救了我的命。她不止一次救了我的命。"

我不明白他的话，他突然为我撕开了一条记忆的裂缝，那里面的内容我之前一无所知。“我不太明白您的意思。”我说。

“别打断我，”他吼了我一句，终于任由情感以它自己的方式流露出来，“我见到了埃莉诺，然后重新又变得开朗了。”他看着我，“我有太多的话想告诉你，你和你的哥哥姐姐都不知道。”

“爸爸你在说些什么呀？”

“从某种程度上说，去参军打仗让我得以逃离我的过去。我去的时候很兴奋，但是当我来到欧洲，有些事情发生在我身上，因此改变了我对生命的看法。那些事很可怕。我从俄罗斯回来的时候心情糟得很，根本不关心我和埃莉诺的关系，不关心军队，或者任何东西，我都不关心，我当时简直一团乱麻。”

我能察觉出，关于他父亲的问题唤醒了他内心那个伤痛的世界。我决定停止推进话题了。晚些时候我准备开车回弗吉尼亚，在拥抱父亲（我记得，这是最热切的一次拥抱）时，他用的一个词突然跳到我的脑海里。

“俄罗斯？”我问。

“怎么了，李？”

“俄罗斯。你说你战后是从俄罗斯回家的但你的故事里从来没提到俄罗斯。”

他摇摇头。“我们下次再说吧，李。我有意不对你们中的任何一个人提起，实际上，是有人命令我不能这么做。除了你们的母亲，没人知道这件事。当时我真的很痛苦，我花了一生的时间来平复创伤。那真是一段黑暗又罪恶的日子。”他在我衬衫口袋里塞了十美元的纸币，“走吧，好好开车。”

我在一场暴风雪中开车回到弗吉尼亚的家，正如我的心境。俄罗斯？美国轰炸机飞行员去俄罗斯做什么？我一直以为，父亲是在英格兰完成战斗服役后回家的。还有，为什么他被命令不能谈论这件事？那真是一段黑暗又罪恶的日子……

厚厚的雪花快速飘洒消融于黑暗中，在车头灯光下飞舞，飞溅在挡风玻璃上。那时候我还不知道，开车回家的这段风雪之路，和父亲还未说出口的故事有着神奇的共鸣，只是当年父亲手中驾驶的，不是一辆温暖舒适的汽车，而是一架隆隆直转、才修了一半的轰炸机，这飞机还是他用枪口对准一名盛怒的苏联军官才抢回来的。他从场地上起飞，歪歪扭扭掠地飞行，闯入波兰肆虐的暴风雪中……机上带着一小群被解救的战俘，被发现后还惹了一系列麻烦……而在他完成战斗任务回到美国之前的那段幽暗岁月里，还远不止这一个经历，生生折磨着他。

当时当地，我明白了，我必须完成一个新任务：发现父亲隐秘的过去。

两个星期后我满怀期待来到父亲的住处。我们打了一会儿台球，虽然体力不支，但他还是很喜欢这项运动。我比从前更加注意到他日渐衰老的身体。他曾经个子很高，现在却驼背拄着拐杖。不过他傲气得很，不乐意接受帮助。他开车到处走，还总是愿意开车带社区的其他老人到他们想去的地方。父亲特别爱付出，喜欢助人，身体状况允许的话还会去献血。但是相比在二战期间他所做的贡献，这些都不算什么。

“两个星期前我离开时，你对我卖了个关子，就是关于你在俄罗斯的那段日子。”

“我有吗？”他冷冰冰地说。

“你说过，爸爸。我们都以为你服役完后直接就回家了。在俄罗斯发生了什么？”

他沉默了一会儿，说：“那是我生命中最骇人的时光。甚至现在，我都不知道能不能谈论这件事。我在那儿看到了残忍的暴行，看到了人性中最恶的一面。我是被骗去那里的，我们自己的人误导和欺骗了我。”

慢慢地，一点一点片段叠加，整个故事显露了出来。这故事是酝酿了几十年的酒，一定很难说出口，更难坦率地说出口。父亲有时会跳过整个事件，漏掉细节，最后不得不从头讲起。有些事要想起来已经很困难了。但是大多数故事都还在他的脑海里，就像发生的当天一样清晰，连那时的心情他也能如临其境。

那是一个难以置信的故事，真的难以置信，是关于在苏联领土内执行的一项任务。这个任务是如此机密，甚至战略情报局也离得远远的，因为一旦被苏联得知，必将爆发一阵外交骚动。作为掩护，他们挑选了一名不谙世事的轰炸机驾驶员，把他送往位于乌克兰的美军基地，然后再从那里送往波兰。这名飞行员的任务就是营救波兰境内被苏联解放的盟军战俘，他必须帮助战俘们活下来，让他们重获自由身。在没有任何安全保护的情况下，他就上路了，远超越了他原本的使命。他不仅帮助美国的战俘，还帮助了受纳粹奴役的劳工和集中营里的幸存者。所有在波兰无助的灵魂都知道要去向这名美国上尉寻求帮助。

其他人听到父亲的故事可能会觉得，这老头子一定是得了妄想症。但他是我的父亲，我知道他一生都是个正直而坦诚的人，尽管我自己也曾对他的故事有所怀疑，毕竟他倒在地上的时候头部受到了重击。我知道他不会编造那样一个故事，但他会不会是梦到的呢？然后说服自己这真实发生过？

父亲拿出了他的雪茄盒，那是遗留下来的战争纪念品。雪茄盒里保存的东西让我们看呆了。除了他的飞行员徽章，里面还装着航空奖章、铜星勋章、杰出飞行十字勋章、他的退伍证书，还有战争部颁发的身份卡。再往下的文件就让人惊异万分了，那是一本 1945 年 1 月伦敦的美国驻英大使馆为他前往苏联所颁发的护照，上面的路线途经开罗和德黑兰，用于执行“公务”。在护照里，我们看到了父亲年轻时的面孔，他目光坚毅，带着些许警惕（好像他已猜到发生了某些奇怪的事，但还不知道具体是什么），上面还盖有“美国领事馆”的章。还有两块我从未见过的奖章，一块是法国二战军功十字勋章，还有一块埋在盒子最底下，那是一封 1996 年俄罗斯政府发来的信，附一块纪念奖章，颁发给“伟大卫国战争”的参与者。

我震惊了。除了一开始的几样东西，其余物品都很难看得出属于一位驻扎在英国的轰炸机飞行员。“我的天啊，”我想，“老爷子居然还藏着这么个大秘密。”他在或真实或想象的恐惧中生活了 60 年。如果他说出来，政府可能会找他麻烦，他还可能会遭受俄罗斯的谴责。他告诉我他之所以拒绝苏联勋章颁奖仪式的邀请，就是出于这个考虑。据父亲说，如果不是妈妈坚持要留下，那封信和奖章很可能早就进了废纸篓。他对苏联人有很深的怨恨，越听他说他的故事，我就越明白这是为什么。

他的叙述由很多不同的故事组成，一个比一个引人入胜。营救被解放的战俘只是一部分，还有那些仅凭直觉飞行的历险、那些绝望的法国女人，以及充满诱惑的苏联间谍、苏联特工，还有很多很多故事。我的父亲一下子比从前更像个谜团了。

*

父亲于2009年去世，享年90岁。我则在继续为他的故事做调查。我脑海中还有一个挥之不去的疑惑：这样难以置信的故事是真实的吗？我写信给军事历史学家，查阅官方的历史，从政府档案里收集文件。随着调查的深入，我发现了更多符合我父亲说法的证据。我找到了一份他自己撰写的报告，上面描述了一次飞机救援行动，其实也是一场即兴的战俘救援，结果几乎引起了外交纠纷。我还找到一封在莫斯科的美国军事代表团指挥官的信，信中暗示罗伯特·M.特林布尔上尉的任务有“与众不同的特性”，还写到他在其中出色的表现。我又找到了罗斯福总统和哈里曼大使给斯大林写的义愤填膺的信件，抗议被解放的盟军战俘受到的待遇，还看到了斯大林如何对这些所谓的盟友进行诸般阻挠。

其中不可避免会有信息断层。我父亲在苏联境内的任务是仓促间临时决定的，比绝对机密还要机密，非常具政治敏感性，甚至战略情报局也只能暗中参与。但是所有我认为能找到证据佐证的地方，我都找到了，而且和父亲的故事完全相符。甚至有些情况下，他自己并不知道发生了什么，但通过查看历史档案，他当年的困惑也得以烟消云散——比如在伦敦的美国大使馆发生的那场误会，差点就泄漏了战略情报局的任务。当然，他当时毫不知情。

罗伯特·M.特林布尔就是这样一个细致而诚实的人，他的故事完全符合历史的证据。我相信，那些没有记载在文件中的行动——也就是那些在波兰寂寥无人的雪地中长途跋涉的临时任务——也正如他讲述的那样，是真实发生过的。当他谈起的时候，那些场景再次复活，他再一次感受到当时的愤怒和恐惧，还有时不时的苦中作乐。

我为我的父亲感到自豪。美国，这片赐予他生命和塑造了他的土地，也能够为他感到骄傲。一个普普通通的美国人，担负起了最超乎寻常的任务。这就是他的故事。

序　章

1945 年 3 月，波兰

自由女神屏住了她的呼吸。

波兰城市里沃夫[①]以东十英里，主要铁路干线蜿蜒着越过白雪覆盖的农田，穿过绵延一英里的森林。这一天，在俯瞰农田的山坡上，一个年轻女人藏身于松树后，在哭喊中瑟瑟发抖。她的名字叫伊莎贝尔。她藏在这里，在刺骨冷夜里焦虑地一宿无眠。她在等一列火车。那不是普通的火车，而是一列通向自由的列车。

伊莎贝尔远离故土，是这陌生土地上漂泊的浮萍。两年前，她和其他年轻男女一起，被德国当局从法国的故乡带到德意志帝国。这些被掳走的人，即所谓的“强制劳工”[②]，被拘禁在集中营里强迫工作：一些人在工厂中，有的在矿上，其他的则去了德国农场和

① 译者注：战后里沃夫属于乌克兰，现为乌克兰城市利沃夫（Lviv）。（本书脚注除注明“译者注”的之外，均为原注。）

② 译者注：原文为德语，下页同。

德占波兰[①]。伊莎贝尔和她的同胞们遭受了几年的囚禁，她们被迫劳动，忍受饥饿，有时还面临被强奸的噩梦。

苏联人的到来解放了集中营。纳粹把在波兰的外籍劳工向西赶往德国，顺便杀掉了反抗的人。很多人从强迫行军中逃离，他们虽然自由了，可离真正的自由还差得老远。就像无数其他的逃跑者——劳工们、战俘们，甚至一些集中营幸存者们一样，伊莎贝尔和朋友们踏上了逃亡之路。出于安全考虑，她们采取小组行动，一些法国姑娘向东走，远离战斗前线。她们都来自不同的营——“强制劳工”营、集中营，还有一小部分人是从奥斯威辛的死亡行军中逃出来的。上百名法国姑娘齐聚里沃夫的郊外，有些人在前线经过时破坏的农场里藏身，其他人则借宿在同情她们的波兰农户和村民家中；还有很多人，包括伊莎贝尔和她的伙伴们，就躲在她们工作的农场里。女孩子们熟知这片区域，知道哪里安全，也认识当地的农户。每天，她们都活在被苏联人带走的恐惧中，苏联人把这些难民看作非法居留者——可能是间谍，也可能是反对苏联的叛乱者——然后就会把他们关押在可怕的收容营里。有时，这些收容营甚至就是难民们一开始被解放出来的地方[②]。

现在，希望终于来了。这群分散在里沃夫的难民收到了逃亡者口口相传的消息：自由就在眼前。伊莎贝尔大着胆子进入里沃夫，找到了那个可以安排她们回法国家乡的人。他不是波兰人，也不是苏联人，而是一名美国军官。他可以安排一列火车把她们带到滨海

① 到 1944 年底，有超过 500 万名外国劳工被迫在德国的农业和工业领域工作，其中有 130 万人是法国人。

② 苏联军队和秘密警察有时会把废弃的纳粹集中营借以他用，比如里沃夫的亚诺夫斯卡集中营就被内务人民委员部挪用作监狱。同样，马伊达内克死亡营也曾被短暂用于安置被解救的英美战俘。

城市敖德萨，在那里再登上开往家乡的轮船。借着幽微的暮光，女人们三三两两，小心翼翼走到森林中的集合点：她们要躲在那里，在寒夜中等上好几个小时。

森林不是常规的火车停靠点，会面地点是那名美国军官安排的，他来到这个国家就是为了拯救他的美国同胞。他说过，帮助伊莎贝尔是额外的事，只是出于人道关怀。这些流落他乡的人被战争的浪潮冲刷到波兰，而这名美国军官对他们来说就是一颗磁石，是通向家和自由的导体。

伊莎贝尔相信这个美国人，她坚信火车会来。

晨光熹微，渐渐消散，中午也过了，火车晚点了好几个小时。如果它不来，或者上面坐满了苏联人，又或者有百分之一的不幸发生，所有这些女人面临的将是更长的监禁，更多的苦难，甚至很可能就是死亡。伊莎贝尔的心沉到了底，她拼命挖掘自己逐渐枯竭的希望，是那一点仅存的希望支撑她挨过了过去的两年。火车不得不来。它必须来。

就在此刻，伊莎贝尔知道，那个美国人可能在绞尽脑汁地拖延苏联秘密警察，想要躲避和转移他们的注意力，防止他们发现并阻挠这一逃跑计划。伊莎贝尔相信他是个善良的人，也许甚至是个英雄。但是在这个世界上，哪怕好人也有他无能为力的事。伊莎贝尔的信念在消耗，希望正从指间流逝，当她听到远方传来微弱的汽笛声时，她的神经一下子绷紧了，绝对错不了：这声音来自一辆正在接近的火车。

是她们要等的那辆火车吗？火车上会不会有苏联士兵，或者，有秘密警察的特工？那些人可到处都是。那个美国人到底是不是英雄，此刻就能见分晓了。伊莎贝尔的心跳得更快了。她一见到远处有火车的蒸汽从树顶上冒出，就从藏身的地方站起，飞奔下山坡。她的脚在石头上磕磕绊绊，在冰块上打滑，她爬上了钢轨底座，站在铁轨中央，举起自己做的那块承载着希望的标牌，木板上面用炭块只写了一个词：“法国。”

火车头雷鸣着向她驶来，脚下的大地震颤不已。伊莎贝尔将她的标牌举在空中，等待着自由，或是死亡的到来。

*

三个月前……

电报　M–22121

1944 年 12 月 22 日

绝密

致：卡尔·A. 斯帕茨上将

美国战略战术空军，欧洲

请求人员支援

基于波尔塔瓦基地现有状况，需你们派遣两名反情报人员到该基地执行任务。

新主题：目前，波尔塔瓦只有两名特级飞行员[①]。鉴于波

① 译者注：美国空军对于参与“常规和频繁飞行”的军官的能力和表现有一套评估标准，通过评定的飞行员将会得到特级飞行员徽章，并享受特殊津贴。首次授予特级飞行员级别是在 1912 年，早期的评估标准包括驾机飞上至少 2 500 英尺的高空，在大于等于每小时 15 节的风速中驾驶飞机 5 分钟以上等等。

尔塔瓦飞往前线后方地区的航班数增多，为接回迫降机组和向受损轰炸机运送零件，我们还需增加一名飞行员。该飞行员须有驾驶四引擎和双引擎轰炸机的经验。

埃德蒙·W. 希尔少将
美国军事代表团，莫斯科

第一章　一个好运鬼

1944 年 12 月 30 日，英国德巴赫空军基地
美国第 8 航空队，第 493 轰炸机大队指挥部

冬日午后，阳光逐渐消散，天空披上了层层暮色，一支 B-17“空中堡垒”轰炸机编队正从萨福克[①]海岸的上空飞过。编队内的飞机开始各自离队进入机场跑道，依序着陆。有几架飞机的机身被炮弹打得千疮百孔，却还是摇摇晃晃飞过了回程的最后一段。只有一架飞机没能回来，所幸机组人员都已在海上跳伞逃生[②]。第 493 轰炸机大队，与同联队[③]的其他大队一起，刚刚完成了对德国卡塞尔铁路编组站的空袭。在那里，他们并不怎么受欢迎。

① 译者注：萨福克郡（Suffolk Shire）位于英格兰东部，东临北海。上文所说的德巴赫其实是萨福克郡内的一个小村庄，二战时被征用作英国皇家空军机场，1943 年成为美国第 8 航空队 493 大队轰炸机机场。

② 5 名作战人员在北海上空跳伞，剩下的飞行人员在德巴赫机场近 5 英里外的英国皇家空军伍德布里奇机场迫降。伍德布里奇机场靠近海岸，在战时接收过上千次飞机紧急迫降。

③ 译者注：美国二战期间空军联队以下编制为联队、大队、中队、小队。

重型轰炸机机翼上的着陆灯还在闪烁，机轮触及混凝土跑道，发出有节奏的咔咔声。轰炸机陆续沿着跑道一路滑行，随后摇晃着机身进入滑行道，机头也伴着发动机的轰鸣上下晃动，朝机场周围的疏散区前行。有几架轰炸机还滑行在跑道上，在经过坑洼不平的道面时，机翼在颠簸中摇摆，它们最终停在了混凝土跑道上。德巴赫（按当地人的发音其实是“德比希”，这让美国人很头疼）是为美国第 8 航空队建造的最后一个重型轰炸机机场，设施十分简陋，跑道也严重老化，因此 493 大队可能很快就得搬离此处。①

安全起见，B–17 轰炸机“大个子”慢慢减速，在停机坪停稳。驾驶舱内是罗伯特 · 特林布尔上尉和副驾驶沃伦 · 约翰逊中尉。他们严格按照离机程序关掉了还在颤动的飞机，关闭全部电门，复位了操纵手柄，4 个巨大的螺旋桨也一顿一顿相继停止了转动。四周安静下来，只听得到驾驶舱里金属冷却收缩的滴答声。

“她回家了！”对讲机里传来一个声音。

特林布尔和约翰逊相视一笑，关上最后一个开关，刻度盘指针归零。回家——这个念头足以治愈一颗受伤的心灵。特林布尔上尉和他的机组成员来英国已近 6 个月，完成了他们所有的作战飞行任务：今天飞完第 35 次，也就意味着他们的服役期满了。②罗伯特 · 特林布尔扛过了千难万险，现在终于到了回家的时刻。家啊，他的妻子埃莉诺和他还没见过的女儿正在那儿等着他。小卡罗尔 · 安是两

---

①　1945 年 3 月，德巴赫机场进行整修，493 大队暂时搬迁至位于小瓦尔登的原战斗机机场。1945 年 4 月，他们回到了德巴赫，并在 4 月 20 日执行了最后一次战斗任务。8 月，493 大队解散回国。

②　这个机组有点特殊，除了 3 名队员，机组其他人一直都在一起服役，并且同时服役期满。一般来说，机组成员不是同时入伍的，并各自在不同时段完成服役（而且在很多情况下，根本没有退役这一说）。

个月前出生的，那时她爸爸正飞往德国执行他的第 25 次空袭任务，向危险重重的目的地梅泽堡进发。不过好像那天连老天也想要帮他，因为空袭目标被低云遮蔽，轰炸机编队被召回了，他们安然无恙地飞回了英国。[①] 那真真是幸运的一天。同样，今天也很幸运。

机组成员们一个接一个走出安全舱门下到地面，有的拉伸着他们已经僵直的脊背，一两个人走到混凝土跑道边上，一层层解开连体飞行服，先是电热服，然后是裤子，再然后是内裤，朝已经结了霜的草丛撒尿，嘴里长长吐出一口气。他们累坏了，但是也兴奋得很，9 个人把他们的装备扔上了正等在一边的吉普车，爬上车，互相挖苦取笑，完全没有了往日执行完任务后，肾上腺激素耗尽带来的沉默和低落。特林布尔上尉一屁股坐在吉普车的副驾驶座上。

“指挥官想见您，上尉。”开车的中士说，一边挂了个挡。

“我？”特林布尔吃了一惊，“现在吗？”

“您方便的时候就去吧。”中士推动吱吱呀呀响着的排挡杆，吉普车渐渐加速，转了个弯。

特林布尔上尉紧紧抓住挡风玻璃的边沿。超载的吉普车加速穿过田野，向远处的建筑群驶去。他不知道为什么指挥官要见他，但是也不愿意多想。整整 7 个小时，他都驾驶着“空中堡垒”轰炸机在高射炮的火光、敌军战斗机和酷寒中穿过，早已筋疲力尽。回营地的一路上，他脑海里萦绕的满是关于家的美妙憧憬，尽管这美梦被正跳跃行进的吉普车震得颠来倒去。一行人下车到达战事汇报厅

① 1944 年 10 月，大队执行第 76 号任务进攻梅泽堡，飞机在已到达德国上空时被召回，原因是低空有卷云遮蔽目标，并有轰炸机留下的尾流，易导致视线模糊。在返回途中，大队遭到了德军小规模的高射炮攻击，因此此次出勤仍被算作一次战斗任务。

的时候，他已把要和指挥官见面的事忘了个一干二净。

这将会是个很棒的周末。特林布尔机组的队员不是唯一服役期满的，同样的还有中队里让·洛布中尉带领的其他战友。作为僚机驾驶员，在飞往德国途中，洛布一直在特林布尔长机的右侧机头伴飞，却在到达目的地前因为增压器故障离开了编队。（局面一时变得很紧张，因为编队需要紧急调整，让帕克中尉的飞机从后方爬升至洛布原本所在的位置。）真是走运，尽管他一颗炸弹也没投，洛布中尉还是因为成功从敌机中突围而受到了嘉奖。

对于这些即将回家的男孩们来说，退役庆典和明天的跨年日都是值得高兴的。

*

当晚一场乱哄哄的狂饮过后，罗伯特·特林布尔睡了几个月来最香甜的一觉：早上醒来再也不会有新的任务了，也不用再担心听到白天出任务的警报。他的眼前只剩下美好的未来，那里有埃莉诺和他的宝贝女儿卡罗尔·安。他不知道他的故乡、宾夕法尼亚州的露营山，是否已在他远走的岁月里面目全非。不过有一点可以肯定，他兴冲冲地想，因为一个新生命的到来，因为一个女孩的诞生，一切都将有所改变……

经过一夜的休整，梳洗完毕后，罗伯特穿上了他的军礼服——橄榄绿夹克配黄褐色裤子及衬衫，这一闪亮的组合就是俗称的“红绿配”[①]。随后，他出发前往指挥部赴约。和美国的永久性机场不同，

① 译者注：美国二战期间的冬季军礼服通常是橄榄绿夹克配玫瑰色羊毛长裤，故被称为“红绿配”，后来也可以搭配不同颜色的长裤，但这个俗称仍沿用了下来。

德巴赫机场其实是萨福克郡里一大片未被开发的郊野，一条蜿蜒的乡间小路在军用和民用设施、机场和军火商店之间穿行，小路两边竖起了灌木篱笆。罗伯特悠闲地漫步于积雪覆盖的梧桐树下，四下里静悄悄的，整个大队都执行任务去了。

机场总部所在的位置去年还是一块农田，旁边有一条小路连接主飞机场和克洛普顿村的农舍（基地远端，面积同样狭小的德巴赫村也被两个停机坪拦腰截断）。

罗伯特打了个报告，随后就被请进了指挥官的密谈室——位于一座匡西特式小屋[①]里的简陋办公室。

埃尔伯特·赫尔顿上校是493大队的指挥官，是个长相极其普通的男人。他气质温和又严肃，有一双大耳朵，眼神中闪着一丝幽默，看上去更像位和蔼的小镇医生。可他的真实身份却是一个老练的轰炸机驾驶员，在太平洋和欧洲战场上都有一长串的作战经验。这个来自得克萨斯州的年轻人经受住了战争的重压，军衔也节节攀升，现在他一手掌管着493轰炸机大队下属的4个中队以及战士们居住办公的这片军事基地。他才刚满29岁。[②]

他示意特林布尔上尉坐下。“我刚在这些纸上签完名，”赫尔顿说着，从一小沓纸里抽出一张递给他，“现在拿好你自己的这张。”罗伯特接过纸一看，笑了。这是一份飞行员退役后都会拿到的文件，上面有赫尔顿和另一名493大队高级长官的签名。

---

① 译者注：匡西特式小屋是一种横截面呈半圆形的轻型房屋，材质为镀锌波纹钢板，在二战期间被广泛使用。

② 埃尔伯特·赫尔顿1915年出生于得克萨斯州的克里夫顿，并于1936年加入美国陆军航空兵团（这是当时的叫法，1941年改组为陆军航空队）。1943年，他掌管新组建的493轰炸机大队时只有28岁，已经是一名经验丰富的中队长和战斗飞行员了。

1944 年 12 月 30 日，命运之手眷顾了“好运鬼俱乐部”名单上的
罗伯特·M. 特林布尔上尉 0–1289835
隶属于 493 轰炸机大队（H）
与“大老粗”赫尔顿这个精神抖擞的老混蛋一起，
罗伯特在欧洲战场上成功完成了他的服役任务，
从德巴赫战术知识学院荣誉毕业了……

……因此，他有资格得到这张证书，
所有人都会知道他是个名副其实的“好运鬼”。

“祝贺你！鲍勃[①]，”赫尔顿上校说，“你做到了，现在你马上就能回家了。”

“是的，上校。”罗伯特对赫尔顿再了解不过了，他察觉到赫尔顿的语气中有某种东西让他不安。赫尔顿犹豫了一下，接着，把罗伯特从昨天以来就沉浸其中的幸福幻想砸了个粉碎。“你想过你会被召回吗？延续下一个服役期。”

罗伯特现在根本不想听到这些话。他知道这是有可能的，但是被赫尔顿这么一说，好像就是板上钉钉的事了。

“你现在可以回家，有 3 周休息时间，但休假结束就得被召回。可能还在我这里服役，也有可能去太平洋战场。我们军队有很多飞行员，但好的飞行员少之又少，更别提有经验的好飞行员了。”

这倒是真的。那一年早些时候，轰炸机飞行员的服役期从完成 25 项飞行任务被提升到了 30 项。9 月份，罗伯特的服役期刚过一半，

① 译者注：对罗伯特的昵称。

这指标就被提到了 35 项。谁知道任务数会不会再增加呢？让有经验的飞行员再次投入战斗是相当有可能的。

“我知道你妻子刚生下孩子，你也很想回家。但是如果你现在回去只能待 21 天，过后他们很可能把你再叫回来。”上校说。

“这些我懂，上校。”罗伯特想知道赫尔顿对他说这些，除了破坏他的快乐时光之外，是否还有什么别的目的。

赫尔顿站起来，拿出一瓶英格兰威士忌和两只玻璃杯。“11 月执行特殊任务时的酒就剩最后这一瓶了。”他一边说一边往酒杯里倒酒。

罗伯特笑笑，拿起酒杯。他在 493 轰炸机大队干的一项非官方的活就是给最高指挥官运送威士忌。每月一次，他都会带着空军中队飞去爱丁堡捎上几瓶回来。

“我有个建议，”赫尔顿继续说，“也许你愿意抓住这个机会。”

“什么建议？”

赫尔顿呷了一口威士忌。“上面想要你，鲍勃，”他说，“他们向我要一个最佳人选，我就推荐了你。”

威士忌在罗伯特口中霎时酸涩得像蓄电池液一样，给上面盯上可不是什么好事。

“也就是说，如果你愿意抓住这个机会，他们在找有经验的多引擎飞机的飞行员——能开 B-24 和 B-17 轰炸机的特级飞行员。你是唯一一个我觉得会喜欢这份工作的人，他们想把你送去苏联。”罗伯特脑内一下天旋地转，苏联？“你知道我们在那儿有基地吗？”赫尔顿继续说道，“哦，对，你不知道。我了解的也不多，这基地是为了开展‘穿梭式轰炸’而建的。”

赫尔顿上校向罗伯特简单介绍了他所知道的背景情况。穿梭式轰炸，顾名思义，就是轰炸机从基地起飞，击中目标后，再飞向另一个国家的另一个基地。这样就解决了一个难题，使盟军既能打击过远的目标，又能把轰炸机送回原本的基地。493 大队从来没有执行过“狂暴行动”[①]（即穿梭式轰炸任务的代号），所以赫尔顿也没法告诉罗伯特更多的细节。罗伯特将会被送往东线指挥部基地所在的乌克兰波尔塔瓦。既然现在“狂暴行动”已被搁置，在那儿的美国驻军也就得转变角色，波尔塔瓦基地开始负责抢修在战争中损坏和在苏占区迫降的美国飞机。罗伯特的工作，正如赫尔顿所描述的，就是去波尔塔瓦收集抢修好的轰炸机，驾驶它们飞回英国，或者南下飞回意大利。

“苏联正手痒痒，想动我们的飞机。只要有一点儿机会，他们就会把飞机拉走去大卸八块，看看它们到底是怎么被造出来的。我们的人正在抢修这些飞机，要赶在苏联有机会动手前把它们运走。你有软跑道紧急起飞的经验不是吗？”

罗伯特点点头。这个夏天他曾在法国北部的德国空军机场迫降过 B-24 轰炸机。他和他的机组本以为下了飞机后要么是与德军的一场恶战，要么就是被俘，结果却见到了早几天占领这里的美国步兵，这让他们大松一口气。在添加燃料和略做修理之后，罗伯特终于领教到，从短草皮跑道起飞一架满载的四引擎轰炸机是有多困难，那跑道原本可是为起降单引擎战斗机设计的。

“我也觉得你能行，所以你怎么选？”赫尔顿说。

---

① 译者注：“狂暴行动”（Operation Frantic）是二战期间驻英美国空军和苏联共同进行的穿梭式轰炸行动。1944 年，盟军提出了新的战略轰炸构想，即在苏联境内设置 6 个永久空军基地，主要负责对中欧和东欧的空袭行动。轰炸机从意大利南部空军基地起飞，在乌克兰波尔塔瓦着陆，一路打击目标。“狂暴行动”最终终止于 1944 年 9 月。德军发动了夜袭波尔塔瓦的行动，苏联境内机场在袭击中受到重创。

“你的意思是，我还有选择的余地？”

“当然。”赫尔顿上校顿了顿，又说，“不过这有利有弊，他们现在就需要你过去，你没时间回家了。”

“那算了，上校。”

上校怒视着他：“听着鲍勃，如果你接受了这个任务，你就会离战区远远的，你只要飞过来飞过去就行了，绝对的安全。运送这些飞机可能要花上几个月的时间，你做完了就告诉他们你得回家休假，等你休完 3 周的假期，战争说不定也就结束了。”

罗伯特没有说话。赫尔顿上校是想帮他，而且他说的是对的。如果现在回家，上头就会在他休完假之后马上把他逮回来，再送他回战场，然后就是又一个服役期，另外 35 个作战任务。他已经中过一次头彩了，他还能指望再做一次战场上的好运鬼么？

“你和我一样都很清楚这情形，”赫尔顿继续说，“据说我们昨天遇到的几乎是零抵抗[①]。此时此刻，我们整个大队正在空袭米斯堡的炼油厂，而且我不指望今晚每个人都能回来。如果再来一次像马格德堡那样的任务，你觉得你有多少生还的机会？那天的 36 架飞机里，我们可是被击落了 9 架！”

提到马格德堡，罗伯特打了个寒战——这个地名承载了太多的恐惧。那是在 9 月中旬，493 大队刚刚完成了从 B-24 机型到 B-17 机型的转换。由于编队布置涣散，当他们飞过目标（马格德堡 / 罗腾湖的石油工业设施）上空时，两支德军福克沃尔夫 Fw-190 战斗机中队向他们发起了猛攻，德军前后夹击，瞄准的都是脱队的飞机。

① 1944 年 12 月 30 日战斗的伤亡程度相对来说较轻。493 轰炸机大队所在的第 3 空军联队共派遣 526 架轰炸机打击不同目标，有 3 架飞机坠毁，37 架损坏，另有 24 名飞行员在战斗中下落不明。

那一天，493大队损失了9架轰炸机，有4架在飞行员跳伞逃生之前就爆炸了，而被击中的飞机里只有6个飞行员成功跳伞。①

罗伯特并没有参加那场战斗，那天他们中队刚好轮休。②他估摸着大概那天还轮不到他死。但那一天总会来的，而现在赫尔顿上校的提议似乎是个推迟死期的方法。

可罗伯特不是那种会被轻易吓到的人，他看着赫尔顿上校的眼睛说："如果我就是不去呢？"

赫尔顿耸耸肩："那就只好找我名单上的下一个人了，不过他们让我推荐最好的，你就是我手头最好的飞行员。"上校喝完了他的威士忌，站起来说："这样吧，去给你的妻子打个电话，和她商量一下这件事，等你考虑好了再回来找我谈。"

罗伯特走向对面的通讯大楼，脑海中翻来覆去地想赫尔顿的提议。这真是一件需要深思熟虑的事。他不想去苏联（或是乌克兰，或是其他什么鬼地方），但目前看来这好像是最佳的选择。他和埃莉诺在婚后的两年半时间内聚少离多，在他进行飞行训练的时候，埃莉诺勤勤恳恳跟着他从这个州赶到那个州，最后在他出发前往国际战场时，坚强地与他挥别。现在他们分开又有9个月了，她还愿意再等下去吗？谁都不知道还要等多久。尤其现在，她正盼着哪一

① 骇人听闻的马格德堡任务发生在1944年9月13日。由于编队队形涣散，轰炸机所配备的机枪火力并没能起到很好的掩护作用，493大队被德军JG53和JG300两支飞行联队的Fw-190战斗机前后夹攻。7架轰炸机被击落，损坏的飞机数量则更多，有两架严重受损不得不在比利时迫降。根据官方的战斗报告，在被击落的B-17轰炸机中，有4架"在下落过程中就起火爆炸"。目标上空共有7架轰炸机被击中，"只看到有机上5至6人开伞逃生"。

② 在当时，第8航空队轰炸机大队由4个中队组成，每个中队拥有12架飞机（一共是48架。1945年，每个中队增加到18架飞机，因此总共是72架）。正常的任务流程是3个中队出勤，另外1个中队休息，实行轮休制。

天就会再见到他呢。可是，他又怎么能忍心在短暂的休假后，让埃莉诺再次送他踏上战场？他一点头绪都没有。

*

哈里斯堡，宾夕法尼亚州

埃莉诺·特林布尔正在蒸汽和酷热的包围中忙着工作。热气到处都是，甚至漫进了她所在的财务部办公室。今晚是跨年夜，此刻全世界都在等着他们的干洗服务。虽然孩子才两个月大，可埃莉诺几星期前就回到洗衣房上班了。她迫切需要薪水。就算现在她和罗伯特的妈妈露丝合租一套房，钱仍是很紧张。露丝和房东太太轮流照看小卡罗尔·安，埃莉诺就每天赶巴士从勒莫因坐到哈里斯堡，每周挣回微不足道的 12 美元。

没有丈夫在身边的生活真是难挨，更难挨的是她知道罗伯特正在做多么危险的事。（也可能埃莉诺根本没意识到她丈夫的工作有多危险：在欧洲，驾驶轰炸机是最致命的军事工种[①]。）她担惊受怕过了一天又一天，生怕哪天早上战争部送来死亡电报，在家中引爆一颗巨大的催泪弹。埃莉诺已经在战争中失去了哥哥，她无法再承受失去丈夫的痛苦，如果那样的话，卡罗尔·安就永远不知道她爸爸是谁了。

日子在转瞬即忘的浑浑噩噩中度过。除了正处在干洗的旺季，这个早上并没有什么特别的。埃莉诺工作的时候有点心不在焉，压

① 算上伤亡和失踪的人数，第 8 航空队在战斗中失去了 34% 的飞行人员，是“二战期间美国军队中伤亡率最高的”；第 8 航空队的死亡人数则占二战期间美军总死亡人数的 10%。

根没听到隔壁办公室传来的电话铃声。门突然砰地打开，她的老板探进头来，把埃莉诺从白日梦里惊醒。“埃莉诺！你的电话！你丈夫打来的！”

埃莉诺怔住了。所有曾被压制住的恐惧都在她脑海里浮现出来。她跑向隔壁办公室，感到心在怦怦乱跳，像有针一寸寸扎在肌肤上。拿起听筒的时候，她已经喘不过气来。

“喂？”

“埃莉诺——”

“罗伯特！是你吗？”

电话那头的声音很单薄，夹杂着沙沙的杂音，听上去是那样的缥缈。

“是我，我——”

“罗伯特！你还好吗？有没有受伤？他们说是你打来的时候我真的被吓到了，我以为出了什么事呢。你什么时候回家？”她知道他的服役期马上就要满了，这加剧了她的焦虑，也增强了她的希望。

“埃莉诺，我打来就是想给你说这件事，赫尔顿上校给了我一个新任务——”

“先告诉我你没有受伤。罗伯特，你什么时候回家？”

“我很好，埃莉诺，我一切都好。现在你听我说……”罗伯特的语气突然严肃起来，埃莉诺一点都不喜欢他这样，尽管隔了几千英里的重洋，他的声音还是回荡着不祥的气息。“赫尔顿上校给我出了一道很难的选择题，我要和你一起做决定，而且现在就要决定。”

“我不喜欢这样……”

“我就直接说了。我已经完成了最后一项战斗任务，我的服役期满，可以回家了。”埃莉诺悬着的心放了下来，但她疑心事情没有那么简单。“我只有 3 周的假期，然后就很可能被叫回去，一切都得从头开始，还会有另外 35 场战斗，除非我接受上校给我的另外一项任务……”

“任务？你在说什么啊罗伯特，我要你回家！”

“我不能告诉你是什么任务。听着，我还是会在海外战场，但是要去的地方远离战区。只是驾驶飞机和干一些轻松的活。上校想把我抽出去，这样在战争结束之前我就会一直是安全的。”他停了一会儿，“你觉得呢？”

电话另一头是一片死寂，偶有沙沙声和幽幽的回音从令人心碎的遥远之处飘来。

“埃莉诺？”

她总算能说话了，声音却因为情绪激动而发颤：“不，罗伯特，我想要你回家陪我。我现在就需要你，我受不了了。”

电话那端的人一声叹息：“好吧，我回家。”

他的语气是那样的沉重，那样的顺从。埃莉诺多希望她能收回刚才的话：“罗伯特，不，我改主意了。你得做你该做的。我太自私了。我很难受，我知道你也一样。”她说的每一个字都是在折磨自己，“我觉得自己再像这样生活一段时间也没什么问题。”尽管这并非实话，“如果那样就意味着你会一直安全，那就去吧。但是我心里清楚，我受不了你再去冒险了。”

“埃莉诺，你是不是……”

“留下来，做你该做的。然后活着回家来见我，再也不要离开我了，你听见了吗？”

“你确定？”

“你听到我说的话了，战士。”埃莉诺的眼睛里已经闪烁着泪光，

“我爱你。”

“我也爱你。卡罗尔·安怎么样？”

埃莉诺的眼泪夺眶而出，喉咙里忍不住地发出呜咽。“她很好！她很好……”她感到胸腔里那团死结勒得更紧了，紧得快要让她窒息，“罗伯特，我得挂电话了。我爱你，再见。”

“再见。”

埃莉诺放下听筒，胡乱把它塞回听筒架。泪水早已汹涌决堤，她的视线也随之模糊了。

*

地球的另一边，萨福克郡的混凝土机场上寒意袭人，罗伯特·特林布尔上尉正站在那青灰而低垂的东盎格鲁天空之下——这是世界上最辽阔的天际之一，但此时也是最灰暗的，正如他的心情。好吧，就这样吧，埃莉诺为他做出了决定，他即将去苏联。

那天的晚些时候，他走到对过的指挥塔去将他的决定汇报给赫尔顿上校，途中，他看到中队的飞机已完成任务飞回基地。

赫尔顿是对的，他们差不多被打垮了，不是每个人都回得来。493 大队有一架飞机消失在了德国上空。第 3 空军联队共派遣了 500 多架轰炸机去执行米斯堡的空袭任务，27 架坠毁，而受损的飞机数量则是这数字的 10 倍。当晚，有 250 多名飞行员再也无法回到他们的床铺上了。[①] 罗伯特能切身地想象黑色浓烟从高射炮喷出，

① 在 1944 年 12 月 31 日的任务中，第 3 空军联队派遣了 526 架轰炸机去袭击不同目标，其中一个就是米斯堡。战斗中，整个联队有 27 架轰炸机坠毁，288 架飞机损坏，5 名飞行员牺牲，248 名飞行员失踪。493 轰炸机大队失去了 862 中队的一架飞机。

撕裂的金属片从被击中的飞机上跌落，降落伞打开，飞机如一只银色大鸟在空中绝望地翻转，跌入死亡之谷。其中最可怕的景象莫过于过早打开的降落伞缠绕在下坠的轰炸机上，飞行员被拖拽着和飞机一起坠向千米以下的陆地。

也许他真的做了最好的决定，推迟归期比再次经历这些要好得多。这确实是个明智的选择。罗伯特的心情稍微好些了，接受了未来可能发生的一切，也愿意忍受暂时的痛苦来换取长久的安宁。望着那些飞机笨重地滑向疏散区，他想，自己也许真的是个好运鬼。①

还要过段时间，实际上要一个多月后，罗伯特才明白过来，他和赫尔顿上校都被骗了。

要是罗伯特能够预见未来，他现在一定会即刻去总部，心甘情愿地签下第二个服役期。但就算他能看到一丁点未来，他也许也不会相信——冬日，松树林下的雪地里传来咯吱咯吱的脚步声……狂野如魔鬼的哥萨克人正围着明灭的火焰欢跳……当他用柯尔特手枪瞄准苏联上校时，对方双眼中的惊恐和敌意……荒凉的铁路边，一排排被冻僵的尸体……他驾驶着临时修好的轰炸机，手中的驾驶杆在暴风雪的重击下剧烈震颤……树林里刚刚被填平的神秘墓穴……还有香气四溢中，笑意盈盈的斯拉夫眼睛："上尉，你可真是英俊。"……是的，那里也将会有好的回忆，但是他却要付出噩梦般的代价。

罗伯特注视着最后一架轰炸机在跑道上着陆，这时的他还对即

---

① 13 天后，即 1945 年 1 月 13 日，序列号为 43-38271 的 B-17 轰炸机，代号"大个子"，也就是罗伯特·特林布尔执行最后一次任务时所驾驶的飞机，在飞往德国美茵茨执行任务时，在波茨海姆附近被高射炮击落。当时驾驶她的飞行员是诺曼·S. 拉摩洛克斯中尉，他曾在 12 月 30 日前往卡塞尔的任务中与特林布尔上尉并肩作战。"大个子"上 6 名机组成员牺牲，3 名被俘。

将发生的事一无所知。他拍了拍胸前的口袋，那里放着叠得整整齐齐的“好运鬼”证书。他转身走下指挥塔的台阶，迈进那暮色渐浓的英格兰黄昏。

第二章　伦敦的美国来客

1945 年 1 月，伦敦

格罗夫纳广场位于伦敦梅费尔区的中心，巨大的公共花园四周环绕了一圈气势恢宏的乔治亚式[①]排屋。人们把这里称作“小美利坚”，然而这广场的历史却比美利坚自身的历史还要悠久，它与那曾经的殖民地之间也有着千丝万缕的关系。美国刚独立，约翰·亚当斯就在这里上任，成为第一任美国驻英大使，现在的美国大使馆就耸立在广场东南角上[②]；大使馆对面不远，有一座红砖砌成的典雅大宅，那是艾森豪威尔将军的军事指挥部（格罗夫纳广场也因此

① 译者注：乔治亚式建筑是 1714—1830 年间，流行于英语国家的一种建筑风格，这一时期是汉诺威王朝乔治一世至乔治四世的执政期，故因此而得名。乔治亚式建筑沿袭了古希腊罗马的古典建筑风格，讲求对称和平衡感，建筑外部通常不做装饰，风格凝重古朴。

② 格罗夫纳广场至今仍然保留了大量的美国痕迹，包括中央花园中的罗斯福雕像和艾森豪威尔雕像，还有一座“9·11”纪念碑。广场东南角在 1945 年是美国大使馆所在地，如今是加拿大驻英高级专员公署。美国大使馆在 1960 年搬迁到了位于广场西侧的新址。2017 年，大使馆还将再次搬迁至伦敦郊区，一旦大使馆搬离，格罗夫纳广场关于“小美利坚”的遗迹就只剩下雕像和纪念碑了。

被戏称为“艾森豪威尔广场”）；它旁边则是美国红十字会的总部。相对不太显眼的则是神秘的美国战略情报局的伦敦总部，也就是间谍、破坏分子和特工们的老巢，它立在不远处的格罗夫纳大街上。

艾克[①]和他的下属们在几个星期前已去了巴黎，但在广场上，美国的军事和外交活动却还是如火如荼地进行着。来自得克萨斯[②]、弗吉尼亚[③]、西点[④]、安纳波利斯[⑤]的各种口音，甚至每个州、每座城市和每片庄园的南腔北调，都回响在英国统治阶层的精英们曾经的居所和花园里。

1 月份的冷夜，格罗夫纳广场花园里新降了一场大雪，白雪在星辉下晶莹闪烁，是断电后的城市中唯一的光亮。一辆车停在大使馆前，有位年轻的军官从车上走下。他仰头，瞥见大使馆那肃穆森严的外墙，不由得打了个寒战。那是罗伯特・M. 特林布尔上尉，他正纳闷自己到底来了个什么样的地方。过去的 8 个小时里，他经历了一件又一件怪事——就算说不上怪，也是相当的尴尬。

*

伍德布里奇车站是距离德巴赫最近的火车站，罗伯特在那儿搭上了下午的早班火车。安顿好一切，他准备好好享受这次旅程。一想到在战争剩下的日子里，自己能体面又安全地远离战事，他的心里就暖洋洋的。

① 译者注：艾森豪威尔的别称。
② 译者注：在那里有德州农工大学，是著名的军人摇篮。
③ 译者注：意指弗吉尼亚军事学院。
④ 译者注：意指美国纽约州西点军校。
⑤ 译者注：意指安纳波利斯海军学院。

和他同车厢的是两个英国女孩，穿着女子辅助空军部队的蓝色制服。罗伯特生来就抵挡不住异性的魅力，再加上他自我感觉也还不错，所以他就打开了话匣子。他很喜欢这两个女孩，她们身上有一种英国人普遍有的态度：即使正饱受希特勒的摧残，仍能不为所动、意志坚定地继续平静的生活。两个女孩兴致勃勃，相当健谈，并不怕什么祸从口出，正无所顾忌地谈着女子辅助空军部队里的生活。她们被分配到伦敦的皇家空军气球司令部[①]服役，负责操作这座城市里上百个防空气球中的一个。

女孩子们快活地聊着天，丝毫没有注意到眼前这个美国人忽然陷入了沉默。提到防空气球，罗伯特突然感到非常不自在，这让他想起了几个月前发生的一件事。他希望女孩们没听说过这件事。但也可能更糟，她们刚好就是目击者。

这事还得从他上一次造访伦敦说起，那是一次非正常的、计划之外的空中访问。1944 年 11 月底，493 轰炸机大队完成在德国的空袭任务归来，正遇上德巴赫机场被整个儿泡在冷雨里，轰炸机着陆时全都打滑滑出了跑道，还没着陆的飞行中队只好改去几百英里外的康沃尔机场着陆。第二天下午，天气好转，飞机开始返航，途中会经过伦敦附近。罗伯特当时正在兴头上，他估计完成昨天的任务后，理论上将迎来一个长达三天的轮休，所以他们大可以改变航向，去伦敦低空飞一圈儿，看看首都的风景名胜。

他应该考虑得更周全一点的，甚至连副驾驶沃伦·约翰逊中尉都觉得这主意糟透了。沃伦是个风趣的家伙，他爱唱歌，吹得一手

---

① 译者注：二战期间，对付空袭飞机的一个重要手段就是在空中设置防空气球。防空气球的一端系在卷扬运输车上，系留绳上还通常会绑有炸弹。空中悬浮的气球可以对空域中敌机的活动造成限制。

好爵士小号。每次执行任务他都要带上小号，把它放在座位旁。为了打发漫长又无趣的飞行，沃伦会朝着对讲机吹响悠扬起伏的旋律，来逗男孩儿们开心。他把号嘴用一条链子拴住，塞进衬衫里保温，还往上面涂抹凡士林，防止它冻在自己的嘴唇上。沃伦的胆子很大，有一次的任务至今提起来仍是记忆犹新。那时他们正在进入投弹前的平飞状态，轰炸机突然被暴风雨般的高射炮连续击中，不停地摇晃，机翼被打出一个大窟窿，机身也不断下降，当时正是沃伦用一曲《奇异恩典》[①]让大家重拾了斗志。可是一说到要在伦敦上空观光飞行，沃伦也犹豫起来：因为军队对此是有规定的，非常严苛的规定。

可罗伯特生性鲁莽，而且正在劲头上。他劝人本来就很有一套，更何况他还是飞机上的指挥官。“我们可以先到周末想去的地方踩踩点，”他说，“知道吗，我们等会儿就会飞过圣保罗大教堂上空，埃莉诺一直想去那儿看看，如果我告诉她那教堂长什么样，她一定会特别高兴！”

罗伯特满脑子都是这个馊主意，他让飞机偏离了规定的航道，径直前往首都伦敦，然后慢慢减速下降，以便在空中获得更好的视野。灰色的泰晤士河曲折流过伦敦的城市带，指引着他们一路前行。身为一座大都市，伦敦几乎没什么高楼，所以地标建筑非常明显：大本钟、塔桥，还有那一尘不染地傲立于空袭后满目疮痍的伦敦城区的圣保罗大教堂的白色穹顶。天上，主要是东边港区方向的上空，还星星点点漂浮着一大团银灿灿的防空气球。

“看起来不错嘛，”沃伦也点头承认，“如果有机会的话，还

① 译者注：《奇异恩典》，由英国牧师约翰·牛顿于1779年创作，是著名的福音歌曲。

是步行来看看比较好。请问我们现在可以离开了吗？”

罗伯特此时只想找个更好的视野。他把机头转向半英里之外的教堂穹顶，缓缓向前推动驾驶杆，让飞机下降到大约 300 英尺的高度。他低头望了眼仪表盘，刚一抬头，就张口骂了一句。只见正前方，原本空空如也的天空中，突然快速升起了一个肥硕的、闪着幽光的庞然大物——防空气球。紧挨着它又有一个，再旁边还有一个，一个接一个的防空气球……它们都拖着一根钢拉索，为的就是能把轰炸机的机翼团团缠住，并挡住去路。这时候唯一的逃脱办法就是让飞机的高度上升，但是前方防空气球已经比他们的 B-17 轰炸机要高出几百英尺，而且还在不断升高，每一秒都在更靠近飞机。罗伯特将油门推到底，同时拼命往回拉驾驶杆。轰炸机开始爬升，里面的人开始祈祷。一大片银色的气球在机头下方闪烁，气球慢慢擦过机身，造成轻微的擦碰。

然而麻烦还在后面。好不容易气球到了飞机下方，罗伯特就听见三三两两的砰砰声，那声音他熟悉得很，是子弹打在了飞机上。罗伯特本以为伦敦的地面防御部队能认出他们是架美国飞机，可是他错了。他还错误地以为，除了城区上空漂浮的防空气球，就没别的危险了，然而气球司令部的运输车快速对空中情况做出了反应，放飞了新的气球。对于地面防御系统来说，任何出现在空中的轰炸机都是敌人，他们没时间去辨别对方是敌是友；就算辨认出来是友方飞机也不能怀有侥幸心理，因为有传言说狡猾的德军可能会驾驶被缴获的盟军轰炸机，所以地面防御部队一般会先把飞机打下来，再去考虑别的。罗伯特和他的队员们赶紧驾驶飞机爬升，掉头离开了伦敦。这城内到处布满防空炮台，他们没有被打到真是万幸。

有人——可能是正在巡逻的英国皇家空军飞机——认出了这架

轰炸机，也看清了机身上的大队标识和呼号，他们马上给第 8 空军轰炸机指挥部发去了一份电报，电报向下传达至 493 大队的指挥部。当罗伯特的“空中堡垒”回到她的既定路线时，出游的愉快气氛早已消失殆尽，取而代之的是阴郁的沉寂。一个气急败坏的声音从德巴赫指挥塔传到无线电里：

“这里是‘石灰’呼叫‘柱子’366[①]。有报告说你们刚刚偏离航线，并出现在了伦敦空域，请做解释！”

“是罗盘故障，”罗伯特答道，“我们看不清方向了，所以想飞到云层以下用肉眼导航。”目前来看，这个解释倒还说得过去，不过指挥塔可不吃这一套。

“你的理由并不好。着陆后请你们立刻向指挥部报告！”这声音又不耐烦地加了一句，“停止观光，这是命令！”

接受官方调查时，整个机组都站在了罗伯特这边（尽管他们对他也是一肚子的气），赫尔顿上校决定接受“罗盘故障”这个说法。如果最高指挥官不那么青睐罗伯特，事情可能会完全不一样。停飞已经是最好的情况，更糟的情况是他还可能会被降低军衔。罗伯特给埃莉诺写信的时候，决定还是不要把造访圣保罗大教堂的事告诉她。埃莉诺会觉得这是对教堂的大不敬，还会把他的侥幸逃脱看作上帝的严厉警告。赫尔顿上校也许能原谅他，可是埃莉诺和全能的上帝就不一定了。

这两个年轻的女子辅助空军部队队员兴高采烈地聊着在气球运输车队的点点滴滴，罗伯特听着听着，感到一阵羞愧的燥热漫上脖颈，脸颊也变得通红。他莫名地觉得她们可能听说过他的“事迹”，

---

① “石灰”是 493 轰炸机大队指挥塔的呼号，“柱子”是 863 中队的呼号。“366”是当天特林布尔机组所驾驶的飞机的机身编号。

甚至还能认出他。但就算她们真的知道这件事，她们也一个字都没说。

火车到达利物浦街车站的时候，天已经暗了（如果罗伯特有机会再去一次让他蒙羞的事发地点圣保罗大教堂，他会发现那儿其实离这车站不远）。他口袋里有一张写了地址的纸片，上头让他一到伦敦就去纸片上写的地址报到。罗伯特叫了一辆战时街上已为数不多的黑色出租车[①]，如今汽油在限量供应，很多司机也从戎参军，只剩下少数司机还在勉强度日，他们很大一部分的生意都来自美国军人。

和之前之后的许多美国游客一样，罗伯特发现伦敦的出租车司机有超强的认路能力，他们不假思索就能开去这大都市里的任何地方，无论那里是多么的不为人知。虽然断电的城市中只有车头的罩灯能提供照明，出租车司机仍能找到乘客想去的那条街，然后毫不迟疑地开到目的地门前。

出租车隆隆响着在夜色中停下。罗伯特疑惑地看着眼前这座建筑物，觉得自己一定是来错地方了。他本以为会见到一些军事设施或者其他政府大楼，但他在黑暗中依稀能分辨出，眼前只是一栋普通又简陋的连排房子。一条街都是居民区，门牌号倒是没错。这中间一定是出了什么问题，要么上面给了他错误的地址，要么司机来错地方了。周围空无一人，他觉得最好还是敲敲门，也许里面的人能借他个电话，他好问清楚这究竟是怎么一回事。

他叩响大门。良久，才有个沉闷的声音从墙内传来。“谁呀？”一个带有英国口音的女声。罗伯特彻底知道自己走错了。

① 译者注：黑色出租车是伦敦一个出名的文化符号。

“夫人，我是一名美国军官，我迷了路。如果您有电话，不知是否能借我用一用？”

门闩响动，门打开了。门廊上漆黑一片，罗伯特隐约能看见一个黯淡的女性轮廓。还没等他开口为自己的搅扰向女人道歉，对方就问道：“您是特林布尔上尉吗？”

罗伯特惊呆了：“怎么……是的，我是。”

“请进来吧，”女人很热情，“我一直在等您。”

罗伯特一头雾水地跨进了门。女人关上门，扭亮门廊的灯。站在他面前的女人，身材高挑，正值中年，带着一脸和气的笑容。

“进来坐吧。”女人把他带到客厅，让他在椅子上坐下，旁边是一个还没生火的煤气炉。房子的内部比外观看起来还要简陋，四面都是空空的墙，也没什么家具。女人清脆的口音在这个破旧的环境中听起来极为不搭调。她把一先令投进煤气表里，生起了火。“好了，我得去打个电话。您要喝茶吗？”罗伯特默默点点头。

这神秘莫测的女人去了几分钟，回来时端着一个盘子，上面有茶杯和茶壶，一盘火腿三明治。“一路过来，您一定很饿了，吃些三明治吧。”

“好的夫人，谢谢。”

她转过身去倒茶。“我想您一定很好奇其中的原因。”她好像能猜透罗伯特的心思。

“是的夫人。我接到的命令是要我去苏联开飞机。”他满怀好奇地看着那女人，心想她是不是要给自己做一番解释。然而并没有。

“说实话，我也不知道他们打算让您做什么，我只是个中间人罢了。您最好不要再问我任何问题。大使馆派了车来接您，趁现在吃些三明治吧。”

大使馆？不要问任何问题？这到底怎么一回事？

尽管心里疑虑重重，罗伯特还是努力把一部分注意力转移到三明治上来。能有三明治也说明了这间房子的不同寻常：肉类是限量供给的，这条街上不会再有第二家能吃上三明治，而罗伯特已经吃掉两个了，还准备伸手去拿第三个（这一天真是漫长啊）。就在这时，他们听到有一辆车停靠在门外。敲门声过后，一个穿西装的人走了进来，他上上下下打量着罗伯特，没有一句寒暄。“跟我走吧，现在很晚了。”他说话有美国口音，而且口气暴躁，像是没睡好觉。罗伯特跟着他出去，走向车子。

对于一名渡运飞机的飞行员来说，这道哑谜实在太让人费解了。汽车带着他们在城市中穿梭，罗伯特打算再碰碰运气，试探着问道：“所以，我们搞那么特殊是要做什么？”

“我不知道，”那男的说，“就算知道我也不会告诉你，对你来说我就只是个司机。”

随他去吧，罗伯特闭上了嘴。

在黑暗中，他仍能看见随着车子一路向西，街道正变得越来越宽，窗外的建筑也越来越高大。终于他们转过了街角，停在了一栋巨大巍峨的建筑物前。夜色中那建筑物并不起眼，柱子支撑的外墙都浸在阴影里，十几扇精美的窗子也黑漆漆的，不过这儿可是梅费尔区的格罗夫纳广场 1 号，“小美利坚”的核心：美国驻英大使馆。

进到大使馆里后，罗伯特被告知在空旷寒冷的大堂里等候，直到晚上 9 点半才终于有一名随员[①]来接待他。这一次随员仍没有向他做自我介绍，也没有做任何解释，只是确认了一下罗伯特的身份，

① 译者注：外交官阶的最低一级，一般做辅助性行政与文书工作。

告知说明早会再叫他来。随员把罗伯特交给了一名接待员，后者陪同他去大使馆客房休息。

罗伯特太累了，他懒得去细想这一切，衣服也不脱就一头栽在床上。日后回忆时，他还认为在那张床上，他睡了这辈子最香也最舒服的一觉。

第二天早上 7 点钟，接待员就把他叫起来了，并让他在 30 分钟内洗漱完毕下来吃早饭。罗伯特用温水冲了个澡，大着胆子下了楼。士兵训练有素的嗅觉带领他找到了员工餐厅。这儿的早餐也是他来到英国后吃的最好吃的食物之一。这些外交官们的确懂得如何过上有品位的生活，就算是在前线城市。

用完早饭，他又被人带到一间办公室，在那儿接见他的是个看起来资历更老一点的随员，但还是一样，没有任何自我介绍，也没有热情的寒暄。这一次他至少得到了一点信息，不过还是对解开他的疑团毫无帮助。

那随员用嘲弄的眼神扫了一眼罗伯特的军装，毫不留情地说："第一件事，就是得给你弄一套像样的西装，今天早上就得把这件事干了。"他在一张纸上写了点东西，然后递给罗伯特，"到这个地方去，他们会给你弄两套西装。今晚之前就能赶制完成，然后我们送你去搭乘前往斯德哥尔摩的飞机，你……"

罗伯特打断了他："西装？我要西装做什么？我有自己的军装。"

那随员眯起眼看着他："你需要便装。我们会给你做两套西装，今天就能做好，这样你还来得及赶上今晚去斯德哥尔摩的飞机。"

"喂喂！"罗伯特举起双手，"你们要让我穿上便装，然后坐上一架飞越欧洲大陆的飞机？"

"哦，你不用担心，那航班每晚都飞，绝对安全。"

“你不明白我的意思。我身上有军人的身份识别牌[①]，要是飞机在敌区紧急着陆，他们发现我是个穿着便装的军人，我会被当场击毙的！”在罗伯特大声抗议的时候，那随员一直盯着他看。“我刚刚完成了35项战斗任务，不想再拿性命开玩笑了！还有，你们要我去斯德哥尔摩干什么？”罗伯特的态度很坚决，“我是要去苏联的，可不是瑞典！”

“苏联？恐怕这命令有变。”随员说。

“不，不可能！我从没听说过要穿什么便装去斯德哥尔摩，我是去苏联渡运飞机的！”

随员犹豫了一下。和罗伯特说了这寥寥几句后，他也越来越拿不定主意。“上尉，”最后他说，“请你出去等一会儿。”

罗伯特咽下一口闷气，出去了。他坐在大堂里等结果……站起，走来走去，等待……无穷无尽地等下去。这段时间里，他一直在脑海中排演愤慨的演说，如果他们硬是要他服从这个命令，他就得慷慨陈词一番。斯德哥尔摩！穿着便装！他们是想要他去当间谍吗？那还不如再去战斗算了，那样还安全得多。他本就不是当间谍的料——再说了，他也没接受过间谍的训练。不行，他绝对一开始就会完蛋。罗伯特那股不顾一切的蛮劲又占据了上风，他做好了充分的准备，宁可去面对铁窗，面对军事法庭，也不去执行这个疯狂又仓促的计划。赫尔顿上校知道事情变成这样吗？他肯定也不知道。

等了整整一个小时，罗伯特受够了。他来到餐厅，现在早过了早餐时间，厨师给了他一块火鸡三明治，他满怀感恩地接过。心中的愤愤不平并没有影响胃口，而且要是自己将要被关起来，那最好

① 译者注：二战时期美国军人的身份识别牌，金属制，印有姓名、军衔、血型等信息，俗称“狗牌”。

还是先吃得饱饱的。

过了一会儿，接待员找到罗伯特，让他马上跟自己过去。罗伯特站起身准备面对命运给自己的审判。出乎意料的是，他被带到了另外一间办公室，见到的是另一位大使馆官员——一位高个子，他还笑着和罗伯特打招呼。他与前两人一样，没有做自我介绍，不过至少这次罗伯特受到了热情欢迎。

“特林布尔上尉，进来坐吧。赫尔顿上校可是极力推荐你呢。”

听到赫尔顿的名字，罗伯特松了一口气。“先生，”他说，“我是以空军军官的身份到这儿来的，我希望回去的时候也还是一名空军军官。我完全不清楚那个穿便装飞去瑞典的计划。不过我就是一名飞行员，我不能改变我的身份，如果你明白我的意思。”

“我明白，上尉。我们改主意了，还是最初安排的那样，你去苏联。”

“那我就像赫尔顿上校说的那样，只需要把飞机飞回英国就行了？”

“是的，必要的时候你可能还要做一些其他工作。你在那儿可不想闷得无聊是吧，上尉？”

“的确，可是我在那儿要做什么工作？”

然而罗伯特并没有得到那位官员的回答，他突然有事要忙，于是罗伯特在一名接待员的陪同下离开了。

像冬日早晨的飞机发动机一样，驻英大使馆内的官僚机器此时也断断续续、颤颤巍巍地启动了。既然已经运转起来，那就只好一往无前地转下去，罗伯特也只能听凭这股发动机喷出的气流把他吹到任何一个地方去。很快，他办好了旅行证件，还准备了前往苏联漫长而迂回的旅途中的其他必需品。接着他又为身份证件拍了照，按了指印。和其他军官一样，他一直携带的是美国战争部军务办公室颁发的身份卡[①]，而现在他拿的却是一本真正由大使馆签发的护照。罗伯特仍不明白军队要他去做什么，前途依旧吉凶未卜。当照相机对准他时，他一改往常兴致昂扬的神情，眼含不安地凝视镜头。

照片打印出来，罗伯特在上面签了名，贴在了护照上，上边还盖有一枚“美国领事馆”的章。

现在他正式成为这官僚机器的一部分了。可他不知道的是，自己的身份已悄悄越过了军队的界线，进入了战略情报局的轨道。

尽管经历了后来的种种历险，直到罗伯特生命的尽头，他仍不知道这一天大使馆中究竟发生了什么。几乎可以肯定的是，这是一个行政失误：他们弄错了他的身份。1944 年，美国战略情报局和英国特别行动处一起在瑞典建立了一个基地：韦斯特菲尔德任务基地。1945 年年初，韦斯特菲尔德基地被用作外勤特工（通常称作“某某人”）的中转站，方便他们在德国和德占波兰开展渗透行动。的确，每晚都有飞机飞往瑞典，运输物资和那些“某某人”。罗伯特当时出现在大使馆，是被战略情报局或特别行动处的情报官员带来的，大使馆随员（那位随员可能就来自格罗夫纳街拐角处的战略情报局总部）便以为他是个“某某人”，顺势就对他做了飞往斯德哥尔摩的安排。“计划改变”也许就是他们终于搞明白，特林布尔上尉确实是去乌克兰执行渡运任务的。

发生这样弄错身份的事在所难免。许多“某某人”接受了渗透任务的训练，整个特工网络就设置在德国前线之后。“某某人”在

① 译者注：美国军务办公室身份卡，即 A.G.O（Adjutant General's Office）卡，是二战时期由战争部颁发给军人的身份证明卡，类似于身份证，是一张塑封的纸片，写明该持卡人员的发色、身高、瞳孔颜色等等。

英国特别行动处基地进行训练，可能是在伦敦，也可能是在乡村中的某个秘密地点，然后他们就前往运输区（位于北安普敦郡的哈灵顿）搭乘飞机。一般来说，他们和调度人会在安全的房子里接头，极有可能是伦敦后街小巷里一个简陋的、只有简单装修的地方，就像罗伯特被带去的那栋房子那样。除了调度人和任务指导员，所有战略情报局的人员都有一套保持沉默的规矩。从管理者到运送特工的特殊机组人员，每个人都有一条行为准则：不要问“某某人”关于他自身的任何问题，也不要告诉“某某人”他不需要知道的情况。[①]

大使馆里那位战略情报局的随员也许会有点奇怪，为什么身为特工，罗伯特却穿着军队的制服？但是英国的战略情报局人员穿美国陆军航空队军装的情况其实也相当普遍，因为这样就能在训练基地或在执行任务时，潜伏进他们想混入的人群。试穿便装也是标准流程的一步，战略情报局服装仓库就在附近梅费尔区的布鲁克大街上，那里的裁缝什么衣服都能做，从真正的欧洲工人连体服到便装甚至敌军制服，所有的针脚样式和标牌都能以假乱真。

意识到他们所犯的错误后，大使馆的匿名官员把特林布尔上尉送回了他原本的路线，并送他踏上旅途。罗伯特被这一出弄得又是惊惶又是困惑，完全不知道前方还有什么在等待着他。

---

① 比如：“不要询问‘某某人’的个人问题（例如涉及他名字、工作、个人背景的问题）……”“你和你所在机组的任何人都不能向‘某某人’提供关于过去、现在和将来的行动的信息，包括今晚行动的飞行计划、路线和飞行高度等等。”

第三章　迂回之旅

1945年1月29日，法国，巴黎到马里尼亚讷上空

低沉的发动机蜂鸣声没完没了、喋喋不休地灌满了C-47“空中列车”的客舱，震耳欲聋，叫人喘不过气。C-47的发动机声和罗伯特所熟悉的B-17轰炸机不同，沉甸甸的B-17要动用4台莱特飓风发动机把它带上天空，发出的噪音比仅有两台普惠双黄蜂发动机的C-47要大得多。可是在罗伯特听来，二者的差异不仅在于发动机声的调子和音量，还在于声音在机身中引起的共鸣。他习惯了发动机声震颤着传入驾驶舱，而不是在空旷的客舱里回响。

还有一点，他不太习惯当个乘客。此刻，他坐在后面的客舱里，这看上去怪怪的。他本来应该坐在机头，手里握着半圆形的驾驶杆，还有8个人在对讲机的另一端，时刻准备听从他的命令。①

所谓座位，其实就是一块凹陷下去的钢板，任罗伯特怎么调整

① 原本一架B-17轰炸机的机组有10个人。战争到了当前阶段，来自敌军战斗机的威胁减弱，机组被降到了9人，除去了一名腰部机枪手（所以有一名机枪手要同时操作两杆机枪）。

坐姿都不舒服。有的 C–47 被用来充当运输机；还有一小部分是为运送贵宾打造的，有名副其实的座席；而更多的则像现在的这一架，是运送空降兵的运兵机。座位由两个长条凳组成，挨着机身每边一个，上面有浅浅的凹槽。如果你没那么幸运，只生得一副寻常血肉之躯，那这趟旅行可就是活受罪。罗伯特扫了一圈机上的其他乘客：都是形形色色的军人，没人知道他们要去什么地方。他们看起来并没比罗伯特好受多少。有一两个人试图盖过噪音继续聊天，有的人只是目光空洞地坐着，还有几个人在读信。

罗伯特翻遍了他的夹克口袋，抽出一张皱巴巴的纸片。他看了好一会儿，有点莫名其妙，然后才想起来这是那张“好运鬼”证书，仍旧躺在德巴赫那晚的老地方。在德巴赫的日子虽然更危险，却也少了些许迷惘和困惑。

在另外一个口袋里，他翻出了自己的新护照。他把它打开，目光在上面漫无目的地游走。上面写了为他计划好的旅行路线，还列出了该护照能通行的一系列国家名单：“不列颠群岛、苏联，以及所有取道卡萨布兰卡时途经的国家。”[①]

……卡萨布兰卡。他多希望能再去一次卡萨布兰卡啊！他的路线在最后一刻被改掉了，改成途经巴黎。这是战时常有的情况：连续几天你都在无所事事地待命，然后突然就火急火燎地要你凑合坐上任何一架刚巧要起飞的飞机。现在他从巴黎起飞已经有几个小时了，正在法国中部某地的上空。飞机计划不久后着陆在地中海沿岸的马里尼亚讷，罗伯特将在那里再换乘一架去意大利的飞机，或者随便一架正要起飞的飞机。从英国去乌克兰的路程遥远又迂回，因

① 根据 1945 年 1 月 22 日美国领事馆颁发给罗伯特・M. 特林布尔上尉的护照。

为要绕开地图上的那一块斑点——广袤凶险然而一直在缩小版图的德意志第三帝国。

可是没有机会再经过卡萨布兰卡了。罗伯特叹了口气，把护照放回了胸前的口袋里。

他第一次也是唯一一次去卡萨布兰卡，是在一次前往战场的途中，那里成了他片刻的伊甸园。那是在1944年，5月即将进入尾声，罗伯特·M.特林布尔中尉[①]姗姗来迟，抵达战场。

他和他的机组在加利福尼亚的马奇野战军空军基地[②]相聚，但尚未被派遣到部队。他们正巧赶上美国急需将大量人员和物资送往欧洲战场，以便为D日[③]进攻做准备。机组成员除了彼此照应，还得负责将一架崭新的团结公司生产的B-24“解放者”轰炸机渡运到英国。一到英国，他们就会被分配进驻扎在那里的轰炸机大队。大多数飞行员走的是北线，中途经停拉布拉多、冰岛和北爱尔兰。罗伯特驾驶的飞机飞南线，从加利福尼亚起飞，经过亚利桑那、佛罗里达、特立尼达、巴西和北非。[④]即便如此，这趟飞行在罗伯特看来也是易如反掌。然而当飞到巴西的福塔莱萨时，他病了。

就在出发前，罗伯特动了个小手术，拔去了一颗智齿。结果伤口感染了，整个下巴像火烧一样，喉咙也肿得厉害，呼吸都很困难。在福塔莱萨着陆后，他被直接从飞机上抬到了医院里。机组的其他

① 译者注：1944年，罗伯特仍是中尉军衔。

② 译者注：马奇野战军空军基地（March Field Army Air Base），位于美国加利福尼亚州，始建于1918年，二战期间是美军轰炸机飞行员上战场前的最后演练基地。

③ 译者注：D日（D-Day）在军事术语中表示一次行动或一次战斗发起的当天，为保密需要称为D日，例如D+3日即行动开始后第三天。

④ 当时的大多数军用飞机即使加足燃料后，也无法从美国直飞到英国。

人花了一个星期等罗伯特康复[①]，这期间能用来打发时间的，除了和当地的女人们厮混，就是同每天一次的热带暴风雨做斗争，确保他们的随身物品不被打湿。最后，他们的指挥官下了命令，战争可不等人，不管罗伯特康复与否，整个机组都得继续前往旅途的下一站。

经过 12 个小时的连夜飞行，他们在公海上空飞过 1 946 英里，到达了达喀尔，非洲的最西端。一路上，雷电暴雨几乎没有停过，严重干扰了无线电。领航员沃尔特·哈维斯楚克上尉非常了不起，在第二天中午，也就是 1944 年 5 月 5 日，他成功把飞机带到了达喀尔机场跑道的正上方。副驾驶员沃伦·约翰逊一人驾驶飞机，与此同时，罗伯特正紧贴驾驶舱的地板，疼得在座椅后的狭小空间里蜷成了个球。他们刚一在达喀尔着陆，罗伯特就又被送进了医院，这已经成了他生活的常态。他烧到了 41 度，敷满了冰块，又吃了些磺胺类药物（这是他拔智齿后第一次服用抗微生物药物）[②]。他的病情实在太严重，甚至得在红肿的喉咙里插根管子来维持呼吸顺畅。

机组的其他人在达喀尔闲逛了 10 天，要么看看电影，去海滩游泳，要么就回到又热又脏的帐篷里，躺进小床。这里的一切都像裹在红色沙尘中。最终，其他机组人员被送到摩洛哥的马拉喀什，一名临时飞行员范伊登上尉代替罗伯特接管了这架飞机，罗伯特则被留在达喀尔，病得动弹不得。看样子，这个机组要失去他们的指

---

① 在福塔莱萨所做的停留和前往非洲的旅程被记录在一段短小的回忆录里，由当时机组的无线电操作员盖尔·D. 摩尔写成。

② 磺胺类药物是一种抗微生物药物，是当时治疗感染的标准手段。抗微生物药物比抗生素应用早，两者治疗原理不同。

挥官了。罗伯特面临的结局是可能被分配到另一个机组去，还可能因为健康欠佳而被劝退。

小伙子们走后，罗伯特在医院里又住了 10 天，总算恢复得差不多，能把头从枕头上抬起来了。周围的景象让人不安：充斥的酷热，红色的沙尘，还有骆驼的粪便。尘土和粪便到处都是，甚至飘进了医院，病房里漫溢着一股恶臭。

医生想把他送回国内去慢慢调养，这下子罗伯特可受不了了，他极力提出抗议。一想到要失去他的飞机、战友，还有失去上战场的机会，他就浑身不自在。为了能执行战斗任务，他挺过了漫长艰苦的训练，医生的命令怎能轻易把他打倒？罗伯特的身子还很虚弱，但是借着肾上腺素和天生的倔脾气，他主动出院了，并且搭上一架飞往马拉喀什的 B–25 米切尔轰炸机，出发去找他的战友。

随着 B–25 接近地面，罗伯特有那么一瞬间以为自己成功地赶上了战友们，他认出了自己那架“解放者”轰炸机，它就停在马拉喀什的跑道旁边。那是他的飞机，机身的标记都清清楚楚。着陆后，他走过去仔细察看。这飞机的确是他的，但看上去破旧不堪，可怜兮兮的，在马拉喀什的烈日下，银色的机身被一层灰尘覆盖，闪着幽暗的光。罗伯特绕着飞机走了一圈，发现两台发动机都被地勤拆了。看样子没人想再开这堆破烂。他的战友们在哪儿？这飞机到底经历了什么？（他后来才知道，代替他的飞行员范伊登上尉在着陆后就不见了踪影，于是马拉喀什的地勤们便开始拆飞机发动机充当备用零件。）

朋友们不知所踪，罗伯特只好又踏上旅程，飞去下一个目的地：海滨城市卡萨布兰卡。很显然，罗伯特所乘飞机的飞行员也和他一样，生就一副不计后果的冲劲。在快要靠近机场的时候，那飞行员打算吓唬一下地面的骆驼商队。那一段简直记忆犹新。B-25 米切尔轰炸机非同寻常地吵，甚至比“空中堡垒”和“解放者”的噪音还大，虽然 B-25 的发动机只有它们的一半[①]。所以，被一架离地只有 55 英尺、正高速飞行的轰炸机当头拜访，还是很恐怖的。B-25 这只绿怪物在商队的头上轰鸣，阿拉伯人和骆驼在一片沙尘中惊走四散。罗伯特确信，吓唬非洲骆驼商队比在新墨西哥州追赶郊狼有趣多了。[②]

在卡萨布兰卡，罗伯特终于和沃伦、沃尔特以及其他小伙子们接上了头。他们住在充满殖民地风情的旧意大利领事馆大楼里。摩洛哥的轴心国势力被打败后，这栋大楼遭到废弃；突尼斯战役期间，它又被美国陆军用作伤病员医院；现在战事转移到了意大利，这里就成了美国飞行员的招待所。[③]这儿有舒适的床，正儿八经的浴室，还有领事馆里意大利厨师的拿手好菜——虽然这地方易了主，厨师们还是留下没走。对于大多数在招待所里短暂落脚的人来说，这里是远离家乡后最惬意的一处住所。而在罗伯特·特林布尔中尉眼中，领教过医院里漫天的尘土和骆驼粪之后，这招待所简直是天堂。

卡萨布兰卡这个城市本就妙不可言，充沛的阳光洒在摩尔人[④]留下的柱廊上，也照耀着旧日法国殖民时代那些建筑物的灰泥白墙。

---

① 北美 B-25 米切尔轰炸机尽管只有两台莱特旋风发动机（和 B-17 一样），却由于发动机整流罩和排气系统的设计，噪音异乎寻常地大。

② “一从新墨西哥北部的地狱出来，（特林布尔）总算稍稍松了口气……我们下降飞机，只是嗡嗡追赶着郊狼和仙人掌，副驾驶约翰逊在无线电里用小号吹了一曲《我欲独行》。”摘自无线电操作员盖尔·D. 摩尔的回忆录。

③ 此处对于领事馆的描述是根据来自美国塔斯基吉（译者注：位于亚拉巴马州）的飞行员维吉尔·理查德森的回忆，他也曾下榻在那里，比特林布尔机组晚到几个月。

④ 译者注：摩尔人，中世纪居住于伊比利亚半岛、西西里岛、撒丁尼亚、西非等地的穆斯林居民，曾于公元 7 世纪在伊比利亚半岛建立国家。

虽然看不到英格丽・褒曼[①]，但卡萨布兰卡有许多法国上流社会的年轻小姐，可以和她们一起打发沉闷的时光。夏日渐临，摩洛哥海岸有绿松石一样的碧海和洁白如玉的沙滩，可谓绝佳的避暑胜地。家乡和战争都显得那么遥远。人们在海里畅游，在海滩上把四肢晒成古铜色，在长夜里欢饮冰镇啤酒。

在上战场之前，卡萨布兰卡是个极好的经停站。近在眼前的也许就是残酷的英年早逝，所以如果你愿意，在这儿能好好深思一下人生。卡萨布兰卡的大部分人都很年轻，带着少年的自信，知道生命就握在自己手中，从不相信有一天他们会离开人世。罗伯特也很年轻，还差几个月才到他的 25 岁生日，但他比大多数人看得远，他知道这世上有的是予人痛苦的危险。和很多同龄人不同，他很明白，自己也许会在即将前往的修罗场中死去。认识到这一点并没有动摇他的决心或影响他的兴致，不过他还是要停下来好好想想。现在他想得最多的就是埃莉诺，还有他作为父亲的身份。

他最后一次见到埃莉诺是目送她坐的火车开出站台。和战时大多数的告别相反，埃莉诺在火车中，而他留在站台上。当时的情形，还有她对他说的话，至今仍清晰地印在他的脑海里。

一段时间以来，战争的局面趋于紧张。在马奇基地，罗伯特的训练也到了最后阶段：他完成了驾驶 B-24 轰炸机的过渡，被分配到一个新的机组，机组成员将一起进行更复杂的训练，即如何驾驶重型轰炸机在紧凑的编队中飞行，并夜以继日在莫哈韦沙漠中[②]对假想目标投哑炮。

① 译者注：瑞典国宝级女星，活跃于二十世纪三四十年代，是电影《卡萨布兰卡》的女主角。

② 译者注：美国加利福尼亚东南部的一片大沙漠。

罗伯特和埃莉诺都能感觉到战争的脚步离他们越来越近了。罗伯特每从一个城市赶到另一个城市训练，埃莉诺都忠实地跟随他，但是现在罗伯特得去一个她无法再跟随的地方了——他要去海外的战斗前线。他接到命令要求他飞往旧金山附近的哈密尔顿陆军航空基地，在那里换上崭新的 B–24 飞机（就是那架在马拉喀什被拆个七零八落的飞机）。[①]

埃莉诺只有 21 岁，害怕被一个人留在后方。她在这世上早已没有亲人了。就在几个星期前，她接到了父亲去世的消息（而她的母亲早在几年前就撒手人寰）。短短几天内，她又受到了致命一击：她挚爱的哥哥霍华德于珍珠港事件后参军，参加了北非战役后，在意大利受了重伤，没过多久就不治身亡。霍华德只比她大一岁，兄妹俩曾经亲密无间，都是狂热的篮球迷。埃莉诺被这消息彻底击垮，罗伯特成了她仅存的亲人。他走到哪里，哪里就是她唯一的家。

随着罗伯特训练升级，埃莉诺不祥的预感愈来愈强烈，战争像一个开始成形的凶狠幽灵，很快就要横亘在他们之间，把他们拆散——也可能是永远地拆散。

1943 年 11 月，埃莉诺给她还住在宾夕法尼亚州勒莫因的闺蜜埃丝特·伯克写信说：

> 我为我俩操碎了心……我知道离他出发去前线的日子越来越近。我真的很怕再也看不到他，所以想留住他身体的一部分，你明白我在说什么，我想要个孩子。但是罗伯特现在不希望我们有孩子，他说战争过于残酷，还不知道以后会发生什么，他

① 尚不清楚为什么机组会被派到那里去，因为哈密尔顿陆军航空基地是一个战斗机基地，而且也是前往太平洋战场的军队和物资的转运站。

不希望这孩子永远不知道他父亲是谁。我不知道这一点对他来说有多重要，他也从没说起过原因，不过我想应该和他父亲抛弃了他们母子有关。他觉得对他的孩子来说，有父亲的陪伴非常关键。他说出这些话来，我听了，也对未来很绝望。

*

这种感觉越来越沉重，让她难以承受。当出发的日子来临，罗伯特和她一起去里弗赛德的火车站，埃莉诺本该是挥手送别的那一个，但正相反，她才是要离开的人。罗伯特即将上前线，加利福尼亚的训练基地已没有她的容身之地，她得回宾夕法尼亚去。在剩下的战争岁月里，她将和罗伯特的母亲相依为命，而生活也会被日复一日、机械又无趣的工作填满。

罗伯特心神不宁地看着火车货厢，看他们的两个大行李箱被抬上去。列车是圣塔菲铁路（AT & SF）的“超级酋长号”[①]，将把埃莉诺远送到芝加哥。埃莉诺一个人能应付得过来吗？在结婚后的短短几年里，他们四处奔波，还堆了好多事没做。

红银相间的巨大柴油火车头在铁轨上耐心地嘶嘶喷着热气。埃莉诺抽泣着，死死抓住罗伯特，紧盯他看，想要把他最后的模样印在记忆中。罗伯特还沉浸在即将展开冒险的兴奋里，他不懂这一刻对埃莉诺来说有怎样重大的意义，但是他看到了她眼中的泪水，他们最后交谈的几句话也永远铭刻在了他的脑内。

“你能照顾好自己吗？”罗伯特问。他真心担忧起她所要面临

① 译者注：圣塔菲铁路是成立于1859年的大型一级铁路公司，其旗下的柴油列车“超级酋长号”是一列往返于芝加哥和洛杉矶间的旗舰列车。

的漫长旅途，毕竟她现在的情绪还很脆弱，但是他绝对没料到，此时埃莉诺的心情还要更微妙、更复杂。

“当然。”她说，“必要时我会变得很坚强的。”罗伯特可是一点都不信。“真的，我一个人没问题。”埃莉诺努力挤出微笑，“我只是想把你的脸看得更清楚一些，这样我就不会忘记你这张坚毅又好看的脸了。”

售票员从车门探出身子大喊：“各位请都上车！”

“去吧。”罗伯特把自己从她手臂里抽出来，“我不想让你误了火车。”

火车汽笛发出了一连串刺耳的声浪。“女士，请快一点！”售票员在催埃莉诺。

埃莉诺仍站着不愿走，罗伯特只好把她整个人抱起来放在台阶上。

“罗伯特，你要知道，我——”

“不用担心我！”他说。火车晃了一下开动了，售票员拉住埃莉诺的胳膊让她站稳。罗伯特朝埃莉诺笑道：“现在该轮到你照顾好你自己了！”

车轮滚滚转起，他们之间的距离也越来越远。“罗伯特！我爱你！”埃莉诺声嘶力竭地喊出来，“还有，我怀孕了！”

即使埃莉诺现在探出身子，往罗伯特的下巴上打上一拳，他可能都不会这么惊讶。他站在那里，望着闪耀的银色火车蛇行向远方，留下一串燃烧柴油的雾气和噪音。埃莉诺最后的那句话，夹杂着火车机轮的咔咔响声，在他的脑海里不停地反复冲撞。我怀孕了……我怀孕了……埃莉诺的脸慢慢缩小为一个点，然后消失不见。火车加速前行，很快就成了地平线上的一抹银光。

几个星期后，罗伯特坐在卡萨布兰卡旧领事馆大楼那凉爽安静、空无一人的餐厅里，仍能听到埃莉诺最后那句话的回音。那次离别之后他又经历了很多事，大部分时间都是在病痛和无意识中度过的。埃莉诺最后的坦白一直让他很烦躁。她再了解他不过了，而且她猜得到他在想什么。和战友们一起飞往哈密尔顿去领取“解放者”轰炸机的时候，罗伯特根本没法集中注意力，只能让沃伦来负责飞机的下降和着陆。

一开始知道这个消息他很生气。他心里冒出一股无名之火，好像埃莉诺是为了一己之私故意怀孕似的。他们曾就孩子的事聊过，而且他知道，埃莉诺想要孩子的一部分原因，就是希望能在他远走的时候留个念想。他同时也意识到自己有多自私。父亲给他留下的刺痛还在作祟，不知不觉中把他的情绪弄得一团糟，而且在很长一段时间里，他自己还意识不到这个问题。当机组飞过金门大桥，着陆在哈密尔顿时，罗伯特的想法改变了。他突然明白这说明了埃莉诺是有多么爱他，那一瞬间他简直痛彻心扉。不过，他仍不觉得把一个新生命带到世界上来是正确的。那孩子很可能会像他一样，在长大成人的过程中缺乏父亲的爱。

从病痛中恢复过来后，即使享受着卡萨布兰卡带给他的欢愉时光，罗伯特对埃莉诺的内疚感还是几乎吞没了他，终于，他准备提笔写信。他给埃莉诺写了一封长信，讲述了他非同寻常的旅途，这是他们在铁路上分别后的第一次通信。

不过这封信到了埃莉诺手里却变了味。埃莉诺此刻也对自己越来越窝火。她一点儿也不喜欢怀孕的过程，而且为罗伯特担惊受怕还加剧了她晨间的孕吐反应。这是她第一次收到罗伯特寄来的信，却不是她第一次听到关于他的消息。不久之前，她收到了达喀尔医院的护士寄来的一封信，那护士的故乡刚好也是宾夕法尼亚的露营山，罗伯特就是由她负责照看的。“我叫洛蕾塔，”那护士写道，“是正在看护您丈夫的护士。他现在在达喀尔养病，也许几天后他就能继续上路执行任务了。”所以，看到罗伯特在自己的信里对洛蕾塔只字未提，这让埃莉诺不由得疑心起来。

自从他们分开后，埃莉诺的日子也不好过。她没有安全感，又孤立无援。到了芝加哥，她拖着箱子在火车间穿行，走过几个街区，终于回到了赫梅尔大街的家。一路上没有人向她提供过帮助，也没有人在车站迎接她。她的父亲、母亲和哥哥都不在了。

据埃莉诺所想，罗伯特正沉浸在美貌护士的温柔乡里，早把她忘到了九霄云外。她不知道他下一站会去往什么地方，所以没法写信给他。她觉得有很多种可能都会让她失去罗伯特，也许下一个听到的关于他的消息，就是那可怕的战争部发来的死亡电报。她格外用力地祈祷，不分白昼与黑夜，甚至在阵阵孕吐的间隙里也不停息。她经常听广播，听着听着就睡着了，嘴里还呢喃着《不要坐在苹果树下》和《直到那时》的旋律。[①]

就像这两首歌的歌词说的那样，这个时候罗伯特正越过重洋前往异国的海岸。[②]不过到目前为止，他还没把别的姑娘揽在怀中，也没向外人送上过他的吻。当他在卡萨布兰卡坐着写信的时候，他

① 这两首歌都是二战期间的流行歌曲。《不要坐在苹果树下》在1942年被格林·米勒管弦乐队和安德鲁姐妹组合唱红过两次。《直到那时》是1944年9月由米勒兄弟组合演唱并流行的（那时埃莉诺快要临产）。两首歌都讲述了战时分别的青年男女。《苹果树》的歌词风趣幽默，而《直到那时》更为感人。埃莉诺老年时仍能回忆起这首让她格外动心的歌。

② 译者注：《直到那时》中有一句歌词：“尽管我们要越过重洋。”（Although there are oceans we must cross.）《不要坐在苹果树下》中有一句歌词：“在异国的海岸边看姑娘。”（Watch the girls on foreign shores.）

身上的最后一丝病痛也消失了，取而代之的是全新的感觉。到达英国后，面对等待着他的冒险，罗伯特既有惊惶也有兴奋。1944年夏天，和几百万名勇闯战场去品尝战斗滋味的美国青年一样，他对战争真正的样貌几乎一无所知，也无法预料战争会对自己产生怎样深刻的影响。

*

发动机的音调突然变了，同时海拔骤降，胃里一下子翻江倒海。罗伯特知道C-47开始下降了，这把他一下子甩出了回忆的思潮。他们正在靠近目的地——马赛附近的马赛-马里尼亚讷机场。从方形的舷窗望出去，飞机倾斜转向时，能看到蔚蓝中点缀着白色的地中海正向他迎来。

他在金属座椅上调整了一下坐姿。军队真了解怎样惩罚一个士兵的屁股，他庆幸自己不是个空降兵。也许这样设计座椅，就是为了让士兵们在目的地跳出飞机迎接炮火时感到快乐无比吧。天知道在他抵达乌克兰之前还要忍受多久。

沉浸在回忆中的罗伯特几乎忘了他在哪里。在卡萨布兰卡的日子真的只是8个月以前吗？现在的情形已经完全不一样了。他现在已经是一个父亲，一名战斗经验丰富的老兵，一个“好运鬼”。和8个月前上一次俯瞰蓝色的地中海时相比，他对大多数事物的看法已经改变了。8个月，35项战斗任务，一次捉摸不透的伦敦之行——这个成熟坚毅的25岁青年，正充满讶异地回望24岁那年天真的自己，那个憧憬冒险的自己。

他幸运地活了下来，现在他安全了。很快他就会回到家乡，回到埃莉诺的怀抱。那是他现在最渴望的：温暖而幸福的家。罗伯特·M. 特林布尔已经完成了他所有的冒险。

不幸的是，冒险还远远没有结束。

*

罗伯特此行像是一趟巡回旅行，把新近从德国人手里收复的城市转了个遍。他去过了巴黎，现在是马赛，从马里尼亚讷出发，下一班飞机将把他带去意大利的那不勒斯，然后前往希腊的雅典。他的行程允许他有点时间去瞻仰当地的名胜，然后又匆匆登上另一班让他屁股开花的航班。他飞过埃及的开罗，继续前往进入苏联前的最后一个经停站：德黑兰。

在德黑兰，他被耽搁了一个多星期。准入苏联境内的文件被苏联当局一拖再拖。苏联对外人有一种近乎变态的疑心病，在允许特林布尔上尉踏入边境线之前，他们要坚决确保他所持的纸质文件上每一个字母“i”的点和每一个字母“t”的横都写到位了。

罗伯特孤身一人在异国他乡，没有朋友，也无事可做，便花了几个下午在德黑兰的街道上闲逛，看看商店的橱窗，将城市的风光、声音和气味都尽收心底。他感到周围充满了敌意，氛围令人不安。虽然没有像在开罗一样被乞丐和街道小贩们团团围住，但这里的咖啡店外总坐着一大群慵懒的男人，他们包着头巾，胡须满面，吸一口冒着泡泡的水烟管[1]，喝一口咖啡。在罗伯特经过时，他们会突然中断对话盯着他看，让他浑身都起鸡皮疙瘩。

---

① 原文“ghalyan”，是波斯语中阿拉伯水烟管的意思。

伊朗人为什么会这样盯着看一名美国军官？这对罗伯特来说是一个谜。他还没意识到自己已经踏入一块被外族侵占的土地。伊朗数百年来一直在抵抗英国和俄罗斯的殖民统治，终于在 1941 年向这两个国家的侵略联军缴械投降。伊朗成为半殖民地对苏联可谓一石二鸟：第一，确保了伊朗的石油不被德国人抢走（后者正势不可当地向苏联领土进攻）；第二，得以建立一条新的中转路线——波斯走廊，盟军的军事物资可以经由这里运到苏联境内。在英俄侵占前，从前的统治者礼萨汗因为拒绝了西方的要求而被废黜，他的儿子穆罕默德·礼萨·巴列维继承了王位。波斯走廊成了一条繁忙的路线，军事和外交来往车水马龙。[①] 然而咖啡馆里的人眼见身穿外国军装的人走在他们的街上，却并不乐意。

美国大使馆里的气氛则和谐多了，不过罗伯特也有奇遇。在大使馆建筑楼里种种诡异的邂逅，开始成为罗伯特生活中的一抹亮色。到达德黑兰后的星期五晚上，他独自在一间富丽堂皇的餐厅里吃饭，管理餐厅的中尉来到他的桌子边。

“打扰了，上尉。”他小声低语，“沙阿今晚也在这里用餐，他想见见你。”

“谁？”罗伯特以为他听错了。

“是沙阿，长官。伊朗的沙阿，也就是……国王？”见罗伯特的神情终于豁然开朗，中尉解释道，“沙阿和王后就在那边的桌子吃饭，他们想认识你。”

罗伯特茫然地站起来，跟着中尉走到对面桌子旁，那里坐着一

---

① 大量来自英国的援助物品和美国租借法案下的供给品在战时被运送到苏联。波斯走廊中包含其中几条关键路线，其他几条则是北边通往摩尔斯曼克的海路，还有阿拉斯加–西伯利亚路线。

对穿着时髦的夫妇。他们很年轻，并不比罗伯特大多少。男的很是英俊，鼻子修长丰满，一头光亮的黑发，眼睛小而明亮。他身上整洁的西装，连同他那穿透人心的凝视一起，给人感觉仿佛这是个西西里岛的黑帮成员。女子的穿着和打扮活像个电影明星。她毫无疑问是罗伯特见过的最美的女人，光是看着她的眼睛就让人惊艳得说不出话。这一对精致的璧人就是伊朗的第一夫妇：沙阿和他的夫人法齐娅王后。

沙阿习惯每个星期五（即伊朗的休息日[①]）都来这里用餐，以便维系与西方盟友的良好关系，罗伯特是这样被告知的。但是没人告诉他，为什么沙阿会对他这样一个身份低微的美国上尉感兴趣。直到后来他才明白，这可能和他所处的外交地位有关。还有一种可能，就是沙阿正事无巨细地收集本国外交圈中发生的一切消息[②]，所以他也许在闲言碎语中听说过罗伯特・M. 特林布尔上尉，并且知道他正在执行某个神秘的任务，而且牵涉美国当局的最高层（如果真是这样，那么此时此刻，沙阿比罗伯特自己还要了解这一切）。

他们互相做了介绍，沙阿极富亲和力地与罗伯特握手，并示意他坐下。接下来就是一场最不寻常的谈话了。谈话一开始就能很明显看出沙阿和王后之间有点不对付，罗伯特觉得自己夹在他们俩中间，要手忙脚乱地应付两边的不同提问。沙阿最近正在学习飞行课程，对飞行员有浓厚的兴趣，他想知道关于飞机的一切，还有特林布尔上尉在战斗中的故事（肯定有人事先告诉了他罗伯特的简要情况，看起来沙阿知道很多罗伯特的事迹）。

---

① 译者注：伊朗一般以星期四和星期五为休息日，而星期六则是一周的起点。

② 穆罕默德・礼萨・巴列维对在伊朗的美国外交事务非常感兴趣。

“您经历过险境吗？”沙阿问道，“你们失去过战友吗？您驾驶的是什么型号的飞机？”

“我们有很多战友牺牲，先生，其中还有我的好朋友。我们的飞机起火，发动机炸开了花，我还亲眼看到过机翼被高炮打碎，但是每一次我们都能把飞机开回来。”

罗伯特说话的时候能感觉到法齐娅王后的目光一直在注视他，而且她正努力让目光显得不那么热切——但还是被发现了。

“上尉，您结婚了吗？”她突然发问。

“当然，我结婚了，夫人，我是说，殿下。”

“您妻子穿什么样的衣服？穿什么样的鞋子？是平跟还是高跟？在正式场合她穿什么呢？”

沙阿试图打断王后，但是王后说服了他。她开始向罗伯特问起美国女人们的生活：丈夫们待她们怎么样？怎么抚养孩子？她们在哪儿购物？她们怎样——

“求你了，安静一会儿！”沙阿插话道，“我有我想问的问题。”

“我也有想问的问题！”王后说。

“我有很重要的问题，”沙阿低声怒斥，“和你们女人没关系！”

他们之间的气氛突然从冷淡降到了冰点。相反，罗伯特感到燥热不已，他紧张地瞟了一眼另一桌的保镖们，试图保持尊敬，用目光直视沙阿。他尽自己所能回答了沙阿问的那些艰深的技术问题，又解释说自己现在是个渡运飞行员了，再也不用参加战斗了。

终于，这难挨的会面结束了，沙阿邀请罗伯特到他家中做客。罗伯特还傻里傻气地问了他们家的地址，沙阿咯咯笑起来，说自己会在纸条上写好相关细节给他。

就这样，几天以后，罗伯特·M. 特林布尔，这个来自露营山的小伙子，乘车到了涅瓦兰宫。那是城市郊外一片壮观而规整的花园和开阔的草坪，囊括了涅瓦兰宫和沙赫坎尼叶宫，还有宏伟的亭苑和宫室。在门口，罗伯特受到了大总管的接待，大总管相当于英语中的管家，不过级别更高。让罗伯特失望的是，沙阿和王后都不在宫中。（哦好吧，罗伯特心想，我猜他已经从我这儿得到了所有他想要的信息。他没想到的是，沙阿也可能并没能从他这儿得到想要的信息。）大总管带着他在宫里转了一圈。罗伯特带着敬畏与好奇穿过大厅和宫室，阳光从彩色的拱形玻璃泻下，四面的墙和地面都铺满了闪闪发光的瓷片，天花板挂着水晶，让人感到仿佛是行走在一间放满了珍奇异宝的房间里。

终于他来到宫外，宫门在他身后关上。解脱了！罗伯特感到一阵轻松。虽然有一点小小的失落，但他庆幸终于不用再忍受一次正式晚宴的折磨了。他一直想象自己坐在宽大桌子的一端，不知道用哪把叉子，沙阿和王后则在餐桌的另一端用问题轰炸他。（当得知后来的消息，他还是有点惊讶的——就在几个月之后，法齐娅王后离开沙阿回到了她在埃及的娘家。罗伯特不敢相信沙阿为什么态度如此恶劣，竟会这样对待一个女人。“多可爱的姑娘啊。”罗伯特恋恋不舍地回忆道。）

他擦了擦额头上的汗，重新戴上军帽，走下宫门前悠长的车道。

*

这一次他乘坐的不再是 C-47 了，而是柯蒂斯 C-46 突击队员运输机，不过其他一切都没变：又一次飞行，更长时间的煎熬。[1]罗伯特正准备迎来他在苏联的第一个冬天。气温在英国和开罗和暖了许多，在德黑兰有些许凉爽，而现在则跌破了他能忍受的极限。

苏联政府终于找不出理由让他继续等下去了，于是准许他进入苏联。一起放行的还有其他 3 名前往波尔塔瓦的美国军人。他们搭上一架由苏联飞行员驾驶的 C-46，离开了德黑兰。[2]

一路上并不太平。这一次罗伯特不再去注意屁股受的罪和严寒了。空中旅行的前一段还过得去，飞机飞翔在里海上空，随后转向西北朝俄罗斯进发，前方是连绵起伏、横亘于里海和黑海之间的高加索山脉。当飞机开始缓慢爬过山脉时，天突然开始下雪了。

前方完全白茫茫一片。苏联机组人员无法导航飞出去，不过他们也没有惊慌，仍搜索着可见的地面标志物，准备在一个熟知的小机场着陆——那是一个叫作阿尔马维尔的亚美尼亚小城，靠近山脉的南部山脚。飞机进近阶段，飞行员甚至看不到跑道的位置。罗伯特本以为着陆绝不可能，结果却着实领教了一番苏联飞行员在冬天里的飞行技巧，还有他们的勇猛属性。很快，他也得学会这样开飞机。着陆过程险象环生，但出奇地顺利。当晚机组成员和乘客就在机场度过，苏联指挥官招待了他们一顿地道的晚宴，其中还有一道菜是用鱼眼睛做的（罗伯特偷偷倒掉了他的那份儿）。

第二天早上，他们又得出发了。起飞后不久，就见辽阔的高加索山脉耸立在前方，像一座怪石嶙峋的巨型堡垒，顶端铺满白雪，

---

① 从德黑兰到波尔塔瓦的路线有 3 架由波尔塔瓦苏联机组驾驶的 C-46 突击队员运输机，一周有两次航班。和 C-47 相比，C-46 型号更为老旧，不太安全，数量也没那么多，这也许就解释了为什么美国陆军航空队会允许苏联持有该机型。

② 罗伯特没有回忆起来这些人是谁，很可能是在开罗度假回来的军官。开罗是波尔塔瓦军人的常规休假胜地。

从地平线的一头延伸到另一头。飞机开始爬升，渐渐地高度到了12 000多英尺，远高过了必须佩戴氧气面罩的高度。一般运输机很少会飞到这个高度。罗伯特着了迷一样，看着寸草不生的巍峨山峰从底下经过。他也曾在回家途中飞过落基山脉上空，不过，从空中俯瞰群山永远看不厌，这些山峰离他是如此的近，他甚至可以把脚伸出去踩在山顶的积雪上。

飞机开始向远端缓慢下降，刚一下降就冲进了一簇乌云里。穿过云层向下，又闯入了一场暴风雪。这次的暴风雪不像前一天的那么大，所以苏联飞行员继续飞行，前往罗斯托夫的苏联红军陆军航空基地。罗斯托夫是工业城市，本是一片沼泽地，顿河就在那里汇入亚速海。像许多曾被纳粹德国占领的俄罗斯城市一样，罗斯托夫历经了战斗的血洗，已是千疮百孔。

在航空基地，罗伯特第一次感受到了俄罗斯人的脾性：一个极端是热络的兄弟情谊，另一个极端则是残酷的铁石心肠。

4个美国人被东道主苏联军方当作了贵宾，指挥官按照自己的酒量给美国人倒酒，招待会还没结束，他们几个就已喝得嘶嘶冒酒气了。当晚，航空基地的剧场内有一场话剧，作为指挥官的客人，他们也跟着前去观剧。罗伯特和美国同胞们被带进剧场，发现剧场里苏联军人的军衔一个比一个高，却都站着等他们这些贵宾落座（当然，他们被安排坐第一排）。罗伯特等人的屁股刚一挨着椅子，没听到任何人发出指令，所有的苏联军人也都坐了下来。

罗伯特看话剧看得津津有味，尽管他一句台词也听不懂。（他回忆说，那部话剧的标题里有个“狼”字，但是话剧中又没有出现狼。）总体来说，他们度过了一个被伏特加冲昏了头的愉快夜晚。翌日，在指挥官及其下属的陪同下，罗伯特等美国人和机组人员前往他们的飞机。一个满面愁容的哨兵向指挥官报告，说他和他的同志在夜间听到飞机里有声响，要求现在就对飞机进行检查。于是，飞行员打开货舱向里面张望：在那儿，蜷缩在阴影里的，是一个几乎快冻死的少年，看着只有 15 岁左右。

苏联军官们凶巴巴地审问这个可怜的孩子，罗伯特听了译员现场的传译，大概猜到是这个孩子想参军，但因为没到入伍年龄，所以他只好偷藏在飞机里。他以为这架飞机是去前线的，这样飞机着陆之后，为了惩罚他，上头就可以忽略年龄把他送到军营去了。罗伯特不知道这孩子是罗斯托夫当地人，还是在阿尔马维尔迫降时他上了飞机。这种做法虽然大胆，却相当愚蠢。在飞机上过了一夜，这孩子已经体温过低，在死神门边徘徊了。

在外国贵宾面前出了这样尴尬的事，苏联指挥官只得压抑住几欲爆发的盛怒，仍以盛大的礼节仪式欢送了美国人。就在同时，那个男孩被带走了。罗伯特最后一次见到那个男孩时，他正被带到一个飞机修理棚里面。“哦，他会如愿以偿的。”翻译幽幽地说。但是他所谓的“如愿”指的是受到惩罚还是成功参军？抑或两者兼有？没有人知道。几分钟后，在 C-46 的发动机声中，罗伯特听到了来自飞机修理棚方向的一阵枪响。

罗伯特打了一个寒战。当然，并不是因为寒冷的天气。他开始郁闷地想，自己究竟来了怎样一个国度。

第四章　大幕背后

1945 年 2 月 15 日，乌克兰波尔塔瓦空军基地，机场编号 559
美国战略空军，东线指挥部

C-46 运输机结了霜的舱门在一阵噼啪脆响中打开了。经历了漫长的飞行后，罗伯特·M.特林布尔上尉冻得浑身僵硬，他站在门口，向外眺望波尔塔瓦空军基地。

狂风飞快地击中了罗伯特，在他脸上抽了冰凉刺骨的一巴掌，他倒吸了一口凉气。这风横行霸道地刮过了几百英里的乌克兰草原，是他所见过的最寒冷的东西。不过这风也够懒的，它懒得吹遍你的全身，只会给你迎面一击，让你喘不过气，让你的胸腔都结上冰凌。阿勒格尼[①]的冬天和这儿一比就是小巫见大巫，或许这也解释了为什么苏联人是这样的冷酷无情。对于罗斯托夫那个男孩的遭遇（也有可能是罗伯特自己认为的“遭遇”，不过接下来几个月里，他亲眼看到的那些事更加印证了他这一想法），罗伯特仍然没能释怀。

① 译者注：位于美国宾夕法尼亚州的高原地带。

他呼了口气，用双臂抱住身体，走下飞机来到结冰的地面上，环视波尔塔瓦机场。从这里看波尔塔瓦并没有比在空中俯瞰好到哪里去：杂草上落满了积雪，一片惨白，从四面八方蔓延到天尽头。附近有一些被炸平了的建筑物，还有眼看就摇摇欲坠的棚屋。远处是新修的匡西特半筒式铁皮屋，还有一排排木头营房。脚下，C–46所停的停机坪铺设了带孔钢板，这是美国空军应急用的一种多功能铺面材料，跑道上铺的也是带孔钢板。这东西本来是临时铺设的，但是很明显，没人有空把跑道和停机坪重新浇上混凝土。大多数跑道上除了冻硬的泥土什么都没有。

在众人恍惚的目光中，波尔塔瓦空军基地就像个地狱。

就在一年多前，这里还是纳粹德国空军执行战斗任务的出发地，德国人一点也不情愿放弃这座基地。1943 年 9 月，面对苏联红军的包围，德军占领者尽他们所能摧毁了基地的建筑物，并在来不及拆掉的建筑下面埋上了远程遥控的炸药包，连跑道也没能幸免。那以后，苏联人只采取了一些最简单的必要措施，只求让飞机场重新运转起来就行。

机场不是唯一受到重创的地方，整个波尔塔瓦地区都经历了东部战线上最惨烈的战斗。1942 年和 1943 年，“库尔斯克会战”和“哈尔科夫反击战”两大战役就在波尔塔瓦东面打响。发生在波尔塔瓦当地的战役也是异常惨烈。战争已经两次把这个地方夷为平地：一次是在 1941 年，该地区在“巴尔巴罗萨计划”[①]中被吞并为德意志第三帝国的一部分；另一次是在 1943 年，苏联在“第聂伯河–喀尔巴阡山脉防卫战”中又把这片土地夺了回来。百万计的人参与战斗，

① 译者注：“巴尔巴罗萨计划”制定于 1940 年，为纳粹德国入侵苏联行动的代号，也标志着长达 5 年的苏德战争的开始。

成百上千的人死在这些战役中。为了这片土地，苏联上百万的男男女女伤亡，而这只是他们卫国战争中的冰山一角。

在战争浩劫的余波中，1944 年春季，有一小批美国人来到了波尔塔瓦。他们是一批工程师，负责清除战争造成的破坏，建设新的设施，为即将到来的飞行员们做准备。

把他们带到这儿来的是一个野心勃勃的计划：波尔塔瓦将成为大范围轰炸任务的中转站。德国的大部分产业都集中在德意志第三帝国的东半边，所以驻扎在英国和意大利的英美轰炸机在航程上难以抵达。构成盟军战略轰炸力量主体的是四引擎轰炸机，它们没有办法在完成远距离投弹后再飞回英国。倒是也可以装载更多的燃油箱，但那样就会减少载弹量。所以解决的办法就是先轰炸远处的目标，然后飞行一段短得多的距离来到苏联境内的基地加油，装载更多炸弹，在回程途中再轰炸另一批目标。这就是“穿梭式轰炸”。这真是个大胆的设想，而且完全依靠苏联的合作。

尽管苏联首脑很不情愿，但还是同意了“狂暴行动”的计划。美国第 8 和第 15 航空队（分别以英国和意大利为基地）将参与这个计划。波尔塔瓦基地被设计为新近创立的东部防线指挥部的中心，受欧洲的美国战略空军部队全权管辖。波尔塔瓦周边的两个卫星基地也被纳入计划。美国的军需、燃料还有军火大量运来，建筑物拔地而起，穿孔钢板跑道被铺下，很快，波尔塔瓦就又恢复为能运转的空军基地了。美国人在这个地方并不都说了算——苏联总管一切，而且波尔塔瓦也是苏联的战斗机中队基地——不过他们所需要的设施都已到位。1944 年 6 月，战斗行动正式开始。

“狂暴行动”实施的次数非常有限，也没有达到计划预期的结果，很快就夭折了。战争到了目前阶段，斯大林开始觉得就算没有盟友的帮助，他们也能打赢。他拿走了美国和英国能提供的所有援助，比如《租借法案》规定的物资[①]，但就是不愿合作。还有一方面原因，苏联不赞成西方盟友粉碎性打击德国产业的想法，苏联的做法是打算把工业设施夺走。总而言之，苏方就是不希望外国军事力量在自己的前院里插足，不希望外国人走来走去，看到不该他们看的东西，还随身带着他们那套怪模怪样的资本主义价值观。在波尔塔瓦的美国军人被限制在一个很小的数量内并受到监视，到哪儿都要由苏联卫兵陪同。

鉴于该基地处于苏联空军完全的管理之下，苏联红军也负责保卫它：基地被防空高射炮环绕（美国军人是不许近距离查看这些高射炮的）。这些防御设施看起来很不错，但一旦到了要接受考验的时刻，却弱得可怜。当德国空军决定在6月21日至22日夜袭波尔塔瓦的时候，他们简直如入无人之境，破坏易如反掌。

夜袭发生的那天下午，执行完穿梭式轰炸任务的美国B-17轰炸机中队和P-51战斗机中队回到了波尔塔瓦，他们刚刚轰炸完东德的目标。接下来战斗机将继续飞往其中一个卫星基地；而轰炸机中的一部分将留在波尔塔瓦，另一部分前往第二个卫星基地。飞机都停在苏联分配给美国的那半边机场，展开队形。但是那疏散区修得差强人意，而且苏联官方条例要求，所有停放的飞机必须离跑道有一段最小距离，结果就是，因为疏散区的空间有限，飞机们都挤在了一起。

突袭就发生在午夜之后。德国空军的飞机开始投下照明弹，一个接一个，直到整个机场被照得像舞池一样灯火通明。照明弹由吊

① 译者注：1941年，美国通过《租借法案》，规定美国可在战争期间向反法西斯国家借贷或出租武器、弹药、战略物资，租借的费用可战后清账。

伞牵引缓缓下降，气氛出奇地安静，只有飞机逐渐靠近的嗡嗡声。德军开始空袭，那架势如同一辆重型半挂拖车撞进了尖桩篱笆丛。一波又一波容克 Ju-88 和海因克尔 He-111 轰炸机飞过头顶上方，用爆破弹集中火力猛攻基地，上千的燃烧弹和杀伤性炸弹如雨点纷纷落下，整个机场到处都是。“大概持续有一个小时左右，”后来东线指挥部的指挥官回忆道，“除了炉灶，他们把所有地方都炸了个遍。而且我也说不好，因为后来视察的时候，我连炉灶的影子都没看到。”[①]夏日午夜的天空变得通红，满是喷射的火球，还有直冲上天的黑烟。燃料和炸弹仓库都被击中，50 万加仑的航空等级燃油和千余颗炸弹在滔天火焰中灰飞烟灭。

翌日早上，美国人和苏联人开始清点他们的损失。只有两名美国地勤人员在夜袭中牺牲，但是苏联一方失去了 30 人，大部分都是在灭火的时候牺牲的。大多数美国飞机都遭到了破坏，机场上共有 73 架 B-17，过半都被击中了；47 架彻底报废，变成了一摊融化的铝水，流得到处都是，只有飞机的尾翼幸免于难，还竖在那里，像块墓碑。机场整整关停了两天，因为还有未爆炸的炸弹。事后，一位东线官方历史学家认为这场大规模的夜袭堪比日本偷袭珍珠港希卡姆空军基地。德国人对他们的胜利非常得意。第二天晚上，他们又回来把米尔霍罗德的卫星基地给炸了。苏军的防御系统再次彻底失灵。[②]

美国和他们苏联伙伴的官方关系就此毁了。对于美国最高指挥部来说，夜袭是“狂暴行动”继续存在的严重耻辱。穿梭式轰炸任

① 时任东线指挥部指挥官的阿尔弗雷德·A. 凯斯勒准将于 1944 年 7 月 5 日接受采访时所言。

② 在米尔霍罗德的大部分飞机都被转移了，但是大量燃料和军火都被损毁。

务只执行了 7 次，到了 1944 年 9 月底，这项行动就被彻底搁置。东线指挥部的人员缩减到 200 名男女，他们被称作“冬日特遣队”。指挥部没有被完全关闭是因为对美国来说，在苏联有个落脚地，还是益处多多。

于是东线指挥部承担了一个新角色：抢修美国在苏占地区紧急迫降的飞机，还有营救机组人员。美国人也开始设想波尔塔瓦的另外一个功能：随着苏联红军进一步深入波兰，很快就会有一大批战俘被解救出来，对于蜂拥而至的美国战俘，他们希望波尔塔瓦能够成为一个良好的收容中心。

但是正如“狂暴行动”一样，和苏联合作明摆着让人泄气。苏联的政治家们根本不想看到美国人。飞机抢修团队的技工和飞行员们必须小心翼翼远离基地的禁区，深入到俄罗斯前线的后方。苏联政府觉得他们爱管闲事，喜欢插手，还到处探听情报，对于苏联正在做的事，他们看在眼里，又指手画脚。在解放了的波兰苏占区尤其如此。美国人对他们在波兰看到的景象很不满，于是他们中有一些人站出来表示反对。

苏联对于波兰的敏感可以追溯到 1939 年。波兰那时分属两股势力：一部分属于纳粹德国，另一部分属于苏联。成千上万的波兰政治犯被带到了苏联斯摩棱斯克的集中营，其中有相当大一部分来自波兰政府军，他们被视为国家主义抵抗力量的源头。斯大林对于波兰和波兰人有着最深的痛恨和不信任，这种情绪深深扎根在这两个国家的历史中，仅是暴乱的可能性就让斯大林无法忍受。1940 年 3 月，斯大林和苏联最高权力机关授权内务人民委员部（国家秘密和情报警察机构），结束了两万名政治犯的生命。

这件事本来也就悄无声息地过去了，如果不是因为 1941 年德国的入侵，外界根本不会察觉。德国军官在斯摩棱斯克附近驻扎时，发现这里曾进行过一场大屠杀。调查发现，斯摩棱斯克以西 12 英里的卡廷森林中竟掩埋了四千具尸体。据当地人回忆，那天有一辆又一辆卡车装载着从监狱运来的波兰人开进了森林里，车队往来和枪炮声持续了好几天。

1943 年，随着苏联红军前线逐渐推进，德军即将被赶出苏联的领土。纳粹政权猜想苏联人可能会因 1940 年的屠杀而被全世界谴责，于是决定向世界公布他们的发现。他们吹嘘着自己的调查，把红十字会也扯进来，开了一个国际大会。接下来就是一场 20 世纪最精彩的政治伪善表演，两个残暴的国家竟在互相指责对方。

尽管流亡海外、驻扎在伦敦的波兰政府一直都知道，在 1939 年到 1940 年间，苏联曾大规模将波兰人驱逐出境；但卡廷惨案[①]的真相还是让他们大为震惊。波兰流亡政府施加压力，要求对惨案做进一步调查，并要求苏联对此做出解释。苏联用冷漠的敌意回应了此事。外交大臣莫洛托夫愤然指出这场惨案和苏联没有半点儿关系。（事实上，身为政治局的一员，莫洛托夫还在那份授权处决的文件上签了名。）苏联坚持说那是纳粹的暴行。不只如此，苏联甚至声称流亡在外的波兰政府现正与纳粹积极勾结，企图转移舆论谴责的焦点。

温斯顿·丘吉尔惊觉“三巨头”的局面可能会遭到破坏，于是尽他所能让波兰流亡政府闭嘴，一边安抚斯大林。但是没用，波兰流亡政府继续提出抗议。1943 年 4 月 25 日，苏联政府正式和波兰断交。西方想要重振民主波兰的希望破灭，苏联则准备在波兰设置

① 这场暴行之所以被称为“卡廷惨案”是因为最早的尸体被发现于卡廷森林，但大部分人是在别处被杀害的。

一个亲苏的政府。苏联红军跨过波兰后，内务人民委员部就跟在后方实施了这一计划。傀儡政府于 1944 年在卢布林成立，1941 年曾一度中断的苏维埃化在这个国家再次兴起。

当时，波兰流亡政府还存在，而且丘吉尔和罗斯福也还在继续支持它。斯大林认为英国人和美国人可能会偷偷帮助波兰反共民族主义者抵制傀儡政府。由于苏联正忙着把视线投向战后东欧建设，它的盟友便似乎自以为有资格评头论足，处处对苏联的行动提出抗议。

美国和英国当然对这些行动有完全不同的看法。他们坚信自己是为了一个没有压迫和集权的世界在和纳粹浴血战斗，而不是为了易北河东岸的那个斯大林帝国。

在其中举步维艰的就是战俘了。随着苏联红军将前线推进到波兰，战俘被解救的日子也越来越近。但苏联对战俘所受的苦难无动于衷，因为要救他们就意味着得让美国救援队进入波兰。考虑到可能存在的困难，还有被解放战俘可能面临的风险，美国军方高层和外交人员正针对苏联秘密做着准备。

第一就是需要在集中营所在地安排隐蔽人员，但这本身就存在问题：当地没有可以使用的情报系统。1944 年一整年，华盛顿和莫斯科都在就东欧情报系统上的合作进行谈判，然而毫无进展。在 1944 年初，一个新想法浮出水面。美国战略情报局和苏联内务人民委员部将开展一个交换项目，让战略情报局的官员前往莫斯科，而内部人民委员部的官员去华盛顿。苏联人对这个计划很感兴趣，但是该计划被罗斯福总统回绝了。他马上就要进入选举年，让苏联特工进入美国无疑会成为他的竞争对手们的一份舆论攻击大礼包。

一整个夏天，关于促进美国战略情报局和苏联内务人民委员部之间合作的建议层出不穷，但是都被斯大林和他的外交部长莫洛托夫拒绝了。不过内务人民委员部的副手帕维尔·菲京将军对此却很热心。菲京是个聪明的王牌间谍，在 1941 年就曾经警告过斯大林德国人有入侵的野心。他和斯大林还有莫洛托夫的关系很不好，当意识形态上的偏执使斯大林和莫洛托夫倾向于让外国人滚出去时，菲京独独看到了扩大情报收集来源的价值。甚至在和美国战略情报局局长、绰号为“狂野比尔”的威廉·多诺万将军的谈话中，他也能套出关于战略情报局训练、技术、方法的信息，多诺万还高兴地（也相当天真地）告诉了他。菲京想要绕过莫洛托夫和斯大林，建议战略情报局的官员通过外交渠道偷偷渗透进东欧国家，比如南斯拉夫、匈牙利还有罗马尼亚。但是在波兰，这一德国战略力量最重要的集中点（也是最容易发生战俘危机的地方），所谓的外交通道根本不存在。

1944 年在点滴流逝，多诺万一次次要求斯大林同意让战略情报局的特工进入波兰收集情报，但这些请求都被否决了。实际上，直到 1945 年为止，战略情报局持续提出了很多次请求。一个再冷静的观察者看了也不免会猜想，这是不是故意要转移苏联的注意力，好使其不要注意到别的更隐蔽的渗透行动。

1944 年 11 月，空军少将埃德蒙·希尔前往莫斯科接受任命，成为美国军事代表团空军师的长官，掌管美国陆军航空队在苏联的所有部队和行动。在这之前，希尔曾在英国担任第 8 空军混合联队的最高指挥官。这看起来是一个人畜无害的专业部队联盟，但其下属的 492 轰炸机大队其实在为战略情报局提供空运服务：大队经过改良的“解放者”号轰炸机负责运送特工跳伞进入德国军事占领区。希尔少将是战略情报局跳伞任务的核心参与者。如果莫斯科的美国军事代表团想要一个与战略情报局运作机构有密切联系的人，又不是严格意义上的战略情报局的官员，那么埃德蒙·希尔少将就是最好的人选。[①]

所有在苏占区进行秘密行动的要素都已经逐渐到位。

1945年2月15日，当罗伯特·M.特林布尔上尉下了飞机，踩在波尔塔瓦冰封的大地上时，他对这些事尚一无所知。[②]但是，他很快就会知道了。

很快，他就会亲眼见识到苏联对于美国人以及这场战争中其他许多事的看法。他已经目睹了苏联人的巨大反差：他们美妙的热情好客和极端的冷酷无情。他不知道这冷酷还能跌到什么样的地步，也想不到它们能带来怎样可怕的后果。他在空战方面的确是个老道的战士，但是对于战争本身，他还是太天真了。东线战场能让一个人尝到战争最最极端的滋味，也能让人认识到人类还能展现出多少原始兽性。

罗伯特和其他乘客下飞机的时候，苏联哨兵已经站在两侧，一辆吉普车正等着接他们去美军的营地。哨兵们的步枪都上了刺刀，那苏联式刺刀像剑一样细长，看上去特别吓人。罗伯特羡慕地看着哨兵们带毛边的帽子，有机会他也想赶快给自己弄一顶。

吉普车在雪地中飞驰。罗伯特努力抵抗酷寒，想要集中注意力，根本没有心思去注意周围的环境。外面零散停着几架飞机，两架

---

① 如果希尔作为战略情报局一个可有可无的渠道被安插进来，那么就不可能是只针对战俘渗透行动的。他更有可能是一名用途广泛的战略情报局联络人，在有需要的时候能够派上用场。苏联人对他非常怀疑，在战争的后期曾试图不让他离开苏联。

② 根据东线指挥部的官方历史学家卡鲁塔中尉提供的日期，特林布尔上尉到达波尔塔瓦的时间可能是2月14日；而根据特林布尔被任命为助理行动官的时间，也可能是2月15日到达。鉴于有可能飞机在阿尔马维尔和罗斯托夫各停了一晚（因为连续的坏天气），此处采取2月15日为到达日期。

C–47，两三架弹痕累累的 B–24“解放者”和 B–17“空中堡垒”，机身打上了各种各样的轰炸机大队标识。（很可能这就是被抢修的飞机，也就是他要渡运回去的。）波尔塔瓦基地大部分的飞机，即它的牦牛战斗机中队，则分散在机场的另一端。附近唯一打着苏联标识的是一架两座的双翼飞机，看上去像是第一次世界大战的遗物，那是一架波利卡尔波夫 U–2 飞机，苏联人用它来完成轻量级的本地运输任务。

罗伯特被带到了军官宿舍，那是一排木头营房，周围是一簇看起来长得差不多的楼房，分布在一条阴森小路的沿线。营房旁边有一排老的公寓楼，墙壁已经被火焰和炸弹烧得漆黑。罗伯特被要求一到宿舍就去指挥官那里报到，所以他把自己的装备放下就到指挥部去了。泥泞小路边，一棵死气沉沉的树上钉着一块指示牌，罗伯特根据指示牌走过外墙被熏得更加焦黑的建筑物，找到了东部战线的指挥部。这也是一座木头棚屋，甚至比德巴赫的指挥部还差劲，德巴赫指挥部周围至少还有几棵像样的树。

罗伯特走进去，本以为要等上一会儿，出乎意料地很快就被叫了进去。在这里他第一次见到了那个人——这个人将让他的生活天翻地覆，把他的三魂七魄都吓出来。

你很难看出托马斯·K. 汉普顿上校的真实年龄，他的职位则更扑朔迷离。他过早地谢了顶，看起来大概比实际年龄更老；他浓密的眉毛、严厉的眼睛，还有长长的下巴都加重了这种感觉。很久之后，罗伯特才发现他其实还是挺幽默的，人也很热情，不过现在的他还和幽默沾不上半点关系。

汉普顿上校所处的位置很难界定。在行政上，东线指挥部和第 8 及第 15 空军等机构属平级，但是它几乎没有任何下属机构或部队，它所拥有的飞机也只是少量的运输机。在规模上，它等同于小型的运输和维修营，但是它的最高长官却处于两个最强参战国关系的正中心。

在私底下，美国人和苏联人的关系不错，军官和士兵俱乐部还时不时会举行派对，基地剧院和苏联餐厅也会举办聚会。为活跃庆典气氛，苏联人把他们强大的智慧发挥到了极致，氛围堪称友好又热切。但是官方关系却处在内务人民委员部的监视之下，被两套价值观体系和原则渲染之后，美国人和苏联人之间有了天壤之别。

汉普顿上校一半的时间都被用来维持他和苏联同行的外交关系，也就是那位 S.K. 科瓦廖夫少将，波尔塔瓦基地的总指挥官。科瓦廖夫既是狂热的酒鬼，也是狡猾的外交家。但汉普顿不是那样的人。他觉得他的职责就是把美国军人的利益放在第一位，对于苏联的阻挠他根本没耐心对付，尤其不擅长外交上那套见人说人话、见鬼说鬼话的把戏。

东线指挥部里有一两个军官，虽然不是完全倒向苏联，却也认同苏联的观点。他们觉得汉普顿有点反应过度，这完全没必要。[①]苏联人禁止汉普顿飞往波兰，因为他们觉得汉普顿是在收集政治情报（当汉普顿举报苏联的错误做法时，他们就是这么认为的）。汉普顿每次都会为他的战士们出头，比如有件鸡毛蒜皮的事：一次，不知道是哪个苏联士兵开枪把美国军人的狗打死了，汉普顿告诉科瓦廖夫将军，说他的战士们对苏联士兵这样“残忍对待动物非常恼火”，并警告他，如果有一天美方找到了那个射杀狗的士兵，“他们如何处置他，我恕不负责”。

① 其中一名军官就是埃尔伯特·里帕斯基少校，他后来成了东线指挥部的一名官方历史学家。

罗伯特会慢慢喜欢上汉普顿上校的，并终将知道他所处的位置有多关键。他和罗伯特打了个招呼，脸上挂着一丝苦笑。“欢迎来到天堂，特林布尔上尉。”他说。

罗伯特也笑了起来，然后低声说他一定会完成任务的。汉普顿惊奇地望着他，问他是否清楚自己的工作是什么。

“我当然知道，”罗伯特说，“我来这儿是要把那些经过抢修的飞机开回原部队。”他猜“空中堡垒”将会回到英国基地，“解放者”则飞回意大利，他又询问是否要绕远路走经过德黑兰的路线。

汉普顿紧皱眉头看他：“你来这里不是渡运飞机的，难道在伦敦他们没告诉你吗？”他要求看罗伯特的护照。汉普顿逐字逐句地看，看得罗伯特直冒冷汗。“德黑兰发来入境许可申请，说你来这里只是执行临时任务，所以我们不得不向美国战略空军询问你的任命状况，确保来的是我们要的人。[①]看来你就是那个人，你自己看过这本护照吗，上尉？”汉普顿继续说，“这是一本外交护照，也就是说你的身份是一名美国政府的官员。”他把护照递还给罗伯特，“他们应该在伦敦的时候就告诉你了。”

罗伯特晕了，有一种似曾相识感，他好像突然又回到了伦敦的美国大使馆，自己正坚决抗议逼他做间谍一事。

“你不是来做渡运飞行员的。”汉普顿又强调了一次，“我们这儿的飞行员已经足够了，那只是一个把你弄来这里的幌子。你的任命书是莫斯科的军事代表团发出的，你将会和战略情报局一起工

① 2月8日，汉普顿上校给美国战略空军发了一封电报，要求得到“关于特林布尔上尉来东线指挥部任务性质的消息”。2月11日，汉普顿上校收到了斯帕茨将军的回电说明。2月20日，汉普顿要求将特林布尔为期30天的暂时性任务修改为永久任命。我们只有汉普顿这边的通信，斯帕茨的回复均已丢失。然而汉普顿询问的内容似乎针对的是特林布尔任务的暂时或永久性问题，而不是他的秘密职责。

作，特林布尔上尉，你将会是我们在波兰的特工。”

*

那个夜晚，罗伯特躺在床铺上，脑子里天旋地转。他的力气耗尽了。早上才从罗斯托夫出发，可他感觉好像已经过去了好几天。一整天他都晕头转向的，不断在接受新的情况，还得抑制住怒火。他从一开始就被骗了。他不怪他的老上司赫尔顿上校，他很可能也和自己一样被蒙在鼓里，但是有个看不见的人躲在权力链条上端的阴影里，精心烹制了一道谎言大餐，逼他吞下去。

他的前程已定，无力更改。他很可能还没反应过来就被人抓住，连扯带拽地把他痛揍一顿。他怎么会那么傻啊？他以没有回家见埃莉诺为代价，哪怕只能和她在一起几个星期呢，结果就换来了这个机会？这个梦魇一样的任务，听上去像是通向断头台或者行刑队的单程票，足以让一个男人痛哭落泪。

听到汉普顿上校放出的冷枪，罗伯特的第一反应就是抗议，就像在伦敦他拒绝成为间谍一样（这是他认为的）。但是他很快掐灭了这个念头，在这里这一套不管用了，在这个与世隔绝的地方，周围还有那些眼睛亮晶晶的克星[①]在盯着他。所以他压住了心中的怒火，问汉普顿上校他将成为什么样的“特工”，需要执行什么样的任务，还有和战略情报局一起要做些什么。

“放宽心，”汉普顿说，“我们不会要你跳伞去柏林或做其他类似的事。”

① 译者注：指苏联人。

罗伯特想，这还算个好消息。但是等他听到他要做什么时，罗伯特几乎呛得喘不过气来了。他哑口无言地听着，任汉普顿第一次掀开那层幕布，让惶惶不安的自己朝里面张望。

东线指挥部、美国军事代表团，还有美国政府正面临着一场人道主义危机。在德意志第三帝国逐渐瓦解的领土上，上百万的集中营战俘将被释放。有传言说他们正在被虐待、奴役，甚至是屠杀。至于这些传言的可信度有多少，没人知道。

最先解放的是死亡集中营，它们大多分布在德意志第三帝国的东部。1944 年 7 月，苏联人解放了东波兰的马伊达内克集中营，他们自己也被那里发生的一切吓了一跳。在这种情况下，苏联担负起了人道责任，帮助集中营的生还者，并开始审判被抓获的纳粹战犯。1944 年底，他们甚至在马伊达内克设立了一个博物馆，铭记在那儿发生的种种罪行，世界各地的记者都到场见证了这一刻。苏联人声称，要让世界看看法西斯的嘴脸。

1945 年 1 月 12 日，苏联红军在维斯瓦河稍做停留，建立起了他们的桥头堡防线，发动了维斯瓦河–奥得河攻势，将战线深入德国境内。眼看苏联前线越来越靠近分布于德国波兰边界的战俘营，苏联的西方盟友们紧张得不得了。战俘营和军官集中营里有上千名美国人和英国人，还有法国人、荷兰人、波兰人、加拿大人、澳大利亚人，每一个参战国的俘虏都有。

也有被俘的苏联人，一些关在战俘营，更多的关在集中营。在那里，几千名苏联人和其他受害者一起被屠杀。

对于甘愿沦为战俘的士兵，苏联人的态度是众所周知的。1941 年 8 月，苏联红军最高统帅部发出的第 270 号命令已经说得很清楚了，成为战俘的苏联红军军官和政委都是些“不要脸的逃兵”，是一群“背叛了他们的信念和祖国的人”。这条命令把投降等同于懦弱和擅自逃亡，这为战争末期和战后苏军士兵对待战俘的态度奠定了基调。“世上没有战俘，只有背叛者。”另一份 0391 号命令重申了逃兵和叛国者必须处死。这些教条原本诞生于德国进攻苏联时的恐怖环境，目的是为了让苏联红军军队拼死奋战，所以这种对待战俘的想法可谓根深蒂固。

这个态度是只用于对待被解救的苏军战俘，还是也会导致美国、英国和其他国家的战俘蒙受不公平待遇？华盛顿和伦敦的军事、外交圈，还有美英两国在莫斯科的军事代表团都对此持不乐观的态度。这些国家开始制定计划，波尔塔瓦这座脆弱的小岛，便是他们的工作重点。

表面上，英美表示会相信苏维埃政权能处理好战俘一事。然而相应的，他们也开始准备运输工具、物资，并派联络团队将物资运到波尔塔瓦，然后转运到波兰境内。战俘营解放行动一旦开始，联络小队就会将美国和英国的战俘集结到一起送到收容中心，在那里他们会得到紧急救助。然后战俘们会马上乘飞机到波尔塔瓦，在当地将会建造医院和住房。在波尔塔瓦，战俘们会再次被尽快转移，通过波斯走廊或者黑海港口搭船回国。

这项计划之前奏效过。第一次大规模的解放东欧战俘发生在 1944 年 8 月苏军攻陷罗马尼亚之时，美国和罗马尼亚政府火速在苏联控制这个国家之前安排了对战俘的营救。可是在波兰，没有这样的机会，苏联正在大口大口地吞噬波兰，而且已经设置了他们的亲苏政府。

这就是 1945 年 2 月中旬，在波尔塔瓦办公室里，汉普顿上校为一头雾水的特林布尔上尉所描画的现况。罗伯特想象不到这些大的政治事件和他有什么关系。他们能指望自己对上千名战俘做什么？听上去要么是来一次大规模的空运营救，要么是来一场盟友之间的外交纷争。而他，除了在空中营救中担任飞行员外，看上去出不了什么力。

罗伯特想知道汉普顿何时才有时间和他解释一下他所说的那件让人汗毛倒竖的事，也就是什么叫“作为一名特工和战略情报局一起工作”，还不需要被空投到柏林？

官方所做的计划和准备取决于苏联是否愿意合作。理论上应该是没什么问题。就在 4 天前，最近一次“三巨头”会议在克里米亚的雅尔塔举行（波尔塔瓦也曾有过短暂的辉煌，即东线指挥部为参加此会议的英美代表团提供过空运服务）。罗斯福、丘吉尔和斯大林在一份协定上签字，其中有关于战俘待遇的条款，规定盟军战俘必须与敌军战俘分开安置，必须得到周全的照顾，有恰当的住所，有足够的食物和衣物；此外，代表他们祖国前来负责遣返的官员必须被允许随时视察收容营，解救他们的同胞。

斯大林在这份协定上签名了，但他是否会让美国人开展营救和关怀行动还很难说，更别说积极为他们提供帮助了。于是美国人秘密进行准备，想迂回地把他们的人救出来。美国人天真无邪地吹着口哨，对苏联报以友善的微笑；然而在苏联看不见的地方，军事代表团和战略情报局的联络人正打算把一个苏联想不到的外人弄来执行这项任务。

“你被任命为助理行动官，”汉普顿告诉罗伯特，“对外你的身份是负责抢修飞机，解救机组人员。但那只是个假象。你真正要做的是渗透进波兰，和战俘们取得联系。你的工作就是把他们集结起来，然后带他们去安全的地方。”

罗伯特很清楚苏联会把他无情地撕成碎片，尽他们所能来跟踪和限制他的行踪。不过他们也拿他没办法。他的外交护照，还有他的身份——一名被批准进行飞机抢修行动的合法美国军官，都会让他免于被逮捕和拘留。但这只是很理想化的状态。当天傍晚，当他知道了更多细节，还见到了两名他在波兰当地的联络员后，他才明白他的外交身份会陷他于更危险的境地。

罗伯特所需要做的就是确保苏联人没有发现他在做什么，并且在他们留意自己的同时，要加倍密切地留意他们。

第五章　猝然惊醒

1945年2月16日，布热津卡

波兰克拉科夫市以西20英里

通向布热津卡村的小路上，一辆吉普车呼啸而过，时不时突然转向，以绕过地上的弹坑和散落的鹅卵石。车上的乘客不得不死死抓住扶手，打起十足的精神，才不至于被甩得飞出去。每开50码[①]，那苏联司机就得猛踩刹车，摇摇晃晃开到路边让对面的车通过。这条路双向通车，忙得不可开交——大炮、运输物资的卡车、救护车还有从前线退下来或即将上前线的士兵来往不息，在接下来的几英里行程中，汽车一直走走停停。

每一次停下，坐在吉普车后座上的罗伯特·特林布尔都能注意到枪声越来越响了。在克拉科夫，几乎一从飞机上下来就能听到这种微弱的隆隆声，现在则渐渐变成了断断续续的雷鸣，听上去好像就是从下一个山头传来的。现在吉普车停在村庄的边缘，刚好能听

① 译者注：约等于0.9米。

见机关枪的呼啸，夹杂着苏联大炮和德国炮弹炸开的轰鸣。一个月前苏联开始了大规模的进攻，现在在几英里外，苏联红军缓下脚步，正争夺着每一尺土地。

罗伯特看向周围，吉普车停下来让一列苏联红军通过，士兵们都穿着长大衣，有些还穿着雪色的冬季伪装服。大多数人携带一管惹人注目的冲锋枪，装有圆形弹匣，他们管那东西叫“波波沙”——俄语中“父亲”的意思。呼啸长鸣的坦克纵队开过，有一队士兵站在上面。罗伯特看见站在炮塔舱盖里的坦克指挥官竟然是女兵，也是吃了一惊。

吉普车歪歪扭扭地穿过村庄的街道。尽管村庄里随处可见几星期前战争带来的创伤，可这儿看上去还是风景优美，有羊肠小道，也有高大而古韵悠然的木房子。

这是罗伯特在波兰的第一天，但他并不是来执行任务的。东线指挥部的长官想让他来这里视察一下并做个汇报。一改往常，苏联人热切地盼望美国人能过来看看，因此汉普顿上校觉得这是把他的特工偷偷带进波兰的绝好机会，这一次不会再有常见的延迟和拖延。罗伯特于是便在苏联随行人员和翻译的陪同下从波尔塔瓦出发。他有点恍惚，因为还没来得及消化掉如此密集的信息，他什么状况都还没搞清楚。

他的翻译就坐在旁边，是个身穿苏联红军制服的年轻女孩，肩章上有少尉军衔的两个星星。她叫迈娅，和许多苏联提供给东线指挥部的女译员一样，她很漂亮，有小鹿一样的大眼睛，斯拉夫人的颧骨和丰满的下唇让她看起来更加动人。一头金黄色富有光泽的头发，梳了干净利落的军队发型，活像贝蒂·格拉布尔。[①] 罗伯特被

① 译者注：贝蒂·格拉布尔（Betty Grable），活跃于二十世纪三四十年代的歌舞片女演员。

事先警告过，要他保持十分的警惕。苏联常用漂亮的女人做翻译，原因很简单，她们能轻易让那些掉以轻心又饥渴难耐的美国士兵上钩，任她们摆布，放松警惕。尽管这些女翻译和作为导游的男性军官身上穿的是苏联红军制服，佩戴苏联红军军衔，但他们无一例外属于内务人民委员部。

女人是内务人民委员部开展间谍活动最好的通道。在波尔塔瓦各处，内务人民委员部借助当地女人把信息从美国军人嘴里套出来，这种情况很普遍。美国大兵戏称内务人民委员部的 4 个字母 NKVD 代指的就是“别染性病”[①]。苏联红军翻译和陪同的军官则是另一种更为隐蔽的监视，东线指挥部的美国人称他们作“捕鸟犬”。他们到哪儿都跟着你，最擅长的就是尾随。[②]迈娅看起来很高兴，不过罗伯特认为那是真情流露。她的笑容浅浅的，有无限的风情，非常迷人，罗伯特也不由得动心。

吉普车驶过村庄里最后一幢农舍，迈娅的笑容消失了，神情相当恐惧和低落。她显然不愿意面对他们将要看到的事物，罗伯特也是。他已事先被告知这里的大致情况，听上去没有人想要看到这个地方。

他们马上就要到达目的地了。吉普车拐了个弯，前方有一条笔直的长路，长路尽头能看到环绕铁丝栏杆的警戒塔和砖房，再后面是一排排营房。从路的这头看过去，那地方非常大，铁丝网伸向远方，看不到尽头。

一条铁轨从附近的主路分叉过来，拐了一个大弯，和这条长路

---

① 译者注：NO Ketch Venereal Disease，ketch 是“染上”catch 的另一种写法。

② 甚至军事代表团长官迪恩将军都不能幸免，他说：“所有外国人雇用的（俄罗斯）人都是内务人民委员部的线人。”

汇合在一起，然后延伸向一长条低矮的砖房。砖房的中央是一座瞭望塔，路和铁轨分别从两道拱门中穿过。

罗伯特问迈娅刚刚经过的那座村庄的名字，迈娅告诉了他：在波兰语中它被称作“布热津卡”，德语中称它“比克瑙”。从主路的对面可以看到邻近的小镇，那儿就是奥茨维辛，在德语中它的名字是——奥斯威辛。

*

一天前

“你主要就在这个三角地带执行任务，包括里沃夫、卢布林和克拉科夫这三个城市。”

这样说来倒是简单。但是当罗伯特详细了解了在那三角地带他要做的事，他那几根已经颤抖不停的神经再度受到重创。其实，就详细程度来说，汉普顿所言也算不上什么细节，听起来，大部分时候他还得靠自己的主观能动性。

他认真研究了汉普顿办公室里的地图：上面布满了五颜六色的图钉和丝带，标出了飞机的紧急迫降地点、运输中心，还有目前德国和苏联的前线所在。许多迫降位置都模棱两可。情报是莫斯科送来的，消息源有苏联和波兰，再就是获救的飞行员，还有一大部分只能靠猜测。

“科瓦尔少校的信息更准确，”汉普顿说，“他是我们的行动指挥官。对外你隶属于他，但实际上你得听从我和莫斯科的调遣。”

罗伯特明白，“莫斯科”指的就是美国空军师最高指挥官希尔将军和掌管美国大使馆军事代表团的迪恩将军。

关于战俘的消息比迫降的机组人员的消息还要模糊。苏联先遣部队最近已经解放了一些战俘营，但是到现在为止，还没人能和美国或英国战俘取得联系，苏联那里也什么动静都没有。不过，在莫斯科的军事代表团有许多消息源，包括特工和外交渠道，还有波兰的临时政府。波兰官方很乐意合作，尽管他们其实是苏联人的傀儡（波兰的斯大林化还处在初级阶段）。甚至在德国，柏林的瑞士公使馆也传来了消息，他们递来一份报告，内容是关于德国国防军撤退时留下的美国战俘。

接着事情有了重大突破。就在两天前，也就是罗伯特正取道德黑兰穿过高加索的暴风雪时，一个消息传到了莫斯科迪恩将军的耳中。消息经由波兰的卢布林节节传递而来，证实了先前每个人的担心：的确有上千名美国战俘被解放，但是他们正在四处流离，没有人照顾他们。这个消息来自两个从德国战俘营逃出来的军官，他们跨过德国边境进入波兰，在那儿待了好几个星期试图重获自由，这两个军官就是伞兵查尔斯·孔斯上校和战略情报局的杰里·塞奇上校[①]。这是第一个确凿的消息，证实了苏联人并没有履行他们在雅尔塔所签协议中约定的义务。

面对这些来自波兰和德国的线索与报道，苏联只矢口否认，其余的只字未提。一切都相当顺利，他们坚持说，还说此时各大城镇正在修建收容中心，战俘们会在那里得到周全的照顾。

迪恩将军被孔斯和塞奇的消息惊动了，他马上让他的两位高级

---

① 杰里·塞奇上校是 1943 年被捕的，当时他正在敌后战线为战略情报局服务。塞奇被关押在第 3 空军战俘营，据说就是史蒂夫·麦昆在电影《大逃亡》中所扮演角色的原型。查尔斯·孔斯上校来自第 82 空军师，在意大利战线后方的行动中被捕。

参谋做准备出发去卢布林。一到达卢布林，他们就要求视察苏联在卢布林还有其他战俘城市的收容设施，并要求尽快安排他们展开营救，把战俘空运到波尔塔瓦。迪恩收到了来自苏联政府的定心丸，对方说他派出的两名军官在波兰将不受限制，拥有自由行动的权力，并且能够视察那些战俘收容设施。波尔塔瓦也接到了命令，要他们开始准备接收上百名即将到来的战俘，他们将在波尔塔瓦接受恢复训练，然后被空运到德黑兰。

迪恩的两名参谋威尔梅思中校和金斯伯里中校在一名美国翻译的陪同下，于 2 月 15 日从莫斯科出发前往波尔塔瓦，他们和罗伯特·特林布尔上尉同一天到达。美国为营救战俘派出的两路截然不同的人马，即官方的救援和严格保密的地下救援，现都已经就位，准备开始行动。尽管迪恩将军早就知道了苏联人的脾性，但他还是对他小小的视察团寄予了厚望，同样还有军事代表团推荐组建的战俘联络小组，他们现在也在从伦敦飞往波尔塔瓦的路上。不过迪恩将军暗地里觉得这个小组的计划可能没戏。[①]

东线指挥部马上向苏联申请两位中校和他们的翻译由波尔塔瓦飞去卢布林的手续，以便开展视察。

苏联拒绝了申请。

接下来的几个星期里，每一天都在重复老路子。当罗伯特拿着苏联的许可证踏入波兰时，威尔梅思和金斯伯里还在一次次提出申请，然后一次次被拒。雅尔塔协议签署后还没一个星期，苏联人就

① 迪恩一直把他这一阶段的感觉描述为沮丧和 / 或失望的乐观。作为一个外交家，他极少提到他（还有大多数相关的美国人也）私下认为苏联人会违背他们的义务。事实上，他对官方联络小组这一构想也没有信心，还就此事与总参谋长马歇尔将军争执过。

已经不认账了。雅尔塔会议之前，迪恩将军就一直和苏联在战俘问题上软磨硬泡，害怕激怒他们，在后面几个星期里他变得越来越不耐烦，异常地愤怒。

迪恩不是唯一一个。

除了迪恩将军，美国驻莫斯科大使埃夫里尔・哈里曼也密切关心着落在苏联手中的战俘，心系他们的身心健康和实际利益。还有在伦敦的大使约翰・G. 怀南特。怀南特大使在这件事上有个人因素：他的儿子[①]就在苏联随时可能释放的那群战俘中。考虑到这些有亲人在德国战俘营的美国家庭，美国总统也认为这件事不容小觑。

幸运的是，罗伯特・M. 特林布尔上尉在到达波尔塔瓦时并没意识到这些战俘相关的链条伸得有多长多远，也完全料不到这个任务最终就只能靠他一个人来完成，这倒是让他没那么紧张。他只是一个后备力量，一条用来以防万一的支线。但在最后，他很可能就成了营救战俘的最后希望。

他已经被清楚地告知，这是一项需要格外的外交敏感的任务。他绝不能把这件事和任何人说，甚至军队内部的人也不可以。如果苏联政府发现美国故意安排了一个特工进入苏占领地，让他和内务人民委员部及苏联红军对着干，接下来导致的外交后果将很可能改变战争进程，甚至改变战后欧洲的地缘政治版图，因此连战略情报局也只能在暗中为他提供帮助。

在汉普顿结束了简短却让人错愕的陈述后，罗伯特走出了总部大楼。相比进来的那一刻，他似乎更为成熟和理智，也更加忧心忡

---

① 小约翰・G. 怀南特中尉是一名 B-17 飞行员，在 1943 年 10 月打击明斯特的空袭中被击落。怀南特中尉在 1945 年 5 月逃脱了纳粹的抓捕，在红十字会的帮助下到达美军前线。

忡。他没有时间想东想西，从总部一出来他就马不停蹄赶去了行动处——同样也是一座木头棚屋。在那里，他见到了迈克尔·科瓦尔少校，罗伯特将成为他名义上的助手。

两个人一见如故[①]。和罗伯特一样，迈克尔·科瓦尔是位老练的轰炸机驾驶员，他在第93轰炸机大队完成了服役。第93轰炸机大队驻扎于萨福克郡的罗格汉姆，B-17轰炸机就从那儿起飞。那是黑暗的1943年，正值德国纳粹空军强盛期，而且第8空军的战斗机只能护送他们至半途。科瓦尔少校认为驾驶轰炸机的都是兄弟，和其他飞行员的血统不一样。[②]他今年27岁，比罗伯特大个两三岁。他是土生土长的新泽西州帕塞伊克人，精神头儿很足，在战前是一个特技表演飞行员[③]，十足的空军典范：面容英俊，双眼乌黑，下巴弧线像是雕刻出来的，总是带着胜利的笑容。他的五官有一点点歪斜，好像造物主想要创造一个万人迷男演员，却有点没控制好比例，不过他还是一个好看的青年。他祖上是斯拉夫人，他能说俄语，这便解释了为什么在“狂暴行动”早期他就来到波尔塔瓦任职了。

作为行动处军官，科瓦尔负责组织和协调波兰的飞行员营救工作及飞机抢修工作。直到几个月前，他还在亲自参与，但是他现在已经被停飞了。苏联人不喜欢也不相信科瓦尔少校，他们认为他和汉普顿上校都在非法盗取政治情报（在11月，科瓦尔还写了一篇报道揭露苏联在波兰的种种不当行径）。苏联禁止科瓦尔少校和汉

① 1950年初他们还一直互相寄圣诞卡片，但那之后就失去了联系。

② 战后，科瓦尔将大女儿命名为卡露妮，与他驾驶的B-17同名，以此表达对战争服役的纪念。

③ 科瓦尔说，他驾驶“派柏”轻型飞机表演侧滑动作，还可以把机尾机头掉个个儿，做眼镜蛇机动。他说自己曾试着驾驶轰炸机在敌军战斗机的攻击下做这个动作（当然没成功）。

普顿上校飞入波兰境内，现在他被禁足在波尔塔瓦。[①]

科瓦尔给罗伯特快速过了一遍飞机抢修和机组人员营救工作的内容。如果美国的轰炸机和战斗机在战争中遭到损坏，无法飞回英国或意大利的基地，它们通常会在波兰迫降。东线指挥部的工作就是抢救机组人员、抢修飞机，然后把它们开回中转站波尔塔瓦，再让它们回到原部队。

苏联人很高兴能为营救机组人员帮上忙，因为飞行员没什么好怀疑的，他们穿着制服，还有身份标识，迫降也是在苏联红军的目睹下。一些飞行员可能会被查问，苏联人对他们的照料也通常简单粗暴，但他们还是会把这些战士看作一起打击共同敌人的好战友。美国营救人员要把飞行员弄出波兰，一般不会遇到困难，只要他们是回到原部队驻扎的地方。

飞机就有点棘手了。战争部和美国战略空军希望把飞机弄到手，尽快送回原部队。这不仅是因为飞机很昂贵，还因为里面有苏联人迫切想得到的机密技术。科瓦尔少校对罗伯特说，对付苏联人要用些手段，虽然他自己也没做到；同时，科瓦尔又让他放心，说苏联人不会偷窃或者弄坏美国的飞机（两者其实都有可能，这取决于先到达现场的是苏联空军情报人员还是喝醉的苏联红军士兵）。营救行动需要派出一个由美国飞行员和机械师组成的营救小队，加上几名苏联帮手和一名翻译。按理说苏联人是来帮忙的，但很有可能飞机一被修好，他们就开始找机会霸占它。

① 和对汉普顿一样，里帕斯基少校对科瓦尔也颇有微词，认为他在苏联人面前表现得“特别好斗”。但是希尔将军在 12 月 29 日发给战争部的一封机密电报中说，他认为科瓦尔被禁足是由于“苏联想要阻止外国观察者在他们前线或附近的一切活动”。

情报官员威廉·费恩上尉补充了科瓦尔的简述。威廉个子很高，表情严肃，五官硬朗，但还是隐约能看出他内在的活力。他也是个飞行员，后来成了参谋军官，比别人更了解目前波兰的情形。他的工作就是审问那些获救的飞行人员，在他的帮助下，汉普顿和科瓦尔更细致地了解了苏联、美国、波兰三者间关系的发展情况，还有苏联人是怎样对待波兰平民的（毫无疑问态度很差）。费恩的这一角色也使他成了波尔塔瓦苏联官方高度怀疑的另一人。

罗伯特听着这些讲述，开始明白为什么要用抢修飞机来掩饰他们营救战俘的行动了。这个工作能让相关的军官们在波兰全国自由走动，虽然是处在“捕鸟犬”的监视下。营救飞机还给了他们去偏远地区的充分理由。这项工作也允许他们收集情报，因为从苏联红军那里得到的地面信息很模糊，必须做一些调查才能找到飞机和机组人员确凿的迫降地点。罗伯特的任务就是在这一行动的掩饰下接触战俘，并把还在流浪的战俘偷偷带出去。

当然了，那才是他真正要做的事，不过他还不知道自己要怎么完成这个任务。

从最近接收的一系列龙卷风般的信息里，他逐渐得到了答案。汉普顿的表情比他还要严峻。他把罗伯特带到一边，陪他走到总部大楼的一个办公室外。“我告诉过你你不会被空投到柏林去，”他说，“我这还有两个人，他们才是为那个受训的。”

汉普顿警告罗伯特，从现在开始，他要加倍严格地保守秘密。因为他将要见的两个人是通过非法渠道潜入波尔塔瓦的，苏联人和美国人都不知道他们来了。这两人是将要和他一起工作的战略情报局的特工，一旦他们的身份被发现，就会引发外交大地震。汉普顿打开门，罗伯特战战兢兢地跟他进了办公室里。

里面坐着两个男人。在罗伯特做了一番充分的心理准备后，出现在他眼前的却是他能想象到的最普通的两个人。你很难去描述他们的长相：身上穿的是实用的便装，不贵也不廉价，既不时髦也不寒酸；他们可以被认作商人、商店员工或劳工；他们的脸毫无特色可言，看一眼就忘，而且你也不会看他们第二眼。

但这当然就是他们的目的。他们单调的夹克和大衣，洗到褪色的裤子，还有轻微磨损的衬衫领口，都是战略情报局在伦敦布鲁克街服装部的裁缝们花大力气缝制的，仿照的是德国或波兰的纹样。在那里，他们有资源和技术来伪造任何衣服，从工装到德国军装，再到盖世太保制服，用的是从斯德哥尔摩战略情报局办公室带来的材料。德国制造的衣服、行李箱还有个人物品都可以在那里买到。

罗伯特不知道这两个人是怎么瞒过内务人民委员部进入波尔塔瓦的。[①] 除了汉普顿上校暗示说他们会被空投到柏林，他根本不知道任何关于这两个男人的事。他们有可能是从“鹰计划”借调来的。“鹰计划”负责训练波兰士兵，让他们作为战线后方特工，伪装成工人渗透进德国的工业系统。[②] 更有可能的是，这两个人是从一堆“某某人”里被抽出来的，“某某人”构成了一个高度发达的行动组织，他们也接受过训练以到德国进行渗透活动。他们的工作是收集情报而不是破坏，训练内容有通讯、密文、伪装、伪造、撬锁，还有监视。他们的特种战斗训练就仅限于自卫，诸如极为核心的近身搏斗

---

① 考虑到波尔塔瓦基地的苏联安保设施，这两名特工很有可能是乘坐莫斯科的外事航班来的。这种事很常见，因为波尔塔瓦是美国外交人员前往莫斯科和美国两地，以及走德黑兰路线的中转站。特林布尔上尉到达之前这两名特工在波尔塔瓦已逗留多久，我们不得而知。

② 到 1945 年 2 月，“鹰计划”仍在训练阶段，并计划在春季开始行动。该计划的特工选自前波兰士兵，他们曾被迫在德军服役，并于诺曼底被捕。战争接近尾声，“鹰计划”加快了进程，但在 2 月初，该计划仍然不具备训练完善的特工。

和武器使用。特工们通过斯德哥尔摩的战略情报局“韦斯特菲尔德使命计划”进入这个国家[①]，再从海路进入丹麦，然后进入德国。此时此刻，来自“组织计划”的特工正在渗透进敌区[②]。

罗伯特了解的关于这两人的所有消息就是他们从属于战略情报局，并且从原任务被借调过来，成为他的联络人。他们的目标是深入苏联占领的波兰，和当地人接触，收集关于被解救的盟国战俘的消息：他们状态如何，是否健康，集中在何处，还有苏联人又做了哪些措施（如果有的话）来帮助他们。

这两位特工透彻充分地为罗伯特介绍了情况，相较之前的几次会面，这一次没有战友之间的惺惺相惜，没有任何军队礼节，只有工作内容——直接，简洁。因为罗伯特不可能有实操时间和训练条件，所以现在两位特工一定要给他足够的提示。他们教他联络的流程、编码和基本的通信协议体系，他必须时时记着。他们教他户外的生存技能、作战的技术要点。罗伯特觉得他的童年应该就是为了干这份工作准备的：每个冬天的周末，他都会去宾夕法尼亚的山林中猎鹿，所以他知道户外生存意味着什么。对他来说，之前完全没有接触过的倒是怎样避免被跟踪，怎样甩掉尾随的人，还有最最关键的，如何保命。

两位特工告诉他，最首要的一点是不要惹怒苏联，尤其不要惹怒内务人民委员部。一旦他发觉自己惹怒了他们，他应该无条件接受遣返。在刚刚成为战场的苏联占领区，什么危险都有可能发生，所以把他说成一名在工作或者意外中突然死亡的“德国特工”，对

① 译者注：指波尔塔瓦所在的乌克兰。

② 这项行动最早在1944年开始。1945年2月，“组织计划”特工通过瑞典进入德国。在5个月中，特工要进行624小时的准军事训练。

苏联人来说轻而易举。罗伯特的护照是能让他免于被捕，但他面临的更可能是直接的谋杀。

那晚罗伯特终于可以躺倒在铺位上了，可他睡得并不好。他脑子里一直在回想在德巴赫时，他和赫尔顿上校的对话，还有把他们都骗了的那个谎言。这就是所谓的“安全地离战区远远的”啊？他在想有没有能逃脱这一切的办法，找一个理由，或是一个借口，可以证明他不可能胜任这份工作，证明他们找到的不是最佳人选。但是每一项让他看起来不胜任这份工作的因素——比如他是一名飞行员，不是一个间谍；他对国家和政治缺乏熟悉——却恰恰让他成了他们需要的人。

他的前程已定。

*

前面就是砖砌的警卫室。在穿过较大的拱门前，公路和铁轨交织在了一起。吉普车在凹陷的铁轨上蹦跳，沿着公路开过较小的拱门，两边的苏联哨兵挥手示意他们通过。

罗伯特在拱门里看到的景象，将在余生永远跟着他。

他知道这些营房是做什么用的。每个人都知道马伊达内克死亡营，这个地方是又一个马伊达内克。然而奥斯威辛却不受西方媒体重视，因为这个集中营的解放不过是“另一个马伊达内克”罢了。而且当时正值雅尔塔会议，所以其影响再一次被冲淡。几乎没有人亲眼看过这个集中营，它的规模史无前例。奥斯威辛-伯克瑙集中营很大。在警卫室后面，路和铁轨看不到尽头，笔直的铁轨被长条的站台分成两股。站台两边，一层层铁丝网后方，是一排又一排的营房。有一些被烧毁了，但是大多数还伫立着，几百列营房向左右延伸，列队通往远方。

前一阵气温回暖，地上的雪很稀薄，化成了泥水，为这里的气氛更添一丝阴郁和忧伤。吉普车慢慢开着，难以相信这个集中营只是十几座集中营综合体中的一个，在波兰一隅像恶性传染病一样滋生出毒芽。

在罗伯特的记忆里，奥斯威辛-伯克瑙集中营的画面是零碎的。棚屋里都是尸体，一个个皮包骨，赤裸着身子，冻得僵硬无比。尸体被堆在一起，快要从破损的门中溢出来。他们都是死于饥饿的战俘，德国党卫军撤退时没来得及销毁他们的尸体。在另外一栋房子里，罗伯特看到堆成山的铁罐，贴着明艳的红黄两色标签。起初他以为那是罐头食物，但是当看到罐子标签上的骷髅头，这一想法立刻烟消云散了。

罗伯特捡起了一个罐子，标签上写着“有毒气体”[①]，旁边又标了“齐克隆”。他让迈娅翻译这个标签。“齐克隆就是毒气的意思，”她说，“这里写了，只有有经验的人才能打开和使用。”标签另一边有制造商的图标，下面写有一个警告，说这产品只允许在德意志帝国境内易北河东岸的地区、波兰、波罗的海诸国、斯堪的纳维亚和苏台德区[②]使用。被抓获的纳粹分子在审讯中声称这些气体是用来给囚犯的衣物消毒的。但是迈娅告诉罗伯特，气体真正的用途是杀人。

他们来到罪行发生的现场。

集中营远端是屏障一样的白桦林，就在“火葬场”的遗址上。

① 译者注：原文为德语。

② 译者注：苏台德区特指第一次与第二次世界大战期间，原捷克斯洛伐克境内与德国接壤处的半环状地带，是德意志居民的聚居区。

在那里，一次有上百名受害者被毒死，然后他们的尸体被送去焚烧。党卫军试图毁掉证据，把“焚尸炉”大楼拆了一半，还放了把火。大楼只剩下水泥和砖块，毒气室朝天空和雨雪敞开着，周围四处散落着贴有红黄两色标签的毒气罐，它们都是打开的，用完了。

如今，距集中营解放已过了近3个星期，难以相信还有活人在里面。上千名囚犯选择留在后方，其他人则在纳粹的押送下向西长途行进。在苏联人到来时，党卫军在逃跑前只来得及杀掉了600人。

当时营房中只剩下百来人，都病入膏肓，或是受到惊吓走不动路。集中营被解放后，苏联人也尽力救助了几千名幸存者。苏联红军医疗队和波兰红十字会在位于奥斯威辛城的主劳工营里建了一家医院，那里的建筑物更大，更适合照顾战俘。甚至到现在，还有马车车队在运送虚弱的战俘——他们都是些裹在床单里的活骷髅，马车沿着通向比克瑙集中营的大路开出去，前往医院。

苏联的医生和红十字会救了很多战俘，但是他们无法顾及更多人。当苏联红军于1月27日到达奥斯威辛集中营的时候，还有7 650名幸存者；但是到了2月6日，只有4 880人还活着。很多战俘都留下了自己的档案，希望能回到故乡。上百人死去，大多数都死于饥饿。有一些战俘死于人道主义救援，苏联在前线的军队向集中营送去了很多食物，饥肠辘辘的幸存者们狼吞虎咽一番之后，却也一命呜呼。这里的情况简直无法描述。集中营解放后，天气回暖，上千具冻僵的尸体开始腐烂。

罗伯特视察奥斯威辛-比克瑙的时候，天气又回寒了，最糟的时候已经过去，但是那些留在他脑中的景象，将成为他之后几十年的梦魇。

在被陪同的旅程中，他极少听到关于犹太人的消息，正如马伊达内克一样，苏联人假装不承认大屠杀主要是为了灭绝犹太种族。

他们的观点是，这些集中营是法西斯和资本主义残忍下流的巅峰之举：工业体系已经幻化成谋杀他们工人的恶魔。

但是不能否认，苏联官方在营救这件事上做得很及时，很有效率，并且出于人道关怀帮助了陷于困境的上千名战俘。美国人对于被解放战俘的担心是不是杞人忧天？苏联人也许真的履行了他们的责任？

罗伯特对此一无所知。但是当他再次坐上吉普，踏上回克拉科夫的路时，他动摇了那从波尔塔瓦会面开始就坚定的决心。他一直认为这个任务不该由他来做，他们找了错误的人，现在这一想法消失了。不论将来会发生什么，他都要竭尽所能把他的同胞从痛苦中拯救出来，把他们带回安全和自由的祖国。

*

就在特林布尔上尉访问奥斯威辛-比克瑙集中营的同一天，3 名美国前战俘来到了莫斯科的美国大使馆，他们用双脚走过了漫长的旅程，乘火车经过波兰、乌克兰到了俄罗斯。3 名军官向一脸错愕的迪恩将军讲述了他们的故事。

他们曾被关押在 64 号军官营，那是位于波兰西部舒宾市的集中营，专门关押军官战俘，1 月 21 日该集中营被苏联红军解放。苏联红军没有帮他们，这 3 个军官是自己逃走的，途中还遇到了几百个四处流浪的美国同胞，每个人都不愿意去苏联人说的那个建在热伯托夫的收容营。他们避开内务人民委员部，前往莫斯科。这些人是第一批把他们的故事完整讲给美国官方的前战俘，他们为美国带来了亲眼所见的第一手详细证据，证明苏联人并没有完全履行他们对盟国战俘应尽的责任。

很快，越来越多的消息走漏出来，指明战俘在被忽视和被虐待。苏联军队对战俘实施抢掠甚至开火，还把他们和被抓获的德国人关在一起；生病的战俘被迫要和战友们长途行进，上百人被遗弃在波兰的郊野，或是被再次关进肮脏的收容营里。

好像在苏联人的脑海中，法西斯资本主义的受害者是一类人，向敌人投降的士兵却是完完全全的另一类人。而后一类人，不配得到任何人的同情。

第六章　和“捕鸟犬”赛跑

1945 年 2 月，波兰东南部某地

石头垒成的牲畜棚子里阴冷刺骨，夹杂着一股酸臭的馊味，这味道是从没洗澡的人身上，还有他们潮湿污秽的衣服中散发出来的，比家畜的体臭还要浓烈。不过对于住在这牲畜棚里的二十几个人来说，这儿可比外面天寒地冻好多了，外面的风锋利得能把骨头切开。如果那些关于苏联人虐待战俘的传言属实，待在这里也总比落在他们手里要好。

几个人心神不宁地躺在稻草堆上；另外的挤成一团靠墙根坐着，用大衣紧紧裹住自己，外面包了一层粗糙的床单，再裹上碎羊绒织成的头巾和风帽，还有一切能用来抵御零下酷寒的东西。这个地方还是能给人温暖和安全感的，一个星期前还素未谋面的众人此刻都成了难分难舍的老朋友，一同战斗的战友情让他们在逆境中团结到了一起。

他们大部分都是美国人，来自东德的 III-C 战俘营和波兰北部的 XX–A 战俘营，这两个集中营都在 1 月底被苏联红军解放。[1] 上千名战俘重获了自由，可是赐予他们自由的苏联红军却没再提供任何帮助，战俘们无处可去。很多人在附近的乡村里躲了一阵，实在没办法，只得再回到集中营，迫切渴望寻个避难所。其他的几百个人既没有食物也没有交通工具，苏联军队逼迫他们行进到远离前线的城镇和乡村，然后就把他们遗弃在那里。战俘们被告知要自行回到华沙，在那里被集合遣返回国，而华沙还远在 200 多英里之外。

战俘中有几个胆子大的马上就行动了。一小撮人走出波兰，径直去莫斯科，或者到波尔塔瓦的美国前哨。还有几百人在城镇间不停辗转，希望苏联政府能帮他们找到回家的办法。最终，他们还是回到了苏联建在卢布林、里沃夫以及热伯托夫等城市中的收容营。在那里，他们被严密地看守，生活在难以名状的恶劣环境中，条件简直比他们逃出来的战俘营还要差：没有供暖和卫生设施，每天定量发放的食物也不足以填饱肚子，有时候还要面临没完没了的审问。

有一小批前战俘溜出了波兰，消息和流言在他们之间游走。很多人已经不敢进入城市，害怕在那里撞上苏联军队，只好在小村庄和农场中藏身，当地的波兰平民很乐意为他们提供避难所，哪怕自己只有一点食物也会省下让给他们。

23 个人就挤在这个小小的牲畜棚里。他们是这家农户的负担，农户也努力提供食物了，却只是刚好够他们吃的。战俘还是一个潜

① III–C 战俘营于 1 月 31 日被解放，XX–A 战俘营于 2 月 1 日被解放；64 号军官营的解放则更早，是 1 月 21 日。但是根据波兰各路战俘的叙述，军官和士兵组队逃难的案例非常罕见。似乎比起共同的关押经历，战俘之间惺惺相惜的情感更多来自相同的战斗经历。

在的危险；如果内务人民委员部发现波兰人竟敢窝藏可能是间谍的外国战俘，麻烦可就大了。

日子一天天过去，牲畜棚里的人越来越抗不住严寒，身体也日渐虚弱，一些人疾病缠身。他们必须马上做出决定，是不是要向苏联人屈服。每一次讨论到这个问题，最后他们都决定再等上一段时间，也许奇迹会发生的。美国或英国当局一定很快就会来救他们，把他们带离这个炼狱。于是他们继续蹲着，缩挤成一团，等待着救援。

*

罗伯特是被一阵枪声惊醒的。他跌跌撞撞爬起，想要呼吸一下新鲜空气，可是那巨响还在他的颅骨内回荡。

有那么一瞬间他想不起他在哪里，又为什么在这里，但是他很快记起来了。色调暗沉典雅的维多利亚式家具，因为打了蜡而熠熠生辉；做装饰的墙纸；身下柔软的床垫：他现在是在他的房间里，位置是波兰里沃夫市的乔治饭店。他是当晚到达的，因为累得不行直接就在床上趴着睡着了，衣服也只脱了一半。

他睡眼蒙眬地看了一眼表：11 点。枪声还回响在大脑里。那一定是梦中的枪声，尽管他已想不起做了什么梦。他站起身继续脱衣服，却被另一声巨响吓得魂飞魄散。那声音大得好像就在他的房间里。这一次他不会弄错了，那是来复枪尖厉的声音，萦绕在窗外的街道上。枪声过后有人在高声说话，还有人大笑。

罗伯特躲在窗帘后慢慢移动，向外张望。一开始他没看见有什么吓人的事，只有两个苏联士兵在窗下人行道旁的垃圾桶边晃来晃去，其中一个人将来复枪夹在臂弯里，两个人都看着那个垃圾桶哈哈大笑。借着周围窗户里的幽暗光亮，罗伯特看到垃圾桶里有一个东西，好像还在动，他突然浑身冰凉，汗毛一下子倒竖：他意识到那是一个人，一个女人。

她被塞进了这个垃圾桶，只伸出上半身和小腿。这两个士兵轮番从一个酒瓶子里大口喝酒，漫无目的地聊着天，时不时嘲弄一下垃圾桶里的女人。女人无力地挣扎，低声哭泣，但是她越这样就越受到虐待。

不知是因为痛恨还是恐惧，罗伯特浑身战栗。他摸索着走到了洗手池边，那里挂着他的腰带。他解开手枪皮套，抽出了柯尔特左轮手枪。望向窗外，他看到有第三个士兵加入了那个小团伙。罗伯特扫视了一圈街道，周围没有别人。现在是宵禁时间，晚上7点之后市民就禁止出门了。他有胆量插手这事吗？他想都不敢想。就算是一把手枪对三把来复枪，他活了下来，那又会对他的任务造成什么后果？还有那么多战俘指望着他呢，更别提还会影响到把他带来这儿的组织和秘密行动。他在奥斯威辛的所见开始在脑中闪回（这些记忆一直就徘徊在他思绪的边缘）。如果有机会，他会阻止这些事发生吗？他握紧了手枪，手指搭在保险上颤个不停，他试图逼自己扣下扳机。总得要做些什么啊，不是吗？不管后果如何。

可是由不得他做决定了。其中一个士兵举起他的冲锋枪，短促的爆裂声后，女人抽搐了一下，不再动弹了。士兵们又开始狂饮。

罗伯特退到窗帘后，从头到脚都在发抖，重重坐在了床上。过了一会儿，他才发现自己还紧抓着手枪。他把它放到一边。

再一次，他陷入了迷思。自己到底来了个什么样的地方？罗斯托夫的那个男孩子，纳粹集中营里的恐怖情形，还有现在，这个死去的女人！

那一晚他怎么也无法入睡。他坐了一会儿，控制住了情绪，然后重新开始他打瞌睡前做的事——床头柜上堆着十几张纸，上面记录着他之前从当地战略情报局特工那里得到的情报。他拿起它们，强迫自己忘掉刚才目睹的场景，把注意力集中到纸上，可是那场景还是不住在他的眼前回放。他把这些情报通读了一遍，把原文和他正在解码的版本分成两沓。

这一套编码系统很简单。因为无法和罗伯特保持直接联系，特工只能通过莫斯科把情报通告传递给他。罗伯特需要拨一个号码接通美国大使馆的办公室，打进电话确认身份后，有个声音（罗伯特不知道这声音是谁的，也不知道他们是什么职位）会把消息口述给他听，接下来他就得为这些看上去普通至极、微不足道的消息解码。这不是最理想的沟通方式，但却是他们唯一的办法。

大多数时候他都处于监视之下。乔治饭店和苏联占领区的很多宾馆一样，属于苏联国有的苏联国际旅行社[①]，由莫斯科的内务人民委员部管理运营。上头建议他以这里为行动据点，因为营救行动中美国人常光顾乔治饭店，他们在这里与罗伯特接头也较为方便。苏联人对这样的安排很满意。

莫斯科发来的那些看起来单调乏味、俨然例行公事一般的公报里其实包含了至关重要的信息，比如战俘的数量、所处位置，还有

① 国际旅行社（Intourist）最早成立于1929年，原本是一家商业公司，但在20世纪30年代被斯大林指派用于宣传和安保，安插了大量内务人民委员部人员。如今该旅行社还存在，但已经是独立的公司了。

碰头地点。[1] 有了这些信息，接下来就看罗伯特的了。

为了帮助他，上头给了他一些经费，这是很大一笔钱。这些钱被藏进一个特殊的背心，穿在夹克里面。这背心穿上去一点也不舒服，还有很多口袋，随着任务的进行，他对这衣服的厌恶与日俱增。那天傍晚，当他一个人在房间里（这是他离开波尔塔瓦后第一次独处）脱下这件背心的时候，他被十足吓了一跳。他打开其中一个口袋，发现有一沓刚刚印好的纸币，他还得把纸张剥离开来。他打开另外两个口袋，加上里面的钱数了数，这个背心装了大约有一万美元。在这么个暴行肆虐、法律好像也管不了的地方，带着这样的巨款走来走去，真是让人不安。

他想起当初领到这笔钱的时候，曾有人告诉过他这个数目，但当时他还不是很明白，他的脑子已经被收到的指示弄得迷迷糊糊。在波尔塔瓦做准备的最后阶段里，罗伯特被指定为 B 级特工。这个名号只是听上去比较响亮，在这里，“特工”指的仅仅是被战争部授权允许花费美军经费的军官。特工可以给士兵付工资，负责他们所有的花费，购买物资。特工有两个级别，A 级是部队的财政官，B 级则是代表 A 级行动的。[2]（东线指挥部就有一个 B 级特工，他

① 在回忆中，罗伯特没有详细表述这一套解码方法，只说只要以电话中听写出的信息为中心，之后的解码并不难。针对转译信息，战略情报局特工要经过很大强度的训练，而且在这一领域有数种严密的加密措施。看起来在罗伯特的解码中他不会用到这些方法，因为内务人民委员部不太可能窃听这些信息。如果特林布尔上尉被人得知他在获取加密信息，不管内容如何，他都会被苏联当局赶出波兰（就像汉普顿和科瓦尔被怀疑从事间谍行动一样）。罗伯特在波兰，明面上是一名营救机组人员和维修飞机的军官，所以他得到的信息一定事先设计好是与营救有关的。大量关于地点的信息可以光明正大地传达，然后再在里面悄悄安插秘密信息。

② 在官僚系统以外，A 级特工和 B 级特工的说法基本不用，大多数军人根本不知道其中含义。正因如此，加上任务内容的杂乱和迷惑性，当特林布尔上尉被告知他要成为一名 B 级特工时，他还以为是指他将为战略情报局工作，而那两名与他联络的现场特工就是 A 级特工。

定期到波兰为营救飞行员支付费用。[①]）罗伯特现在就是隶属于东线指挥部财政官的特工，他需要的现金都是由这名财政官发放的。[②]

这笔钱一部分是美元，另一部分是卢布。波兰的黑市很发达，在那里美元能换成卢布，汇率也很可观。苏联人对黑市的存在提出了强烈抗议，他们坚决不让美国军人再把美元带入波兰。罗伯特带的美元是要分发给战俘的。苏联人对这些战俘视而不见，所以他们大可以用美元换取足够的卢布来好好照顾自己。如果有需要的话，罗伯特也可以去黑市用美元换卢布，但最好是不要这样，他得尽量避免惹恼苏联。

夜已深，罗伯特累得不行，打起了瞌睡。第二天，他来到大堂。大堂里甚是宽敞，有大理石砌成的门槛和典雅的梁柱。罗伯特向饭店的副经理报告了昨晚看到的事。那经理是位高大和蔼的女士，对美国客人出奇地友好。罗伯特向她要求换一个房间，换到酒店另一头。

他仍无法驱散自己所目睹的暴行带来的感受，不知为何，他感觉那场景像是有意要给他个下马威。这想法很荒唐，但偏偏缠着他不放。后来他了解到，垃圾桶式折磨是专门用来对付那些宵禁后还

---

① 指的是唐纳德·S. 尼克尔森少校，他是东线指挥部的气象学家。尼克尔森在2014年2月6日与本书作者李·特林布尔的私人交谈中，已想不起来他当过B级特工这事了，这也说明这个说法有多么罕见，也多么不为人知。

② 在2月15日罗伯特接受任命的当天，迪恩将军给战争部的理查兹将军发去电报，请求批准他之前任命的一位军官担任战俘联络和解救任务的特工。迪恩没有提到这位军官的名字，有可能是威尔梅思中校，当时他正接到消息要在此时进入波兰视察战俘设施。如果这样的话，就有点奇怪了：第一，迪恩没有提到威尔梅思的姓名，但这很难理解，因为他的任务是官方委派的；第二，沃德利没有提到威尔梅思有过这样一个特工身份；第三，威尔梅思自己也不像能直接拿到资金的财政官，后来他还曾问迪恩要钱。这名特工还有可能是另一位莫斯科的军官保罗·S. 霍尔少校，他也被任命为特工去视察敖德萨的战俘设施，但那是2月底的事，所以霍尔仍不可能是迪恩在2月15日电报中提到的那名军官。那么就只能是特林布尔了。

在街上出没的人的，既是惩罚，也是恐吓，还为犯下这些罪行的士兵提供了乐子。

趁跟着他从波尔塔瓦来的苏联陪同军官还没起床，罗伯特离开了酒店。他有自己的安排，有他要去的地方。

*

临近黄昏，一辆车停在了这片白雪覆盖的寂寞林地里。车上唯一的乘客走下来，把钱付给司机，然后用力关上了车门。车子东倒西歪开走了，嘎吱嘎吱冒着尾气。目送那车的尾灯渐远，直到缩成一个点，乘客把他沉重的行李放到肩上，开始在公路旁走来走去，重重地把靴子踩在雪上，好像要把人的生气和热度都抖落到雪中。他把毛边帽子拉低一点，拉紧派克大衣的领子。天色青灰，正酝酿着下一场大雪，而第一片雪花已经刺痛了他的脸颊。

车淡出了视线，他又在雪地中重重踱步了一会儿，然后选了最大的一条岔路走。他多走了几步，来到松树枝下，从衣服里层的口袋抽出刀，砍下一截树枝当作扫帚，把雪扫进刚刚在雪地上留下的足印坑里。他背过身，一边走一边检查留下的痕迹，然后迈进了树林深处。走出三四十英尺后，他才回转身正常走路，把那树枝扔了。雪马上就会落下，接下来覆盖足印的工作就不用他自己做了。

在上战场之前，当罗伯特第一次离开露营山的老家加入军队，他就梦想着有一天能成为一名飞行员。他没有读过大学，也知道要从步兵转变成飞行员是有多难，但是想想总是可以的。可是哪怕在最荒唐的白日梦里，他也想不到，自己居然会走上这样一条路：在波兰的野外森林里潜行，掩盖来时的足印，甩掉苏联的秘密警察。

虽然说起来挺奇怪的，但是在某种程度上，这个地方比他入伍以来去的任何地方都更像童年的故乡；当然，身后尾随的秘密警察不在此列。但是在下雪的树林中潜行，对他来说几乎就像在城中心的人行道上散步一样熟悉。波兰的郊野让他想起自己的祖国，想起童年的周末，他在杰尼阿塔和哈里斯堡上游的萨斯奎哈纳山林里追逐鹿群，或是在下游的汩汩河水中垂钓。

罗伯特朝他来的方向望去。那些跟踪者要想追上他简直难于登天。首先，他们要发现他在里沃夫叫了一辆出租车，追踪他来到这里，还得知道这辆车停下来过。但愿他们看到了罗伯特故意留在地上的脚印，然后假设他上了另一辆车，或是沿着这条路一直走了下去。

罗伯特对自己干的好事很满意，大步向前走。没多久他的身影就隐没在了树林的荫翳中，从主路上消失不见了。他走到树林的远端，横穿过一片田野。在渐浓的夜色中，他分辨出一英里外，在白雪皑皑中有一抹暗色，那是一座农舍。以防黄昏后能见度降低，他记住了农舍的方向，朝那里进发。

身后的路上隐约有汽车声。大概还有四分之一英里，但是罗伯特蹲下来，纹丝不动。汽车灯慢慢从东扫到西，在树木后隐去，那光亮好像就停在罗伯特下车的地方。他等着，心怦怦直跳，看来"捕鸟犬"的追踪能力比他所担心的还要厉害些。心惊肉跳的几分钟过后，有微小的发动机声，车灯又移动了，渐渐消失在远方。

罗伯特总算能喘口气了。他站起来，再次确认远方那所农舍的轮廓，继续前行。他越过沟渠，攀过篱笆，过了 20 多分钟，来到了一条直通农舍的泥泞小路上。他爬进大门四下张望，天基本全黑了，农舍的窗子里透出光亮。农舍的另一边是几间外屋，还有小小的牲口棚。如果消息没错，那就是这里了。

罗伯特不想惊扰农夫，他直接走到牲口棚前，停下来听了一会儿，里面有喃喃低语声。门从里面被拴上了，他重重击打着门闩的横木，牲口棚里一下子安静下来。"我是美国人！"罗伯特声音嘶哑，吼道，"美国人！开门！"

门闩被抽开，门微微打开一条缝，可以看得到里面昏暗的烛光。一张脸出现在门边，戴着风帽，胡须满面，神情小心翼翼。

"我是美国人，我是来救你们的。"罗伯特说。

一片寂静过后，里面爆发出了吵嚷的惊呼。门打开了，罗伯特走进去，感到自己被人紧紧抓住抱住，鼻孔里满是人身上污秽不堪的臭味。他向四周看去，眼前仿佛是个维多利亚时代的贫民窟，一张张憔悴的、长久没有刮胡子的脸被烛光照亮，人们的身子包裹在头巾里、走了形的大衣里，还有厚围巾里。每个人都看着他，恍如耶稣再临。一些人盯着他却一句话也说不出来，另外一些人异口同声说着话，兴高采烈地大声咒骂，脏兮兮的脸上绽开了笑容。

罗伯特把背包放下，打开。首先，最重要的事是吃。他暂时先不回答战俘们关于他是谁、他从哪里来的问题，开始把带来的食物分给他们。大多数都是 K 种口粮，是他从波尔塔瓦带来的；还有口袋装的午餐肉、猪肉条、罐头干酪、饼干、麦乳精片、燕麦，还有糖。他能背多少就带了多少，但好像还是不够吃。他数了数，这里有 23 个人，但这些食物只够 20 个人吃饱。考虑到这个问题，他又在背包空余地方和口袋里塞满了更多的 D 种巧克力棒，[①] 他把巧克力棒分给了所有人。

① 译者注：二战期间，美军单兵作战口粮分为 K 种、C 种和 D 种。K 种口粮营养较丰富，可作为正餐，多为火腿、奶酪、果脯等新鲜食物；C 种口粮为罐装湿口粮，有土豆炖肉、甜品、面包等可供选择；D 种口粮则是一种高浓缩巧克力棒。

看到口粮的包装，有人发出了自嘲的呻吟。罗伯特是个飞行员，对于K种口粮完全没概念。但是对于作战步兵来说，K种口粮却是个怪物——味道永远千篇一律，而且永远吃不饱。这里的人自己都没想到，有一天他们看到K种应急口粮会如此欣喜若狂。

趁他们吃的时候，罗伯特细细观察了每一个人，听他们在说什么，偶尔也问些问题。很多人时不时在身上抓来抓去，浑身都是虱子。一个体面的国家怎么能允许他们的盟国人民遭受这样的痛苦？23个人中，有一些人是集中营解放后从向西的行进队伍中逃出来的。罗伯特从他们口中听到了关于战俘被德军用来做人肉盾牌的故事，当苏联红军漫无目的地扫射的时候，德国人干得尤其顺手。那些被苏联红军解放的战俘告诉罗伯特，有苏军战俘被自己的解放者杀掉了。美国和英国战俘不是没人管，就是在行进到战争后方时被丢弃。有一些战俘自己设法坐上了火车或是卡车，但是根本不知道要去哪里，也不知道为什么要去。

有消息说苏联收容营的待遇和他们所在的战俘营一样差；还有传闻，苏联将会一劳永逸地永远囚禁战俘。战俘们问罗伯特这些传闻是否属实，罗伯特只能承认他也不知道。但是他来这里就是尽他所能把他们救到安全的地方去，他们很快就能离开这里踏上回家的路。

口粮背包里还有几小包骆驼牌香烟和火柴。很快，牲畜棚里就飘满了烟草的云雾，人们也兴致勃勃地聊起天来。烟草味驱散了人们身上令人反胃的恶臭和消沉的心情。有人轻轻唱起了歌，其他人也加入进来，只有生病和受伤的人没法分享这欢愉的气氛。罗伯特尽了绵薄的力量帮助这些伤病者，然而他也不是医务人员，他只有一个急救包和一瓶伏特加。

在黎明前他们必须离开。罗伯特也将在牲畜棚度过今晚，像一个牧羊人看守着他的羊群。目前看来进展还不错，但明天才是真正的考验。不管用哪种办法，他总得将这群衣衫褴褛的人带回里沃夫。他有了一个计划，但是十分冒险。

*

天亮之前，罗伯特从他的稻草床上醒来了。有两个人看着像是这群战俘的头头，陪他一同前去拜访收留战俘的农户。交流很困难，但是农夫很快同意了罗伯特的请求，答应把他们送到里沃夫的郊外。罗伯特很快就会知道，波兰人大多都是如此慷慨，能帮这些美国人踏上回家的路，农夫自己也很高兴。

在黎明前的夜色中，农夫把马套上马车，罗伯特则开始召集战俘。病人被首先送上马车，其余的人跟在后面爬上车去，找能坐的地方坐下。马车从来没载过那么多人，吱吱呀呀地走出农场的小道，走进第一缕晨曦中。

去里沃夫并不远，他们到达郊外的时候天色还很早。罗伯特估计这儿四处都有苏联的哨兵和巡逻队，但他们很可能还未从前一夜的宿醉中醒过来，不太会审问过路的人。苏联人对当地一种甜菜根酿的、度数很高的烈酒十分痴迷。罗伯特见过那些士兵，无论值没值班，都喝个不停。

在快要进城的地方，农夫勒住了马，美国战俘们从上面爬了下来。罗伯特想给农夫一笔钱，以弥补他们为他带来的麻烦，但是农夫微笑着拒绝了。他甩动缰绳，向他的美国朋友们告别，然后拐回大路，沿着原路走了。

罗伯特和战俘们轮流负责照看体弱的人，走完了前往里沃夫的最后四分之一英里。到城内的主火车站并不远。罗伯特昨天来踩过点，了解了一下列车的时间，还买了 24 张前往黑海沿岸主要港口城市敖德萨[①]的车票。

罗伯特从莫斯科那里得知，苏联人正在港口建立一个临时的收容营，目的就是把所有被解救的战俘（还得经过收容营筛选后）送到那里，等待海路救援，无一例外。

波尔塔瓦还是在积极为接收乘飞机来的战俘做准备。[②]美国人反对苏联的“敖德萨计划”，因为就算是从最近的波兰城市出发，也要坐 3 天的火车才能到达敖德萨，而且苏联人也没说在那儿会有什么设施，不知道战俘们在前往敖德萨的路上还会遇到多少阻挠和虐待。美国人提出，起码有疾病的战俘应该被空运到波尔塔瓦和德黑兰，在这两处他们能接受良好的救治。可是苏联人不同意。

迪恩将军给威尔梅思中校打了一份电报，后者和他的联络小组还卡在波尔塔瓦，等待苏联发给他们进入波兰的许可证。迪恩告诉他，莫斯科的苏联当局最终同意了他的行动，他们将被允许进入卢布林视察安顿战俘的设施。汉普顿上校马上向波尔塔瓦的苏联指挥官科瓦廖夫将军提出申请，要求允许威尔梅思中校和他的团队飞往卢布林。

请求又被回绝了。

当长官们在向苏联人提出强烈抗议，对他们连哄带骗、争吵不休的时候，罗伯特·M. 特林布尔上尉已经到了里沃夫的郊区，还带着一群穿得破破烂烂的战俘。城镇边上有一个哨所，当他们接近

① 译者注：今属乌克兰。

② 所有的战俘都必须前往敖德萨的消息是 2 月 18 日由莫斯科发给东线指挥部的。

那儿的时候，罗伯特的脉搏跳得更快了。哨所附近没有人，看起来他们不会被刁难就能顺利通过。正当罗伯特心中升起希望，一个士兵从附近的营房里走出来，开始找他们麻烦了。就像罗伯特所预计的一样，士兵完全一副睡眼蒙眬的样子，疑惑地眨着眼看这群人。

罗伯特丝毫不给对方说话的机会，他把护照亮到士兵面前说道：“我是个美国人。”[①]这是他为这一场合所学习的一条俄语短语。“我是美国大使馆的代表。”他用英语补充道。

不管有没有听懂，那士兵看到护照很是满意，但是他举起来复枪对准了战俘。“德国人？”他问。罗伯特听出了这个词的意思，他是把战俘们当作德国人了。“他们是德国佬吗？”士兵又问了一遍，听上去非常不客气。

“不不，”罗伯特说，“他们是美国人。和我一样，美国人。他们是德军的战俘。”

看起来那士兵接受了这个说辞，但是并没有放下来复枪。有一两个战俘好像准备鼓起勇气逃跑。那士兵对罗伯特喷了一连串的俄语，他一个字也听不懂，但是他现在很清楚，这是要求看战俘的身份证明。罗伯特试图说明这些人没有身份证件，证件全都被德国人拿走了。

罗伯特最后一次想要冲破士兵的阻挠，他指了指自己的手表说：“火车。”

士兵摇了摇头，不管他是不是还醉着，这个苏联红军步兵是打定主意要给他们添点堵。他命令他们站在原地不要动，转过身去，自己则踉踉跄跄回到了哨房。接下来他就会给城防司令部办公室打

① 译者注：以下对话中的楷体字原文均为俄语。

电话，然后这些战俘会被拘留在收容营，近在眼前的自由就要化成泡影。

罗伯特绝望地四处张望，想要找个法子逃脱。他发现一瓶甜菜酒的酒瓶就在哨房外的桌上。他叫住了士兵，士兵停下来，转过身。罗伯特指了指酒瓶，示意他想要这个。士兵摇了摇头，拿起酒瓶，用它护住自己的身体。罗伯特把手伸进口袋，拉出一沓美元纸币，他把纸币在苏联士兵的鼻子底下呈扇形展开。

他立刻感觉到这个士兵犹豫了。烈酒也许很珍贵，但是美元在这座城市里比金块还要值钱。罗伯特把这沓钱塞进这个士兵的大衣口袋，撬开他脏乎乎的手指取出酒瓶。同时，罗伯特微笑着，鼓起胆子，喝了一大口那泛着蓝色的烈酒，味道尝起来像甲醇。他气喘吁吁，把酒瓶递回给了士兵。士兵也抿了一口酒，很快这两个人就像老哥们儿一样了。酒瓶你来我往，苏联人笑了，罗伯特笑了，战俘们勉勉强强，也笑了。

最后，罗伯特大喊："我们现在就走了，拜拜。"士兵很快活，站在一旁挥手送别美国朋友们离开，然后回到他的哨房中坐下，继续等待从宿醉中清醒。

他们去火车站的一路上再没有遇到任何障碍。去敖德萨的火车还有一会儿才开，时间还很充裕。像波兰的其他城市一样，里沃夫车站是19世纪风格建筑的杰作，候车大厅宽敞得能听到阵阵回声。战俘们看上去并没有像想象中那样与这里格格不入，在波兰有上百万无家可归的人，对于人群中衣衫破烂的人，大家已经习以为常。

候车的时候，罗伯特迅速去了一趟商店，满载食物而归。他把食物分给战俘们，又给了他们一大笔美元。当所有的食物都平安落肚，罗伯特赶紧把这些人送到站台，送上火车。战俘们在车上朝他挥手，一些人紧紧抓住他，拥抱他，还有的人眼中饱含热泪。

火车开走了，罗伯特伫立在站台上目送他们。一刹那，伴随着一阵心痛，他明白了。他想起上一次在站台上挥手送别的人，是埃莉诺。那是在加利福尼亚的里弗赛德车站，他送她踏上去芝加哥的长途旅程。那是他最后一次见到她。虽只隔了一年，却像是隔了一辈子。但是他的脑海中还能浮现她的眼睛，还有她最后喊出的那句话……

他不知道还能不能再见到埃莉诺，也不知道那 23 个人最终是否能回到故乡，和他们所爱的人团聚，无论那所爱之人是谁，又身在何方。罗伯特已经尽力把他们送上了通向自由的路。在任务最终完成之前，还有多少人在等着他去救助？口袋里，他的手触到了那几张纸片，每一张上面都写有一个地点、一个数字和一组方向，统统指向另一群流落他乡的人。

火车最后一节车厢在转弯后淡出了视线，罗伯特转身穿过车站，来到里沃夫的大街上。他还有很多地方要去，而时间已经不多了。

第七章　乌克兰的战斗英雄

美国空军在红军前线前方 12 英里打击德累斯顿的目标

这是目前为止最近距离的直接空袭。科特巴斯距离东部的苏联红军先锋部队只有 12 英里……1 180 多架美国“空中堡垒”轰炸机和“解放者”轰炸机于今天对距离红军前线前方 12 英里的目标进行破坏性打击……重型轰炸机由 430 余架“野马”战斗机护航，今日空袭德国的空中力量达到共 1 530 架飞机。

整整两天两夜，德累斯顿都处于英美空军的连续进攻下，这一至关重要的德国铁路枢纽和供给连接站距离最前线的苏联红军纵队只有 43 英里了，这是德军开战以来最惨痛的失败。

柏林东南 53 英里的科特巴斯是几乎同等重要的军事目标。身为大型铁路枢纽，科特巴斯有辐射四面八方的公路。美军空袭之后，英国皇家空军的 717 型四引擎轰炸机在开姆尼茨展开空袭，对德军来说雪上加霜。

《先驱导报（富兰克林，宾夕法尼亚）》，1945 年 2 月 15 日

1945年2月15日，波兰斯塔舒夫附近

伴随着发动机的异常巨响，飞机高速下落，一架B-17“空中堡垒”轰炸机冲出400英尺的云底，挣扎着保持平飞，然后飞向东南方向，径直飞进一团正在酝酿中的暴风雪。两台发动机已经失效，银色的机身布满了弹孔，航油和滑油一直在往外漏。飞机掠过树顶，发动机还在飞速转动。农田里的劳作者和经过的路人都惊恐满面，看着这只受伤的野兽在头顶上咆哮。

驾驶舱内，阿诺德·A.蒂尔曼中尉正努力让轰炸机不再下落，并在空中保持平稳。同时，他和副驾驶斯坦·尼斯中尉开始查看地面是否有能着陆的地方。这架“空中堡垒”轰炸机没有名字，它就只是一台B-17G型轰炸机，机身编号43-37687，呼号BX/Y。但是对于蒂尔曼中尉和他的机组来说，“687”就是他们的家，是一方小小的“美国”领土。可是现在这个“美国”却脆弱不堪，眼看就要散架了，零部件将支离破碎地散落在这波兰乡间半英里之内的地方。

这架“空中堡垒”轰炸机正是轰炸德国科特巴斯编组场的大规模兵力中的一架。在高射炮密集火力的攻击下，飞机碎片不停拍打和砸穿“687”的机身蒙皮。还在目标上空的时候，他们就失去了一台发动机，蒂尔曼只得顺桨继续飞行；而当他们掉头离开目标踏上归程时，第二台发动机又失效了，“687”的高度开始往下掉，他们撑不住了。此时唯一的选择就是调转方向，向东飞到波兰迫降。飞机在逐渐失去动力，高度也不断降低，机组人员开始投掷所有没被插销固定的物品，诸如机关枪、弹药、防弹衣之类的，但是“687”的高度还是一直在掉。

他们挣扎了将近一个小时才飞出云层，开始找地方迫降。当蒂尔曼和尼斯开始勘察地形时，第三台发动机也开始突突直响。如果不马上找个地方着陆，他们就彻底玩完了。他们身处一个宽阔而浅的山谷中，到处都是大片的林地，平整的土地很狭小，被沟渠分割成一块一块。飞行员搜查着地面，努力把飞机停留在空中，其他机组人员都聚在无线电操作员的舱室，蹲坐下做好迫降姿势，有些人开始向主祷告。最终，蒂尔曼发现了一块看上去比较合适的平原，位于缓坡上，坡顶正好有一排树。他当机立断，决定在那里着陆。

副驾驶尼斯中尉按下电门，放下起落架。这几秒钟真是紧张，很可能起落架已损坏，如果它也被炮弹击中，那就得靠机腹着陆了。出乎意料的是，指示灯竟然亮了，这说明机轮已经被放下并且锁定。

前方白雪覆盖的田野朝他们迎面扑来，蒂尔曼让飞机平飞，然后降低高度，收回剩下两台发动机的油门，好让机轮着地。然而他很快就意识到，这块平地不够长，而前面就是树林了。蒂尔曼向前猛推油门，回拉驾驶杆，其中一台发动机此时也终于不堪重负，发出了残喘的突突声，然后光荣牺牲。凭借最后的加速度和动力，轰炸机在仅剩一台发动机的情况下吃力地颠簸向前，擦过树木顶端，向远处下落。刚瞥见另一小块平地，飞机就已经触到地上的白雪，一路侧滑，最终停了下来，它就横在那块平地和灌木林之间，机轮陷入沟渠，机头插在树林中。

最后一台发动机隆隆响了一会儿，在雪地上扬起一阵小风雪，然后也停了。田地上一片寂静。

逃生舱门打开，吱呀一声打破了寂静。军官们一个接一个跳到雪地上，机枪手则从机身的口子里出来，他们几个绕着轰炸机走了一圈，见到那机身上的弹孔和被炮弹炸个稀烂的发动机，又定睛凝视身后的树林，连连惊叹自己到底是怎么活下来的。

蒂尔曼中尉很快带领机组毁掉了仪表盘中的精密仪器——导航地图、投弹手的数据图表、目标列表、飞行员记录，最后是诺顿瞄准器——统统被手枪打成了碎片。刚做完这一步，就有一队苏联士兵越过田野朝他们走来，手中拿着准备射击的来复枪。

“美国人！[①]”机组人员大叫，“我们是美国人！”直到士兵们靠近了，他们才发现对方都是女人。女兵们打量着美国人，扫了一眼落难的飞机，然后向后转，回到了大路上。

“大概我们这些人她们没一个看得上。”机尾炮手艾克拉中士说。

视线所及的范围内再无其他人，只剩下这几个美国军官，在白雪弥漫的山林中不知何去何从。

*

宾夕法尼亚州，勒莫因，赫梅尔大街 815 号

> 这是雅尔塔会议上计划的一次空袭行动……拥有重要铁路线的工业城市德累斯顿已经在昨日和周二晚间的空袭中被火焰吞没，它是先头突击力量的主要打击目标，一共有大约 8（下转第 6 页）

埃莉诺·特林布尔叹了一口气，把报纸拿开。就算美国是赢家，

---

① 原文为俄语，下同。

听起来一切也都糟透了。她想象不出一个遭受空袭而被火焰吞没的城市会是什么样的，也无法想象上千架飞机在空中，里面的飞行员面临着怎样的危险。她能做的只有感谢仁慈的上帝，罗伯特不再是其中的一员了。她再也不想忍受看到最新报道时的痛苦，去想他是不是也在里面，是不是死亡或失踪人员中的一个。

埃莉诺把卡罗尔·安放到大腿上，在早餐桌前坐下来，目光慈爱地看着她那小小脸蛋儿。埃莉诺再一次告诉她的宝贝，他父亲现在安全了，很快就会回家。卡罗尔·安并不知道她在说些什么，只是也朝她高兴地咯咯笑。

一旁罗伯特的母亲露丝把婴儿从她手臂中接过来。埃莉诺要上班去了。得知罗伯特在剩下的战争里将远离危险，对她们来说是极大的安慰，女儿的成长也不会有父亲缺席的遗憾了，这个家中终于有了一位能让她们爱戴，并能时常深情回忆的父亲。她们对罗伯特的担忧曾是那样的沉重，但是现在一切都过去了，他安全了。

*

罗伯特必须回克拉科夫[①]去，他没法逃避，因为那里很需要他。

奥斯威辛-比克瑙集中营的场景触目惊心。距离拜访那里只过去了几天，他的大脑根本没来得及适应在那儿看到的一切。一想到要回到那个地方，就算只是回到克拉科夫，他就感到受不了。他试着就此次访问向东线指挥部拟一份报告，可是关于那里的一切都太清晰了，最可怕的是冻僵的尸体。相较幸存者，他甚至更同情那些

① 译者注：克拉科夫以西60公里外就是奥斯威辛。

骨瘦如柴的尸体，他们一具具弯曲蜷缩在阴暗的棚屋里，躺在冻结的雪水泥浆上；尤其是还有孩子的尸体，世间万物再没有比这更让人心生哀怜和酸楚的了。而再要他重复一遍所目睹的兽行，向长官们描述他在地狱深渊的匆匆一瞥，哪怕只写下一句，也会让他肝肠寸断。

罗伯特·特林布尔上尉一直以一种平和甚至积极的态度面对世界，他的脸上从不缺少笑容。但是在内心里，伤痛却是新撕开的肉，还没有结痂。战争在他的心中留下了很深的印记。一个接一个被炮火猛攻的战斗任务绷直了他的神经，而且将永远紧绷。现在他逐渐明白，这个世界比他所知道的还要可怕。但是他必须坚持闯出一条路来，所以他要继续执行任务，去任何需要他去的地方。而现在，这就意味着要回到克拉科夫，战略情报局的特工们已经确定，那儿还有几组正等待救援的战俘。

看到他解救的第一批战俘从里沃夫安全出发，罗伯特暂时放下了心。他赶紧回到乔治饭店收拾行李，准备了一大批口粮，前往在城市郊外的机场。他有一件明面上的事要办，在去克拉科夫的路上，这件事会占用他大部分时间，但也让他得以光明正大地乘坐苏联的交通工具。这件事就是：有一批来自第 96 轰炸机大队的机组人员正在斯塔舒夫[①]等待救援。东线指挥部命令机组留在原地，并告知将会有一位军官来接他们。通常，安排救援的时间要长一点，可能至少要一个星期，但是特林布尔上尉刚巧就在附近，而且他也正需要一个借口来掩饰他真正的任务。不管他途中要救的机组是谁，他们都是幸运的。

① 译者注：从里沃夫去克拉科夫要经过斯塔舒夫。

身兼翻译、内务人民委员部陪同官员、监视者数职的苏联军官（他对罗伯特前一天在里沃夫的失踪耿耿于怀）有点不情愿，但还是帮罗伯特搞到了一张向西的苏联航班机票。

这趟飞机由里沃夫飞往热舒夫，后者是距离临时迫降地点最近的机场。航程只有 80 英里，但是从热舒夫机场还要走 50 英里才能到达斯塔舒夫。罗伯特坐在苏联吉普车里，沿着蜿蜒的公路进发，身边仅有那个陪同官员，对几乎没怎么睡觉的罗伯特来说，这旅途真是漫长。

罗伯特被带到了斯塔舒夫郊外 5 英里处的一个农场里，那儿离 B–17 迫降处不远。这个场景似曾相识。那日在里沃夫附近，他也曾踏着暮色，艰难到达了一座白雪覆盖的农舍。但是其他就很不一样了，其中一点不同就是这地方全是苏联士兵，负责在这里看守美国飞行员。

蒂尔曼中尉和军官们住在农舍里，士兵们住在牲畜棚，由苏联看守陪同。看到机组人员，罗伯特几乎吓了一跳。他们看上去是那么的体面、衣衫整齐，虽不至于说可以出去约会，但是穿着皱巴巴飞行服的他们，依旧个个精神抖擞、身体健康、胡子刮得干干净净、神志昂扬，和之前战俘们的精神面貌简直天壤之别。当看到美国同胞从吉普车上下来时，他们仍是兴高采烈，向罗伯特打招呼，把他当成兄弟一般，握着他的手不住摇晃，一遍又一遍说他们见到他有多么兴奋。看到罗伯特所带的口粮，蒂尔曼等人也高兴坏了。苏联人也提供食物，可是远远不够吃。

罗伯特不禁对这 9 个人产生了亲近感。自从离开德巴赫，他很久没有这种感觉了，这是一种作战飞行员、轰炸机飞行员之间的情谊，因为那意味着他们有很多相似的经历。在罗伯特眼里，他们是如此的年轻，尽管他们的年纪也差不了多少。蒂尔曼中尉不高，瘦瘦小小的，脸蛋青涩，目光炯炯，有学生气。他身上有一股生来就非同常人的桀骜，认为自己是站在机翼之巅的魔王。就在几个月之前，罗伯特也和他一样。

很快就要和美国朋友们告别了，苏联人和为他们提供住宿的波兰家庭都很难过。在过去的几天内，他们的关系变得很亲密。罗伯特又一次看到，对他们视为战友的人，苏联人是多么感情真挚；也惊讶于对不在此列的外人，他们是多么深恶痛绝。苏联那方有一位文质彬彬的上尉，他的束腰大衣上别有一枚红星勋章（苏联战士们在战斗时也佩戴奖章）。上尉已经悲不自胜，他给了蒂尔曼一张签名照片，照片背面用英语题道："谨以此，铭记和我们并肩对抗纳粹的朋友。"

有几个中士并不喜欢苏联人，声称苏联士兵趁他们在院子中的雪松浴盆里洗澡时，偷走了他们柔软的棉质内裤；美苏军人间还因为对波兰人的不同态度有过摩擦。蒂尔曼和他的机组人员被警告不要和当地人混在一起，可他们对此视而不见。接触下来，他们发现大多数波兰人讨厌甚至害怕苏联人，有人还想要逃去美国或英国。

在所有告别的人中，最真心实意的要数波兰的农户一家。他们的儿子塔德乌什也是个飞行员，他远在英国，在德国占领波兰期间和家人失去了联系。塔德乌什·卡拉提是波兰空军的一名战斗机飞行员，曾经参与了1939年的华沙保卫战。在德国和苏联占领波兰后，他逃到了法国，最终来到英国加入了英国皇家空军。[①]这家人认为

① 塔德乌什·卡拉提曾在法国空军短暂服役，法国沦陷后加入英国皇家空军，在317（波兰）中队，他驾驶喷火式战斗机。

塔德乌什现在驻扎在伦敦附近某地，但是他们对英国地理所知甚少，而且已经 3 年没有他的消息了。

借着这次机会，农夫的小女儿给她挚爱的哥哥写了一封信，然后把信纸塞到蒂尔曼中尉的手上，求他替他们寄出去。“你来自美国的同行是我们的客人，”她写道，“他们过几天就会去伦敦，可能会把这封信送到你手里。亲爱的塔德兹克[①]，感谢万能的上帝，很高兴全家都平安健康，而且都还住在老地方。我们很担心你……给你爱的拥抱。来自你的妹妹、父母，还有赫拉。”

为了让美国人见到塔德乌什可以认出他，小女儿给了他们一张照片，照片上的他穿着非常时髦的波兰飞行服。塔德乌什是个帅气、稚气未脱的年轻人，他的笑容像阳光一样灿烂，他的确是那种会让妹妹崇拜无比的兄长。

收好他们收到的信件和纪念品，蒂尔曼中尉和他的机组人员离开了波兰的农户。在罗伯特看来，这次离别和上次他经历的大不相同。这是一次朋友之间的愉快告别，虽然人数差不多。苏联士兵们的看守任务完成了，他们要回到斯塔舒夫的营房，于是就和这 10 个美国人一起登上汽车。

车子在结冰的农场小路上颠簸，农户一家站在农场大门边向他们挥手告别。年轻的小女儿高兴得喘不过气，因为她终于有机会能和哥哥再次取得联系了。

不幸的是，卡拉提一家对塔德乌什的担心是对的。信最终没有交到他手上。蒂尔曼中尉一生都保留着这封信，还有那张微笑的波兰飞行员的照片。将近 3 年前，1942 年 3 月，塔德乌什的家人还处

① 塔德乌什的简称。

在纳粹的统治之下，他所在的喷火式战斗机中队接受了一项任务，即为前往法国的轰炸机护航。因为天气恶劣，他们不得不中途返航，而飞机已几乎不剩一点燃料。他们发现英国的西南部被笼罩在一片浓雾中，着陆是不可能的了，飞行员甚至看不到地面情况。有一架飞机曾低空飞到机场上方，却不知道下面就是机场。中队的 12 架喷火式战斗机中，有 10 架被迫降落，中队长的飞机撞到了悬崖上，他本人壮烈牺牲。飞行员塔德乌什·卡拉提也迫降失败，他被从废墟中救起，受了重伤，双眼几乎失明。据说他的脸被切割损毁得相当严重，正如他的姓一样（“卡拉提”在波兰语中意指“铁栅栏”“棋盘格花纹”）。1944 年底，他的中队被派往比利时，可那时他已不在其中。

塔德乌什后来是否回到斯塔舒夫附近的家中，和他的妹妹与父母重逢，一切都不得而知。大多数波兰老兵并没有回到波兰。战争结束时的祖国早已不是当初离开时的祖国了，许多曾为西方盟友服务过的人被流放，因为当局认为他们有重大嫌疑，是民族主义抵抗的潜在势力。这不再是波兰老兵们为之战斗的国家了，不再是 1939 年他们踏上战场时，盼望有一天能胜利归来的国家。大多数人满怀辛酸和遗憾背弃了祖国。他们觉得自己被帮助过的盟友背叛了，正是这些盟友在雅尔塔会议上签了个名，把波兰的独立付诸东流。

车队来到斯塔舒夫城区，罗伯特和他的新朋友告别后，同苏联人一起离开。他还要踏上自己的旅程，当晚得睡在苏联红军营房内。他给了蒂尔曼中尉的机组一点钱还有带来的一部分口粮，让他们搭自己的顺风车回到热舒夫，在那里会有一架 C–47 把他们带到里沃夫。罗伯特告诉了他们乔治饭店的方向，东线指挥部的军官会在那里集结他们，安排去波尔塔瓦的航班。[①]

为了感谢罗伯特的帮助，蒂尔曼机组送了罗伯特一个新绰号。他们从农舍出来，一路上都在聊天，罗伯特说起东线指挥部并不为大众所知，而且指挥部自己也知道这一事实，所以自嘲是“被遗忘的乌克兰可怜虫”[②]。然后机组成员中有一个人，罗伯特已想不起来是谁了，他说这个绰号不合适，他们应该被叫作“乌克兰的战斗英雄”。

只有当人们还年富力强、乐观向上的时候，他们才会说出这样的话。可说话的人尚不知，他眼前的这位就是东线指挥部真正的前线战士，有一场战役正等待他去打响。特林布尔上尉希望他能够不辜负这个绰号。那一刻他坚信，为了营救那些脆弱的人，为了对抗苏联的干涉，没有什么是他不能做的。只要苏联人不杀了他，他就会继续战斗下去，直到每一个人都重获自由。

---

① 这名军官是唐纳德·尼克尔森少校，东线指挥部的气象学家。蒂尔曼机组在 3 天后乘飞机离开里沃夫，在 2 月 21 日到达波尔塔瓦。

② 这个绰号原来是波斯湾指挥部军人送给东线指挥部的。

第八章　卡西娅

1945年2月22日，宾夕法尼亚州，勒莫因

露丝·特林布尔站在客厅的窗户前，臂弯里抱着她的小孙女。两个人都注目凝视着长长的赫梅尔大街，等待报童的到来。他们并不是每一天都这样，只是今天有点特殊。

报童来了，他迎着夹杂小雪的毛毛雨，沿树下的人行道骑自行车而来。他一溜烟儿过去，把叠好的《晚间新闻》丢过小小的前院，啪一声落在门廊上。露丝走出去拾起报纸，赶紧回到温暖的室内。

放下卡罗尔·安，露丝抖开微微沾湿了的报纸，开始急切地浏览专栏文章。在第4页，她找到了她想要看的，身子向后靠在椅子上，欣慰地呼了一口气。

> 2月22日，勒莫因。罗伯特·特林布尔太太，居住于赫梅尔大街815号，收到消息称她的丈夫特林布尔上尉被授予了杰

出飞行十字勋章[①]。在那之前，特林布尔上尉就曾被三度授予航空奖章[②]带两枚栎树叶奖章[③]，他曾驻扎于英国，而现在在远东战区……

看到最后一句话，露丝皱了皱眉头。埃莉诺明确告诉过记者，是“东线”，而不是“远东”。但也许哈里斯堡的《晚间新闻》根本不知道还有美国人在苏联。每个人都被远东和德国弄得心烦意乱，新闻上说的都是硫磺岛和向莱茵河发起的猛攻，没人会注意到这不起眼的小小东欧一角。

收到嘉奖信的时候埃莉诺惊讶万分，那措辞看上去很官方，有几分钟她吓坏了，以为那意味着有什么不好的事要发生。她的哥哥霍华德阵亡刚满一年，每次收到这种消息她都有些神经质。

嘉奖令上说，这枚奖章颁发给罗伯特，因为他“在飞行中表现出的英勇和获得的出色成就让他脱颖而出”。这是对于他在493轰炸机大队服役颁发的迟来的嘉奖。

“表现出的英勇……出色成就……”露丝想起了自己那个曾经忧郁而迷惘的孩子。当罗伯特的父亲抛弃他们母子的时候，他是那么的心碎。其实这也没过多少年，罗伯特被逼得快速成长。可是看看他现在！和其他许多成了男人的男孩一样，他能忍受住这一切真

① 译者注：杰出飞行十字勋章（Distinguished Flying Cross），二战时期由美国空军颁发给在飞行任务中有非凡英勇表现的军人。

② 译者注：航空奖章（Air Medal），由美国陆军、空军或海军颁发的、因飞行任务中表现出色而授予军人的勋章。

③ 译者注：栎树叶奖章分为铜质和银质两种，本身不是独立的嘉奖，而是佩戴于别的勋章或奖章的丝带上，代表了受奖人曾多次获得该荣誉。铜质代表增加一次获奖，银质代表增加五次。因此获奖章一次，丝带上不佩戴栎树叶奖章；获两次佩戴一枚铜质，三次佩戴两枚铜质，而获六次则佩戴一枚银质栎树叶奖章。

是不容易，国家在他身上寄予了多少期望啊！

露丝在想，自己的孩子此刻身处何方：他是不是正如自己和埃莉诺想象的那样平安，是不是也穿得暖暖的，过着惬意的生活，而他又在想些什么呢？

*

波兰，克拉科夫附近

罗伯特用手把树根周围的雪刨出来，挖了一个 3 英尺深 5 英尺宽的洞。他用铺盖卷包住身体，又在腰间系紧，拉上派克大衣的毛边兜帽，爬到洞里，蜷缩在狭窄的空间里，他拉过身后的背包，把洞堵死。

他终于躲过了这冰天雪地里呼啸而过的狂风。冻僵的四肢开始缓解，方才又是在树林里跋涉，又是挖地洞，一股热量在他躯干里集聚，扩散到了四肢末端。

罗伯特按亮了便携手电筒，手在口袋里摸索了一下，找到他藏在那儿的 D 种口粮巧克力棒。他把头搁在洞穴壁上，打开了那杏仁口味的好时巧克力棒，大口大口嚼着。腮帮子还鼓鼓囊囊的，他就又拆开了下一块。外边天寒地冻，又消耗了许多热量，他的身体热切盼望着卡路里，一开始吃就停不下来。[①] 他必须有所克制，因为

① 战争早期生产的 D 种口粮巧克力棒和市面上的商品巧克力棒相比十分难吃。巧克力棒是故意被设计成“比煮土豆稍好一点”的口感的，为的就是防止士兵吃个不停。但是到 1945 年，原本好时公司生产的“洛根巧克力棒”被同公司味道更好的其他产品取代。苏联士兵尤其沉迷于这些巧克力，在东线指挥部存在的最后几个星期里，他们从波尔塔瓦偷走了上千条巧克力棒。

还有其他人比他更需要补充营养。他沉甸甸的行囊里装满了 K 种和 D 种口粮，但是根据以往的经验，这远远不够分。

从克拉科夫溜出来并不难。他没有时间了，因为中途去了一趟斯塔舒夫，所以他没去宾馆办理入住，而是叫了辆车直接出城。这一次，他耍了个声东击西的花招，他表面上安排车到宾馆前门接他，可同时他却从侧门溜走了。那个从热舒夫开始就和他在一起的“捕鸟犬”甚至不知道他已经离开了宾馆。任务进行到了这一阶段，内务人民委员部还是没有对特林布尔上尉产生怀疑，他们还没发现他除了参与被批准的迫降机组营救行动，还在干些别的工作。可是随着他消失得越来越频繁，他们就很可能猜到他在干别的事。这样下去，执行任务会更加艰难。

吃完了第二块巧克力，罗伯特又戴上了他的连指手套，静下心来试着睡上一觉。

身在这样的环境里，对于一个流离失所的人来说，他的思绪经常会飘回故乡。他好奇他生命中的两个女人此刻在做些什么。埃莉诺应该已经下班了，搭乘巴士穿过市场街大桥，途中掠过桥上一盏盏望不到头的灯笼，灯笼透过车窗明灭闪烁，让人昏昏欲睡。赫梅尔大街的家中，窗子里应当亮起了灯，在街道上投下暖和的光。他的母亲正点着炉子，一家人开始吃晚饭，还有……他几乎看到自己的父亲也还坐在餐桌旁，解开领带，正一页页翻看晚报。但是他再也不会在那个画面里了，那景象只属于逝去的岁月。相反的，画面里有一个罗伯特不太能看清的模样，是一个孩子的小小身影。

那孩子长什么样呢？这个生命由他而来，却与自己从未谋面。这真不好受。他看不到她，也不知该怀着什么样的感觉去想她。他除了期盼，其他无能为力。

但是他能在脑海中描摹出他的家，他想到埃莉诺走上台阶来到灯火通明的门廊。那些灯光，无论是桥上的灯笼还是沿街发光的窗户，都点亮了家最基本的意义。在全城断电的英国，街上是没有灯光的，人们回家时窗子里也不会有光亮欢迎他们。而在波兰，你甚至很少有机会看到一座城镇的夜景，因为在熄灯后出去实在是太危险了。

……所以他想到了自己的家。在这样惬意的思绪中，他终于进入了梦乡。

*

天刚亮他就醒了，发现在夜间新落了一场雪，天空中没有一丝云彩。他把行囊往前推，从洞里探出头来，重回到明亮的世界。树林的缝隙中晨光渐浓，天空是苍白的蓝灰色调。林间的寂静让人喘不过气，连在雪中走路的咔咔声听起来都像巨石碎裂。

真是想不到，一个人累得不行的时候，在雪地的洞里也能睡个好觉。罗伯特揉了揉眼睛，活动四肢，收好了他的睡袋，然后扛上行囊出发穿过森林。他有一张地图、一个罗盘、一个参考坐标，还有一个目的地。那是他所有需要的东西。只要心里还有目标，还有好事要做，他就觉得自己能胜利撑到战争结束，踏上回家的路。

没走多久他就发现前方树林里有人在动。是两个人。那穿着他再熟悉不过了，是破旧笨重的贫民窟衣衫。两个人站在林间空地中，脸朝向天空，很显然是想享受一下晨间难得的直射阳光。

离战俘聚集地点还有一段距离，但罗伯特肯定这就是他要找的战俘们，便朝他们走近。等到接近了，他才发现其中一个人大衣之下穿着一条蓝条纹的裤子。他想起在比克瑙的集中营里，囚犯们也穿着一样的裤子，而奥斯威辛集中营就在几英里之外。

突然，这两个人发现了他，紧张地扭头就走。罗伯特大喊：“别担心，我是美国人！”他们好像听不懂。罗伯特猜两人估计是看到了他的军装和苏联红军的毛帽子。“我是美国人。”他又说了一次，指指他自己，摊开双手表示他没有敌意。

两个人停下脚步让罗伯特赶上他们。其中一人能说一点英语，罗伯特试图让他明白自己不是苏联人，而且正在寻找战俘。误会一下子澄清，他们笑了，激动地握着罗伯特的手，表示罗伯特可以跟他们走。

两个人的健康状况都不好，路都走不稳，还伴随着阵阵难挨的咳嗽，所以穿过树林这一程走得非常缓慢。罗伯特估计走了约四分之一英里后，他们来到一堆废弃的农舍前。两个人大声打了个招呼，罗伯特惊呆了，只见像鬼一样的人三三两两、探头探脑地从坍坏的牲口棚里冒了出来。一共有几十个人，一些人穿着显眼的奥斯威辛条纹囚服，大部分人身上裹的仍是一团破烂的大衣和肮脏的床单。

其中一人走上前对罗伯特说了句英语，他浑身一激灵，那是美国口音。在波兰偏僻一隅听到纽约、得克萨斯、宾夕法尼亚、加利福尼亚的口音从这些形容憔悴、穿着村气的魂灵嘴里说出来，永远都显得那么怪异。

罗伯特解释说自己是来帮助他们逃离这个国家的，这一消息在他们看来简直如同神启。战俘们根本没料到这世界居然还知道有他们存在。（战略情报局的特工们不能暴露自己的伪装，因此没有和这些作为信息来源的前战俘直接接触，也从未提起他们的目的。）罗伯特问这里有多少人是战俘，他本来被告知的此处战俘数量和里沃夫附近的一样，但其实这儿的数量一定有那里的两倍。

这些人中间只有一半是盟军的战俘，其他则是来自纳粹劳工营的难民，还有几个犹太人。1 月的时候，在奥斯威辛死亡行军途中，他们从党卫军手里逃了出来。还有一些人也是从行军队伍里逃跑的，他们来自这里向西 50 英里的拉姆斯多夫[①]VIII–B 战俘营。除了美国和英国战俘，也有平民囚徒。他们都是来自不同国家的人，法国人、荷兰人还有少量波兰人。他们想依附美国战俘，希望能一起逃脱，却没意识到美国人也和其他人一样在苏占波兰举步维艰。

战俘们靠少量的罐头食物为生，那是他们从废弃的集中营仓库里抢来的，但也快要吃完了。罗伯特看着这一圈面孔，有人沮丧，满脸病容，其他人却充满希望，愉快地望着他。一想到要把这么多人都带到城市里送上火车，他也害怕得很。

但是没有时间可以浪费在担忧上了。去克拉科夫的路很远，还有 50 张嘴要吃饭，罗伯特带的干粮不足以撑到今天结束。他解释说他只有一点点食物，但是可以给他们足够的钱去买更多吃的。他只能对盟军的战俘负责，但是也愿意帮助所有想要离开波兰的平民，可以带他们一起坐上去敖德萨的火车。但是到了敖德萨之后，平民们就得靠自己了，不知道苏联人或者美国人和英国人能不能让他们顺利通行。

平民们经过短暂讨论，一致热切地表示愿意和美国人一起走。人群中爆发了一阵欢呼，他们紧握罗伯特的手，给他拥抱。人们喜极而泣，感谢上天保佑他们有机会逃离这冰冷的地狱。

在欢笑声中，也有人发出了担忧的嘀咕。一些人问：“女人怎

---

① 现为波兰的万比诺维采。

么办？”

“哪些女人？”有人问道。

“当然是集中营里的女人。”另外一些人说。

“还有小孩。”有人加了一句。

一些声音开始抗议，说如果他们要去克拉科夫，现在就要走，不要把时间浪费在小事上。其他人气冲冲地反驳了他们。

罗伯特没搞明白状况，然而他的担忧也愈加深重，人们劝他先和一小撮人去看看女人们。然后，又是一段穿越田野和树林的神秘旅程。罗伯特感觉局面越来越不受他的控制，还有什么惊喜在等着他？答案是：一个让人相当为难的惊喜。

一群人穿行来到工业区的边缘，有一条路通向集中营[①]。这集中营看上去就像比克瑙的那个，一层层的铁丝网包围一排排营房，但是规模要小得多，只占比克瑙的一小部分。此处也被废弃了，周围空无一人，人们带着罗伯特穿过坏掉的大门进入，他向上苍祈祷不要再来这样的地方了。罗伯特走在一栋栋营房间，恐惧越来越浓，心怦怦直跳。有的营房毁于大火，有的坍坏倒塌，但是和在比克瑙不一样，新下的一场雪稍微缓和了这儿的气氛。

他们经过一个空地，罗伯特注意到了一条很宽的沟渠，同行的人们在经过时把目光移到了别处。罗伯特明白了，他以为沟渠旁是被雪覆盖的泥土堆，但其实那是一摞冻僵的尸体，每一具展开的四肢都缠在一起，裸露的手脚突兀地伸出来。主集中营里，党卫军杀害幸存者、毁掉谋杀证据的行为才进行了一半。罗伯特一阵反胃，

① 在回忆里，罗伯特已想不起来（如果他曾知道）这个集中营的名字。奥斯威辛集中营有 40 多个分支营，他和战俘们碰头的区域有 10 多个分支营，有可能是其中任何一个。

把视线移开赶紧跟上了他的向导。他们把他带到了营房中间的一个小屋，有人敲了敲门，打声招呼走了进去，他招呼罗伯特跟上。

屋子外面是阳光照射在白雪上的刺眼光芒，罗伯特的眼睛用了好一会儿才适应了里面的幽暗。房间里塞了一条长矮桌，两边靠墙堆了一些像是货仓架子的木结构。看来这地方也是被荒废的。他注意到有几张脸透过木头架子在看向他——是女人们，还有两个儿童。更多的女性面孔从后面闪现，偷偷看着这个陌生人。

“她们跟我们走吗？”有人问罗伯特。

他粗略数了数，这里有25个人。他已经有另外50个人要对付了。这不可能，他不能这么做，这会把整个行动毁掉的。但是怎么能这样对他们说呢？他环视这凄惨的房舍，外面尸体的景象历历在目，他又望了一眼那些妇女和儿童。

“她们和我们一块儿走。”他说。

*

罗伯特摸出最后 6 根巧克力棒，还有行囊里剩下的奶酪罐头和午餐肉，分给了他的同伴们。他们把这些食物分成很小的一份份，分享给其他人。

战俘们和罗伯特带领女人和孩子走出集中营与其他人会合，此刻这一队衣衫褴褛的难民们已经在银装素裹的乡野中走了好几英里。他们只能按照孩子和病人的速度行进，所以当然快不了。食物没有了，可前面还有好长一段路。罗伯特本想去最近的城镇买些吃的，但是时间紧迫，而且他不能太引人注目。

罗伯特一刻也没有休息，在人群中走来走去，看人们津津有味吃着那一小口食物。他注意到一小群人围住一个年轻的女人，那女人坐在地上，身旁放着一大捆破衣服。走近一点看，他才发现这堆破布里面是个婴儿。女人看上去无精打采，身心俱疲。一起的人试图和她说话，但是她一言不发。婴儿像是睡着了，小小的脸蛋很枯瘦，微微泛青。

那是个女婴。罗伯特问了之后，有人回答，她是在集中营里出生的，名字叫卡西娅。罗伯特抱起这一团薄薄的破布，卡西娅醒了，眼睛睁开然后又眯上。这绝不是个健康的婴儿。连罗伯特也能清楚地看出来，这孩子已在鬼门关边上了。他很快脱掉自己厚厚的羊毛围巾，丢掉包裹卡西娅的肮脏恶臭的床单，把围巾环绕在这个小小的身体上，然后把她放在自己的大衣里面，紧贴他的胸膛。卡西娅有些活过来了，张开了眼睛，这一次，她好像在看罗伯特，嘴边有一星微笑。

一个女人解释说卡西娅母亲的奶水太少了，她自己也生着病，毫无活下去的希望。

是时候继续前进了。强壮的人扶着弱者站起来，然后又开始长途跋涉。其他女人负责帮助卡西娅的母亲，罗伯特则把她的婴儿裹在大衣里。卡西娅又闭上了眼睛，他祈祷这小家伙能努力活下去，也许到了克拉科夫他们就能有医疗救助了。东线指挥部给的钱能够换到最好的救治，但是首先他们必须在天黑之前赶到那里。

一路上，罗伯特很难控制自己的情绪。每一次查看卡西娅是否还有呼吸，他就会情不自禁想家。几千英里外，埃莉诺可能也在臂弯里抱着他们的孩子，轻声笑着，和她玩躲猫猫。她怀里的这个婴儿，胖嘟嘟的，脸颊红润，也朝埃莉诺微笑，尚不知这个世界上还有战争、死亡、集中营，还有饥饿，还有……如果不是出生的偶然，现在他大衣里的也可能就是卡罗尔·安，小脸憔悴，离死亡不远；也有可能，此刻正无精打采艰难行走的就是埃莉诺，而且还没意识到她的骨肉正在身旁逐渐死去。

自始至终，罗伯特都能感受到人们心头挥之不去的绝望。他以为父亲离开自己的时候，他已经能清楚体会这种绝望了，但是他错了。这些人虽然活着，却已没有活下去的意义了。他们怎么可能还会有正常人的情感？家人都已经四散流离，家园化为了尘土。

罗伯特什么也做不了，只能紧紧抱住卡西娅，和其他人一起按照计划行进。

一个小时后，他们来到大路附近。这里有个农场，可以预先安排车辆。这农场的农夫对苏联人很不满，罗伯特的特工接触过他，他表示难民们可以自由使用自己装牲口的卡车。看到那么多人出现，他也有些吃惊，而且还不都是美国人。但是农夫很快恢复了常态，把卡车开了出来。

这许多人花了好大劲才上了卡车，出发前往克拉科夫。路程很短，但是车开得又慢又费劲。终于在天色将暗之时，他们来到了城郊。卡车停下，人们跳下来，身子快被冻僵，一个个打不起精神。罗伯特对农夫道谢，给了他一笔钱作为慰劳，当然这也被农夫拒绝了。

现在进城可不安全。克拉科夫还是很靠近前线的，所以城防卫队对于破坏宵禁这种事会更加警觉，惩罚比在里沃夫还要严重得多。所以男男女女只得找远离大路的地方缩在一起，等待黎明的到来。他们已经习惯了。如果运气好，今晚过后他们就不用再忍受这一切了。罗伯特把卡西娅塞给队伍中的一个女人。明天一早，他将努力把他们全部送上开往敖德萨的火车。

*

清晨来临，人们从睡梦中苏醒，准备再走一程。

罗伯特一个人来到城内的火车站。他告诉难民们先等上一会儿，然后一小队一小队地跟在他后面进城，一次不要超过两到三个人，这样就能不引起苏联卫兵的警觉；而且就算有一队被禁止进城，其他小队的人也能顺利通过。这儿和里沃夫不一样，克拉科夫的火车站就在市中心，所以难度可能更大。

到了车站之后，罗伯特买了票，焦急地等待着难民们。逐渐地，男人、女人、孩子们进了车站。如有神助一般，并没有人被卫队拦下来。车站里还有苏联士兵，但是他们也没有做任何阻拦，只要美国军官能对他们负责，苏联士兵也不关心他对难民做什么。（要是他们知道这群人里面混有战俘，那就不一样了。）克拉科夫靠近前线，夜晚更加危险，但也意味着会有源源不断的难民经过这里，大部分是波兰人、苏联人还有乌克兰人。也就是说，这里不是内务人民委员部主要的落脚点。苏联红军的前线和国家安全机制之间存在滞后。就罗伯特所知，在一些城市里，拿到苏联许可手续，把被解救的战俘送上火车，其实一开始会意想不到地容易；直到内务人民委员部进驻城市，才会日渐艰难。[①] 内务人民委员部入驻后，铁栅栏就会落下，再不会有之前那种对战俘睁一只眼闭一只眼的情况。

罗伯特又一次和难民们进行了欢乐的告别仪式，接受他们的拥

① 美国军人参与营救行动时，这一模式很普遍：苏联红军军官本是很乐意与美国人合作的，也乐意对他们慷慨相助，直到内务人民委员部施压要他们停止这么做。

抱和祝福，还有依依不舍的惜别。他目送火车喷着蒸汽离开站台，开始通往敖德萨和自由的漫长旅程。

在接下来的几天里，他干了几次相同的事。至少还有一个联系他的特工在这片地区，趁目前克拉科夫局势大好，特工把小队战俘赶到城镇郊外，罗伯特在那里接应他们，然后重复同样的流程，避免惹人注意地进城来到火车站。这些人大多数是战俘，但也有一些是来自死亡集中营的难民。他没数过一共有多少人，但是估计在克拉科夫的那些日子里，他至少已把 150 人送上了火车。

可是，他最想带往幸福的那个人，他最想为之买票的那个人，却不在这些得救者中间——卡西娅没能挺过郊外那个寒冷的夜晚。罗伯特伤心欲绝地看着他们把她埋葬，她还躺在那围巾里。卡西娅长眠于公路边上一块偏僻的空地，人们在上面用一块小石头做好标记。在这世上的苦难里，卡西娅找到了另一种自由。

*

一点点干粮早就吃完了，装钱的背心也几乎空了。是时候回到波尔塔瓦补充他的所需了。罗伯特带来的上千美元在几天内就花了个一干二净，下次还要带更多。这笔钱一共帮助了 200 个人踏上自由之途，但是一定还有成百上千的人等着他。

罗伯特几乎把那个跟他一起从热舒夫来的“捕鸟犬”忘到了脑后，看到他还在宾馆里，罗伯特也吓了一跳。这个“捕鸟犬”和他在里沃夫的前任一样，对于被罗伯特甩掉这件事很是光火，说要是上司发现，他可是要掉脑袋的。罗伯特于是编了个故事，说自己看了一份被击落的轰炸机的报告，前去寻找一番却无功而返。看样子

“捕鸟犬”对这个故事很满意。

“捕鸟犬”为他们弄到了去里沃夫的机票，打算到里沃夫换乘苏联的常规公交去波尔塔瓦。罗伯特很难相信，距离他从波尔塔瓦基地出发才过去了不到10天。那时的他还是个懵懵懂懂、一派天真，甚至还有一点幼稚的战斗老兵。

当他就考察的各方面向汉普顿上校、科瓦尔少校、费恩上尉汇报时，有一些细节已经很难回想起来，一不小心就张冠李戴了。只有描述比克瑙集中营时例外。他停了下来，他得停一会儿，等情绪平复了才能讲下去。影响了罗伯特的，不只是他在波兰的个人经历，还有一种对这个世界乃至人性的新的认知。他身体中有某样东西被唤醒了，他再也不会像从前那般静好安稳了。

罗伯特在汇报中所描述的事物，科瓦尔和汉普顿自己也亲眼看到过，尤其是苏联军人针对波兰平民的暴行，所以他们对他的心情非常感同身受。但是奥斯威辛却完全超出了他们的经验。

出乎罗伯特的意料，汉普顿说他的营救战俘任务得中断一下，因为军事代表团觉得苏联对战俘的态度有望改变。过去10天里，威尔梅思中校和金斯伯里中校一直被禁锢在波尔塔瓦。两天前，从莫斯科来的、由保罗·霍尔少校带领的第二个联络小队和他们碰上了头，这支队伍准备去敖德萨查看那里的战俘收容设施，苏联人也回绝了霍尔少校的申请。但是现在有消息称，两支队伍都已确定将被允许前往波兰。苏联将提供飞机运送威尔梅思中校到波兰的卢布林，霍尔少校将会乘飞机到敖德萨。两位军官都在忙着准备大量可能用到的设备和物资。

这个消息好到让人不敢相信，但美国人还是决定把这次苏联的让步视作真诚之举。同时，特林布尔上尉将带领他的营救小队回波兰抢修迫降飞机，蒂尔曼中尉的 B-17 还停在斯塔舒夫当地。罗伯特知道那位置，也清楚周围地区的情况，何况老上司赫尔顿上校还称赞他尤其擅长在棘手环境里起飞轰炸机。

罗伯特不知道该怎么看这事，他怀疑苏联人的善心不会太长久，在摆弄这些坏掉的轰炸机时，他心里还在念念不忘那些身陷险境的人。

不过他的内心还是得到了一点安慰。有一则姗姗来迟的消息，从美国战略空军指挥部，到战争部，再到英国，一路滞后，但现在终于赶上了他——罗伯特被授予了杰出飞行十字勋章，这是他 35 次战斗任务出色表现的见证。

罗伯特不会长时间一蹶不振的。发现蒂尔曼中尉和他的机组人员还在波尔塔瓦，而且完好无恙，个个精神抖擞，他喜出望外。蒂尔曼等人还在等待飞机带他们沿那条迂回的路线飞回英国，他们和罗伯特寒暄的时候，比在斯塔舒夫更加热络，就像老朋友一样。蒂尔曼有台相机，记录着他一路上的历险。他在行动办公室外的台阶上给罗伯特拍了一张小像。罗伯特沉浸在春风般和睦的气氛里，对着镜头来了个大大的微笑，却难以隐藏眼中的疲惫。

有人拿出了一张美元，也许就是罗伯特给他们那笔钱中的一张，然后把它变成了一张纪念纸币，在人们手中传递签名。这个传统可以追溯到 1920 年，但在二战期间才广为流行。传统上纪念纸币是用来纪念飞行旅途的，航班上的每名乘客都要在纸币上签名，然后由纸币的主人保留。在战时，军人们开始把纸币用作签名本，收集在行程中所遇到人们的签名，纸币正反两面都可以任意涂鸦。

蒂尔曼在纸币正面签上“A.A. 蒂尔曼中尉，陆军航空兵团[1]”，副驾驶斯坦·尼斯在后面加上了自己的名字。接下来是领航员科尼利厄斯·F. 达利，他把他的名字塞进了纸币上边的一条缝里。罗伯特在纸币背面写下“R.M. 特林布尔，陆军航空兵团”，为了纪念斯塔舒夫的救援行动，他在纸币边缘加上了一句“乌克兰的战斗英雄，1945 年 2 月 25 日”[2]。

只有军官们在纪念纸币上签了名（在战斗飞行员中也存在等级壁垒[3]）。罗伯特没注意是谁拿出这张纸币的，也没看到谁最终保留了它。这张纸币一路传递下去，收集了更多的签名，然后最终被遗忘在了脑后，和战争中其他的小细节一样无影无踪。[4]

1945 年那天，罗伯特再一次意识到了他和其他年轻人之间的那条鸿沟。他们嬉戏打闹，在相机前摆弄姿势，看上去尚不知人间的忧虑。生理上来说，他们才刚刚脱去稚气，内心还带着童稚的天真；但同时他们也是战争中的男子汉，他们投的炸弹也能置人于死地，让城市毁于炮火。他们目睹友人的死去，直面和承受死亡，然后将在战争结束之前一次又一次面对它，甚至连自己也可能会永远屈服

① 1941 年，美国陆军航空兵团（United States Army Air Corps，缩写为 USAAC）改组为美国陆军航空队（United States Army Sir Forces，缩写为 USAAF），但是在人员档案和通俗口语中，普遍还是这么叫。

② 这只是一个推测，因为写这句话所用的笔和罗伯特签名所用的看起来像同一支，尽管笔迹和他往日的有些不同，估计他想努力写得清晰一点（比较像他在护照中直系亲属那一栏的笔迹）。

③ 当年的机组成员唐·麦克劳德中士回忆蒂尔曼中尉时，觉得他很冷漠，并不怎么和机组打成一片。在军官和士兵中这也不是什么怪事。纪念纸币上随后添加的签名（根据能被辨认出来的看）都是军官和平民的。

④ 谁最后保留了这张纸币，我们仍不得而知。但是在 1969 年，纸币出现在了得克萨斯的厄尔巴索，被卖给了一位二战纪念品商人。他持有该纸币几十年，最终在 ebay 上出手。收藏家麦克·阿兰德买走了它，猜想那上面的可能是 R.M. 特林布尔的签名。麦克将这事告诉了他的熟人李·特林布尔，由他最终确认这签名是其父亲的笔迹。

于死神。可是他们心里还住着少年，每个人都相信他们是自己宇宙永恒的中心。

只有当你看过了这些苦难和紧跟其后的余波，只有当你生活于其中，知道你自己的那个世界在地狱面前也同样脆弱时，你才会明白自己身处的位置和存活的意义。罗伯特·特林布尔已经去过了深渊，他站在深渊边缘向下望去，从此，眼中的世界就再也不是从前的那个了。

第九章　哥萨克之夜

1945 年 3 月 17 日，波尔塔瓦

三周之后

一盏台灯孤零零的亮光下，特林布尔上尉独自一人坐在昏暗的行动处办公室里。他拿出一张纸，放进了打字机。

东线指挥部

总部

美国驻欧洲战略空军

陆军军用邮局 798

发自：罗伯特·M. 特林布尔

1945 年 3 月 17 日

主题：前往波兰热舒夫、斯塔舒夫和里沃夫的见闻报告他停下来看着那一排地名，写在纸上是如此的不痛不痒，但是和这些城市交织在一起的回忆还鲜活犹新，仿佛一个伤口上又是另一个新伤口，永远不会痊愈。

现在很晚了，罗伯特相当疲累。从里沃夫飞回来，一路上太不容易，B-17那艰难运行的发动机声还在耳朵里吵个不停，手中还能感觉到驾驶杆的震颤。所有人都已回到他们的铺位了，他也想睡觉，但是指挥部希望他赶紧汇报情况。必要的话，他整晚都得待在这打字机前。

在对蒂尔曼中尉一行的那场营救中，特林布尔上尉惹上了点麻烦，所以指挥部希望听听他这边的说辞。这一次他能逃脱纯粹是碰运气，而他的任务还能不能进行下去犹未可知。

和蒂尔曼机组重逢后，他在波尔塔瓦只待了48个小时就又装满行囊再次出发。他把救援装备放在一起，取出整个救援队的口粮，又从财政办公室拿了一沓纸币，准备再回到波兰开展对蒂尔曼中尉B-17"空中堡垒"轰炸机的抢修工作。

这个当口儿威尔梅思中校和他的团队也正筹备飞往卢布林，视察那里的战俘收容设施。莫斯科正屏气凝神。如果战俘的情况确实开始好转，罗伯特的任务就可能没必要再进行下去了。就他个人来说，罗伯特对这种事打死也不相信，而且他不是唯一一个这么想的。工作刚刚开始步入正轨，这时候要他暂停简直是疯了，尤其是他知道还有数以千计的人流落在寒冷的蛮荒之地。

他强迫自己把注意力集中到打字机上来。从哪儿开始讲呢？过去三周发生的事，夹杂着一连串清晰的回忆和愤恨，至今还让人不知如何开口，那些是不能写进官方报告里的。在夜晚死一般的寂静中，子弹乒乒地击打着机身；满脸胡子的巨人咧嘴大笑，把一杯劣质烈酒塞到他手中；雪地里拖行的痕迹，寂静森林中新翻的泥土；雪暴中惊心动魄的飞行；紧握手枪的滋味；还有那些憔悴战俘眼中的忧伤。

所有都是为了战俘，最终一切都会归结到他们身上。不管指挥部说什么，他都不能放弃营救战俘的工作。甚至当他去执行别的任务时，战俘一事也萦绕着他，跟随他奔走四方。

夜深了，报告还没有写完，罗伯特再次收回注意力，从头开始写。

用来执行营救任务的是基地的一架 C-47。罗伯特和队员们把工具送上飞机。包括他在内，救援小队一共 7 个人，罗伯特是他们的飞行员和队长。

泰勒·E. 杰西中尉是经验老到的领航员。去年 12 月，他和战友们在波兰上空从 B-24 里跳伞，然后就来到了波尔塔瓦。他对此处的地形很是了解，也掌握了关于这里紧张局势的第一手资料，是波兰游击队救了他，让他免于被交到苏联人手里。他没有被解救回原部队（位于意大利的 460 轰炸机大队），而是加入了东线指挥部。

约翰·马特斯上士[①]来自莫斯科军事代表团，人很机灵。他是纽约人，出生在罗马尼亚，战前曾做过工程师，可他最大的用处却是当翻译。除了英语和他的母语罗马尼亚语，他俄语和波兰语也说得很好。他的语言天赋、处世智慧和风度翩翩的人格让他一步步爬升，从小小的军士长一路升到美国军事外交部门的关键位置。

除此之外，还有负责修理迫降 B-17 的 4 个机械师，军士长皮卡尔里上士是他们的头，也是纽约人。同机还有两个搭顺风航班到热舒夫的美国人。除了个人行李和口粮，营救小组还把 C-47 装满

---

① 关于马特斯的军衔，在不同资料中有不同说法，既可能是上士，也有可能是中士，前者可能性更大。

了工具零件和航油。然后就是等苏联机组登机了。

苏联人不允许美国人驾驶运输机出入波尔塔瓦。有时候机组成员可以美苏混合，但飞行员必须得是苏方的军官。当罗伯特和他的队员得知这趟去斯塔舒夫的航班由苏联的若克里科夫中尉担任飞行员时，他们心里都咯噔了一下。

若克里科夫简直臭名远扬。他粗心大意，是个傲慢的危险分子。很多作战飞行员都性格蛮勇（罗伯特自己也不例外，这一点英国皇家空军的人可以证明），但是若克里科夫是个真疯子，根本不配当飞行员。汉普顿上校和希尔将军劝说过苏联很多次要让他停飞，或者把他转移到别处去，但是请求从没有奏效。也许他是某个权贵的儿子，或者在波尔塔瓦是个出名的恶棍。不管事实如何，苏联指挥官科瓦廖夫将军绝不接受对若克里科夫除了技能一流、勇敢无畏之外的任何评价。

要想把若克里科夫从一次飞行任务中删掉，需要最高权威的强硬发话。在 1 月份，他本计划要驾驶 C-47 从莫斯科飞到克里米亚，把一群高级官员从欧洲盟军远征军最高司令部的指挥部送到雅尔塔会场。官员中包括了艾森豪威尔将军的副手亚瑟·泰德上将，后者从汉普顿上校那里听说过若克里科夫的大名，便使出浑身解数，动用最大权力和苏联人争辩，一路闹到苏联空军大元帅的面前，坚决拒绝由这个疯疯癫癫的中尉来开飞机。苏联终于让步，最后是汉普顿上校自己把飞机开到了雅尔塔，副驾驶是泰德上将。

说话分量没泰德重的人也可以试着反抗一下苏联，但那只是浪费时间。若克里科夫继续在波兰飞进飞出，他的态度从未改变，技术也从未长进。

一想到若克里科夫，罗伯特就一肚子气，足以克服写报告时的疲惫。从C–47的机轮离开跑道开始，这个苏联人就开始胡作非为了。罗伯特重重按下打字机的按键：

> 飞机刚刚起飞，若克里科夫中尉操作不当，以非常低的高度飞过指挥部大楼，而飞机上此刻装有8桶100号辛烷航油和9名美国人。
>
> 去往热舒夫的一路上都平安无事。但是在斯塔舒夫我们碰到了一个问题，轰炸机的迫降地点是否适合我们的飞机着陆？

这就是整段笑话的开始。罗伯特曾经去过迫降地点，知道那里的情形。这个地方在城外5英里处，没有可用的公路能把飞机零件和燃料拖走。他们别无他法，只能选一块够大的场地着陆，离轰炸机越近越好。

货仓里是罗伯特、机组队员，还有堆成小山一样的物资（包括罗伯特在内的几个人都是把航油桶当作凳子），他们能感觉到C–47正在盘旋下降，飞行员的第六感告诉罗伯特事情有点不对劲。当然对于若克里科夫来说，不对劲才是他的正常水平。

那个苏联红军翻译迈娅出现在走道里，看样子是急坏了，脸上是一副她最拿手的表情，睁着一对大大的、让人着迷的小鹿眼睛。这是罗伯特从奥斯威辛回来后第一次和她一起出行。“特林布尔上尉，您可以来一下驾驶舱吗？”为了盖过发动机的轰鸣，她大喊道。

特林布尔上尉来到驾驶舱，一眼就看出情况不妙。若克里科夫中尉也正拿不定主意，这可不像他。通过迈娅翻译，若克里科夫表示想要罗伯特帮着看一看下面的空地，让他说说是否适合着陆。副驾驶站起来，罗伯特坐在了他的位置上。

“你觉得呢？”若克里科夫通过迈娅问罗伯特，“我们能着陆吗？”

罗伯特仔细看了一下地形。虽然没能像乌克兰大草原那样一马平川，但还算平整，一些空地尽管窄，但是够长。地面都铺满了白雪，看不太出边界，几片林地点缀其中，还有看着像是鱼塘和小湖泊的区域。罗伯特在脑海中构想了一下那架遇险的B–17，机头插进树林，还有它迫降时在地上和灌木林中擦出的痕迹，便指导若克里科夫选一块他看得顺眼的场地，用“低飞”的办法测距，以便确认长度是否适合着陆。

可若克里科夫没能正确执行。他选了一块场地，却并没有用低速低空飞行——一种机动的测距方法——来测距，而是选择了高速低飞，直接擦树顶而过。

“我也不知道了。”罗伯特说，“我甚至看不到那块场地，你觉得呢？”

若克里科夫耸耸肩：“应该能着陆吧，我想。”

罗伯特估计再叫他重飞一遍来测距也没什么意义，只好同意着陆。接下来就是他见过的最不够格的飞行员的糟糕表演，就算是飞行学员也会以此为耻。他只是很庆幸事情发生的时候，安全带把他绑在一个还不错的位置上。

若克里科夫没有将飞机转向逆风——这是最简单也是最基本的着陆技巧——而是以顺风方式接近备降场地。罗伯特从远处工厂烟囱里的烟看到了风向，很明显，这风向不仅不利于着陆，而且风力强劲，风速达到每小时约20海里。更糟糕的是，若克里科夫选择的着陆场地就是蒂尔曼那架B–17曾试图着陆的地方。

若克里科夫无视罗伯特的警告，一意孤行，为了确保C–47不失速，他将飞机襟翼全部放完，但飞机的着陆速度太快了，撞到了场地边缘的树顶，随即猛坠至地面。机轮撞到草地后，机身开始强烈颠簸，整架飞机的螺母和铆钉都随之摇来晃去。飞机在地上疾驰和跳跃，眼看着陆距离就不够了，若克里科夫双脚死死踩住刹车脚蹬，C–47 的机头猛地前倾，差点一个倒栽葱，幸亏机身后部得以着地，飞机才终于颠簸着滑停，此时他们离着陆场地尽头的松树只有 40 英尺[①]。

机组人员和乘客从飞机里出来，身心都被折腾得颠来倒去。他们站在一片没有参照物、白雪冰封的平地上，而且很快就是黄昏了。罗伯特和机组人员检查了一下 C–47，发现两边的襟翼和升降舵都已受损，很可能是刚才进近时擦过树顶撞坏的。真是皆大欢喜啊，他们现在有两架飞机要修了。看若克里科夫中尉的样子，好像他觉得在这种情况下，能这样着陆已经相当不错了。[②]

迈娅走到特林布尔上尉面前："您和您的组员今晚打算在哪儿休息呢？"

罗伯特和机组人员在离开波尔塔瓦前就已经做好了决定。去克拉科夫的时候，罗伯特在斯塔舒夫的苏联红军宿舍里住过，他实在不想再重复一遍那种经历。"我们就睡在飞机里。"他说。

迈娅的眼睛里掠过一丝惊讶和焦虑："您不和我们一起进城么？"

他们不去。没有车能运送所有人的行李，还要徒步走上 5 英里。此外，这个飞机里有很多值钱的部件、工具和航油。迈娅试图劝服

① 译者注：约 12 米。

② 汉普顿上校以这一事件还有几天后返航时另外一起几乎致命的飞行错误为根据，再次尝试叫停若克里科夫中尉的一切飞行任务。波尔塔瓦指挥官科瓦廖夫将军再一次回绝了请求，坚持说若克里科夫在这两次飞行中展现了"别具一格的飞行技巧和决断力"。

他，但是罗伯特很坚决：美国人都睡在飞机里。

他们说话的时候，有一名美国队员朝公路对面走去，见到了一个住在附近的波兰女人[①]。听到他们的遭遇后，女人邀请整个机组去她家里过夜。罗伯特高兴地同意了，派了两名队员跟着她，又要了一辆马车把行李送过去。

谈到接下来发生的事，罗伯特还是很愤慨，打字的时候按键大声地卡卡响着——

> 两个队员走了之后，苏联机组人员出发步行去斯塔舒夫。苏联机组人员走进了那名妇女的房子，见到两个美国人在那里。他们告诉波兰人，如果让美国军人留宿，她就会有麻烦。因此，我们第一个晚上是在 C-47 里度过的。

他们在货舱里尽量让自己舒服些，吃完晚饭就都躺了下来。罗伯特渐渐适应了这个临时的睡眠环境，他把睡袋放在航油桶上面，给自己搭了个床铺。其他人则躺在长椅上，或是运送伤员的担架支架上。这将会是一个寒冷难挨的夜晚。

没人知道当第一阵微弱的隆隆声传来的时候，他们睡了多久。那声音来自远方的某处，很快越来越响。那是一种重击地面发出的隆隆声，毫无疑问是有马在奔跑——是一大群马。罗伯特从舷窗看出去，可以辨认出满月的银辉下那骑马的是哥萨克人，大概有 20 来个。他们围成一个圈绕着飞机小跑，挥舞着武器，像印第安苏族人的远征队一样高声叫喊。这已经够吓人了，然而接下来他们开

① 在特林布尔上尉的报告中没有说这个女人是谁，所以不知道她是否来自给蒂尔曼中尉机组提供住宿的卡拉提一家。

枪了。

那是每个作战飞行员都熟悉且深恶痛绝的声音，是子弹穿透飞机铝制外壳的砰砰声。这些人是谁？他们为什么要开枪？是敌军的突袭吗？在德军和苏联红军里的确都有哥萨克人，但这儿离前线还远得很。又是新一轮子弹的砰砰声穿过飞机外壳，罗伯特猛地意识到自己还躺在 8 个 55 加仑的高辛烷油桶上面。只要一颗子弹打错地方，一个小小火花就足以让他们在烈焰火球中烧成灰烬。

得采取点措施。毫无疑问他们需要自卫，可是和 20 多名全副武装的哥萨克骑兵相比，他们 7 个人只有随身的手枪。有两个人赶紧临时用一根棍子和一块白色破布做了面旗，微微打开飞机货舱门，摇晃旗子。远方传来了叫喊声，哥萨克人很快停止了射击，雷鸣般的蹄声停了下来，渐渐靠近。

几个哥萨克人策马小跑到舱门旁，纷纷下马，走起来摇摇晃晃。其中一个人手里好像抓着个酒罐子，他身材高大，像是圣诞老人和成吉思汗的混合体。他下巴上挂一丛黑色大胡子，头戴毛帽，宽阔的胸膛前横挂着子弹带，用根本听不懂的含混俄语朝罗伯特吼叫。

“我们是美国人，[①]”罗伯特说，“美国人。”

“美国人？”“成吉思汗”重复了一遍，灌木丛一样的胡子裂开了，来了个大大的咧嘴笑。“美国人！”他大叫着转向他的人马，“是美国人！”哥萨克人都哄堂大笑。罗伯特不明白这情景是好是坏。这一群哥萨克人看上去怪可怕的，都穿戴着厚重的兽皮帽和长长的骑兵大衣，款式各不相同（哥萨克人在服役时也没有统一着装的意识），所有人都武装到了咧嘴笑时露出来的牙齿。

① 译者注：原文为俄语。

“成吉思汗”仰头从酒罐子里吞了一口酒，把酒罐子塞到罗伯特手里，嘴上咕噜噜说着什么，罗伯特不知道这是威胁还是邀请，暂且认为是后者吧。他拿起酒罐子，认出里面的东西就是当地特有的蓝色甜菜根酒，当地人叫三甜菜酒。罗伯特看了一圈围在他四周的魔鬼般的脸，感觉这情形下要么喝要么死。于是他喝了。“成吉思汗”很高兴，拿出更多酒罐子在众人间传递。哥萨克人喝了，美国人也喝了，这酒好像源源不断，永远也喝不完。

此时有一些哥萨克人要赶去参加篝火晚会。他们劝美国人离开飞机，加入他们来篝火边。几个哥萨克人带了乐器，很快他们就又唱又跳起来。在野性十足、热情洋溢的音乐伴奏下，人们拍手大笑，骑兵们轮流跳起乌克兰民间舞蹈获帕克舞[①]，在火光中下蹲、踢腿。罗伯特和他的队员们都有点微醺了，但哥萨克人才不会允许他们在跳舞的时候一直坐着。在美国人尝试模仿下蹲踢腿的舞步时，周围的哥萨克人爆发出大笑，纷纷起哄。主持整个篝火晚会的就是那个长胡子的大块头“成吉思汗”，手里拿着他永远不会干涸的三甜菜酒罐子。

好像梦里的场景一般，那晚的熊熊火焰似乎正烧进罗伯特的脑海：哥萨克人的斯拉夫脸孔在篝火中明灭闪现，裂开的大胡子后是魔鬼般的微笑。大多数哥萨克人胸前佩戴有十字形子弹带，有的还多加了一条做腰带，他们还在胸前炫耀似的挂上交叉的加兹利，也就是像雪茄形状的弹药筒，那原本是用来放火药的，但现在只是个装饰了。在俄罗斯人的传统里，他们本就习惯把奖章别在大衣上。每个人都全副武装，除了来复枪，腰带上还佩有军刀，那是一种介

① 译者注：获帕克舞，乌克兰民间舞蹈，被誉为“国舞”，非常考验体力，早期舞者多为男性。

于劈刀和短剑之间的大型武器。在令人眩晕的音乐里，烈酒浓稠的气息弥漫，木材燃烧的烟雾飘扬，黑暗中某处，有烦躁不安的马儿，鼻子喷着粗气，步态蹒跚，你甚至以为自己误入了另一个时代。

第二天早上罗伯特醒来的时候，脸是朝下埋在雪地里的，旁边是篝火的余烬。幸运的是，他的大衣和残存的火焰余温把他从低温中解救了出来。脑袋不听使唤，舌头好像也罢工了，他抬起头，刚好看见“成吉思汗”从 C–47 的舱门里走出来，昨晚飞机里有个铺在航油桶上的现成的床，他肯定在那上面睡了一觉。“成吉思汗”发现了罗伯特，大步走来和他紧紧拥抱，拍了拍他的背。罗伯特却踉跄了几步，一下子跪倒，吐在了雪地里。“成吉思汗”看得哈哈大笑。

哥萨克的骑士们跨上马，马具叮当环鸣。“成吉思汗”稳坐在马鞍上呼了一声口令，所有人的马都跑了起来。哥萨克人驱策马儿慢跑着穿过雪原，像一阵轻烟消散在风中。

第十章　俄罗斯轮盘赌[①]

哥萨克之夜的确很值得纪念，但最好还是别写进报告里。罗伯特小心翼翼绕过了这段，把一张新的纸塞进打字机，继续写他的净化版报告。

第二天，我们的小队在另一个波兰家庭借宿，接下来几个晚上都是在那里度过的。

这一次，他们确保苏联人不知道这事。

迈娅和苏联机组从斯塔舒夫一路步行回来的时候，已经是下午1点钟，美国人的宿醉早就醒了。每天都是这样（说的是苏联人的晚到，不是宿醉），罗伯特提议他们早起一点，虽然他们只是协助救援，但如果每天只有半天的时间来做救援工作，那也起不到什么

① 译者注：一战时开始流行的一种赌博方式，即在左轮手枪弹槽中放入一颗或多颗子弹，旋转转轮后关上，参与者轮流将手枪对准自己的头，扣动扳机后有可能幸免，也有可能一枪毙命。这种以生命比拼勇气的残忍游戏在一战时为沙俄士兵所青睐，故获名俄罗斯轮盘赌。此处呼应特林布尔上尉的那把柯尔特左轮手枪，及其对苏联上校所做的冒险之举。

作用。然而苏联人依旧是老样子，他们一贯的做法就是，比起实际上帮的忙，倒是贡献了更多阻力和生气的由头。

同时，罗伯特和他的机组人员继续进行着能让 B-17 再次起飞的维修工作。他们朝迫降地点走去，飞机就在那里，那架无名的“687”，还在蒂尔曼留下它的地方，机轮卡在壕沟里，树脂玻璃机头埋在树丛中。一番检查后，队员们确认维修工作将集中在发动机、螺旋桨，还有升降舵上，这些部位都有损坏——不是在战斗中，就是在迫降中坏的。3 台发动机都故障了，飞机机身上洒满了高射炮的弹孔，有的有棒球那么大。

工具有限，在没有升降架、没有车辆和电力的情况下，这场救援将会是个苦差事。天气也越来越恶劣，前几天天空一直阳光灿烂，现在却变得阴沉沉的，要下雪了。

作为一名飞行员，罗伯特的第二个担心是一旦凑合修理好了，他要怎么让这只“大鸟”飞离地面。飞机所处的这块地一点也不好，长度太短了。他察看了四周，找到了附近的一块场地，如果幸运的话，应该够长。轰炸机需要滑行到那块场地，但会耗费宝贵的燃料。还有，这两块空地之间有一条壕沟，得想个办法越过去。罗伯特给苏联人派了个任务，让他们建造一座能跨过沟渠的小桥，还得在树林中砍出一条小路来。

拜若克里科夫所赐，他们还有一架 C-47 要修理。襟翼可以在原地修理，但是升降舵不行，新的升降舵必须从波尔塔瓦运过来。迈娅说他们可以在热舒夫的苏联空军基地修理飞机，但是很不幸这两地之间的桥被炸毁了，而他们没有任何运输工具。迈娅问罗伯特的小队长皮卡尔里上士，能不能借苏联人一点 C-47 里的油，他们在斯塔舒夫有一辆卡车，有了油就能修好，这样就可以缩短他们日常来回的用时。

罗伯特无意间听到了这个请求，他予以了干涉：绝对不可能，每一滴油都要留给飞机。他听说（和他们待在一起的波兰农民们说的，虽然他对此只字不提），苏联士兵会在夜里从被困的轰炸机内偷走航油和发动机滑油。确实，有一天晚上，苏联士兵被美国人捉了个正着，美国人威胁说要逮捕他们，苏联士兵这才罢手。罗伯特说，发动机的油要从 C–47 里面抽出来补充给 B–17，所以没有多余的油给卡车。

“你们要多少油？”迈娅在苏联机械师的鼓动下又问道。

“40 加仑，”罗伯特说，“每一台发动机 10 加仑。”

“那太多了，”迈娅翻译机械师的回答，“你们用不了那么多的。”

“我对 B–17 和莱特发动机再了解不过了，”罗伯特言之凿凿，“还有我的小队长也是，但你没这方面的经验。”

在接下来几个星期的行程中，可怜的迈娅成了苏联机组传达例行阻挠和反对的传声筒。她甚至反对特林布尔上尉选的起飞地点，坚持说这里不可能起飞。尽管自己也不太确定，但罗伯特向她保证一切都会好的。

罗伯特来回走了好几次，用步伐丈量距离。这块地方大致有 1 000 英尺长，有一个下坡，在最后的 100 英尺趋于平稳，路的尽头是一条冰冻的小溪，河岸约两英尺高。罗伯特以前飞过很短的跑道，而且是在草皮和软表面上，但是没有像这个这么短的。“我到底在这干什么？”他问自己，“我真是个白痴。”1 000 英尺的场地，一架满载机组人员、枪、子弹、燃料，还有炸弹的 B–17“空中堡垒”，重达 65 000 磅，需要 3 500 英尺的上好跑道来起飞。就算是空载，对轰炸机这个大怪兽来说，在少于 1 200 英尺的跑道上起飞也会遇到麻烦，而在软草坪上就要求距离更长。可是像这样的路面，还覆盖了 8 英寸的雪……谁也说不准。

如果这还不算考验，那么还有一个难关：飞机不可能完全修好。他们修好了两台损坏的发动机，替换了一些螺旋桨叶片，但皮卡尔里上士发现其中一个螺旋桨传动轴已经微弯。这就没办法了。“飞机倒也能飞，”他说，“但这传动轴会一直震个不停，可能升空后就要立即关掉。”

这样的话，轰炸机飞行的时候将会动力不足。1 000 英尺长的跑道非常考验飞行员的技巧，而且轰炸机还得减轻一点重量。

*

B–17 的修理工作正在缓慢进行中，波尔塔瓦又传来了一道命令：报告显示，有另一架新迫降的飞机需要他们找回。这个型号的飞机，罗伯特·特林布尔还真是有点陌生——是一架 P–51“野马”战斗机。但是因为飞机就在附近，所以需要他们赶在苏联人组队到来之前尽快对其进行检查。

苏联红军的空军情报系统热衷于搜刮一切美国机型，他们还组建了个最高机密实验中队来测评偷来的飞机样品。[①] 有的飞机机型

① 在美国人到达现场之前，很多迫降的美国飞机都是由苏联人来修理的。苏联人声称他们打算把这些飞机送回战略空军在意大利的部队。3 月 8 日，汉普顿上校给位于意大利的第 12 和 15 空军指挥官伊拉·C. 埃克中将发去电报，询问苏联所说是否为实话。到 4 月中旬，埃克回电，苏联人报告说已经维修并返还的数架 B–17、B–24，还有 P–51“野马”中，只有两架 B–24 回来了，其他的下落不明。很多美国轰炸机最后到了苏联轰炸机航空团，那是苏联的一个试验部队，该部队试飞行员负责测评偷来的 B–17 和 B–24，将它们作为发展苏联重型轰炸机的研究项目之一，其中图 –4 轰炸机差不多就是美国波音 B–29 的逆向工程产物。

比其他的更重要。一般来说，美国政府是可以自由把航空技术介绍给苏联的，好几个机型就是依据租借援助法案提供给了苏联，美国陆航团对于其他技术数据也愿意慷慨相赠。但还是有例外。美国最尖端的科技（比如诺顿精确瞄准器）绝不可能给苏联人，包括 B–17、B–24 轰炸机在内的空军核心作战飞机也一样是禁区，这里面还有最新研制的、属于高度机密的 B–29“超级空中堡垒”①，当时其正在太平洋战场进行对日战争。

苏联人为了窃取 B–29 不择手段。到了 1945 年，他们的间谍已经积累了一大堆这个型号的数据。同样，他们也下定决心要弄到代表了美国最高水平的 P–51“野马”战斗机。

“野马”是英美合作的一个奇迹。由北美航空公司按照英国技术规范设计，由英国人命名为“野马”。和喷火式战斗机一样，“野马”安装的也是劳斯莱斯梅林发动机。P–51 成了美国陆航团最成功的护航战斗机，只有它的速度和航程能到达德意志帝国领土最远端来对付纳粹德国空军。除了英国和德国现在正投入战斗的革命性新式喷气战斗机，“野马”就是目前世界上最先进的前线战斗机了。无论何时，只要有一架完好无损的“野马”迫降在苏联境内，就会激起一场争夺它的激烈竞赛。

虽然从斯塔舒夫去迫降报告所显示的地点并不远，但也还是有很长的路要走。罗伯特花大力气弄到了一辆车，约翰·马特斯上士作为他的翻译一同出发。迈娅和她的同志们则被留在原地，处于杰西中尉和其他修理人员的密切注意下。

天气越来越不好，去“野马”的疑似迫降地点的一路上他走得

① 1945 年 8 月，正是 B–29 轰炸机向广岛和长崎投掷了原子弹。

很慢。没有精确的坐标，只有一个附近大致的范围。两人在现场搜寻了几个小时，连个“野马”的影子都没看到。罗伯特也并不觉得奇怪。飞机迫降报告一直都是迫降现场的苏联部队发出的，经过莫斯科再传达至东线指挥部，所以此类报告并不总是准确的，经常有营救队员到达迫降地点后却一无所获的情况。[①] 但是这确实让人很恼火。

这个时候启程返回已经太晚了。罗伯特发现了一间农舍，便决定去问一下屋主是否能允许他们在牲畜棚里过夜。农舍小而寒酸，只有一间破败的小屋和几间挤在泥土院子里的外屋，院子里还有一个马厩。但是农夫很友善，他摆摆手，回绝了两个美国人说要住在牲畜棚里的请求，反而邀请他们进家里，给了他们俩一张床。

作为对主人好客的回报，他们给农夫说起了战争的消息，他也正热切想听。他孤身一人，德国人入侵的时候失去了妻子。他们坐着交谈到晚上。厨房里很冷，却没有生火，很明显这个农夫已经没有食物能给他的客人了。罗伯特给了农夫一点他们携带的口粮，这个年迈的男人看上去有点不好意思，承认他是可以生点火的，他说这几天他的牛和鸡也没了，从上个丰收季积攒下来的甜菜和土豆也几乎吃完了。然而至少他还有家，比现在很多波兰人都要好了。

分着食物，罗伯特抓住机会向农夫询问，说自己听说在这附近有一架迫降的美国飞机，他是否知道任何关于飞机的情况。不，农夫说自己不知道，而且很快转移了话题。晚些时候，罗伯特再次说起了这个事，这一次，老农说现在已经很晚了，他们应该上床睡觉了。他还给他们带了一小碟冰水让他们清洗身子，并满怀歉意地说

① 同月，有报告称一架 P-51 迫降于乌克兰基洛沃格勒，但是当调查人员从波尔塔瓦到达那里时，什么也没见着。

这是他所有能做的了，他的井也坏了，所有的水都得从 500 里外的小溪运过来。

罗伯特很心疼这个老人。他失去了自己的妻子、牲畜、食物和井，只剩下房子和孤零零的他自己。在罗伯特看来，这两样东西大概也存在不了多久了。

清晨，两个美国人向农夫告别，又把自己的早餐分给他，给他留了些多余的口粮，足够他吃上一两个星期。

他们开车驶下农舍运货的小路，罗伯特突然注意到另一块地上的雪里有些痕迹，那是一长串凹槽，像是小型飞机的轮印，恰恰就是单引擎战斗机机轮的尺寸。可是附近看不到飞机，只能看到两排树间雪地上的轮印消失在了远方。罗伯特把车停下，走向农舍大门外。

跟着白雪上的痕迹穿过这块土地，两人最终来到了一处被踩得平平整整的雪地上，地上到处都是脚印，还有汽车的轮胎印记，说明曾有一辆大卡车来过这里。飞机轮印留下的凹槽就在这个地方消失了。如果这架飞机就是他们在寻找的“野马”，那么它早就不在这了，也许被运到了卡车上。但是没有人能调运 P-51 这么大的一架飞机穿过那条窄窄的小路，很可能他们拆卸了飞机，那么救援人员留下来的痕迹就可以证明这一点。罗伯特在地面一通找，最终找到了那个痕迹，就埋在脚印中，几乎无法发现。有两条细细的平行的点状线滴在雪中，点状线大约有 10 英尺长，两条线相隔 8 英尺，在凹进去的圆坑底部能看到带金属的残留物。毫无疑问，这解释了坑是怎么形成的：那是机翼被氧炔切割机切下来后，金属融化滴下的坑。

飞行员怎么样了？能把飞机迫降在这个地方就说明他不可能受

伤过于严重，虽然从机轮的痕迹可以推测出当时是弹跳硬着陆。如果苏联营救人员把他带走了，为什么过了那么多天他们也没有向莫斯科报告？他们对他做了什么？罗伯特感觉自己能猜到一些端倪，但是苦于没有证据，什么都做不了。

罗伯特穿过树林望向那个灌木林远端的农舍，这中间隔着半英里多，但这里发出的噪音那农夫一定是听见了的。罗伯特和马特斯上士交换了一下眼神，回到了那个农舍。

起初他们以为那个农夫逃走了，因为敲门的时候没人答应，在外面的屋子里也找不到他，然后他就出现了，手上费力地扛着两桶水。

"我们可以进来吗？"罗伯特问，这次的语气更为正式了。老人似乎知道了他们回来的目的，挪了挪地方让他们进来，三人坐下。

他们刚一在冰冷的灶房里坐下，农夫就开始讲述昨晚他一直避而不谈的事。

约一个星期以前，他听到有飞机低空在头顶飞过的噪音，但是没听见那飞机着陆。一段时间以后，他看到有苏联的吉普车开过他农舍前的路，后来他才知道，他们就是去飞机着陆的地方。他知道，看见有军队靠近最好是躲起来（不管对方是德国人还是苏联人，他都是这么做的）。但是当卡车经过时，他从窗户里向外张望，看到车沿着路又开了四分之三英里，一直开到灌木丛另一端的事发现场，车过去后还没有 20 分钟，农夫就听到两声枪响。

一个小时以后，吉普车回来了，停在农夫的门前，管事的军官大声捶着门。农夫打开门，惊恐地向外望。苏联军官要农夫交代，最近是否看到或听到什么不同寻常的事，比如敌军行动什么的。农夫说没有，这也是实话。然而士兵们还是搜了一遍他的房子，当然是一无所获。但是他们再一次用眼神吓唬农夫，命令他不得离开房子，直到另行通知。如果他敢出来，他们就一枪崩了他。军官回到他的吉普车，车队疾驰而去。

农夫吓坏了，对苏联人言听计从。那一整天和第二天他都待在屋内，连朝窗外看一眼也不敢。他不知道发生了什么事，但是也庆幸自己并不知情。最近几年的惨痛经历告诉他，最好就是不要看到任何东西，不要知道任何事情，时刻做最坏的打算——这关系到他的性命。

第二天一早，另一个军用车队经过，直接前往灌木丛另一端的事发地点。农夫分辨不出他们和先前的那队是不是同一批，但是这一次车队里有两辆大平板卡车。到了下午，场地传来的噪音都停了，只有发动机高速运转的声音。终于，天光将尽，这个老波兰人透过窗帘褶皱的缝隙看出去，惊讶地看到其中一辆平板大卡车经过，后面装了一架飞机的机身。一会儿后，第二辆卡车来了，有两个大东西在平板上，正是飞机机翼。

他不知道那是什么样的飞机。关于飞机他能知道什么呢？一无所知。整个事情就是一个谜团，真希望这谜团现在就能解开，这样就可以抛到脑后了。

可是很不幸，事情还没有结束。卡车过去后几分钟，一小队苏联士兵出现在门口，要求晚上住在这里。他们还很饿，农夫还剩下的一丁点儿食物都被他们吃了个精光，不过他们也给了农夫一些口粮。农夫希望这是士兵们不会伤害他的一个信号。不管怎样，他都信守了他的诺言，没有离开他的房子。他睡在灶房的炉火前，蜷缩在床单里，度过了一个很不自在的不眠夜。两个苏联军官抢走了他的卧室以及所有多余的寝具。

早上，苏联人起来吃早饭。军官命令农夫打水给他们洗澡。他来到附近的井边，汲上足够的水，心里想他们想洗什么都行，反正永远也洗不干净。在苏联人走之前，那个高级军官盘问他到底知道些什么，或者他认为自己知道些什么。农夫坦白说自己什么也不知道。军官瞪着他，不相信他的话。两个士兵抓着他的胳膊，拉着他冲到院子里。在军官的命令下，其他士兵走进牲畜棚把农夫唯一的奶牛拉了出来。他们让他说实话，不然就杀了他的牛。可农夫还是实话实说，他什么都不知道。苏联军官当着他的面在奶牛脑袋上打了两枪。士兵们还折断了鸡的脖子，把死掉的动物扔在原地。这还没完。

他们把一个手榴弹放到水泵旁边，拉了栓，然后躲了起来。爆炸炸飞了水泵，水管被炸弯了，再也修不好了。苏联军官警告农夫，对于这两天的事不许对外说一个字，要是他说了，那就和他的动物们一个下场。最后他们总算完成了“任务”，士兵们上了汽车，扬长而去。

从那时起，农夫就一直生活在恐惧中，害怕苏联人回来毁掉他仅剩下的维持生计的东西，他们还可能会要了他的命。

听完马特斯上士翻译的这个故事，罗伯特沉默了。他很难过，但是一点也不惊讶。罗伯特最近看到听到了太多心碎的事。这个农夫是个木讷的人，不善于表达过多的感情。但是很显然，他的心也碎了，他仅剩的就只有拒绝躺下等死的尊严。

还有一个问题，罗伯特问农夫知不知道关于飞行员的事。老人没有说话，他站起来，让美国人跟着他。他们走下泥泞的小路，朝着飞机着陆的地方走去，直到来到两块空地之间的松树灌木林。这个老波兰人带着他们走进树林，在离公路约 40 英尺的地方，有一小片林中空地，松树枝覆盖下有一堆新挖好的土。他们把松树枝移开，底下是一个6英尺乘3英尺的低矮坟堆，这是两天前农夫发现的。

这是飞行员最后安息的地点？如果是这样，他是在着陆时牺牲，还是被杀害的？现在这个问题只能是无解。土冻僵了，他们没有能挖的工具。苏联人“借”走了农夫的工具，再没有还给他。

他们什么都没有：没有飞机，没有飞行员，没有铁证能还原在这里发生的所有事情。他们有的就只是波兰老农民口中的故事，雪地里的痕迹，还有一抔新坟。如果飞行员在迫降的时候活了下来，他也有可能在苏联军队到来之前就离开了现场，那么“枪声”就可能是任何别的声音。

说到这个问题，就算飞行员已经死亡，也不一定是苏联救援人员杀死的。曾经有过落难的美国飞行员被苏联军队误杀的事，原因可能是苏联过于多疑，认错了飞行员的身份。东线指挥部的官方历史后来显示，损坏的飞机和机上飞行员很可能会被苏联军队认作心怀不轨的纳粹分子[①]，他们“被置于悲惨的境地，遭受战斗机的袭击、高射炮火的围攻、跳伞和迫降后的攻击，或是面临被射杀的威胁……还有粗暴对待和殴打”。每个人都可能是间谍，而生命此刻简直一文不值。

罗伯特能做的就只有将此事发无线电报告给波尔塔瓦。现在，他还有一个营救行动要完成，还要处理碍手碍脚的苏联人带来的一堆问题。

---

① 汉普顿上校曾给予美国战略空军总部指示，内容关于机组人员如何向苏联军队表明身份及如何避免激怒他们，建议包括：携带一本护照，和印有波兰语、乌克兰语、俄语“美国”字样的卡片；穿着让人眼前一亮的制服，并在上面清晰显示美国军队的军衔。但一些措施说起来容易，做起来难。

*

特林布尔上尉和马特斯上士回到斯塔舒夫的时候，B–17 已经准备起飞了。

为了减轻重量，每一个不需要的零件都被移除了。除了驾驶和副驾驶，其他的座位、机组人员位置的装甲板、炸弹还有领航员的桌台都被卸下。沉甸甸的钢制机枪底托被拿了下来（枪早就不知道上哪去了），机腹下的球形炮塔也被拧开放到地面上。所有能拆卸的部件都被拆下来，和丢弃的零件一起撒在雪地上。

第 7 天的下午，B–17 像往常一样做好了出发的准备。人们给它灌上燃料，400 加仑在飞机能装 2 780 加仑的宽敞油箱里可怜地晃荡。这点燃料只够维持两小时良好状态的飞行，远远到不了波尔塔瓦，但是去里沃夫是够了。乐观点看的话，燃料不足倒是可以减轻起飞时的重量。机上人员也要降到最少，飞行员只有一个罗伯特，杰西中尉是领航员，皮卡尔里上士是空中机械师，马特斯上士是唯一的乘客。其他营救人员将会乘坐修好的 C–47，再一次把他们的性命交到上帝和若克里科夫中尉手里。①

最后一个下午，4 点钟左右，日光消散，黑云渐渐浓稠。飞往总部之前，罗伯特和他的团队为飞机做了一次最后的检查，把每一

① 这场飞行真是遭罪，若克里科夫的起飞比着陆还可怕。他不顾 C–47 刚被修理好、机能还很脆弱，在斯塔舒夫低空飞行数次，差点撞到教堂的尖顶，为此，若克里科夫采取了大幅度的躲避措施，机头上扬过快差点让飞机失速，随后又让飞机俯冲以防止失速降落。舱内乘客和未被固定的物品如炒豆一般翻转，其中一名美国机械师还受了伤。若克里科夫自己也没扣好安全带，被扔出了座位，飞机险些完全失控。苏联当局坚持说他是一个技术过硬的飞行员，拒绝了对他的停飞请求。

个螺母螺栓看了又看。发动机已经尽力修好了，但是远远没有达到完美的程度，弯曲的螺旋桨传动轴可能真会成为大麻烦。

他们的注意力被山坡下公路上传来的车声吸引了过去。两台吉普车停下，下来一队苏联军官。打头的是一个罗伯特从未见过的上校，迈娅也在其中陪同。很明显，那位上校有话要对罗伯特说，于是罗伯特走下了山坡。

那位上校一看就是个没什么耐心的人，甚至毫无礼貌。罗伯特离他还有 100 英尺，他就已经登上山坡朝他喊话。可怜的迈娅只能跟在他后面小跑，喊出她所翻译的内容。

“上尉，修理工作怎么样了？”

罗伯特仔细斟酌了一下他的回答。让上校知道这个飞机已经准备起飞也许并不是个好主意，但是如果不这么说，他们可能就会认为美国人是想要在波兰拖延时间，从而翻脸。所以罗伯特选择说实话，他回答明天轰炸机就要尝试起飞了，但还搪塞了一句：“可我还不是很确定。”

“干得非常好！上尉，你打算先飞去热舒夫吗？”上校问道。

“不，长官，”罗伯特说，“我们的计划是直飞里沃夫。”你不早就知道了吗？他暗想。

“很好。”上校点点头，然后亮出了他的撒手锏，“你们肯定需要由我们的飞行员来飞这架飞机，这是规矩。你和你的人可以随这辆汽车回去了，对你来说这是最好的做法。”

罗伯特不敢相信上校竟说出这般厚颜无耻的话。他所谓的“规矩”对于被抢修的作战飞机来说根本就不适用。“谢谢你的提议，”罗伯特也说起了场面话，“但是上面严格要求由我把这架飞机开回里沃夫，然后飞往波尔塔瓦。”

苏联上校看上去有点蒙，他还不习惯自己的命令被一个小小的上尉反驳。“我会查查的。”他说。上校和他的军官还有迈娅一起，几个苏联人开始低声商谈。罗伯特有一种强烈的不安，觉得他们讨论的焦点就是他。

迈娅走近他，莞尔一笑：“您看起来很累了，不过我猜您应该也很高兴，因为工作总算是完成了。”她满面春风，可这次和往常有些不同，罗伯特注意到了她身上的香水味。苏联女兵允许喷香水吗？还是只有翻译是允许的？对于一个思乡情切的士兵来说，她看上去还真是不赖。“上校有好消息要告诉你！”她说。那个上校也朝罗伯特微笑。“我们有个很棒的主意。鉴于您明天就要飞走，我们希望您作为荣誉嘉宾参加城里的晚宴。我们将安排您在酒店住上一晚，非常高级的酒店。”迈娅又加了一句（罗伯特强烈地感觉到下面这句话是她自己加的，而不是上校说的），“我以个人名义向您保证，您会住得很舒服，上尉。您怎么看呢？我们必须出发了，天快要暗了。”

罗伯特被这个邀请弄得头脑发热，满脑子都是好吃的食物、豪华的酒店、柔软的床，还有女人热切的凝眸。对于一个年轻又孤独的士兵来说，尽管他已婚，并且对埃莉诺绝对忠诚，可这一切还是血肉之躯难以抗拒的。他犹豫了。

他望向迈娅亮晶晶的眸子，有一个声音在脑海里响起。*不要跟他们去*，那声音说。他一开始不能确定这声音是谁，随后想起，那声音就来自他在波尔塔瓦第一天见到的战略情报局特工中的一位。*他们会怂恿你和他们一起去，千万不要上当。你一个人和他们走，会经过树林，然后他们会突然把车停下，有人喊：“每个人都下车！树林里有德国人！”接下来就是一阵骚动：你跳出车躲起来，同时，*

两个他们的人就会绕到你身后……然后人们就会发现你的尸体，一颗子弹正中你的背心。他们会声称你是一名“德国的伏兵”。苏联官方会相信这个说辞，他们对于德国的伞兵已经疑神疑鬼，而且觉得到处都是间谍。不管你信不信，波兰确实有支持德国的小团体。美国人可能不接受这样的解释，但是他们也无能为力。

罗伯特勉强把他的眼睛从迈娅身上移开。他看了一眼上校和他身后那一小群下级军官，还有士兵，他们的表情都很冷漠。他们会不会把他干掉，然后夺走 B–17？

“不了，”罗伯特回应，“谢谢你们的好意，但是我们今晚就在这儿过夜。”

“上尉，现在很晚了，就和我们一起去吧，你会觉得不虚此行的。”上校坚持道。

“不，谢谢你长官。”

上校阴沉下脸，气急败坏地说：“我是上校，而你只是个上尉。你必须照我说的做。你现在就和我们走，明天苏联飞行员会来开走这架飞机。”

他转过身，对他的人做了个手势，要他们来“护送”这位美国上尉上车。罗伯特下意识拔出了他的随身手枪。当上校再次转回身时，发现自己正对着一把柯尔特 45 的枪口。

“我现在告诉你，”罗伯特语气也严厉起来，把手枪瞄准了上校的胸膛，“我不会和你去任何地方。但是我请你上来和我所有的队员们说说，他们会给你同样的回答。他们会告诉你，我们来这儿是为了什么，要做的是什么。明天一早我们就把飞机开走。”

上校双眼里充溢着惊恐和暴怒，但是他一句话也没有说。罗伯特的目的达到了，他背对苏联人，朝着上坡的轰炸机走去，那里，他的团队正一览无余地看着这场戏。

在他背后，上校愤怒的吼叫从迈娅口中被翻译出来（罗伯特猜可能省略了一些污言秽语）："你等着瞧吧！等着莫斯科找你的麻烦吧！我这就去报告你的所作所为！我绝不会允许你这样和我说话！"

上校的自尊心严重受挫，他重重跺着脚回到吉普车上，包括迈娅在内的随从们成群结队跟在后面，迈娅已经被整件事折腾得快要丧失语言能力了。这是美苏关系极其糟糕的一天。

后来再回想这件事，罗伯特也难以相信自己这虚张声势的胆量。上校说话算话，他的确把这件事报告给了莫斯科，谴责一路下来传到了美国军事代表团。给自己辩护并不会对他有什么帮助，所以罗伯特没有把这些写在报告里，同样删去的还有哥萨克之夜，还有农夫说的关于"野马"飞机的故事。他只是在报告里提到美苏两方人员经常争吵，迈娅夹在他和苏联人的不同意愿之间，左右为难。

写完这些之后，他又把一张崭新的纸放进打字机，继续他的故事。他还没说完呢，还远远没有说完。

美国人第二天一大早就来到现场，经过一番严格的检查，确保飞机在夜间没有被恶意破坏。罗伯特和皮卡尔里上士在驾驶舱里坐定。皮卡尔里是机械师，不是副驾驶，但是罗伯特需要他帮忙来控制飞机发动机。他们心里越来越害怕，开始例行的操作，为这只沉睡的野兽重新赋予生命。在罗伯特轻柔的哄劝下，发动机一个接一个开始运转。飞机剧烈地咳嗽，喷溅出一大团灰色的烟雾，慢慢发出一种时高时低的隆隆声，罗伯特一点也不喜欢这个声音。预热完毕，发动机进入高速运转状态，没有过热着火的迹象，罗伯特拉回驾驶杆，开始缓慢艰难地把"687"滑行到它的起飞跑道上。

这是一架看起来很让人心酸的B-17，在雪地上留下了一大堆散乱丢弃的零件。它在战斗中伤痕累累，机身的洞被胶合板盖住，炮塔被移走了，更大一点的破洞里塞满了破布——美苏两方为这架飞机吵了半天，可无论怎么看，它都不像是个战利品。飞机经过苏联人架在沟渠上的小桥，进入起飞场地。

罗伯特认真地控制刹车，同时配合好油门，让B-17尽量靠近起飞场地的最上端，以便有最大的长度来冲刺。他把机头转向下坡方向，然后和皮卡尔里踩死刹车，将油门杆一推到底，让所有设备达到最大应急功率。这是油箱满油、弹药满载、进行最大荷载任务时会采用的办法。在这种情况下，就算是四分之三英里长的跑道，也不足以供这只大鸟起飞。而现在，这只鸟儿又被剥得只剩骨头，跑道长度只有五分之一英里，而且上面还有厚至脚踝的积雪。

发动机轰鸣着，吹起一阵飞雪，树枝都快被气流摇下来了。罗伯特用力拉住驾驶杆，顶住自己的腹部紧紧不放，尽力不让这台轰炸机摔个倒栽葱。

“他们来了！”耳机里有人叫道。罗伯特向窗外望去，看到有两辆吉普正朝着场地入口开进来。苏联士兵跳下车，朝飞机跑来。

“松开刹车！”罗伯特喊出命令。皮卡尔里松开了刹车手柄，他们一起松开了刹车脚蹬。罗伯特本以为飞机会猛然一抖，随即离地，就像他之前无数次起飞的经验那样，但是他却吃了一惊。减轻了负荷的“空中堡垒”只是向前跃进，全速冲下山坡。苏联士兵们举起了枪，但是没有开火，并且很快就被甩在了后面。飞机以即将触发警报的速度飞快向前冲出，带着一路的颠簸摇晃，冲向结冰的小溪。然而飞机仍未达到最小起飞速度，指针才刚刚超过每小时100海里。一瞬间，罗伯特觉得他们完了，飞机会冲进灌木丛，冲到灌木后那块空地，最后撞扁在 50 英尺高的松树上。

飞机机轮撞到溪岸产生了剧烈的颠簸，继续弹跳向前。奇迹般地，它飞起来了。发动机轰轰直响，飞机费力地加速开始爬升，它收起机轮飞越松树，树顶就在机腹擦过。

罗伯特的胃里翻江倒海，自从他接受训练以来，这种飞行时熟悉的战栗感比任何时候都要强烈。他又一次为“空中堡垒”的神奇所折服。正如一位他在 493 大队时的战友回忆的，说到大队从“解放者”转换成 B–17 时，他说：“起飞 B–24‘解放者’的时候需要三倍长的跑道，让我们吃尽了苦头。真开心能驾驶一架自己就想飞的飞机。”

特林布尔上尉注意着罗盘，飞机缓缓倾斜，转向里沃夫的方向。

一个星期前他们从波尔塔瓦出发来执行这项任务，目前还没有结束。而罗伯特真正的任务，也会在他意想不到的时候再次发出召唤。

第十一章　迷途苦旅

1945 年 2 月 23 日，波兰，恰恩库夫，难民营

战争的步调已然改变。恰恩库夫城里的人们发现，那遥远如雷的炮声似乎停了好一阵，随后又再次开始。然而这一次，炮声却从更远的地方传来，开火的节奏也变了。终于，有消息称：历经千难万险，波兹南回到了苏联红军手里。波兹南一直是苏联前锋中心一个坚固的要塞，苏联红军前锋从它的南北方向推进，打出一条直通柏林的通道。现在，这个城市总算被解放了。

对某个美国人来说，这无疑是个好消息。来自路易斯安那州的理查德中士[①]，原属 45 步兵师，是前 III-C 战俘营的受害者。波兹南解放后，他得以继续他追寻自由的旅程。他和上千名无家可归的军人、平民一直住在恰恩库夫的难民营里，等待通往东南方向的路线被打通。

比德尔中士的历险开始于三个星期前，那时他和他的战俘伙伴

① 比德尔的军衔实际上是四级技术士官，即俗称的 T/4（Technician Fourth Grade）。但是在非正式文本中，T/4 常被称为中士，佩戴三条倒 V 型条纹的军衔。

们刚刚从战俘营被解救出来。III–C战俘营是为士兵专设的集中营，位于库斯坦附近，距柏林有50英里。1月底，苏联先遣队曾接近此处，于是德国人决定疏散这个集中营，让战俘行军至西面50英里外的新地点。

1 500名战俘被从营房里叫起来，被德国人用刺刀抵着赶到一起，组成一列列纵队。很多人营养不良，有的还病痛缠身，他们都不愿意被迫长途跋涉，光是集结出发就花了好几个小时。苏联红军先遣队到达的一刻，疏散才刚刚开始。苏联军队一路打过来，完全不知道路上还有这么一个战俘营。他们以为战俘营是德军士兵的营房，而战俘则是德军的匈牙利军队（他们后来也是这么声称的），于是对战俘营猛开起了迫击炮。当战俘们从营区出来的时候，刚好就被苏联坦克的炮弹和机关枪击中。所有人都四处逃窜找掩护，很多战俘趁这个机会从纵队里逃走。直到这时，苏联人才意识到他们大错特错，赶紧停火，可是已经有15个战俘死在了雪地上，另有25人受伤。

那些活下来的战俘，有的流落至乡下，有的则在集中营建筑中暂时避难。大多数人又被苏联人集合起来，行军到远离战区的后方；一些人被带到了20多英里外的兰兹堡。比德尔中士所在的行军队伍从战俘营出发后只走了一小段距离，来到了位于夸尔斯金的一个小村庄。苏联人不给他们东西吃，也没派发能抵御严寒天气的物资，只是就地解散，让他们自行前往华沙。

比德尔中士的身体情况比大多数人都要好。他本就是一名医疗兵，知道该怎样照顾好自己。他也是个战斗老兵了，曾经在安齐奥[①]服役，早就习惯了那里的严酷环境。他还有一个优势：他被俘

① 译者注：意大利中部的一座城市，1944年1月底，盟军于此登陆。

的时间相对较短。他是去年 9 月份被俘的，在一切都匮乏的战俘营里只待了几个月，健康状况相对良好。于是他出发了，尽自己的力量走向华沙。

到华沙还有200多英里，一路上他还要担惊受怕，历经危险重重。红军北部师把德国人逼回了自己的领土，一边猛力推进东部前线。前线像两扇晃动的门，背后就是一条东西向的宽阔走廊，而让门摇摇晃晃却无法完全打开的两个合页，就是两座希特勒亲自设计的要塞城市，那是不可能投降的据点。在那里，德意志士兵被要求必须战斗到只剩最后一人。

在这扇门的正中央，孤零零处于苏联人包围下的，就是堡垒城市波兹南。德国人叫它波森，是个理想的守城地点。19 世纪，更早的德国占领者[①]在这儿建立了一个不可攻取的大型防御工事网络：波森堡垒。在这些多面防御堡垒、要塞，还有隧道里，纳粹军队和苏联红军僵持了一个又一个星期，苏联人向城市里丢大炮，还派遣了近卫兵团来渗透防卫。

对于理查德·比德尔中士来说，波兹南包围圈是通往华沙路上不可逾越的障碍。安全起见，比德尔和前线保持着一定的距离——沿着这条走廊的“墙”走。他找到了通往恰恩库夫城区的路，那里有个难民营。他在那安顿下来，等待苏联人突围。

突围发生在 2 月 22 日，波兹南狂热的纳粹指挥官自杀后，活下来的人都投降了。苏联军队涌入波兹南，前往华沙的路畅通无阻。比德尔中士离开难民营向南出发。

今天对他来说有着双重的意义。就在整整一年前，他在意大利

① 译者注：指的是入侵波兰的普鲁士军队。

的原部队 180 步兵团 I 连在安齐奥滩头堡登陆。1944 年 2 月 22 日，I 连队和他的相邻部队是德国发动猛攻的对象。比德尔的团长杰克·C. 蒙哥马利少尉在那天的战斗中勇立神功。他的团已经失去了一半的人马，蒙哥马利，这个来自俄克拉何马的彻罗基人[①]开始了孤注一掷的系列反击，杀死了 11 个敌人，活捉了 30 多个德国兵，还破坏了两台机关枪。他凭此壮举获得了荣誉勋章。那天晚上，蒙哥马利少尉被火炮击中，受了重伤。当一个人躺在黑暗中时，他坚信一定会有人来救他。“没过多久，我的医疗兵就找到我了，”蒙哥马利回忆道，“你要相信你的医疗兵，我相信比德尔一定会来找我。”[②]

现在刚好过了一年，比德尔也一样需要对自己充满信心，相信自己能找到愿意帮助他的人。幸运的话，他就能踏上回路易斯安那的路，回到密西西比河畔，新奥尔良和巴吞鲁日之间一个叫作勒赛福的小地方。此时的家，看上去更像是存在于另一个世界，而不仅仅是另外一个国家里。

比德尔穿过波兹南——那座城简直像个活地狱。一座死城，市中心几乎都成了废墟，郊外大部分区域也不能幸免，全被苏联人和德国人的大炮轰成了碎石。尽管城区毁坏严重，苏联红军还是快速让铁路运行起来（波兹南是连接前线和供应系统的重要干道），比德尔中士搭上了一辆去华沙的火车。全程他都躲在没有热源的货厢里，还是老样子，苏联人拒绝给他食物。

如果说波兹南是个伤心之城，那么华沙就更添悲凉。犹太区犹太人和波兰救国军的起义此起彼伏，城区遭到了德军和苏军的残酷

① 译者注：易洛魁族系的北美印第安民族。

② 在安齐奥那次战斗中，理查德·比德尔获得了银星勋章。

破坏。苏联人让比德尔中士到华沙去，但是在那里，他没有获得任何援助，只好赶快继续上路。因为没有火车，他开始向卢布林步行，他被告知说，那里有一个接收被解救战俘的收容中心。从华沙到卢布林要走上 100 多英里，比德尔中士步行了一半的路，接下来的路他搭了一辆顺风车。如果不是一开始就那么健康有活力，不是在路上遇到了为他提供帮助和食物的波兰人，他根本不可能坚持下去。

在卢布林，他找到了苏联人承诺的那个收容中心，或者说，用来装样子的那个收容中心。几十个和他一样的美英前战俘聚到了一起，有的和他一样，也是苏联误闯 III–C 集中营时的幸存者。最近，一个由美国军官组成的联络小组，在威尔梅思中校的带领下，刚刚从莫斯科军事代表团出发赶到这里，他们在尽一切可能组织战俘人员的解救和疏散。看起来，卢布林将成为比德尔中士磨难旅程的终点。可实际上，这只是一个中转站，磨难远没有结束。美国人在卢布林的营救工作进展得并不顺利。

*

1945 年 3 月 7 日，波兰，卢布林，欧罗巴饭店

詹姆斯・D. 威尔梅思中校从他酒店房间的窗户望出去，视线穿过白雪堆砌的屋顶直达远方的旷野。还有多少战俘在外流浪？还有多少人下落不明，躲在波兰辽阔的乡间？他听到了一点从波尔塔瓦传到莫斯科的情报，说还有上千名战俘没被解救。除非他们来卢布林找自己，不然他是帮不上什么忙的。他被困在这里了。而就算他们来向他求救，他能做的也有限。

他来卢布林刚过一周，任务的重压已经让他吃不消了。这个工作光这一小群人本就无法胜任，可是受道义驱使，威尔梅思和他的两个同伴决定继续下去。但苏联的阻挠不仅来自方方面面，还没完没了，的确让人泄气。

甚至在他们离开波尔塔瓦之前，苏联就一直从中作梗，威尔梅思早就该料到在卢布林将面对的遭遇。整整两个星期，他都滞留在空军基地，苏联人用了一堆借口回绝他飞到波兰的请求。威尔梅思和汉普顿上校甚至讨论过要给一架美国飞机装满物资，然后不经苏联同意偷运到卢布林。这毫无疑问会让苏联暴跳如雷，狠狠制裁东线指挥部。但是汉普顿上校愿意冒这个险，他开始准备飞机。威尔梅思劝他放弃这个念头，相反，他开始建议东线指挥部准备接收设施和空运计划，因为他们一进入波兰就会开始和当地的苏联遣返部门联系，战俘也将大量涌入波尔塔瓦。这一定会发生的，他们只需耐心等待。

2 月 27 日，罗伯特・特林布尔上尉和他的营救小组出发去斯塔舒夫。同一天，在从莫斯科到达波尔塔瓦近两个星期后，威尔梅思中校终于被允许飞往卢布林。

威尔梅思和他的两个陪同官员，外科医生金斯伯里中校和翻译保罗・金斯利下士[①]，一起登上了苏联机组驾驶的 C-47 飞机。机上装载了物资，还有一辆供威尔梅思使用的吉普车，用来四处走动，查找及联络落单离群的战俘。这个小组由 3 个苏联人陪同：一个吉普车“司机”，一个翻译（完全多余，因为金斯伯里能讲流利的波兰语和俄语），还有一名军官作为他们的“警卫”。这 3 个人都是

① 金斯利是五级技术士官，俗称 T/5。就像 T/4 被习惯称为中士，T/5 通常被称为下士。

内务人民委员部的“捕鸟犬”。这阵势看起来不妙，而且那辆吉普车最终也没派上什么用场，还不如把它留在波尔塔瓦，还省了开着它进出 C–47 货舱门的麻烦。

飞机一着陆在卢布林，苏联人就开始施加重重阻挠、层层限制，一系列麻烦事就此开始。

第一天，威尔梅思中校见到了城防司令，还有负责疏散盟军战俘的几个苏联军官。对方一共 5 个人，都对他冷冰冰的，充满了敌意。威尔梅思说自己是来定位前战俘所在位置、给他们提供照料和协助疏散的；苏联军官们告诉他，战俘不需要任何帮助，一切尽在他们的掌控中，威尔梅思的出现很多余，而且，正如他们所暗示的，这儿不欢迎他。除此之外，苏联军官说，负责前战俘遣返回国工作的弗拉索夫上校已经在前一天把指挥部搬到了普拉加。普拉加是华沙的一个区，离这有 100 英里。

既然那样的话，威尔梅思说，他有的是耐心，如果允许，他也愿意动身去普拉加。苏联人当然不乐意，他们说必须得从莫斯科那里得到许可。

好吧，威尔梅思说。他问那几个苏联人是否愿意为他争取许可，苏联人极不情愿地说可以。同时，威尔梅思表示急着想拜访一下现在在卢布林城里的被解救的战俘，要是有人愿意发发善心带他们去集中营里……

想都别想，苏联人告诉他。威尔梅思颇为惊讶，问他们为什么不行。苏联人想了一会儿，说因为他没有许可证以显示他有资格来卢布林。

威尔梅思中校彻底蒙了。他是坐苏联放行的飞机来的，一路上还有苏联军官陪同，这难道还不足以说明他有资格进入卢布林吗？

不，说明不了，必须要有一张来自前战俘遣返中心的手写证明。苏联军官又提醒威尔梅思，这个中心刚刚搬到了100英里外的普拉加，没有这个，他就不能被允许去视察前战俘。

威尔梅思中校剩下的耐心还多着呢，虽然被消耗了一些。非常好，他说，那他们是不是能替他要一张证明？还有前往普拉加的许可？此外，他可以给莫斯科的迪恩将军发一封电报吗？

苏联军官让威尔梅思带上他要说的话去找城防司令，他会替他发电报的。草草几句以后，会晤结束了。

一个小时后，威尔梅思中校回到了城防司令的办公室，带着他要发给迪恩将军的消息，消息上面简要说了一下这次会晤的情况。城防司令告诉他只有刚才开会的所有人都到场，才能发这份电报，因为他们要读一遍，删改一下。

不怎么沉稳的人此时可能要开始扯头发了。詹姆斯·杜德利·威尔梅思，这世上的活人中最最沉着冷静的一个，在西点军校的时候就以绰号"杜德叔叔"闻名，因为人们觉得他是个单调乏味又老套的年轻人，不过这个脾性现在让他受益匪浅。

那天晚上，威尔梅思中校突然被叫回了城防司令的办公室，得知他看望前战俘的手续被批准了，那是晚上10点30分。访问前战俘的时候，所有早前参加会议的苏联人必须都在场，所以总共动用了3趟吉普车来接这群苏联人和美国人。他们到了一栋大楼里，旁边是一所用来安置前战俘的大学。

直到几天前，苏联人还在安置马伊达内克，也就是那座卢布林郊区的前纳粹死亡集中营的前战俘，但是现在前战俘们已经转移到城中心了。不管马伊达内克曾经怎么样，新的收容中心看上去并没有什么改善，楼摇摇欲坠。如果一定要夸一下这个收容中心，那只能说墙和天花板还是有的。窗户是破的，根本没有门。所有的厕所都堵了，水流得到处都是。而且没有热水，没有洗浴设备和医疗设施。在这样肮脏的条件下，里面挤着 200 多个人：91 个美国人，129 个英国人。近一半的人身上爬满虱子。他们睡在铺了稻草的木板上，每个人分到了一条床单，仅有的供热来源就是一个煤炉。

威尔梅思中校一行早先就听过战俘们的第一手叙述，说苏联解放者是怎样对待盟军战俘的。此刻他们穿行于这些人中间，听到了更多的故事，威尔梅思等人边听边记下战俘们的名字。听他们讲述自己的故事是一回事，但亲眼看到却又是另一回事。那些故事让人感到不适，让人心碎。当战俘们被从前线转移到后方，噩梦就开始了。他们肚里空空，东西也被抢了，还和被捕的德国人被赶到一起，很多战友只得躲进波兰人家里逃避这样的对待。苏联军队好像觉得被解放的战俘是战利品，可以由着性子洗劫和丢弃。

一名被俘的美国中尉告诉威尔梅思，如果不能马上被救出这里，他们中很多身体足够好的人正在考虑逃跑，自行向南或向东走。他们已经处于绝望的边缘，但看到威尔梅思中校又让他们重燃了希望，毕竟他让他们相信，他们能得到真正的帮助。

威尔梅思回到他的酒店，准备发电报给莫斯科的迪恩将军，请求他运送 2 000 人使用的物资，再多给 10 000 美元来支援他带的区区 4 000 美元，这样的话一些急用的东西就能在城里购买。很明显，苏联是不会提供任何东西的，所有供给都必须在黑市上买。然而发给迪恩将军的电报并没能发出去。

到达卢布林的第一天，威尔梅思中校就已尝到了贯穿此行的苦涩滋味。他发送到莫斯科的消息被篡改拦截了，他和同行人员被禁止在没有苏联警卫的陪同下离开酒店（威尔梅思的最后底线是不要让苏联人睡在他房间里）。美国人不能用他们自己的吉普车，也没有分到一丁点儿汽油。他们在黑市上买了汽油，但没有苏联司机还是开不了。

威尔梅思质问苏联人为什么把前战俘放在监狱一样的环境里，不让他们自由行动。威尔梅思申辩说，战俘们甚至都用不着去敖德萨，因为东线指挥部有足够的飞机，一次可以送 20 名战俘到波尔塔瓦，一天还能飞好几趟。苏联人告诉他这是不可能的，卢布林没有机场，且其他战俘集中的城市都没有。通过和波尔塔瓦美国飞行员的对话，还有他亲眼看到的情况，威尔梅思知道所有城市都有小型临时机场。不管怎样，只要场地够大，美国飞行员都能着陆和起飞。苏联人却一口否认，说他们没有合适的机场，运送战俘的飞机也不可能从普通场地起飞。

威尔梅思问道，既然那样，为什么前战俘不能一到卢布林就被送上前往敖德萨或是波尔塔瓦的火车？为什么要日复一日、一连几个星期地关在这里？苏联人回答，因为前往敖德萨的火车是有时间段的，而且铁路没有连到波尔塔瓦。威尔梅思中校去了一趟卢布林火车站，和波兰站长谈了一下。答案显而易见，每天都有去往敖德萨的火车，还有定期的列车去波尔塔瓦。但是苏联人坚称这样的火车不存在，而且没有正当手续火车就不能出发，并且许可也不能马上批下来。

2 月 28 日是威尔梅思中校在卢布林的第二天，他见到了弗拉索夫上校，那名负责战俘遣返工作的军官。他大老远从普拉加的新指挥部跑来（他是坐飞机来的，从一个“不存在”的机场飞到另一个“不存在”的机场），想要看一眼那个来捣蛋的美国人。

这场会议在城防司令办公室里举行。办公室被挤得满满当当，之前参加会晤的苏联军官都来了。威尔梅思问弗拉索夫上校目前为止有多少前战俘被转移到了敖德萨。弗拉索夫声称，有 3 000 多名美国人，而且过去的一周里他们就送走了 200 个。（他在撒谎，3 000 人可是比这整一时期敖德萨接收的所有美国战俘还要多[①]，不过威尔梅思那时候还不知道实情。）威尔梅思又问，在波兰还有多少没被统计的战俘？苏联红军从战俘营里一共解救了多少战俘？弗拉索夫一问三不知。

威尔梅思中校觉得不妙，他下定决心是时候停止对这些苏联人百依百顺了。

“弗拉索夫上校，”他说，“请你为我申请以下几个事项的许可。”他伸出手指数道，“第一，我申请转移到普拉加，和你在那里的部门合作；第二，我要和莫斯科的军事代表团取得直接联系；第三，我申请去普拉加、克拉科夫、罗兹所有的战俘收容点看看，包括两个还在建设中的；还有第四，我要去一趟敖德萨。”

随着翻译将威尔梅思的要求转达给弗拉索夫，他的脸色变得越来越阴沉。“威尔梅思中校，”他回应道，“我觉得普塔托夫上尉已经和你说得很明白了，”普塔托夫上尉就是那个到哪儿都陪着美国代表团的“捕鸟犬”，“你和你的同志们很快就会回波尔塔瓦。我同意他的提议，你们应该明天就回去，然后等待这些请求的答复。”

“我是不会回波尔塔瓦的，”威尔梅思说，“恰恰相反，还有更多的美国人要来这里。10 个联络小组现在正从英国取道德黑兰而来，每个小组都有一架飞机和吉普车，他们会去波兰的每一个战俘收容中心。苏联政府会为他们安排食宿，美国政府则提供其他的一切。”

---

① 从 1945 年 3 月到 6 月，共有 2 858 名美国人从敖德萨乘船脱险；此外还有 4 310 名英国人和近 30 000 名其他国家的战俘从敖德萨回国。

想要这样恐吓苏联人真是异想天开。完全没用。的确有个小型战俘联络小组正从伦敦赶来，只是目前还没得到进入苏联的许可。

弗拉索夫上校不以为然，他冷冰冰地说威尔梅思中校也许想要去莫斯科和戈卢别夫将军谈一谈这个计划，也就是那位负责战俘事务的苏联军官。威尔梅思中校拒绝了，现在他的耐心也几乎耗完了。

“就在这个月，”威尔梅思愤然道，“美国总统和斯大林元帅在雅尔塔会议上签了一项协议，里面有如何处置被解放战俘的规定。正是因为这份由斯大林元帅亲自签署的协议，我有权得到关于被解救的美国人的即时消息，还有权马上访问他们所在的战俘营。”他紧盯着弗拉索夫的脸，“我还带了一份协议的副本，你想要借来看看吗？你可以今晚读一下。”

弗拉索夫上校拒绝了他的好意，会议在冰冷的氛围里结束。

以上所述都是一个星期前的事了，威尔梅思凝视着卢布林的屋顶，回忆着这一切。从那天以后，他的工作几乎没有任何进展。

和弗拉索夫见面后的第二天，267 名英美籍战俘被送上火车前往敖德萨，而更多的战俘正在涌入城市。他们都被安置在同样臭气熏天、摇摇欲坠的房子里。在接下来的几天内，威尔梅思用有限的钱给战俘们买了肥皂、牙刷、灯泡、刷子和扫把，还有其他必需品，好让他们的住处看起来更像人住的地方。威尔梅思中校还买了锄头和铲子给战俘，这样他们就可以挖个蹲坑厕所出来。

他不断尝试和莫斯科的美军代表团取得联系，请求他们发放更多的钱，向他们汇报情况，可是这些消息都没能冲破苏联的防线。[①]他问苏联人是否可以用无线电联系莫斯科和波尔塔瓦，却被告知无

① 迪恩在给威尔梅思的信中写道：“我们从你处得到过一些消息，但是都被篡改了。”

线电用不了。那么我来时坐的飞机里有没有呢？威尔梅思问。那个也坏了，苏联人告诉他。他们这样大言不惭地说谎真让人毛骨悚然。

如果不是波兰人，威尔梅思中校的任务可能就彻底泡汤了。他听到传闻说，每一批来到城市里的战俘，都受到了波兰平民给他们提供的帮助。冒着被苏联人找麻烦的风险，波兰人把四处流浪的战俘请到家中，尽管他们自己的食物也很少，却还是会分给战俘们。在卢布林，波兰红十字会为新到来的战俘提供餐饭，并安排他们住到当地人家里，还为伤病员支付了医药费，甚至为威尔梅思中校的吉普车买了汽油。美元对卢布和兹罗提[①]的官方汇率极不合理，但使用能盈利更多的黑市汇率也是不允许的[②]，所以威尔梅思同意由美国大使馆将费用偿还给莫斯科的美国红十字会。

按照之前和莫斯科英国同僚的约定，威尔梅思承诺将照顾英国战俘，并与美国战俘一视同仁。他拜访了被安置在另一个收容营的法国战俘，那里的条件更为恶劣。日子一天天过去，肩上的责任也越来越重，迪恩将军那里还是没有任何消息。

他确信是苏联人在阻挠双方通信，威尔梅思决定直接向迪恩递送消息。3 月 5 日，他准备了 4 份一样的报告，翔实叙述了他目前在卢布林的遭遇。他把纸张放在封好的小包里，给了 4 个他信任的战俘，两个美国人和两个英国人。他把这 4 个人送上了前往莫斯科的火车，嘱咐他们一定要把这个小包塞到迪恩将军手里。4 个人中至少肯定有一个人能成功送达。

3 月 7 日，另一批战俘准备离开卢布林。44 个美国和英国战俘

---

① 译者注：波兰官方货币。

② 苏联官方汇率是 1 美元对 5 卢布或兹罗提。在黑市上，可以高达 1 美元对 200 卢布或兹罗提。但是在苏联的强烈反对下，军事代表团禁止美国军人使用黑市汇率。

草草洗了洗身子，给衣服做了杀菌处理，被送上向敖德萨进发的货车车厢。

前文所说的理查德·J. 比德尔中士就在他们之中。从华沙的III-C难民营出发，在长达一个月的艰难旅途后，他于3天前到达了卢布林。他所在的货厢在卢布林集装箱编组场停留了一晚，在第二天傍晚终于被钩到了火车上。集中营的苏联指挥官说这场延迟是对战俘们的惩罚，因为早先洗澡时他们纪律太差了。

几天之后，弗拉索夫上校通知威尔梅思中校，他那两个去莫斯科的秘密情报员，也就是那两名美国军官，在华沙企图登上飞机时被逮捕拘留了。苏联红军空军卫兵还抓了一个美国前战俘，是一名医生。威尔梅思中校早先收到报告说华沙附近一个集中营内有上百名生病的美国人，这名医生就是被他派去调查情况的。弗拉索夫暴跳如雷，说威尔梅思没有权力在苏联境内擅自传递不经批准的消息。威尔梅思坚持说他完全有权力这么做，他再一次让弗拉索夫读一读那份《雅尔塔协定》。

威尔梅思中校带着沉重的心情继续工作，但内心还是如铁般坚硬。从这时起，他所做的每一次斗争都仅仅是为了获得留在卢布林的许可而已，更不要说取得任何其他进展了。同时，他还有两个秘密送信员尚未被捕，真相还有可能会送到迪恩将军手中。

*

1945年3月9日，卢布林和乌克兰边界

火车货厢突然停了，剧烈的摇晃打断了比德尔中士的浅眠。透过木板的缝隙看出去，他看到了好多大楼：那是一个火车站，远端

还有城区。他不知道现在身处何处，大抵不过是这受罪的短途旅行中又一个停靠站罢了。比德尔估计，从在卢布林上车以来，两天内这辆货车可能才走了 40 或 50 多英里。

在他旁边，其他人都陆续醒了，四处张望，一个个都冻得骨头发冷，眼神迟疑又悲戚。一些人继续睡去，还有的干瞪着空洞无神的双眼。有一小撮人倒是很兴奋，他们觉得只要是在回家的路上，就已经足够高兴了。车厢里有 50 多个人[①]，挤得不像话，人们只能轮流躺下睡觉。苏联人给了他们一点吃的，只是黑面包和一丁点儿午餐肉，还有一些糖和燕麦，不过不久之前就吃完了。货厢里没有取暖的装置，寒冷透骨。

比德尔用力把门推开，跳到了轨道旁的雪地上，拼命跺自己的脚回血。在火车后拖挂的各色货厢旁，其他战俘也做着同样的事。列兵罗纳德·古尔德跟着比德尔跳下了火车。古尔德是个英国人，是皇家东肯特郡团的一名步兵，也就是俗称的“巴福斯军团”[②]，他也参加过意大利攻防战。古尔德他们在卡西诺山战斗的时候，比德尔所属的 45 步兵团正在安齐奥[③]。两个人在卢布林相识，像其他逃亡者和难民一样建立起了临时同盟，那是流离者之间短暂的友谊。

他们看了看铁路沿线，还有火车站后的城市，现在跑出去是不是安全呢？他们两个身上都带有一点现金，可以试着买些吃的。他

① 比德尔回忆车上有 40 个人，但威尔梅思记得有 54 个人。

② 译者注：巴福斯步兵团的前身是 1572 年的托马斯·摩根步兵连，因早期士兵穿着有浅黄色牛皮贴边的制服，故被称为“巴福斯军团”（buff 在英语中为“柔软的浅黄色皮革”之意）。1961 年皇家巴福思东肯特郡团与女王的皇家西肯特郡团合并成女王的巴福斯皇家肯特郡团。

③ 古尔德来自英国萨里的克里登（译者注：靠近伦敦），在巴福斯军团第 5 营服役。红十字会的当代英军战俘档案中没有他的名字，但这些记录通常都有缺漏和错误。

们现在搞明白了，一旦货车停下，就很可能要过上好几个小时才会重新开动。但是也许他们不该冒这个险，如果他们还没回来火车就出发，那可就惨了。

肚子越来越饿，比德尔和古尔德在货厢里等时间一分一秒过去。火车没有一点儿今天还会开的迹象。终于他们再也忍不住，跳下车，飞快跑过铁轨，一头扎进车站附近的街道，找寻能吃东西的地方。他们好一通找，终于买到了食物，开始往车站赶。尽管那货厢要多糟有多糟，终究是他们的天堂：是他们通向家园和自由的唯一路径。

火车开走了。在那节火车停了一个又一个小时、似乎会永远停下去的铁轨上，空空如也。

这运气差到连他们自己也不敢相信。如果一有那念头就进城，而不是想这想那，他们现在可能早就吃得饱饱的，在去往敖德萨的路上了。

事情还不算太糟。他们身上有身份证件，还有一点钱。他们还能爬上别的火车，只不过要等上一会儿。后来总算搭上了一趟去东边的火车。在乌克兰边境，他们被苏联士兵勒令下车，走出火车，走进错综复杂、迷宫一样的苏联政府大楼，接着被告知他们的身份证件不符合要求，需要新的证件。在两个（全副武装的）苏联“卫兵”的照看下，比德尔和古尔德被带到了一座东面20英里外的城市，在那里，城防司令会给他们发符合要求的证件。

在另一座城市里，他们收获了3个同病相怜的旅伴。其中两个是英国的前战俘，他们从卢布林来，想去莫斯科：一名是叫蒙哥马利的苏格兰中士，还有一名是来自皇家空军的派尼亚中尉。第三个人是加拿大的平民。城防司令给了这5个人他们要的证件，然后告诉他们必须继续前往里沃夫。那就意味着又要回到波兰，他们就是从那来的。他们和苏联人吵了一架，困惑和失望的情绪更加恶化，5 个人在两名新卫兵的看管下去了里沃夫。一上火车他们就发现，之前一直拿在卫兵手里的新身份证件，又丢了。

还好，去里沃夫不是很远。他们有一点食物——一条半黑面包，还有 10 克（差不多两茶匙）白糖，5 个人分。这群颓废落寞的人在里沃夫火车站下车。卫兵说会护送他们到里沃夫的城防司令那里，司令会给他们一份新的身份证件。比德尔和他的朋友向卫兵讨吃的，却遭到了卫兵的拒绝：除非见到司令官，在那之前想都别想。

他们步履蹒跚走出火车站的大拱门，走上两边种有绿植、直通市中心的宽阔大道。看样子比德尔中士永远没机会走出这该死的城市了。他注定会被一个司令踢给另一个司令，来来回回，拿着一堆堆没用的证件，越来越冷，饥寒交迫，直到终于因为绝望而死去。

饥饿和劳累让比德尔晕乎乎的，一直沉浸在自己的思绪里，所以他一开始并没注意到有两个人向他们走来。这两个人显然是要去火车站。他发现这两个人正好奇地看着自己，便也认真看了看他们。这两人裹得严严实实，但是比德尔不会看错，他们穿的是美国军装，而且是得体的军装，不是战俘身上那种穿剩的破烂货。其中一名是空军军官，是个率真而和气的年轻人；另一名上士则黝黑矮壮，面容严肃。

比德尔站住了。那两个美国人也停下了脚步。

“救救我们！”比德尔说，朝他们迈进一步，“求你们了，救救我们吧！”

第十二章　美国绅士

1945 年 3 月 6 日，热舒夫和里沃夫之间

一开始只有几片雪花在 B–17 驾驶舱的舷窗外飘闪而过，但是几分钟之内，雪花就如瀑布倾泻般飞溅到挡风玻璃上，能见度急剧下降。罗伯特·特林布尔上尉匆匆一瞥罗盘和其他仪表，将驾驶杆向前缓缓推去，让轰炸机缓慢下降到约 500 英尺的高度。在越来越昏暗的光线和茫茫大雪中，他仅能辨认出一条火车铁轨，过去 10 分钟里，他一直在沿着这条铁轨飞行。

去波尔塔瓦比他想象的还要难。

旅程开始于昨天早上斯塔舒夫附近的那块起飞场地。起飞后几分钟内，事情开始变得棘手。罗伯特在 B–17 仅剩的燃油耗尽前，快速转向里沃夫，然而没有用。将这架抢修好的飞机滑行到最近的起飞场地已经用去了大半燃油。3 号发动机发出噼噼啪啪的声音，停止了运行。罗伯特决定去热舒夫的苏联机场紧急着陆，他、杰西中尉、皮卡尔里上士还有马特斯留在那里过夜。当地的苏联人很友好，当不怀疑你的时候，他们总是这样友善。显然，那名苏联上校

对罗伯特·特林布尔的怨言还没传到热舒夫。第二天一大早，苏联人员仍未接到消息要他们拘留这架飞机，他们愉快地给 B-17 加了燃料，并为它放行。

油箱满了，罗伯特希望跳过里沃夫直奔波尔塔瓦。他急于完成这个支线任务，好回到他所认为的正事上去，那也是他留在波兰的唯一目的：带美国战俘们回家。

但是几天来天气一直在变差，他们上飞机的时候又开始下雪了，情势并不乐观。还好旅途不长，雪也下得稀稀拉拉的。罗伯特没有清晰的飞行路线，领航员杰西中尉手上也没有合适的地图，他们只能按照铁路走向和罗盘指示走，还要依靠杰西对克拉科夫、里沃夫和波尔塔瓦之间地形方位的了解。罗伯特铤而走险，把飞机开得很低，这样才能看清楚白雪地上那一串黑色的铁轨。

飞出热舒夫的开头几英里，一切都很顺利，但是雪突然下大了，原本零星的雪花快速增多，凝聚成一阵夹着大雪的旋风猛烈袭来，遮蔽了视线。雪落在铁轨上，飞机下方那条黑色的铁轨线也被渐渐擦去。

罗伯特的第一反应是把飞机下降到 200 英尺，这个高度即使在好天气里也很危险，然而他只能如此。因为寒冷，加上长时间紧张注视越来越模糊的铁轨，罗伯特的眼睛像要裂开一样难受。前方，几十英里以外的里沃夫正朝他们以每小时 150 海里的速度移近。罗伯特如果没记错，当时应该没什么建筑，如果有的话，也只有两三层楼高的，而且四处分布着工厂的大烟囱——还好不会有防空气球。

突然，前面冒出了一根高耸的烟囱，虽不至于撞上，但足以让罗伯特和皮卡尔里手忙脚乱。没办法，他们必须再次爬升，留在这个高度太危险了，反正也看不到铁轨。罗伯特拉回驾驶杆，B-17

又爬升至 1 000 多英尺。从这时开始，他们能用来辨别方位的就只剩下“空中堡垒”的仪表和自己的本事了。杰西只能靠航位推测来导航，即用罗盘方位和速度来计算他们每分每秒的位置。

3 号发动机那个弯曲的螺旋桨传动轴震得越来越剧烈，发动机温度表指示的温度在逐渐升高，出现了过热。按照罗伯特的指示，皮卡尔里关掉了 3 号发动机，并开启顺桨。他们现在只能靠 3 台发动机和信念来飞行了。

计算结果表明飞机正靠近里沃夫，罗伯特小心翼翼，开始在暴风雪中下降。城市里的街道和建筑物在大雪纷飞中隐约闪现，在雪白的平原上，它们如迷宫一般交织纵横。罗伯特一边把飞机高度大幅下降，一边努力睁大眼睛。看到向北延伸的一弯长长的铁轨，一直通向城市西郊的火车站，他终于松了一口气。现在，他知道他们在哪里了，里沃夫–斯基尼洛夫的主机场应该就在不远处。飞机倾侧身子，由西向西南拐了个大弯，几乎调转回来时的方向，随后，一大片机场在机翼下赫然出现。罗伯特曾经来过这里，但那时飞机由苏联飞行员驾驶，他只是一名乘客，连驾驶杆都没碰过，所以跑道在哪儿他还是得靠猜。

罗伯特绕着机场飞了一个大圈，在想要怎么进场着陆。根据一排排电线杆上的红色提示球，他推测出跑道的位置，将飞机转了个弯，使之与跑道对齐。万物都白茫茫一片，他只能相信自己的运气，随后他开始收油门。轰炸机缓缓下降，尽管它的重量已经减轻了很多，但似乎它并不情愿再下降最后的几十英尺。罗伯特努力在刺眼的白光中睁开双眼，盯紧仪表盘，同时收回油门。他靠着感觉和经验继续飞，把驾驶杆往回拉，接着感觉到一声撞击——那是完美的三点式触地，干得不错！但现在他们还在以每小时 100 海里的速度冲进乳白色的前方，在这中间，他们可能撞到任何东西——飞机、建筑物，或是车辆。他用力踩刹车脚蹬（每个脚蹬分别控制两个主轮中的一个），努力不让飞机侧滑到雪地上。终于，轰炸机停了下来，隆隆直叫，毫无规律地乱抖，像一只脾气暴躁的狗。

几乎无法再滑行了，因为他们不知道该往哪儿滑，也不知道哪里有滑行道。所以，美国人关掉了 3 台主发动机。刚一跳出飞机，他们就看到一辆吉普车飞驰过机场，朝他们开来，上面坐着一个苏联军官。哇，罗伯特心想，他用手枪对着苏联上校那事是不是终于要让他吃苦头了？如果这样的话，这些苏联兵又是怎么知道自己着陆在这里的？

吉普车转了个弯停下，里面跳出来一名苏联军官，一脸的崇拜中夹杂着担忧。他盯着 B-17 和从里面冒出来的这些人看，接着马上过来和他们说话。

“他说这里有个悬崖，”马特斯上士翻译道，“他问你，你难道不知道这里有个悬崖吗？”

“悬崖？”罗伯特想马特斯一定是听错了，飞机场上怎么会有悬崖？

苏联军官招呼他们跟着他走到大雪中机头的前方，指了指。美国人朝那方向看去，大吃一惊：在那里，往轰炸机停住的地方再向前几码，地面突然下陷形成了一个陡峭的绝壁。[①] 这落差得有 100 多英尺，从着陆的地方完全看不到。“我的天啊。”有人咕哝。只要踩刹车时稍微少用一点力，或者刻度盘上的速度再快一丁点儿，他们就会平坠到那下面，连怎么死的都不知道。

---

① 里沃夫-斯基尼洛夫机场有峭壁的确很古怪，而且极其危险，但其实这峭壁本是战前该机场滑翔机飞行员的起飞点。后来经过机场建设，这个峭壁已不复存在了。

“我真不知道，”苏联军官又问了几次后，罗伯特回答，“我不知道，我从来没有飞来过这里。”

他差点就再也不能飞行了。不过他很庆幸任务终于完成了，比起躲避“捕鸟犬”和偷运战俘，抢修飞机更让他不堪重负。

*

苏联吉普把 4 个美国人带到机场总部，满怀崇敬之情的苏联军官们用伏特加和三明治款待他们。苏联人的特点——热心肠、幽默、聒噪、亲密热络地和你作乐交际，与他们的黑暗面形成了强烈反差，几乎能互相抵消。例行的友好欢迎结束了，美国人来到城区，住进了罗伯特的老根据地乔治饭店。

罗伯特希望这次来里沃夫比他之前那次要少操些心。有马特斯上士担任翻译是个可喜的改善，总比苏联“捕鸟犬”要好。他也盼着能睡个好觉。乔治饭店的床是最好的，暖烘烘，舒服得很，远胜过飞机寒冷的机身，胜过他在波尔塔瓦那张几乎没睡几次的床，也胜过德巴赫军营的铺位。这段时间里唯一能和乔治饭店媲美的床，就数伦敦美国大使馆的那张了；但是比这两张床还要好的，却是他和埃莉诺共眠的那张。不论是哪座城市、哪栋房子里的床都比不上它。但总感觉那是很久以前的事了，久远得像来自另一个世界。

罗伯特的游思被猛地拽回到现实中。他发现他和战友们不是宾馆里唯一的美国人，还有另外 9 个人，是一个星期前在北部迫降的 B–17 机组人员。

B–17 43–38823 隶属于 384 轰炸机大队，由杰克 · 巴内特少尉驾驶，从英国北安普敦郡基地起飞，是轰炸柏林的空中力量之一。轰炸机在目标上方被高射炮多次击中，两台发动机被击中后发生故障，飞机漏油，高度飞速下降，于是巴内特驾驶飞机前往苏联境内。飞机从 400 英尺的云底出来，冲进暴风雪中，机组人员定位了一个可以硬着陆的地方。机翼内侧的发动机吊舱被损坏，进而导致起落架受损，他们别无选择，只能机腹着陆。

巴内特和他的机组人员在距离里沃夫西北 30 英里的城市拉瓦罗斯卡亚着陆，他们刚毁掉瞄准器，苏联人就赶来了。机组被安排住在苏联军官的军营，有卫兵看守，伙食相当不错。苏联人还为他们配了一位当地的女士做翻译，她好像不怎么喜欢苏联人。她向美国机组透露说她父母是加拿大人，1935 年在这里定居，后来他们被苏联派人谋杀了。她相信这里的大多数人讨厌苏联人胜过讨厌德国人。

在拉瓦罗斯卡亚住了两天后，巴内特少尉和他的人被带到了里沃夫，入住了乔治饭店。他们被警告不要在宵禁时间上街，不要在饭店内携带武器。他们就住在这相对较好的环境里，等下个星期有人来把他们接走。罗伯特肩上的责任一下子翻了三倍。

巴内特的 B-17 虽然是腹部着陆，但还是可以抢修的，这意味着这项艰巨的任务需要东线指挥部的某个人来做。听到这个消息，罗伯特希望那个人不要是他自己，他还要把手上这架轰炸机送回波尔塔瓦呢！但是他会带着巴内特和他的机组人员—— 3 名军官、6 名中士一起走。和往常一样，苏联乐意让迫降的美国飞行员经由波尔塔瓦回国，只有前战俘不能以这种方式离开苏联。

这 13 个美国人要在里沃夫停留一阵子了。雪不断下，至少一两天内都不能起飞，而且还有 3 号发动机需要修理。人员和乘客变成了原本的三倍，飞机的机械性能必须良好。

还没等罗伯特习惯这新情况，更为凶险的情形又出现了。

从表面看，气氛一直很愉快，但问题就出在那个说着一口流利英语、看上去和和气气的波兰女翻译身上。特林布尔上尉和马特斯上士与她在饭店的餐厅碰过面，她自称伊莎·洛瑞小姐[①]，在里沃夫一间学校当教师。她被城防司令邀请来到乔治饭店，尽可能帮助住在那里的美国军人。

"我能帮你们弄到些纪念品，"她说，"商品，还有钱。我还能替你们把美元换成兹罗提或者卢布。"她所说的这种帮助实际上就是充当当地黑市的中间人。本质上这没有错，黑市中间人在波兰算得上是一种营生了，但是这个笑容满面的女人身上有一种东西让罗伯特嗅到了疑点。洛瑞小姐是饭店里的常客，一直出现在餐厅里，她对来来往往的美国人有浓厚的兴趣。罗伯特可以确定，她在为内务人民委员部做事。

过了几天，巴内特少尉提出请求，希望和特林布尔上尉说几句话。他的人越来越讨厌洛瑞小姐窥探他们的生活和工作。她永远不给他们独处的时间，不断地找话说，钓取信息。罗伯特带上作为证人的马特斯上士和杰西中尉一起，询问洛瑞小姐是不是能和她私下谈一谈。

罗伯特先就洛瑞小姐为帮助或尝试帮助美国人所做的一切道谢，然后说他注意到他的人和巴内特少尉的机组人员都觉得有她在场很不自在，放松不下来，如果洛瑞小姐能让他们单独待一会儿，他将非常感激。

① 伊莎·洛瑞是特林布尔上尉报告中记录的名字，我们不知道这是确切的名字，还是罗伯特根据斯拉夫名字的发音拼写的。

洛瑞小姐表示强烈抗议，又说了一遍她能为美国人提供的所有服务。

“谢谢，但是我们不需要，”罗伯特说，“马特斯上士是莫斯科美国军事代表团派来的，他知道怎么处理那种事，和当地苏联政府打交道他也能胜任。”

洛瑞小姐再次抗议，坚持说她能帮上忙，但是罗伯特态度很坚决。

“我们是来执行军事任务的。”他加重了语气，甚至有点忘了自己是在跟谁说话。他又加了一句：“我们唯一想要做的就是把美国人带回家。”

即使马特斯上士或杰西中尉中有一个人注意到了罗伯特这个奇怪的说法（就他们所知，此次任务唯一的目的就是把抢修的轰炸机带回波尔塔瓦，把美国机组人员带回去只是额外的工作），他们也一句话都没说。罗伯特并没注意到自己说漏了嘴，暗示他在波兰还有不为人知的秘密任务。①

洛瑞小姐终于放弃了。她离开了饭店，从那天开始，他们就再也没有看到过她。但是如果这些人天真地以为他们逃脱了监视，那就大错特错了。

同时，轰炸机的修理速度慢得让人伤脑筋。一开始提供帮助的苏联人员很快就开始刁难他们（可能内务人民委员部已经和机场人员交代过一些话了）。机场离市中心有好几英里，几乎没有交通工

---

①　当晚在里沃夫写下关于这一事件的报告时，罗伯特仍引用了他对洛瑞小姐说的话，他还是没注意到自己说漏了嘴。既然这一细节被允许保留在官方报告的存档中，也说明其实别人也根本没注意到这点。有可能是因为在此次任务中，罗伯特的确把几个美国人送回了国，然而这并不是任务的主要目的，更不要说是“唯一”目的了，没人发现这点真有趣。

具能到达。苏联机械师在修理发动机，苏联卫兵负责保护，但没一个人是完全可信的，特林布尔上尉和皮卡尔里上士要时刻盯住他们也着实不易。雪还在继续下，没人能起飞，所以影响倒不大。斯塔舒夫的苏联上校那里还是毫无音讯，他的控诉是直接交给莫斯科的，绕开了在波兰的苏联当局。

罗伯特把时间都花在了照看他的同胞上。对洛瑞小姐说的话奏效之后，他和马特斯上士在 3 月 11 日下午去给巴内特少尉的人买香烟。最有可能买到香烟的地方就在火车站附近，所以他们朝那个方向走去。

罗伯特和马特斯沿着宽阔笔直的切尔诺夫策大街直奔火车站，他们注意到有两个苏联士兵迎面走来，跟在后面的是 5 个衣衫褴褛的人，其中一个人正盯着他看。那人面容憔悴，心神不定，罗伯特一下就认出了这种神情。

他的眼睛久久不能从那张脸上移开，旁边的马特斯上士也被吸引了过去。那憔悴的男人向前走了一步。“救救我们！”他说，“求你们了，救救我吧！”

*

那名军官和上士都停下了脚步。

“你是？”那军官问道。

两个苏联卫兵上前打断了他们，那军官对上士比画了一下，然后上士对卫兵飞快地说了几句俄语，卫兵们退后了一步。

“我叫理查德·比德尔，”他说，“四级技术士官，来自 45 步兵团，长官。”他的喉咙因为寒冷而发干疼痛，说话很费劲。

“我是罗伯特·特林布尔上尉，隶属陆军航空队，来自东线指挥部，这位是军士长约翰·马特斯，来自莫斯科的军事代表团。”他看了一眼苏联士兵，问比德尔，“我们有什么能帮你们的？”

比德尔快速给罗伯特讲了一遍前几天发生的事：他和他的伙伴要从卢布林到敖德萨去，但是中途走岔了，还丢了身份证件。他们在寒冷的货厢里过了几天，几乎没有吃任何东西。自从在上个城镇上了火车，他们就一点食物都没有了。卫兵告诉他们，要等见到里沃夫城防司令，并获得司令的允许，他们才有东西吃。比德尔还说了到达卢布林之前的经历，还有那里集中营的条件。

听着比德尔匆匆诉说他的故事，特林布尔上尉往日兴致勃勃、热情洋溢的神情转成了愁容。比德尔每说一个词，马特斯上士的浓眉都更低地耷拉下来，宽大丰满的五官像石头一样僵硬。他又对卫兵说了几句俄语，然后就和他们吵了起来。很明显，特林布尔上尉和马特斯上士还是有一些政治影响力的，因为可以看到卫兵们让步了，争吵没有升级为斗殴。

特林布尔和马特斯商量了几句，随后马特斯上士语气坚决地对比德尔说道：“跟我们来吧，所有人一起来。”

这个五花八门的小团队——美国人、苏格兰人、英国人还有加拿大人沿着通向城市中心的大道走下去，夹在两名苏联卫兵之间。卫兵坚持要保持他们的权威，一个在前面走，一个殿后，好像包括罗伯特在内的 7 个人都是他们看守的罪犯。

他们走上结了冰的宽阔街道，走过大雪封锁的公园，走了有一英里多，终于停在了密茨凯维奇广场。耸立在广场上的就是乔治饭店优雅的大楼，看起来仍是宏伟气派，尽管底层的大多数商店都用木板封了门。

在前战俘的眼里，除了战场、露营地和监狱一样的集中营营房、货厢，其他任何东西都看起来不太习惯。饭店大堂在他们看来过于富丽堂皇：地面铺设了大理石，两根精美的柱子撑起一道拱门，门后盘旋着两条新艺术派[①]风格的主楼梯。整个饭店有一种维多利亚式的精致典雅，简直超凡脱俗。两条楼梯间有一条直通大堂的短道，尽头两扇上釉的门上写着一个词“Jadalnia”，根据里面的声音和飘过来的气味，战俘们猜“Jadalnia”一定是波兰语的“餐厅”。现在，战俘们终于有了值得期待的事。

比吃饭还重要的就只有洗澡了。马特斯上士走开去打了个电话，特林布尔上尉在为战俘们安排房间，趁这时候，战俘们好好冲了个澡。这是他们所有人几个月来第一次真正的、从头到脚的、有肥皂也有水的洗澡。他们太脏了，还有人身上爬满了虱子。他们慢慢地冲洗身子，涂上肥皂，搓去在集中营里、货厢里、无止境的长途跋涉中还有露营时沾染的污垢和臭气。

只不过他们没法换衣服，所以身子倒是洗干净了，还是得穿上仍旧肮脏破烂的衣物。但是，他们的世界焕然一新了。

*

等这5个人都洗干净了，罗伯特和马特斯上士带他们去了餐厅，让他们吃了个饱。[②]

---

① 译者注：新艺术派起源于19世纪末的欧洲，装饰纹样多为流线型曲线，错综复杂，富于韵律。

② 特林布尔的意思是，他们一到酒店就见到了那两名战俘和巴内特的机组人员。但其实他记错了，撰写报告时，罗伯特精简了时间线，从而造成了这一错觉。那两名战俘（即比德尔和古尔德——译者注）是后来才到的。

他们谈起接下来要做什么。目前形势不乐观，他们是不可能带着战俘回波尔塔瓦的。苏联卫兵还在旁边晃悠，坚称要把这些人带到城防司令那里，由他去看管。刚才在电话中和马特斯谈过话的苏联官员以及莫斯科的军事代表团也都这么说。几个人于是决定，由马特斯把这些人带到城防司令那里，拿到他们的身份证件，然后立刻把他们送上去敖德萨的下一班火车。

一想到要回到苏联人手里，战俘们就高兴不起来，但是谁都没办法。来自英格兰的派尼亚中尉和苏格兰人蒙哥马利中士看上去尤为心神不宁。大家站起身准备走的时候，他们走到罗伯特身边说："上尉，我们能单独谈谈吗？"

罗伯特把他们带到一边。

"我们必须去莫斯科，"派尼亚中尉说，"我们带着一份秘密文件，要交给你们美国军事代表团的迪恩将军。"

"秘密文件？"

"是卢布林一位美国军官交给我们的，威尔梅思中校。"

听到这名字罗伯特吃了一惊。威尔梅思真的成功到了卢布林吗？而且还想让战俘为他把秘密消息带去莫斯科？老天爷啊！看来他那儿的进展并不顺利。这两个人解释说，他们是在去乌克兰的途中被赶回里沃夫的。他们必须要回到莫斯科去，他们有责任要把秘密文件直接送到迪恩将军手里，文件里有关于卢布林战俘状况细节的报告，那里的情况非常糟糕。

从罗伯特被调来抢修飞机以来，他的沮丧从未如此强烈。莫斯科的军事代表团错信了苏联人真的会大发慈悲。但是无论他怎样对战俘的遭遇感同身受，他们送密信的任务是多么紧急，他还是要向里沃夫的苏联司令官和其他相关人员报告。如果没有正当的官方批文，战俘们很可能会被接走然后再次转移。去敖德萨是一回事，因为苏联人对战俘和难民去往那个方向早已司空见惯；但是进入莫斯科就是另一回事了。明天有一趟去莫斯科的火车，而特林布尔上尉将会确保他们上车。

又打了几通电话后，马特斯上士、战俘们，还有两个苏联卫兵出发去找城防司令。卫兵还是坚持要他们一前一后走，好像他们真的是一群罪犯。

去城防司令的办公室要走25个街区（比德尔无所事事地数了数）。司令官给了他们所需的文件，包括批准派尼亚中尉和蒙哥马利中士前往莫斯科的许可。但是另外3个人，即两个美国人和加拿大平民，必须回到康复收容中心，等待走流程后被解救至敖德萨，他们不能马上上火车。

小队再一次出发来到康复中心。[①] 街道一侧是围有铁丝网的大面积封闭区，像个集中营[②]，对面是中心的办公大楼。他们进入办公楼，找到了一间办公室，里面管事的是个板起面孔的苏联少校。马特斯做了自我介绍，陈述了来意，少校从一堆文件里抬起头看了他一眼，轻蔑地扫过马特斯大衣袖子上的士官军衔，故意不理他。

马特斯上士挺直了肩膀，按捺住脾气，对少校说："我代表莫斯科美国军事代表团而来，"他义正词严地说道，"我是迪恩将军

---

① 这里比德尔和马特斯的描述有差异。比德尔说康复中心和集中营是一个地方，这里用的是马特斯的版本，更为准确。

② "集中营"是比德尔在此处用的说法，在当时的资料中，也用这一词汇来指其他类似的设施。只有战后，这个词才开始专指大屠杀的灭绝营，所以在当时的语境下是恰当的。此外，所谓"康复中心"，很可能就是位于里沃夫的纳粹亚诺夫斯卡集中营，它也曾被内务人民委员部用来关押政治犯。

的副官，和大使也很熟，我希望您能提供一点帮助。”[1]

那少校抬起头：“下楼去，找救援处军官。”说完他又埋头扎进了那堆文件里。

马特斯上士下楼，在那里找到了负责营救战俘的上尉。和他的上司完全不同，这位上尉非常乐于帮忙，他兴致勃勃地向马特斯保证战俘们将受到周全的照顾。“我们会提供暖和的住宿条件，在饭店里有干净的床，还会给战俘发放新衣服、洗浴用品，为他们理发和剃须，当然他们还会有吃的。一天之内，也许两天，他们就会被送上前往敖德萨的火车。”

马特斯上士把苏联军官所做的承诺转达给战俘们，问他们是愿意留下来，还是希望回到乔治饭店。战俘们不愿意再给上士和特林布尔上尉添麻烦，也不愿意再筋疲力尽地走回饭店，于是他们都同意在苏联人这儿碰碰运气。

“拿着这个电话号码，”马特斯一边说，一边写下来递给比德尔中士，“如果你们有任何问题，打来饭店找我，或者直接去饭店。”

马特斯带着两位英国战俘回到了乔治饭店。如果马特斯知道苏联是如何对待前战俘的，他一定会把几个人都带回来，根本用不着问他们的意见。

等马特斯把这件事汇报给特林布尔上尉后，他才明白他这么做只会带来新的麻烦，惹一肚子闲气。

① 虽然军衔不高，但马特斯上士在军事 / 外交系统里的地位举足轻重。他之后在美国前往各国的任务中也担任了极重要的职位。据他在美国空军的前同僚所言，马特斯在职业生涯中经历过多次授衔，但都被他拒绝了，他认为军衔升级会降低他的办事效率。

就在同一天，一个极其友善的女人出现在餐厅里，她向美国人介绍说自己是来“接替洛瑞小姐的”。特林布尔上尉给每个人都下了命令，要他们都当她不存在，不让她参与他们的对话，不回答她抛出的问题，也不接受她提供的帮助。但是罗伯特也警告大家不要对她表现出过度的厌恶。“记住，你们可是美国绅士，”他说，“别忘了要有礼有节。”

第二天早上，罗伯特和马特斯上士带着两个英国人去火车站，在那里分给了他们一点口粮，亲自目送他们上了前往莫斯科的火车。此后罗伯特再也没有听到过关于他们的消息，也不知道他们是否到了那里。（其实当罗伯特回到波尔塔瓦时，威尔梅思在卢布林就遭遇了危机，他的秘密信息是否到达莫斯科根本无关紧要了。）

既然战俘的事情都解决好了，特林布尔上尉和他的团队也就可以开始继续修轰炸机的发动机了。不过还得看天气是否好转，以及苏联人是否愿意让他们把汽车开进机场。罗伯特的沮丧情绪开始侵蚀他，他希望早点回到波尔塔瓦，这样就可以早日回去帮助还在那里的战俘。

罗伯特察觉到，马特斯对于战俘的困境很是恼火。但目前来看，马特斯还只是看到了好的一面。比德尔中士和他的伙伴们健康状况相对良好，也正因为这样，他们才能靠自己走到现在。马特斯没有看到那些被关押更久的战俘：他们的身躯被饥饿消磨得奄奄一息；有人苦于病痛；还有人藏在偏远农舍里，无法穿过雪地，被苦难一次次折磨，却又因为害怕苏联人而不敢前来寻求帮助。那些正是罗伯特在波兰要帮助的人。他来到这里本是要帮助所有的人，但那些人才是真正牵动他心弦的。

*

这个地方看起来可不像宾馆，有温暖的床和干净的房间，比德尔想。他在只有一块板子的床上难受地翻来覆去，看了看周围挤在这肮脏小房间里的其他人。他数了数，包括他和古尔德在内，共有30个人。

情况很差，而且还可能变得更加糟糕。

马特斯上士走后，比德尔、古尔德还有那个加拿大人就被带到了对面的营房里，然后等了整整3个钟头。就在他们被允许洗澡和刮胡子的时候，事情看起来还是有点希望的，然后他们就被押往距离营房一个街区的大楼。不管那是什么地方，肯定不是苏联上校所承诺的那个宾馆。他们和另外12个人一起被关进了一个空荡荡的房间。另外那12个人都是法国人，有的是纳粹劳工营的前战俘，也有的是平民。房间里没有取暖设备，床只有一块床板，没有床单。两个美国人被冻了一夜，吃的饭就只有一丁点儿糖和黑面包，还有一点茶。

第二天晚上，几个苏联士兵带着一包衣服进来，每个人发了一件。都是苏式的大衣，硬邦邦的，做工粗糙，穿着极不舒服。士兵们允许比德尔和古尔德保留他们来时的衣服，但是法国人都被剥得赤条条，除了那件粗糙的苏式大衣什么也没留下。唯一好的就是那带毛边的帽子。比德尔十分感谢他还穿着的那两件质量不错的羊毛衬衫，不仅舒适，还能提供些许温暖。但是好景不长。苏联人改了主意，在午夜把两个人叫醒下床，把他们脱了个精光。比德尔的羊毛衬衫被搜刮走，除了苏式大衣，什么也没给他们剩。

在那之后，事情更糟了。

第二天一早，又有 16 个平民被赶到了那个房间里，男男女女都有，甚至还有孩子。这些人都是从劳工营里被解救出来的。房间里已经没有能移动的余地了，更不要说躺下睡觉。其中一个女性平民生了病，却没人愿意救治她。去敖德萨的消息还是很渺茫，似乎他们要一生一世都被困在这个喘不过气的房间里，越来越饿，迟早被病魔吞噬。

比德尔中士和列兵古尔德受够了，连集中营都不像这儿这么差。这栋大楼没有严格的警戒（因为不管怎样，这只是“康复中心”，还不是监狱），所以两个人从苏联卫兵眼皮底下溜走，找到方向，回到了密茨凯维奇广场的乔治饭店。他们希望急于修理飞机和离开这里的美国人还没有走，如果他们已经离开，那就别无他法，只能自己去敖德萨了。

比德尔等人到达饭店，看样子是晚来了一步，大堂和餐厅里没有了美国人的踪迹。比德尔和古尔德不敢去前台询问，他们溜上楼梯，走到特林布尔上尉之前住的房间，敲了敲门。

门打开，他们松了一口气，门后是上尉那熟悉的脸。见到两个人穿着乱七八糟、极不合身的苏联大衣，罗伯特惊讶不已，赶快把两人请进来，叫来了杰西中尉和马特斯上士。3 个人听比德尔讲起他们过去几天的经历，越听越气。

罗伯特马上做了个决定：比德尔和古尔德不去敖德萨了，不管旁人说什么，他们跟着他回波尔塔瓦。

从现在开始，他们要抹掉在步兵营和战俘集中营里的回忆。在苏联人面前，他们都是机组成员，和巴内特少尉机组成员一样。如果到了波尔塔瓦出现任何问题，特林布尔上尉会替他们解释。怒气在罗伯特心头翻滚，任何挡住他们的自由之路的人，他都要对抗到底。

马特斯上士也支持他们。他很生气，想起在所谓的康复中心，那名苏联上尉微笑的唇齿间蹦出的谎言，说什么中心会像饭店一样，还有干净的床。杰西中尉也一样，他和马特斯上士发誓，要向东线指挥部和军事代表团强烈要求派一个装备齐全的救援队，在里沃夫长期处理战俘事宜。

罗伯特同意了，但他心里知道这没什么用。他所听说的威尔梅思在卢布林的遭遇，他自己的任务简报，还有他亲眼看到的一切都告诉他，苏联人不会允许任何美国团队来这里：只要地狱还有一星余焰，他们就不会松口。

第十三章　人潮涌动

“嘿！美国佬！”

喧嚣街道的另一头传来沙哑的呼喊。罗伯特、巴内特少尉还有几个机组人员此时正在里沃夫城里散步，想呼吸一下新鲜空气，锻炼身体。他们停住脚步，转过身来。

“美国佬！”两个衣着凌乱、不修边幅的男人身披破烂的大衣正从街对面向他们跑来，朝他们摇手。那两个人在美国军官面前急刹住脚步，喘着粗气说他们是之前落在苏联人手里的战俘，老天啊，见到美国人他们真是高兴坏了……罗伯特的眼神扫到这两人身后，见有两名苏联士兵正快速穿过马路，手中的来复枪已经准备就绪。

苏联士兵赶上了他们的“羊群”，试图进行干涉。罗伯特举起手亮出他的护照，命令士兵们退后。自从来到波兰，他对付苏联人的能力大有长进。苏联士兵得听上头的，所以他知道怎么行使自己的权利。他在里沃夫已逐渐成了个名人，这帮了他大忙，普通的苏联人员还以为他是个重要人物。[①]

等两名逃亡者理顺了呼吸，罗伯特问他们叫什么名字。他们一个是鲁道夫·威戈利亚中士[②]，还有一个是苏格兰人吉姆·麦克内什中士。几个星期前，他们的集中营被解放，从那以来，两人就一直到处奔波，看到美国人简直欣喜过望。

这一次，罗伯特甚至没有去麻烦城防司令，他把这两个人直接收到自己手下，命令和他们一起的苏联士兵向后转，然后带着战俘们步行回了酒店。苏联士兵在后面一路咒骂，被完全抛到了脑后。

一进到乔治饭店的大堂，和之前的比德尔、古尔德一样，威戈利亚等人肃然起敬。饭店的氛围暖和而闲适，那精美繁复的装饰萦绕着维多利亚时代的优雅，气势撼人。罗伯特安排他们洗浴，定好床铺，把他们的名字添在那张一直在变长的机组人员名单上。战俘们对诸如剃胡须、用肥皂和水洗身子这样简单的事欣喜不已，睡在名副其实的床上他们竟然还觉得奇怪。看到这一切，罗伯特也会跟着乐，他觉得这感觉特别棒。等到所有人都洗漱干净，罗伯特就带他们到楼下吃晚饭，几个人狼吞虎咽，几乎连气都不用喘。

渐渐地，他们也对罗伯特说出了自己的故事。主要是威戈利亚在说话。他来自密尔沃基[③]，天性活泼，没什么能打倒他昂扬的兴致，面对那些可怕的遭遇他都能泰然处之。乍一看他有点吓人，五官浓

① 据鲁迪·威戈利亚的回忆，特林布尔上尉“在俄罗斯人中间有一定威望”。威戈利亚弄错了在里沃夫的美国人的情况，误以为“那位上尉”（在鲁迪回忆的时候，他就这么称呼罗伯特，很明显，相隔 40 年，他已经忘记了罗伯特的名字）加上巴内特机组成员和其他战俘，都属于一个 14 人的轰炸机机组。对于一名步兵来说，在那样的情况下弄错是情有可原的。

② 和比德尔一样，威戈利亚其实是一名四级技术士官，根据惯例称为中士。

③ 译者注：美国威斯康星州一座位于密歇根湖畔的城市。

重而突出，而且累月来他几乎饿死，瘦削的面庞更加重了这种感觉。他是第二步兵师里的医疗兵，曾被派往准备在D日[①]登陆“奥马哈海滩”[②]的部队。他不知道自己是怎样在登陆后的地狱烈焰里活下来的。随后，他和在D+1日登陆的原部队会合，马上投入防守滩头堡的鏖战中。在法国本土仅过了一个星期，威戈利亚就在党卫军对他所在的团发动的反击战中被捕了。

像比德尔一样，他被关在III–C战俘营。他口中关于苏联红军野蛮解放战俘营的故事和比德尔的有所不同。他被德国人赶到了被疏散队列的后面，当队列走出集中营的时候，前面的战俘被击中，但他没有在苏联红军的迫击炮和机关枪的枪林弹雨中受伤。他只看到了接下来发生的事：数十名战俘或死或伤，躺倒在大门附近的雪地上。苏联士兵走进集中营，一栋一栋建筑物挨个检查，射杀了一大批在那里抓到的德国人。一支苏联红军中队进入了单独隔离出来的营房，那儿关押了数十名在最近的肺结核爆发中被感染的苏联战俘。机关枪开火的声音响彻建筑物，然后中队出来了。一向对每件事都很乐观的鲁迪·威戈利亚认为那可能是对病人的人道主义杀害，但是他一直难以说服他自己，这件事让他的心灵久久震颤不已。

威戈利亚在集中营附近游荡了一两个星期，他和他的朋友目睹了更多苏联人的残忍行为，看到德国战俘被处决，平民被杀害。苏联红军现在踏入了德国领土，两国之间极度的敌意开始擦枪走火。威戈利亚在集中营附近寻找避难的地方，发现有一家人全都死于非

① 鲁迪·威戈利亚所在的部队于D+1日登陆，但因当时他被暂时派遣到第1或29步兵师，所以鲁迪自己是在D日登陆的。

② 译者注：1944年6月6日，第二次世界大战诺曼底战役中盟军5个主要登陆地点之一的代号名称。

命——很明显，是那家的父亲开的枪，好让家人们免受苏联人的折磨。家中只有狗活了下来，形单影只地狂吠着。

留在原地的战俘认为是时候出发了。很显然，苏联人不会为他们做什么事，前线还在朝他们推进，很是危险。战俘们组成了一支支小队开始向东进发，加入上千名其他漂泊者的大军。威戈利亚中士最后发现他来到了但泽自由市[①]的附近，那里激烈的战斗还在进行，他们要把德国人赶出波罗的海港口。在但泽自由市和华沙之间的某地，威戈利亚遇见了吉姆·麦克内什，一名苏格兰战俘。他们并肩同行，向南边的华沙继续走去。

美国人和苏格兰人一起踏上了险象环生的历险之路。他们走过华沙城的废墟，全城都被夷为平地，威戈利亚觉得他甚至站在凳子上就可以俯瞰全城。一无所有的人们还不愿离去，聚集在他们从前家园的空壳外，黯然神伤。天黑之后，虽然苏联巡逻队强迫执行宵禁，但在炸毁的建筑物的柱子之间，人们还是跳起了简陋而忧伤的卡巴莱舞[②]。鲁迪·威戈利亚那永远都挫不败的兴致也被打垮了，两个人匆匆踏上旅程。他们在扎莫齐附近的村庄住了一阵，当地农夫把他们当客人一样对待。他们继续出发，途中被土匪洗劫一空，然后在火车货厢顶上坐了几天，只得拥抱在一起取暖。

他们最后还是被苏联人逮住并带到了里沃夫，最后被扔进了所谓的康复中心。他们与比德尔和古尔德关在不同的地方，没经历那么多不开心的事，吃的还勉强能忍受，卫兵也允许他们出来做做运动。但是这样过了很多天以后，他们开始意识到这样的日子是无止

① 译者注：1920—1939 年间的一个半自主城邦，包括波罗的海德意志港口但泽（今波兰格但斯克）及邻近地区的近 200 个城镇。历史上曾属于德国。

② 译者注：一种具有喜剧、歌曲、舞蹈及话剧元素的娱乐表演，盛行于欧洲。

境的，苏联人永远不会放他们回到自己的同胞中去。有一天，他们外出放风，发现一名上尉带着一群美国人走来，于是他们抓住这个机会立刻跑过去，想试试看能不能重获自由。

罗伯特知道他要怎么做了。鲁迪·威戈利亚和吉姆·麦克内什也加入了他的杂烩小团队，而且团队人数还在不断增多。

第一步，就是要把他们接管到自己手下，这一点并不难。这两个苏联士兵对自己的任务没他们的战友那么执着，没做什么努力就离开了。还有一个好消息，就是那位接替洛瑞小姐的波兰女士，在美国人坚定不移且彬彬有礼的冷落下，终于在两天之后放弃，离开了酒店。这样一来，隐藏新客人的身份就变得相当容易。威戈利亚和麦克内什被悄悄塞进那张计划前往波尔塔瓦的名单里。

可怜那“受了重伤”的“空中堡垒”，现在要装下 17 个人了。罗伯特希望这伤痕累累的飞机能撑得住。她已经在机场待了一个多星期，3 号发动机仍只是一堆放在飞机修理库地板上的零件。在苏联人无休止的干扰下，罗伯特和皮卡尔里上士终于成功做完了必要的修理。3 月 16 日，也就是他们被困在里沃夫的第 11 天，“687”终于可以起飞了。天气也再次放晴，他们计划第二天就出发。

出发前的最后两天，当罗伯特和皮卡尔里上士为准备飞机起飞忙得团团转的时候，马特斯上士在对付潮水一般涌入的离群战俘和难民，好像是因为有传言说，几个神通广大的美国人正在乔治饭店开展救援。这些人有的声称自己是美国平民，要他们帮忙联系莫斯科的美国大使馆，还有人能提供出生证明表明自己的确是美国出生的。马特斯便尽他所能让他们与大使馆取得联系。

涓涓细流汇成了溪水。在计划离开的前一晚，马特斯上士正在酒店大堂，有 5 个人从外面街上走来，都是美国籍的前战俘。他们在外面游荡了 3 天，这期间没有吃一点东西，状态很是吓人，马特斯试着为他们安排房间和食物，但是鉴于苏联国际旅行社受制于内务人民委员部，饭店的副店长坚决回绝了马特斯的要求。没有房间了，她说，吃的也没有。很明显这两句话有多荒唐，但是从副店长的做法可以看出，她也在违背她善良的本性。某处，有某些人在给饭店施压。马特斯要求见店长，店长一出现，马特斯就和他吵了起来，威胁说如果再不为美国人提供房间和食物，他就要给美国大使馆打电话。

在马特斯和店长争论之际，副店长可怜这些围着床单的战俘们，悄悄把他们带走，给他们吃的，为他们安排住处。她把自己所做的事告诉了马特斯，请求他说服店长同意自己这么做。马特斯保证当然会说服他，反过来他也请求在他们离开之后，若有美国战俘出现在饭店里，她能帮忙照顾。副店长向他承诺自己会尽力而为，马特斯相信她。

那天晚上，一个波兰平民也找到了罗伯特，向他控诉苏联人在里沃夫对平民有多残忍。尽管罗伯特有充足理由相信他，可是他完全无能为力。和威尔梅思中校一样，罗伯特也遇到了正试图接触他的波兰地下军。他接到上头指示要对这些试探视而不见，如果苏联知道美国和波兰的反苏势力有任何关系，他们就会彻底切断美国人前往波兰的一切路径，帮助战俘就成了一场空谈。

第二天早上，前往波尔塔瓦的小队即将出发。他们搞到了一辆老式的 A 型福特卡车，好像从大萧条[①]时期这辆车就在这里，从来没有翻新过。罗伯特、皮卡尔里和杰西来到机场，为飞机做起飞前

① 译者注：大萧条时期，指的是 1929—1933 年爆发于资本主义国家的一场严重的经济危机。

的准备；马特斯上士则负责照顾队伍中的其他人，即巴内特少尉和他的机组人员，加上比德尔中士、威戈利亚中士、列兵古尔德、机枪手麦克内什，他们都伪装成了飞行员。

他们实在没办法带上后面来的战俘了：不仅因为 B-17 载不动那么多人，还因为饭店里每个人都知道他们是战俘。罗伯特和马特斯上士采取了 B 计划，赶紧安排这些战俘登上下一班去敖德萨的火车，让他们免于去可怕的苏联“集中营”遭罪。

所有人都上了卡车。马特斯快上车的时候，又看到一大群衣衫破烂的人朝饭店走来，他跳下车跟他们走进饭店去。正如他所猜测的，这些都是美国人，全是战俘，每个人都处于极不乐观的状态，蓬头垢面，面黄肌瘦。他们中有 7 名军官，其他都是士兵。随着“去乔治饭店就能得到帮助”的消息不断传入流浪战俘的耳中，饭店俨然成了一块巨大的吸铁石，把流落在外的战俘都吸了过来。马特斯为他们拿了茶和啤酒，安排他们赶快到火车站去，坐上前往敖德萨的火车，但是他们到底有没有到达火车站，他也不得而知。同时他自己也要赶飞机，他快迟到了。

马特斯赶到机场，见 B-17 还在预热，正平稳运转，准备做最后的努力，飞离这个地狱一样的地方。

看样子老天是一定要给他们路上添堵了，发动机刚高速转起，天就开始下雪了。如果这还不算什么烦恼的话，罗伯特和皮卡尔里又注意到这架飞机缺了各种各样的小部件——可照理说这飞机一直都处在看守之下。一个灭火器被拿走了，同样丢的还有无线电舱室的耳机，两人在飞机舱内地板上还发现了一把丢弃的钢锯。他们只能希望飞机的关键部位不要有移动或损坏。

飞机上的弹孔用破布填塞得满满当当，大洞都只能用木板封好，机上的乘客还超过了额定限员。B–17“687”，这架没有名字的“空中堡垒”轰炸机滑向茫茫白雪，发动机加速旋转，呼啸在跑道上。她收起起落架飞入天际，慢慢转过一个大弯，飞过冰封雪裹的城市上空，带着机上的美国人和英国人，向东飞往波尔塔瓦和安宁之境。

从一个月前蒂尔曼中尉驾驶她从斯内特顿希斯[①]起飞开始，这架飞机经历了漫长而又奇异的旅途。前方还有很长的路要走，但是“687”总算踏踏实实回到了美国人手里。[②]

*

当晚，特林布尔上尉、马特斯上士和杰西中尉聊了聊，坐下来撰写一份关于抢修飞机的任务报告。发生了那么多事，要全部回想起来很难，哪项要写，哪项不写，也很难抉择。那晚的哥萨克人、枪管后对他怒目直视的苏联上校、小斜坡上的惊险起飞、挡风玻璃外让人眼前煞白的暴风雪……还有衣衫褴褛、一脸愁容、急需救助的战俘。

擅自决定把 4 个战俘带到波尔塔瓦的事肯定会被批一顿。把战俘伪装成飞行员足以带他们逃出里沃夫，却骗不了波尔塔瓦的苏联人，他们一定会发现的，然后气个够呛。

苏联人的确发现了，一名评论者形容此事说：“苏联人惊讶得嘴都合不拢了。”最让苏联人不安的是溜出来的人里面竟然还混着

① 译者注：原为英国皇家空军基地，1943 年划拨给美国战略空军使用，位于英国诺福克郡，机场编号为 138。

② B–17G 43–37687 回到英国后重新加入第 96 轰炸机大队，并终于有了一个名字“财迷的宝贝”。在战争结束前它又参与了多次任务。战后该飞机回到美国，最终被存放在位于亚利桑那的大型飞机墓场。

英国人。比起美国人，苏联人更不相信英国人。这就说来话长了，要追溯到100多年前英俄争夺亚洲控制权时两国的间谍战。俄国革命后，英国还塞了一名间谍来刺杀列宁，企图推翻布尔什维克政权。[①] 英国人做事更喜欢偷偷摸摸，比美国人更不愿意和苏联人分享情报。这样的结果就是，苏联人会先入为主地认为英国人是敌方的特工，直到有证据表明他们不是。罗纳德·古尔德和吉姆·麦克内什的到来激怒了他们，这导致东线指挥部的外交地位更加岌岌可危。

表面上，美国高层强烈反对特林布尔上尉的这种做法，但是私下里，他们觉得他做得对。

他们到达波尔塔瓦后的第一个早晨，比德尔中士和威戈利亚中士被送上了前往德黑兰的飞机。同时，古尔德和麦克内什也被派往莫斯科的英国大使馆请求批准许可。鲁迪·威戈利亚和吉姆·麦克内什分别的时候潸然泪下，他们在一起吃了那么多苦，一路搀扶走来，但是他们都离那个一直渴望的东西——家不远了。

战俘们走后第二天，东线指挥部收到了波斯湾指挥部指挥官布斯将军的电报，内容说：

> 战俘已于下午五点半到达德黑兰，3月18日下午一点半，45名战俘计划离开。3月19日，45名战俘计划离开。四级技术士官步兵鲁道夫·威戈利亚，36210949，和四级技术士官步兵理查德·J.比德尔，34077320，两人都重获自由。

离开大雪封锁的里沃夫几天后，理查德·比德尔和鲁迪·威戈

① 译者注：此处指的是1918年英国军情一处的间谍赖利刺杀列宁一事。

利亚到达开罗，踏上和罗伯特·特林布尔一个月前的路线相反的旅途[①]。

当他们沐浴着埃及的艳阳、憧憬归途的时候，罗伯特·M. 特林布尔正赶回波兰的纷纷大雪中。只要还有战俘在绝望中徘徊，他的使命就不会画上句号。他马上就要面对最艰难的情感考验，也即将迎来他的伟大胜利。

① 译者注：即回到伦敦。

第十四章　故乡迢迢

1945 年 3 月 23 日，波兰，卢布林，苏联红军医院

大楼内暖烘烘的，病房也挺干净，7 名美国战俘舒服地躺在床上。[①] 苏联医务人员正无微不至地照顾他们，不仅把他们当作病人，还待以贵宾的殊荣。这真是苏联对待战俘态度的 180 度大转变，威尔梅思中校看呆了。

当苏方的负责人诚心邀请他们参观这家医院时，威尔梅思和他负责医疗事务的同事金斯伯里中校都搞不懂这是怎么一回事了。他们惊喜地发现在这家医院里，美国人所受的待遇有多么好，和城里的收容中心简直是天壤之别。这里的条件绝对更为奢华，这才是前战俘应有的待遇。说实话，如果由一个中立的旁观者来看，他可能还会觉得这种贵宾式服务有点过头了。

但现在，基于之前的那些经历，威尔梅思中校不会有哪怕一分钟敢幻想这个举动代表了苏联人态度的转变。他开始和床上的战俘

① 威尔梅思说有 7 个人，但当时斯大林和罗斯福的通信中提到的是 17 个人。17 人应该是包括了这 7 个人和随后连同他们一起被解救的生病的战俘。

们交谈，马上弄明白了他们之所以被这样优待的原因。

这 7 个人无一例外，都是 III–C 集中营大屠杀的幸存者。

威尔梅思和金斯伯里对这件事已有所耳闻。这几个伤员不是那批最早逃出集中营到达卢布林的。理查德·比德尔中士和曾在那儿的其他战俘告诉过他们，当德国卫兵带着他们行进时，苏联步兵和坦克是怎样对战俘队列开火的：数十人死的死，伤的伤。苏联前线反馈的官方说法是，苏联人以为那个集中营是一个军队营房，进而以为那些正在行进的战俘是在德军中服役的匈牙利军队。这说法看上去很有可信度，但是威尔梅思中校对此深表怀疑。他很清楚，而且苏联红军也应该知道，德军并没有在波兰安插匈牙利军队。这些战俘明显手无寸铁，也没穿纳粹国防军的军服。

卢布林苏联红军医院里的 7 个人就是在那次事件中受伤的。他们给威尔梅思讲了自己的故事。作为前线老兵，他们并不责怪苏联人的错杀，在战争中误杀随处都是，虽然这个错误特别低级。

过了几个星期苏联人才承认这次“意外”：这段时间里，受害者们和其他战俘都一样无人问津。但是现在苏联高层发话了，这些人必须被有尊严地对待，还要享受一切可能得到的照顾。

如果苏联想把这样的关怀当成一种致歉，那远远没有必要，目前威尔梅思中校很怀疑这背后是不是还有什么别的动机。苏联红军的空军副指挥官阿斯塔霍夫元帅还派了两架飞机，从莫斯科飞到卢布林来把这 7 个人运到敖德萨。（这很好，但几个月以来，东线指挥部本来就一直在竭力为所有战俘安排这种空中救援。）为了显示对这几个人的重视，两架飞机的机组都由曾获荣誉的苏联战斗飞行老兵组成，两名飞行员都是苏联人民英雄勋章[①]——相当于美国的荣誉勋章[②]——的获得者。

得知这一计划后，威尔梅思中校代表美国军队向苏联表示了感谢，把疑虑和揣测留在了肚里。第二天，战俘们登上飞机，机上满载礼物和食品，还有一束束鲜花。威尔梅思证实了他的怀疑，苏联唱这一出与其说是补偿，不如说是做宣传。

苏联想以这种铺张奢靡的待遇为一个例子，向世界展示他们是怎样尊重并照顾盟军被解救战俘的。苏联政府和他们乖顺的媒体用这种优待回敬了他的盟友。因为有传闻说，苏军前战俘在西欧英美势力的手中正面临可怕的折磨。这论调在苏联持续发酵，尽管华盛顿、美国大使馆和盟军远征军最高统帅部都给出了证据，证明这是假的。

几个星期前，也就是威尔梅思中校上一次和负责遣返战俘的弗拉索夫上校见面时，他就被这种宣传阵仗摆了一道。会晤再一次升级为剑拔弩张的冲突。

会议一开始，弗拉索夫给了威尔梅思一张表，上面列出了已经从波兰各个收容点船运到敖德萨的战俘数量。威尔梅思知道这数据并不完整，而且错漏百出，于是他要求得到更准确的数据。

只有莫斯科有更精确的数据，弗拉索夫说，但是他没有解释为什么莫斯科掌握的信息比波兰当地政府的还要精确。威尔梅思没法核对这个数字，因为他还没能和莫斯科的迪恩将军取得联系。他想要通过波兰的商业电报系统传递消息，但是也被禁止了（他们告诉

① 该勋章为苏联授勋及嘉奖制度中的最高荣誉，一般授予对苏联有军功的人。

② 荣誉勋章，美国政府颁发的最高军事荣衔，授予那些“在战斗中冒生命危险，在义务之外表现出英勇无畏精神”的军人。

他电报没有接通到莫斯科，威尔梅思知道这肯定又是假话）。

弗拉索夫上校说完那一堆毫无意义的数据，又告诉威尔梅思另一个消息，想再让他失望一次。明天，也就是 3 月 13 日，卢布林的战俘接收点将要被关闭了。再也不会有战俘来这里，所有接收点的战俘都将被解救回国，威尔梅思中校的工作也就到此为止，所以他可以回莫斯科去了，他的逗留许可已经过期了。

威尔梅思听了，一点也不为所动。“你能把这几句话写下来吗？”他问。

弗拉索夫紧抿嘴唇，就是不写。威尔梅思已经学了一招，要对付弗拉索夫的恐吓，就是要让他把所说的话写在纸上，然后签上他的大名。没有上头的允许，这些苏联人没一个敢白纸黑字写出来，所以就算他们是在说真话（这种情况微小到可以忽略不计），最后看起来也像是在说谎。

“我听说我们美国的联络小队终于到了波尔塔瓦，”威尔梅思说，“为什么不允许他们进入波兰？”弗拉索夫一句话都没说。“两个星期前，”威尔梅思不依不饶，“你们向我保证当地的苏联红军仓库会运来一卡车的物资，现在这批物资在哪呢？”仍是没有回音，“你可以拿到批准美国飞机运送物资来波兰的许可吗？”

弗拉索夫上校说这是不可能的。

“必须有人把物资带来，”威尔梅思怒道，“因为看样子你和你的同志们完全不能为战俘做任何事。”

他再一次列举出斯大林签署的《雅尔塔协定》上的条款，还有种种苏联未能落实条款的做法，随后又提出要给弗拉索夫一份《雅尔塔协定》的副本，让他好好看看。

威尔梅思坚不可摧的耐性终于耗光了。“这真是太不要脸了，”

他说，“一个自诩为我们朋友的人，所作所为却处处都和朋友相去甚远。我觉得真是恶心！恶心透了！”

弗拉索夫上校的脾气也彻底崩了。“我可以告诉你，”他气得嘶嘶低吼，“苏联战俘在美国遭受的待遇，远比美国战俘在苏联的要差得多！他们被你们的人虐待，你们的政府也拒绝放他们回苏联！”

威尔梅思在莫斯科电台里听过这种论调。只要斯大林想要用舆论痛击美国，他们就会用这一招。退一步讲，就算他们宣称的虐待是事实，考虑到斯大林对苏联投降士兵的态度，威尔梅思也十分怀疑他们对苏联战俘的所谓“关怀”是鳄鱼的眼泪。

“你知道现在欧洲战场上，苏方有多少人在负责联络战俘吗？”他问弗拉索夫，“200人！而且他们能在任何时候，去美国后方任何他们想去的地方。可是我们在这里能做什么？”他指向自己，“我和金斯伯里中校两名军官，可都被困在卢布林！”

话音刚落，弗拉索夫就提醒他，他的逗留许可已经过期了。

威尔梅思要他把这些话写下来，然后传送给莫斯科的迪恩将军。为了等待迪恩将军的指示，威尔梅思中校这段时间里就必须留在卢布林。

威尔梅思觉得应该试着弥补一下他撕开的外交裂缝，便邀请弗拉索夫上校与他一起共进晚餐。出乎意料，弗拉索夫很快就答应了。他没有询问自己的上司就答应了邀请，这在正规的苏联红军军人中是想都不能想的，所以威尔梅思也最终可以确定，弗拉索夫隶属于内务人民委员部。

事实上，时间一天天过去，他也愈加了解波兰正在进行的社会主义化。当他看清了战俘们从战俘营、劳工营来到苏联收容中心这一路走来的历程，威尔梅思中校越来越怀疑，整个战俘营救体系都处于内务人民委员部的控制之下。

逼他离开卢布林的势力一直在施压。苏联人警告他，如果再不动身去莫斯科，一个“大麻烦”就会发生，而且在去莫斯科的路上，他也会面临危险。传给迪恩将军的消息被篡改歪曲了，内容变成一切顺利的假象，而且竟然谎称卢布林的战俘不再需要进一步的帮助，因为卢布林已经没有战俘了。威尔梅思还收到了声称是来自迪恩的假命令，要他返回莫斯科。威尔梅思就全当没看见。

同时，关于威尔梅思在卢布林该何去何从的争论也传到了上峰那里。迪恩将军不仅希望威尔梅思留在卢布林，他自己也在忙着申请许可，想亲自来一趟卢布林，看看这里发生了什么。他有秘密的情报来源，也知道现在情况不妙。[①] 和美国驻苏联大使埃夫里尔·哈里曼商量之后，他请求罗斯福总统直接和斯大林谈谈这件事。

3 月 17 日，罗斯福给斯大林发去了一份电报，质问为什么美国飞机不能到波兰境内运送物资，为什么不允许美国用飞机营救伤病的战俘，以及为什么限制现在在波兰的联络军官营救美国同胞。“根据我掌握的一些我认为真实可靠的消息，”罗斯福写道，“有一大批生病及受伤的美国人在波兰的医院。”他补充说仍有很多前战俘还在“以小队为单位四处流浪”。他要求苏联立即批准迪恩将军前往卢布林。“坦白说，”总统继续写道，“我不明白在这件事上你们为什么总是不愿意美国军官……来帮助他们自己的人民。”

5 天后的 3 月 22 日，斯大林回复了。他说罗斯福的消息是“不

① 沃德利在他的书《Even One Is Too Many》中认为，根据迪恩的行为和他所做的决定推测，比起他在回忆录中所承认的，他实际上得到的战俘情报一定还要多，还要细致，所以他一定有秘密消息来源。

准确的”，现在波兰已经没有美国的前战俘了，除了 17 名生病的战俘（包括在卢布林医院里的那 7 个），而且这些人也很快就会飞往敖德萨。斯大林还说他个人完全不反对迪恩将军或是其他美国军官访问波兰，但是他不堪重负的司令们还是不大高兴照顾并非战斗人员的外国军官，这对他们来说是一大重担，特别是目前还有很多逍遥法外的德国特工，可能会伤害或绑架美国军官。（有意思的是，特林布尔上尉曾被战略情报局的那两名联络人警告过，苏联人可能会用“德国特工”的伎俩来除掉那些烦人的美国人。）“我们的指挥官为处理前线和紧挨前线的后方事务耗尽了心血，”斯大林继续说，“我不可能在任何方面再限制他们的权力。”他趁机忽略了一个事实，即他们正谈论的波兰其实距离前线还有几十甚至上百英里。斯大林最后说，他要郑重提醒美国总统，现在在美国收容营里的苏联战俘也受到了“不合法的为难”，甚至殴打。斯大林元帅深深地牵挂他们，而这些人原本可是被他判为“犯罪的逃兵”和“叛国者”的，应该被抓回来枪毙。

听到斯大林的回音，埃夫里尔·哈里曼大使火冒三丈。“斯大林说，”他在给总统的信里写道，“照看几十名在波兰关怀战俘的美国军官，竟要花去苏联红军司令很多心思，而且他们也不愿意为此费心？荒唐至极！想想我们美国人为了给苏联红军提供运输工具和食物都做了什么！”他又悻悻地写道，“要是我们的人民得知苏联是怎样对待被解救战俘的，我不禁在想，他们将对苏联怀有多么长久而深切的仇恨。”

3 月的时光渐渐流逝，威尔梅思中校想要继续下去的意志也被消磨完了，但是他的决心还没有被动摇。他已经建立起了一个小而可靠的特工网络，一些人是住在波兰人家中的前战俘，其他人则来自波兰的地下组织，他们都在为他传递消息。所以当苏联人告诉他，再也没有更多的美国或英国战俘来卢布林时，他知道真实情况是：苏联人在通往市中心的路上安排了卫兵，好把战俘们赶到别处去。同样的事情也发生在波兰的其他城市：克拉科夫、罗兹，还有华沙。关于战俘们受到非人待遇的传闻遍及波兰全国，总之，越来越少的战俘愿意进入城区。

在对前战俘进行的多次访问中，威尔梅思了解到他们的经历都有着同样的模式，但还是有个别情况除外。通常，前线苏联军队会好好对待被解救的美国战俘，不过那只是顺便的；但是对于被抓到的德军和苏军战俘就不一样了，他们大多被就地处决。就威尔梅思所了解到的，美国和英国战俘真正开始受到虐待，是要等他们来到战线后方，处于内务人民委员部管控之下，以及被该机构在苏联红军内部安插的人手，也就是弗拉索夫上校之类的人控制之后。

只要战俘们能够被带到敖德萨，他们就安全了。最近的消息显示，目前那边的安排一切顺利。原本苏联人在那儿建造的设施简直糟糕透顶，但是美国的联络军官霍尔少校已经做了些实事来改善那儿的条件。现在，来自美国、英国、法国还有比利时的遣返小组都已就位，都在积极和苏联人周旋来处理前战俘事宜，然后把战俘们送上英国的军舰，带回祖国。（苏联人之所以愿意和这些国家在敖德萨合作，原因非常简单，但也叫人毛骨悚然：每一条靠岸的船上都装满了苏联的战俘，他们会被交换到苏联人手中。这些人的命运，一半是被监禁或死在古拉格，而很多则直接在码头附近的货仓被处决。[①]）

① 苏联战俘其实很清楚等着他们的是什么，所以在西方国家的收容营里，以及在遣返的运兵船上，战俘自杀屡见不鲜。

对威尔梅思中校来说，最困难的就是把英美战俘集结到一起，然后把他们从波兰弄到敖德萨。这个月底前不可能再有什么进展，苏联人不断提醒威尔梅思，他在波兰相当不受欢迎。威尔梅思终于放弃了。他什么也做不了，只得开始准备离开卢布林，回到波尔塔瓦。

为执行此次任务，美方一共欠了波兰红十字会36 000美元，威尔梅思把价值大约500美元尚未使用的剩余药品都留给了红十字会，而红十字会认为这些药品在黑市上卖出的价格轻易就能还清债务。

威尔梅思中校和他的队员们在3月28日乘飞机离开了卢布林。他们的任务还远没结束，威尔梅思知道还有很多前战俘没被统计到数据中，他们来自各个国家，不敢再进入城区。他们需要有人给他们帮助，为他们指引方向，给予心灵的抚慰。需要有人在那茫茫郊野里把他们带到安全的地方。

的确有个人，正孤身一人在郊外，他唯一的目标就是把美国人带回家去。不仅仅是美国人。所有游离于自由世界之外的人，他都牢牢牵挂在心。

*

1945年3月底，卢布林西北部

铭刻在他记忆最深处的，就是宾夕法尼亚铁路上，货运火车传来的悠远之声。

父与子，肩并肩，坐在杰尼阿塔河岸边的树下，或是蹚过布满乱石的溪水，把他们的钓线投入宽阔而潺湲的溪水中。罗伯特喜欢短途钓鱼旅行，那是父亲离开前的最美好的时光。在那之后，所有的美好变得污迹斑斑，沉入黝黑的深渊。

山谷里回荡着一个声音，悠长连绵，像隆隆的爆破声，像远方传来的加农炮，沿着河流滚滚而上，在林间山坡上萦绕的迷雾中回荡。声音像时钟的指针一样缓慢摆动，轰——轰——轰——持续了有一分钟，或是更长。对于一个小男孩来说，这声音听上去很是不祥，让人害怕。他的父亲笑眯眯看着他，解释说这个声音只是伊诺拉车场开来的一列长长的货运火车。

伊诺拉车场是一个大型侧线和枢纽联系网，坐落于萨斯奎哈纳河畔，对面就是哈里斯堡，紧邻着露营山。在罗伯特的孩提时代，这条铁轨就深深印在他心里。在他和父亲周末的短途旅行中，铁路永远都是这幅画面的背景。冬日，他们一起猎鹿，一次要在野外露宿好几天，住在落满了雪的松树和红色云杉之间。这个地方美得沁人心脾，像尘世的清晨一样清新，河谷和山脊把大地分割开，像一把巨大的尖钉耙划过这个国家，那时它年纪尚轻，还没被岁月摧残得冷酷而坚硬。

经常会传来轰——轰——轰——的声音，那是又一辆硕大的短途货运火车，带着 100 多节车厢，从山谷出发，前往匹兹堡，或者去向南边的巴尔的摩。

火车声此时仍回响在回忆中，当他沿着铁轨走向波兰郊野时，为他的步伐打着节拍。[①]

罗伯特回到波兰已经有一两天了，他在波尔塔瓦补充了现金和

① 几十年后，罗伯特已经想不起来这是在哪里发生的事了，除了能想起这地方靠近卢布林。根据他表述的环境和场景，很可能是在一座名为普瓦维的小城附近，位于卢布林西北 25 英里。

口粮，赶上一趟飞回里沃夫的飞机，假装还要去抢修飞机和寻找机组人员。但实际上他溜出了“捕鸟犬”能追踪到的范围，深入到了这个国家的腹地。

特工带来的消息——通过战俘消息网口口相传，通过威尔梅思帮忙联系的线人以及大使馆，还是传到了罗伯特这里，无论他此刻在哪儿——里沃夫的酒店，还是克拉科夫、卢布林，郊区的平民家中，还是任何他碰巧正执行任务的地方。

还有更多的消息，更多寻求援助的请求，他一个人应付不过来。这些请求不仅来自美国战俘，还来自其他国家的人，来自纳粹集中营中被解放又被抛弃的各色人等。这一任务的压力远比他所经历的战斗要大得多，而且正慢慢把他消耗殆尽，虽然罗伯特自己还没意识到，可他快到达临界点了，他的内心已出现斑驳裂痕。

前一天他收到情报：有一批战俘就集中在卢布林西北部。集中地点靠近铁路，所以把战俘送到车站再送上火车倒不会很难，他甚至可以沿着铁轨走到见面地点。所以他现在出发，开始执行这个看上去几乎平淡无奇的任务。但是，这一天他所看到的景象将会在余生中一直纠缠着他，让他不愿再想起，甚至不愿承认这一段记忆的存在。只有反复耐心的劝说，才能让他去谈上一谈。

那天的天气很不错，天空灿烂无云，预示着春神将再一次莅临人间。在远离市区和道路的郊外，一切都沉浸于安详和宁静中。这种感觉很是熟悉。山坡上满是光秃秃的树枝，还有披着白雪的翠绿松树，冬日里的长长的树影投在正开裂的浮冰上，浮冰星星点点，缀于缓慢流动的维斯瓦河面。这条河看上去像极了故乡的萨斯奎哈纳河，这条铁轨也像极了故乡的铁轨，蛇形蜿蜒于杰尼阿塔山谷，延伸向匹兹堡和克利夫兰。

但还是有所不同。战火上一次烧到宾夕法尼亚是远在80年前；但是在维斯瓦山谷里，战争刚刚来过，最近才重归和平。短短两个月前，这里就是前线，维斯瓦河就是纳粹国防军和苏联红军攻防的边界线。直到1月，苏联红军发动的维斯瓦-奥得河攻势才彻底改变了局面。[①] 现在在这里还能看到战斗的痕迹：装备和武器的碎片插在雪白的小山丘上，满目是炸毁的建筑物，偶尔还能看到烧焦的汽车，还有被炮火轰成碎片的树木。

在这个区域至少有三座被废弃的纳粹集中营，都是卢布林马伊达内克死亡集中营的卫星营。[②] 这条河的上游还流经另一个更为臭名昭著的奥斯威辛集中营，党卫军就在上游倾倒奥斯威辛-比克瑙集中营里死囚的骨灰，河水接着就汇入维斯瓦河。

但对于沉浸在自己思绪里的罗伯特来说，这些都还很遥远。

他踏实地迈着步子在铁轨间走过，那里的积雪是最薄的，他很熟悉枕木在靴子下硬邦邦的感觉。罗伯特·特林布尔远离家乡，但是此刻，当他一个人在郊外，他几乎觉得自己就回到了家乡。冬天松树的味道涌入鼻孔，能听到远处乌鸦的悲啼。他的思绪回到了过去，回到了过去那个青春期男孩的脑袋里，那时他还有父亲，还有童子军里最亲密的小伙伴。

在树林里露营是他最喜欢的消磨时间的方式，还有去更远的野外远足。1933年，他所在的童子军买下了一辆破破烂烂的老贝尔电话公司的卡车，童子军团长开着卡车带他们去芝加哥参观世界博览

---

① 该行动于1945年1月12日开始，1945年2月2日结束，苏军攻势将战线由波兰的维斯瓦河推进至德国境内的奥得河，即距离德国首都柏林只有70公里。

② 到1944年，共计有660座与大屠杀有关的分支营，大多数都用来安置从主灭绝营送来的劳工。

会（那一期的主题为“一个世纪的进步”）。对于罗伯特来说，最棒的部分是回程中他们在尼亚加拉瀑布的星光下入眠。当然最开心的，还是和父亲一起钓鱼，还有学习如何猎鹿。父亲对小罗伯特特别好，直到有一天他没做任何解释地离开，再也没有回来。这感觉就好像被突如其来的一拳击落了一根肋骨，这条伤痕在罗伯特的灵魂里越来越深，并在心中逐渐刻出一块冷酷而封闭的地方。

但是他仍热爱打猎和钓鱼，仍热爱那旷远的郊野。

是战争让他重新找回了快乐。1943 年秋季，他被派往得克萨斯州的沃斯堡空军基地，开始接受转换为 B–24“解放者”轰炸机机型的训练。他已经是个技术娴熟的飞行员了，这是他第一次驾驶 B–24 这一上单翼、双尾翼的巨兽，这也将成为他最终在战斗中驾驶的飞机。B–24 就是在附近的伏尔特联合飞机工厂里生产的。战时的沃斯堡训练基地能容纳几千名飞行员，当罗伯特·特林布尔少尉[①]到达这里时，当地的石油工人为他和战友们提供了住宿，机场附近还有一个大型牧场。

士兵们的妻子也过来和他们住在一起。罗伯特和埃莉诺在那儿渡过了完美的蜜月，对这两个来自露营山蓝领家庭的孩子来说，沃斯堡是他们的世外桃源。罗伯特教埃莉诺在牧场的湖边钓鱼，在树林中打猎。有一晚，他们在湖边散步。“我都能想象我们在这过一辈子。”埃莉诺说，“你呢？”

“没错，我也希望如此，”罗伯特说，“我想要的都在这里了，打猎、钓鱼，”他马上纠正道，“是你、打猎和钓鱼……”

她责备了他几句，然后他们大笑起来。在罗伯特眼里，埃莉诺

① 他当时的军衔。

还是当年那个女学生，对篮球无限痴迷。每周六，埃莉诺都会闯到他打零工卖冷饮的那艘船上。“你的舌头被猫咬住了吗？”当罗伯特满脸绯红，递给她和她闺蜜一杯冰激凌苏打时，她这样嘲笑罗伯特。埃莉诺很漂亮，但他们相爱远不只因为青少年之间的爱慕，各自父亲给予他们的伤痛把二人拉在了一起。

得克萨斯的落日染红了湖水，他挽起她的胳膊。“战争可能会永远改变我们的生活。”他只说到这里，剩下的那句话悬在空气中。他没说出口的是，战争究竟会把他们的生活变得更好还是更坏。目前看来，是战争把他们带到这片诗意的田园，但是战争也能轻易把他们推进意想不到的悲哀里。

罗伯特深深沉浸在回忆里，一开始他尚不确定是什么把他拉回到了现实。是乌鸦的鸣叫？是刺痛脸颊的冰冷空气？还是他靴子在铁轨枕木上的撞击声？反正都差不多，除了前方四分之一英里处，那一堆古怪而不可名状的东西。那堆东西沿铁轨堆得到处都是，从远处看像是打翻了的柴火堆。情形不大对头：大多数的波兰火车要烧柴火，所以他们的火车总是慢吞吞地跑不动。但是看上去不对劲——那堆木块如果是柴火，那也太长了，差不多有人的身体那么长。

罗伯特走得更近，步子慢了下来。之前几英里路上，他一直听到乌鸦鸣叫不已，此刻这些鸟正绕着他的头顶拍翅飞动。他明白那堆东西是什么了。有那么一会儿，他甚至还荒唐地认为那是在铁轨边打盹的铁路工人。

那是一堆数量惊人的尸体，大概有200来具，在铁轨旁堆成一堆，或是排成一排。他靠近这些尸体，对抗着心中的畏惧，任由脚步拖着他行走。他注意到一些尸体就躺在铁轨上，而且不仅仅是躺在上面，他终于明白过来，他们是被绑在了铁轨上。尸体在火车的轮下被切得支离破碎，身首异处，截成两段。

罗伯特小心翼翼地移动，在尸体中穿行，强忍着不吐出来。乌鸦在尸体上跳动，有的扇动翅膀没入天空，发出沙哑的叫声。除了被绑在铁轨上的尸体，大多数尸体都躺成一排，好像在等待集体枪决。罗伯特看不出来这惨案是多久前发生的，尸体都被冻僵了。他们可能在这里躺了几天，但不会很久，不然就会被雪盖住。尸体面孔的边缘都结了霜，让他们免遭腐败带来的鼓胀和褪色，看上去几乎就像活的一样，让人心里瘆得慌，好像一经打扰就会马上醒来。

大多数尸体穿着德国军装，其他则身着破布一样的残存衣物，看上去像是苏联红军军装。后者脸色憔悴，很明显是苏联战俘。这里发生的事是个谜，但还是有一些线索显现出来。他们很可能是坐火车来的，有的是交付到苏联红军手里的被捕德国战俘，还有的是被解放的苏联战俘，他们从前线下来后被赶到了一起。美国前战俘曾报告说，被逮捕的敌军士兵和被解放的战俘士兵都被关在一块儿。如果是这种情况，那么到目前为止，这些死去的苏联战俘还算是幸运的。在战争的这个阶段，苏联红军急需人力，标准流程就是让被解放的苏联战俘直接去调度指挥中心，丝毫不考虑他们的身体有多虚弱，是否还生着病，一律全副武装直接送上前线。

至于是什么原因导致了这场屠杀，就更加是个谜。东部前线的苏联军队可不是吃素的，已经有好几起他们杀害战俘同胞的事件了。就算苏联战俘逃出集中营，和民间游击队一起打击德军，他们也不能避免被苏联红军怀疑，逃脱惩罚。[①]

只是这种杀死战俘的方式——明显是有意为之，且相当残

---

① 参与波兰游击队以抵抗德国人的苏联前战俘常被这一想法折磨：自己这样的前战俘还会被自己的祖国再度接受吗？

忍——和往常不一样。当载着这些人的火车来到此处，一定是发生了一些事——可能是争吵或意外，从而触发了情绪的连锁反应，最终导致了暴行。附近有一个前纳粹死亡集中营——铁路有一条支线就经过那里——可能和这场屠杀有关。也许有人喝了酒，也许有什么事点燃了人们之间的愤怒。罗伯特细细研究了那些被冻僵的脸：这些德国人会不会其实是苏联战俘却被套上了纳粹军服？很有可能。这也说明了屠杀者有多恶劣。[①]

罗伯特蹲下来，悲痛和阵阵反胃消磨着他的力气。这是个什么世道？他想到他在奥斯威辛看到的景象；想到苏联人无情地忽视和虐待盟军被解放的战俘；想到在里沃夫酒店外，嬉笑的士兵手中被摆布的妇女；还有长眠于铁轨旁一堆石头下的小婴儿卡西娅。这哪是值得他为之战斗的世界啊？男男女女怎么能把新生命带到这样的世上来？而一个男人，又怎么能带着这样的回忆回家？更何况，还会有家吗？

当视线在这些死人的脸上拂过时，他注意到了其中一个苏联人。他还是个孩子，最多 17 岁。当初的罗伯特，那个走出露营山、还懵懵懂懂的老鹰童子军队员，也和他一样年纪，父亲的刚刚离去让他伤心欲裂，生活也支离破碎。这个可怜的男孩子，就在这样不可言宣的可怕情景里仓促地结束了生命。他的家在哪儿？他是否也曾渴望着回去，回到母亲的身边？罗伯特感觉自己与他惺惺相惜。他受不了看到他还躺在那里，还躺在凶手丢弃他的地方，还把他的身躯留在敌人的尸体中间。

罗伯特心中萌生了一股他也无法解释的冲动，他蹲下来，开始

① 在东线战区，杀死德国战俘的情况太普遍了，就像德国人杀死苏联战俘一样。但这些人一下火车就被杀了，这着实奇怪。

移动这具僵硬的尸体。他要掩埋这个男孩，让这个男孩死得有尊严一些。

他把遗体带离铁轨，来到林地里，阳光从枝丫间照进来。这项工作有点毛骨悚然，那名苏联男孩就是被绑在铁轨上的尸体中的一具，他被切成了两段。罗伯特试图挖一个浅浅的坟墓，但是泥土已经冻得梆硬，他能做的只是在积雪里划一条沟渠。他把男孩的脸用一件不穿的衬衫蒙上，用雪和岩石覆盖了遗体。他也只能做这么多了。他喃喃说出断断续续的祈祷文，然后筋疲力尽地倒在那座让人心生怜惜的坟墓旁，沉沉睡去。

*

门突然被撞开，在一声大喊中，罗伯特猝然惊醒。房子里安静得可怕，他揪紧了心，听着动静。

什么声音都没有，甚至没有他母亲的哭泣。她再也不会哭了，悲伤已经石化，凝成一颗冷酷的心，生活对于她来说就像一场战斗。现在家里没有男人了，她命令罗伯特利用放学后和周末的时间去赚一份薪水。

罗伯特也经历了同样的感情历程。他很费解父亲为什么会抛家弃子，这位曾教育他、爱过他的男人竟突然就这么彻底离去。罗伯特曾经很崇拜父亲，将他视为偶像，但是弗雷德·特林布尔想过上更好的生活。在大萧条时代后期，他和一直传有绯闻的秘书双双去了加利福尼亚。他再也没有回头，也不再有音信。

一开始罗伯特伤心欲绝，仿佛父亲不再在这个世界上了。但他很快就要成年了，他要马上停止哭泣，可那种愤怒留了下来，他将一辈子保留这愤怒和深深的创痕。

他在宾夕法尼亚铁路找了份工作。过去到露营山打猎钓鱼时，那旅途中一直充当背景音的货运火车和它们的隆隆声，如今都成了他日常生活的一部分。在他心底，逐渐萌发了想要飞行的愿望。他开始为飞机着迷，渴望能坐在飞机里飞到天上去。也许那是一种他意识不到的动力，让他想要摆脱伤痛和责任对他的束缚。战争马上就要打响，他的机会来了：1941 年 7 月，他自愿报名参加皇家加拿大空军。这一尝试失败后，他加入了美国陆军，开始朝着空军的方向努力。一开始，部队不愿意让他参加飞行员训练，因为他没上过大学，但他的渴望是如此强烈，渐渐把他们说服了。

但是从头到尾，铁路都在他的血管中穿行。他永远都逃不出火车的引力范围，无论何时，只要他在杰尼阿塔钓鱼，它们的响声就仍会从远处传来，轰——轰——轰——

*

他惊醒过来，发现自己陷在那座简易坟墓旁的雪地里。他睡了多久？他有气无力地看了一圈周围。就几分钟，不可能再多了，那束阳光才移动了一点点。

罗伯特望着铁轨旁边一片黑漆漆的尸体，为这个男孩念了一遍祈祷文；他又轻声说了一遍，这次是为所有的死难者、为所有还在各地受苦的人们祈福。

在宁静的沉思中，他明白是什么叫醒了自己：是远方熟悉的火车声。那火车越来越近了，他专心地听着。

可能只是一列民用火车，但更可能是一列军用火车，或者供给火车，甚至也有可能载着从前线来的战俘。罗伯特当然猜得到，要是苏联人知道他目睹了他们暴行的证据，他该是什么下场。

他跳起来，抓起装着口粮和医药箱的包裹跑下山坡，一头扎进了树林中。

从铁轨上再也看不到他了，他转回原来行进的方向。他要去那个战俘集中地，人们需要他——那些困在远离家乡之处的人。罗伯特现在是他们唯一的希望。他不会让他们失望的，无论这次旅途将付出什么代价。因为他自己的归途也和他们的连在一起。

第十五章　伊莎贝尔

1945 年 3 月底，波兰，里沃夫

一个年轻女人正沿着穿过里沃夫西北郊的一条大路走来。当进入城市的时候，她低垂眉眼，看着路上的鹅卵石，避免触及市民和苏联士兵的目光。城里到处都站着士兵，或在街角游荡，或是把守着大楼的入口。

女人走近有轨电车的轨道，那里的积雪和冰块已经被清理一空。她越过轨道，好像旁人根本看不见她。在劳工营的岁月让她已掌握了一项重要技能，就是让自己变得毫无存在感。但是在里沃夫城里，就这么暴露在大街上，实在难以隐藏。她还不习惯城市的环境，不习惯那些威严高耸的排屋和旧时加利西亚地区[①]挥之不去的富丽，还有，那熙熙攘攘的人群。集中营里也很拥挤，但和这儿还是不一样。从现在开始，她已经逐渐适应脱离她的难民小队，一个人走。

她的衣服穿到线头都露了出来，完全不足以抵御这样冰冷刺骨

① 译者注：加利西亚是波兰东南的一片地区，历史上长期是俄国和奥匈帝国的争夺目标。18 世纪时，时名伦贝格的里沃夫是奥地利加利西亚及洛多梅里亚王国的首府。

的天气。不过街上有很多人看起来和她也没什么两样。里沃夫当地人和士兵都裹得严严实实，但周围还有很多人，看起来都是形形色色的难民。

如果你和这个年轻女人一样，也知道里沃夫近期的历史的话，就会感到这个地方确实让人汗毛倒竖。在这座城市逐渐退去的优雅之下，死亡和癫狂正在扎根，随处可见此类的痕迹，被炮火和弹片打成碎块的石头雕像是最微不足道的了。年轻女人穿过诺夫斯卡集中营，在这里，纳粹处决了从里沃夫贫民窟带来的犹太人。现在这集中营被苏联人征用做关押德军战俘的集中营。她匆匆走过，视线避开大门外的卫兵。来到市中心，她经过布莱基迪监狱。这地方看着怪怪的，外观是一排矮胖的大楼，墙面被火烧得焦黑，仍有危险物品从墙里渗出来。在“巴尔巴罗萨行动”开始之前的 1941 年，东波兰还是苏联的领土，布莱基迪曾是内务人民委员部的监狱。德国人在 1941 年 6 月发动进攻之际[①]，算上布莱基迪还有里沃夫的其他苏联监狱在内，全里沃夫共有上千名政治犯，大部分都是乌克兰人。当德国军队穿越波兰朝他们推进，内务人民委员部惊慌失措，进行了一次骇人听闻的屠杀，把这些囚犯集体处决了。屠杀进行了整整一周，然后他们放火烧掉了整座监狱。[②]

德国人进城的时候，发现现场到处散落着尸体，党卫军对此的回应是干脆继续屠杀，城中的犹太人很快就成了大屠杀的替罪羊。

---

① 译者注：指巴尔巴罗萨行动。

② 关于被内务人民委员部杀害的罪犯的数量，各个资料记载不一。帕里什在他的书《Lesser Terror》中说共有 12 000 名受害者，这数据可能包括了恐怖时期全城被屠杀的乌克兰人。更多资料显示是 3 000 人。由于该城市的历史复杂性，在德国人、波兰人、乌克兰人和犹太人之间有强烈的种族敌意，所以这也成了党卫军和内务人民委员部开展暴行的由头。

有传闻说，犹太人在大屠杀中也为虎作伥，但事实上他们都是受害者。当地的乌克兰人还有党卫军开始在城市里遍寻犹太人，那些没有被当场杀掉的犹太人也被赶到了布莱基迪。在那里，大屠杀受害者的尸体被埋在监狱院子里的一个大坑中，德军强迫犹太人做填土的工作。德国士兵们都戴着防毒面具，避免闻见腐烂尸体的异味，并间歇性地对那些犹太人开枪，被击毙者的尸体也被扔到那个坑里。管事的德国军官摘下他的防毒面具，对那些正填着土、奄奄一息的犹太人咆哮道："这个世界之所以流血，都是因为你们！看看你们干了什么！"

距那些事的发生已过了将近 4 年，但犹能感觉到这座城市里阴魂不散的恐怖气息。

女人的眼睛一直看向冰冷的鹅卵石，她跟着她记得的方向走，走过布莱基迪后，她向右转，踏上通往密茨凯维奇广场的大道。在路的尽头，她停下来，远望乔治饭店巍峨的建筑。就是这里了。她听传闻说，在这里能找到自由。饭店里有一个人，听说是个美国人，他可以帮助那些流离失所、陷入绝境的人回家。

年轻女人的心跳得更快了。她挪动脚步，迈入那扇让她心生畏惧的大门。她知道，可能还没等自己跨过门槛，自己就会被逮住然后扔出去，也很可能被扭送到苏联人手里，但是她别无选择。她答应过她的朋友们、同志们，还有和她一样的女同胞们，她要试上一试。

*

乔治饭店的大堂相当豪华，但也不失舒适。从上了釉的大门向里看去，高高的吊顶天花板和地上的白色大理石瓷砖在闪闪发光。

大堂两侧各有两个沙发，还摆放着小桌椅。其中一个沙发上坐着一名美国军官，正专心致志看报纸，面前的一杯咖啡已经凉了。

他在野外艰难度过了好几天，很想躺在床上睡个好觉。过去几个月里，酒店的工作人员和常来的苏联军官已经对罗伯特·特林布尔上尉的面孔很熟悉了。他说自己是在进行飞机的营救工作，除了内务人民委员部外，没人有理由怀疑他。特林布尔上尉经常会一次性离开几天几夜（没人知道他确切的去向，虽然也有人试图去调查），但总是没过多久他就又会回到乔治饭店。

有时候人们会看见他带一些别的人回来——通常是美国人，有时候是英国人，大部分都是穿得破破烂烂的前战俘。可更多时候他是一个人回来，然后胆大的战俘们过来找他，因为他们听说他有权发放离开这个国家的火车票。还有人觉得他几乎有魔力，不过那也只是他们的一厢情愿而已。在这块土地上，希望是稀缺品，必须要用双手紧紧抓住才行。

罗伯特喝着咖啡，一边翻看他不在时送过来的情报。最重要的内容就是那一堆现场特工带回来的消息；但也有关于迫降的美国飞机和机组人员的情报，那也是他工作的一部分，是他冠冕堂皇留在波兰的理由。

内务人民委员部这时就在他身边，他们对任何在波兰执行公务的外国人都是这样。罗伯特察觉到至少有一个“捕鸟犬”就坐在附近的桌子旁。现在，他已经几乎可以嗅到“捕鸟犬”的气息了，甚至根本不需要看到他们。“捕鸟犬”通常不怎么刻意保持神秘，在外面街上要甩掉陪同的官员易如反掌，而更危险的却是那些穿便衣的线人。

罗伯特的视线从报纸上升起，一个年轻女人站在他的面前。她无声无息地靠近，他几乎没注意到她。女人的衣服破烂不堪、肮脏污秽，饥饿让她的脸颊枯瘦下陷。女人的目光扫过罗伯特的军装和勋章。“您是美国人吗？[①]”她犹豫着问道。

罗伯特还没开口，一直在桌子旁监视的苏联军官就走了过来，用俄语凶狠地吼了她几句。这句魔咒真是熟悉啊，罗伯特完全听懂了。“你在这儿干什么？”苏联人厉声喝道，“你的身份证件呢？”

年轻女人盯着这名军官，不明白他在说什么，吓得一句话也说不出来。

苏联人见她犹犹豫豫，知道这女人一定有问题，一把抓住她的胳膊，厉声命令她，试图把她拖走。女人不断挣扎大喊。

罗伯特不知道这是怎么一回事，但是眼见有位年轻姑娘被内务人民委员部的暴徒欺凌，他可不想干坐着看热闹。他马上站起，把手搭在苏联军官的胳膊上。“放开她，她有话要和我说。”

苏联人看着罗伯特。“她没有身份证件，”这次是用英语说的，“她被捕了，我们必须审问她！”

“我代表美国政府，”罗伯特说着，把手伸进口袋拿出他的护照，“也代表莫斯科的美国驻苏联大使馆，我有资格向这位女士问话。”

苏联人不情愿地松开了女人的手臂。他仔仔细细、一脸狐疑地检查了护照，然后把它还给罗伯特，态度也随之软了下来。罗伯特早就知道（在里沃夫的马特斯上士和卢布林的威尔梅思中校也知道），只要一提到政府啊，外交特权啊，还有神奇咒语“莫斯科”，就几乎都能有这种功效。苏联军官，特别是内务人民委员部里级别较低的军官，在官僚职业系统里都患上了神经质，非常恐惧各种高

① 译者注：以下对话中的楷体字原文均为法语。

于他们的权力，尤其是任何从莫斯科来的东西。

苏联军官眼冒凶光，瞪了一眼这年轻女人，退下了，甩下一句威胁说他将核实罗伯特所说的情况，如果他在撒谎，他们绝不会轻饶。

罗伯特邀请年轻女人和他一起坐下。旁边那张桌边的“捕鸟犬”正缓缓移近椅子，以确保自己能偷听到他们的谈话内容。

年轻女人对罗伯特说了一些法语，他一个字也听不懂。

“您不说法语吗？”她问。

“真是抱歉，”他说，“我不会说法语，但愿我能说一点。你叫，呃……”

“伊莎贝尔，”她说，“我叫伊莎贝尔。您是美国人吗？”

“护照上是这么说的，”罗伯特说着，把护照放进自己的口袋，“你还好吗？”

她摇了摇头。“这儿离家太远了……啊，我是说，离法国太远了，我。”

罗伯特微笑道：“我知道了，所以我猜你不是来这儿度假的。”

“谢谢您，挺身而出替我在苏联人那儿解围，”她努力想找些英语词汇，“我想在这个酒店里找一个美国人，您就是那个美国人吗？”罗伯特刚想打断她，她却脱口而出，“您能帮我回到法国吗？我迷路了，我是逃出来的，您能帮我吗？”

另一桌的“捕鸟犬”把身子靠得太近，以至于几乎要从椅子上掉下来了。罗伯特用力摇了摇头：“抱歉小姐，我帮不了你。”与此同时，他在纸上撕下一个条子，在上面草草写了几句话。

他站起来，明确表示对话到此为止。“我觉得你肯定认错人了，我现在还有点别的事，请你原谅。”他双手抓起她的手用力晃动，“祝你好运，日安。”然后他坐下来，继续看报纸，不再看她。

伊莎贝尔在那儿站了一会儿，满眼都是惊异和失落。罗伯特用眼角瞄她，看到她渐渐后退，然后突然转过身推开了大门。门在她的身后重重关上。意识到周围人好奇的目光正向自己投来，罗伯特发出了一声叹息，他感觉到在他的身后，那个“捕鸟犬”也满怀失望地坐下了。

*

乔治饭店外的大街上，伊莎贝尔真想坐在路边大哭一场。她一路苟且偷生，受了那么多苦，却连这一丁点儿的希望也要被人粉碎。她是不是找错人了？但肯定错不了，他还把那苏联人打发走了，他一定是传言中说的那个美国人。

伊莎贝尔不知道还能不能再见到故乡。3 年前，她还是个自由自在的姑娘，或者说享受着纳粹占领国家里最充分的自由，她一直埋头不闻窗外事。

随后就有了劳动征兵。一开始，德国人试图诱惑年轻的法国人，承诺会付钱给他们，但是只有极少数人愿意到几百英里外的异国去为他们的占领国工作。所以纳粹干脆采取了他们一贯的措施：强制。1942 年 9 月，纳粹在法国的傀儡维希政府[①]通过了《义务劳动服务法》，强迫人民劳动。所有 18 岁至 50 岁之间的男性和 21 岁至 35 岁之间的女性都在符合条件之列，将被征用从事“所有政府认为有

① 译者注：二战期间，纳粹德国占领下的法国傀儡政府，沦为纳粹在法国的帮凶，时任总理是亨利 · 贝当。

用的劳动，以实现国家的最大利益”[1]。不用说，这里所说的“国家”就是指德意志第三帝国，而不是法国。任何没有服从该法令进行登记的人都会面临 5 年的监禁。很多人叛逃了，当强制征兵的范围逐渐扩大，更多的年轻法国人藏起来，加入了秘密抵抗运动。[2]

时间来到 1943 年 2 月，超过 160 000 名法国平民被卷进了这项法令，伊莎贝尔就是他们中的一员。他们被送上火车带到德国，在那里，他们加入了熙熙攘攘一大群来自其他国家的劳工之中，这些人大多数是波兰人、乌克兰人还有苏联人。大部分劳工在德国的工厂里工作，但伊莎贝尔和其他几千人一起被下放到了德国和波兰的农场里。

他们并不是严格意义上的劳工，他们有薪水。在一定程度上，薪水根据种族发放。法国人的薪水（理论上如此，但是实际上不是这样）和德国工人一样多，苏联人赚得最少。但在其他方面，他们就和奴隶没什么不同。劳工们被赶到劳工营里，营区情况和第三帝国所有的监狱一个样。在 1944 年之前，第三帝国的工厂、矿场还有农场有超过 5 000 000 名外国劳工，他们和战俘们关在一起。随着战事拖长，集中营的囚犯们也加入进来，那些囚犯才是真正的奴隶，过得最惨。被强制征用的劳工大约占了德国整个劳动力的四分之一。

和很多时候一样，女人比男人要更难熬。女工会被他们的工头和指挥官强奸。伊莎贝尔也是受害者中的一位。对于纳粹当局来说，只有当受害的女人是个东部的人——波兰人或者苏联人时，强奸才

① 译者注：原文为法语。

② 译者注：1940 年 6 月 18 日，法国的戴高乐将军在伦敦发表《告法国人民书》，支持并呼吁人民在他的领导下继续对抗纳粹，宣告了“自由法国”运动的诞生。

算是个大事。不论女方是出于自愿、为了贿赂工头，还是被强奸，对于和东部劳工有性关系的德方人员来说，下场都是被送到劳改营接受惩罚，而那个女人则会被送到集中营里。在强制劳动的早期，劳工营里还有专供男性使用的妓院。为了防止发生种族通婚，妓女都要从“正确”种族的女性劳工中筛选。

这真是个白日噩梦，然而最糟的还远没有到来。

随着战争的时日延长，第三帝国版图逐渐缩水，食物变得非常紧缺。饥肠辘辘的劳工们开始逃亡，他们也会通过抢劫来填饱肚子，被抓住的劳工被一次性十几个、几十个地处以死刑。在这个节骨眼上，当伊莎贝尔在乔治饭店外心碎的时候，全德国起来反抗的强制劳工——遍布多特蒙德、杜塞尔多夫、明斯特等德国各大城市——都在被大规模处决，其他劳工也在杀红了眼的德军手下死去。在战争的最后几个月里，情形更加一发不可收拾，屠杀在城镇、山村比比皆是。这是一场更大规模的集体癫狂，比纳粹帝国程式化的谋杀还要野蛮。随处可见盖世太保和党卫军屠杀他们的囚犯，有时是为了惩罚，有时却是为了把恐惧灌入他们的心底，但更多情况下只是出于反社会的仇视和一时脑热。

伊莎贝尔知道这些人会做出什么事来。在东部前线，当苏联红军靠近的时候，党卫军部队屠杀了想要逃脱强制撤退的外国劳工。离伊莎贝尔被关的地方不远，一群她的同胞也因为试图逃跑而被杀害。西里西亚的奥波莱[①]位于克拉科夫和弗罗茨瓦夫之间，那里的法国劳工们藏在地窖里，结果被德国人用喷火器赶了出来。他们被赶到一个农场场院里，然后被集体枪杀。他们只是众多受害者中的

① 原属德国，现属波兰。

九牛一毛。大多数人被迫和战俘还有集中营的囚犯一起向西行军，但是仍有成百上千的人逃离了围捕，找地方藏了起来。

伊莎贝尔就是其中的一员。有一晚，行军队伍为了躲避苏联先锋部队突然出发，她和一小群朋友在那时成功逃离了队伍。女人们往东走，藏身于波兰的乡野，离他们被奴役的地方不远。像大多数其他被解放的囚犯一样，她们害怕苏联军队，避免和他们碰头。伊莎贝尔所在的那一小群法国女人和其他小队取得了联系，很快就形成了一个清一色女人的联系网，她们分布于里沃夫的乡间，藏身于之前的集中营营房，或是废弃的农场建筑里。

有一个疑问一直困扰着姑娘们，但是没有答案：*她们怎么才能从这里离开，回到法国？*她们被困住了。然后就听到了关于美国军官的传言，传说这名美国人会帮助她们去敖德萨。但是姑娘们说，要找到他可不容易，更不要说联络他了。有时候他在一个城市，有时候又去了另外的城市，而且他只对战俘，特别是美国战俘感兴趣，他会愿意帮助法国的平民劳工吗？

值得试一试。伊莎贝尔能说一点英语，于是被推举出来寻找这名美国人。她们只知道他会在里沃夫待上一阵子，所以伊莎贝尔就要去那里找他。怀着被苏联人逮起来送到收容中心去的恐惧，她步行到了里沃夫。

现在，这微小的希望也落空了。伊莎贝尔站在酒店外的人行道上，想象自己要怎么回去，她该如何告诉其他的姑娘，那名美国人不愿对她们施以援手。

伊莎贝尔准备离开，却感觉到紧握的拳头里有一小团纸片。她想起来，这个美国人把她的手包在自己手里，衷心地握了握。她打开那团纸，翻过来，上面写了一串号码——是酒店房间的号码，大概就是他所住的房间。但是他为什么要这样做呢？她一下子浑身发冷，这种感觉似曾相识。为了得到他的帮助，自己是不是也要付出一点代价？霎时，她感到怒气翻涌。伊莎贝尔问自己，这世界上到底还有没有一个男人能不要代价地为女人做点事情？难道这些男人不占点便宜就不愿意为旁人做好事了吗？

*

夜色渐浓，罗伯特回到了他的房间，准备就寝。他在后半辈子里都记得，当他从荒郊野外完成任务回来时，乔治饭店的床有多么的像美妙天堂。他为那些还一直住在野外的可怜人感到难过。他们还等待着逃跑的机会，还等着有人来帮助他们。

他想到了那个年轻的法国女人，希望她能用上他塞给她的房间号（或者说，他希望自己成功把纸条塞给了她，他其实也不太确定）。天黑之后孤身一人走在大街上，对任何人来说都是不安全的，更别提一个年轻女孩了。罗伯特回想起他在这酒店的第一个夜晚，那个被折磨致死的女人，仍让他害怕得起鸡皮疙瘩。就算是个身上携带武器的男人，违反宵禁也能让你惨遭枪杀，因为苏联人认为德国间谍会在夜色中像蟑螂一样神出鬼没。① 在夜晚听到枪声一点也不奇怪，而第二天早上在街上看到尸体也是家常便饭。②

罗伯特正准备要脱衣服，忽然响起了一阵轻柔的敲门声。他打

① 威尔梅思中校认为苏联发出关于宵禁和德国间谍的警告纯粹是为了恐吓美国人，但是特林布尔的经历却驳斥了这一说法，苏联人对德国间谍真的有臆想症。

② 陆军航空队的 L.E. 摩尔少尉在途经里沃夫前往波尔塔瓦时，发现所住宾馆外的大街上有尸体，苏联人告诉他那人就是德国间谍。

开门，心中的石头落了地，他知道是那个衣衫褴褛的年轻法国女人，握手时的小把戏成功了！

“进来吧！”他和气地说，把门敞开。

伊莎贝尔进来了，身上带着那股货真价实的农场臭气。作为一个来寻求帮助的女人，她看上去并不友善。当罗伯特关门的时候，她站在那里，冷冷地瞪着他。

他向她走近一步，伊莎贝尔举起一只手。“等一下，”她语气傲慢，“我想洗个澡。”

“好吧。”罗伯特回答，“这容易得很。”之前他把战俘们带到饭店里后，通常洗澡和吃饭是他们第一件想做的事，但一般来说，他们并不会如此冷冰冰地提出要求，“你想要什么都有，我这里有毛巾和肥皂。浴室在楼下的大堂，我必须和你一起去……”

“不要！”伊莎贝尔说着，从他的手里拽走毛巾和肥皂，“求你了，让我先洗个澡吧，在你碰我之前。”

罗伯特惊讶地看了她一会儿，大脑有些短路，然后他明白了。“哈哈！”他说，“绝不是你想的那样！你是不是把我当成那种人了？”

他错愕地看着她，那张敌意之下还有些许害怕的脸。他听过那些故事，也和其他人一样知道在集中营里发生过什么。“你现在安全了，没什么好害怕的。听着，浴室在大堂里，我必须和你一起去，这样才能确保没人会在你进入门厅时为难你。跟我来吧。”

罗伯特先她而去。伊莎贝尔还是将信将疑，跟着他来到了公共浴室。“就在这里面，”他说，“把门锁上，我会在外面等你。我怎么称呼你？”

“伊莎贝尔，”她提示他，语气变得柔和了，“叫我伊莎贝尔。”

伊莎贝尔洗完澡，罗伯特带了一些食物下楼，她狼吞虎咽地大吃起来。吃饭间隙，伊莎贝尔对罗伯特零星讲述了她的经历：法国的强制征募、来到波兰的旅途、被迫劳作等等。这几年，恐惧的氛围和虐待欺凌在集中营里愈演愈烈，就在过去的一年里，伊莎贝尔被管理集中营的监工强奸过不止一次。她讲述了她是怎样和同胞们从向西行进的队伍里跑出来的，结果却还是发现她们被困在了苏联人控制的地方。

罗伯特再一次告诉她，她现在安全了。“我会带你到车站，把你送上去敖德萨的火车，你很快就能回家了。”

她看着他，细细揣摩着他的脸。“我听说美国人解放了法国，”她说，“但是你，为什么你要做这些事，不求回报？”想到她所经历过的一切，一个男人愿意帮助一个女人而不期望回报，这真的令人费解。伊莎贝尔为她对罗伯特的怀疑表示了歉意，但她还是不明白。

罗伯特也不明白。很多年后，当他再回望这段往事，他才恍然大悟：他见证过太多的死亡，而他所做的事就好像是对死亡的回击。似乎他可以通过帮助战俘、多做好事来力挽狂澜，打击正欲吞没这个世界的暴力、残忍和麻木。他不能和伊莎贝尔说这些——甚至也不能说给自己听。他只知道，此刻帮助他人也是在帮助自己远离那些噩梦。

“不管怎样！”他说，“我们会在早上到达车站，我会把你送上火车。你会在敖德萨过上一两天，然后就会有一辆英国的轮船把你带回家，然后——”①

“啊，不！”伊莎贝尔打断了他，她的语气几乎带着恐慌，“不！

① 将被解放战俘带离敖德萨的是英国运兵船。1945 年 3 月 7 日到 6 月 22 日之间，共计有 19 艘此类运兵船从敖德萨港口离港。

我所有的朋友，她们得跟我一起走。[①]”她停下来，鼓起勇气说，“抱歉，我的朋友……我不能没有她们，她们必须也一起走，和我一起走。”

“当然。”罗伯特毫不担心。难民几乎没有单独一人行动的，他们经常两两到来，或者一组一组来。“你们在哪里？有多少人？”他开始在脑海里计算票价，构思起一个避人耳目把她们送上火车的计划。

“400 人。”伊莎贝尔小心翼翼地说道。

罗伯特眨着眼睛。“4……呃……我想你是想说 40？”一次性 40 个人已经很多了，但是他还处理过更多的数量，他又开始了他的心算。

桌上有一支铅笔，伊莎贝尔拿起来，在一张纸上写下：400。

“我会数数，”她说，“我们有 400 个人。”

这数字一下子涌到罗伯特眼前。不可能让那么多人一次性走掉，天底下根本没这种事，但凡有理智的人试都不会试。400 个法国女人穿过里沃夫？在火车站一英里外她们就会被逮捕。必须把她们分成一个个小组，但是那要花上几天。他试图解开这个难题。大概 10 组，每组 40 人，但是一天只有一趟火车，同时他还有其他任务，还有其他人要帮助。也许该分成 8 组，每组 50 人？还是 5 组，每组 80 人……但是不行，还是不可行，何况一路上还会有新的战俘向他求助。

他看着伊莎贝尔焦急的眼神，说道：“哦，不用担心。我们会想到办法的。你有任何身份证件吗？就是身份证明？”

---

① 译者注：原文为法语。

她摇了摇头。

“好吧，我想我们最好先睡觉。”他遗憾地看了看床单和柔软的枕头。过去几天，他在野外执行任务的时候，它们可是一直在召唤他。“最好你来睡这张床。”他叹气道。

那个夜里，他穿着睡袍，躺在硬地板上一夜未眠，竭力想要想出一个办法。他不能带着400个女人进入里沃夫，也不能把她们都分成小组，必须有其他的法子。

突然间，办法有了。既然不能把她们带到里沃夫去——那么这就是答案了，关节就在这里：他不用把她们带进城里。这个主意很是荒唐，甚至险象环生，但总归是个办法。他现在需要的是一整列火车。

第十六章　声东击西

伊莎贝尔兴高采烈地走出里沃夫城，一改来时的低落。

早上，整栋乔治酒店才刚从睡梦中醒来，罗伯特下楼打包了点早餐。一边吃早餐，罗伯特一边向伊莎贝尔讲解他的计划。他解释说，既然没办法带这些姑娘们去坐火车，那么就让火车去找她们。姑娘们需要做的就是在正确的时间到达正确的地点。这计划设想起来很简单，但要想付诸行动却难于登天，得花上好几天来安排。

伊莎贝尔吃饱喝足，也把这计划弄明白了。她走下饭店后面的楼梯，从侧门悄悄溜了出去，沿着昨天来时的路往回走。她口袋里装了一些罗伯特给的现金，可以买点好衣服，让自己看上去不那么像难民。在一切尘埃落定之前，她还要再回一次里沃夫，所以绝不能有被苏联人抓到的风险。

出了城，伊莎贝尔离开大路，要步行很久才能回到她和朋友们一起藏身的避难所。她们会信任这位友善的美国人吗？伊莎贝尔觉得她的朋友们会。但是这位美国人是否真能靠得住、能让她们重获自由，就又要另说了。这一路上危机四伏，处处都是陷阱。

罗伯特到达火车站，那里几乎空无一人。时间早得很，还没什么进出里沃夫的客车。他的脚步声回荡在空旷的售票大厅。和乔治饭店还有里沃夫的许多其他建筑一样，火车站是奥匈帝国时期的遗物，那时这座城市还叫伦贝格，还是加利西亚及洛多梅里亚王国[①]的首府。车站里的装饰有如宫殿一般造作：外立面是硕大的穹顶，包裹着厚重的灰泥涂料；建筑内部长柱林立，仰头能看见吊顶的灰泥天花板。

在车站售票员眼里，罗伯特已经是个熟脸了。今早在那扇玻璃屏风后面的是约瑟夫。“早上好！上尉！[②]”待罗伯特走进来，约瑟夫向他打招呼。

“你也早上好啊。”罗伯特庆幸今天是约瑟夫值班，他英语说得很好。他们聊了一会儿，为防有内务人民委员部的人监视他们，罗伯特买了一张票。借着付钱的动作，他将额外的一沓纸币塞到窗口玻璃下，小声对约瑟夫道：“我想和你谈些事。我们中午在‘匈牙利房间’见面。我为你准备了一顿丰盛的午餐，还有一瓶最好的酒。”

“匈牙利房间”是乔治饭店旁的一家餐厅，环境相当不错，虽然算不上高档。约瑟夫犹豫了一下，有些诧异，但还是点点头，把纸币拢在手心里。

罗伯特离开车站，环视周围。附近有一些士兵，罗伯特经过的时候那些士兵好像对他并不感兴趣，附近也没有看着像在尾随他的人。想分辨谁是便衣很难：要发现内务人民委员部的官方“捕鸟犬”，也就是军队的军官，那就像在教堂里发现个妓女一样容易；但是你

---

① 译者注：1772 年成立，前后分别是奥地利帝国和奥匈帝国的下属王国，王国领土包括了今天的波兰南部和乌克兰西部，奥地利皇帝兼任该国的国王。

② 译者注：原文为波兰语。

却拿不准那些混在当地人群中的线人。从伊莎·洛瑞这种热心肠的中产女士，到难民一样的家伙们，他们可以是任何人。虽然罗伯特加入这场游戏的时间还不长，但他已经学会了如何察觉自己已被监视。有可能是真有人在监视他，也有可能是他从苏联人那儿传染了妄想症。不管怎样，他现在觉得自己很不安全。

快到中午了，罗伯特在“匈牙利房间”里坐下来等约瑟夫，信心在一点点耗尽。其他桌的每一名顾客看上去都像是间谍。他担心约瑟夫在来的路上可能会被跟踪，也有可能他根本不会出现，这样的担忧越来越强烈。如果苏联人恐吓售票员，对他严加审问，或者更可怕的是，他们把他也变成了一个线人，那可怎么办？内务人民委员部还会去威胁线人们的家庭成员，所以经常能发现有波兰人死在大街上。

看到那张熟悉的脸出现在餐厅门口，罗伯特减轻了些许焦虑。约瑟夫进来，坐在桌子旁边，满怀感激地享用起罗伯特为他准备的食物和那瓶红酒。

接下来的环节就有点棘手了。罗伯特试探性地向约瑟夫概括了一下自己的情形，而没有透露过多细节。他需要一辆能容纳 400 人的开往敖德萨的火车，至于如何做到，他脑子里已经有了个主意。

约瑟夫一言不发地听罗伯特说他的这个设想，眉头皱得更紧。罗伯特说完之后，售票员摇了摇头。这件事他自己是做不了的，必定会牵扯到他的上司还有其他的铁路员工——火车司机和制动员。罗伯特完全理解。他向约瑟夫解释说，战前自己在美国就曾是铁路制动员，他知道这一系统是怎么运作的，他知道要怎么完成这整套惊险动作。约瑟夫保证会和他的上司还有在火车上工作的朋友说这件事，他们和他一样都是土生土长的波兰人，自从上一次内务人民委员部管理这座城市[①]起，他们就一直住在这儿，他们也不喜欢苏联政府。

安排这件事要花上好几天，约瑟夫说。没问题，罗伯特告诉约瑟夫，他自己也要花上好几天去召集那些法国姑娘们。而且与此同时，他还有其他的事要做，还有其他的流浪者需要他的帮助。

*

第二天清晨，罗伯特又去了一趟火车站，他得为他正负责送去敖德萨的人买几张车票，所以借这个机会来找约瑟夫确认情况。他心里惶惶不安，有种被人监视的感觉，但是他没发现有人在跟踪他。这一定只是臆想。

售票员已经询问了上司的意思，他们都乐意帮这个忙，但是他们坚持要美国人先付车票钱，这样他们才能进行一些必要的安排。

罗伯特说这没什么问题，但是他不能光天化日之下拿出一沓现金递给他们，他过会儿就回来。和约瑟夫进一步商量了几句后，他走开了。在穿过火车广场去男厕所的一路上，罗伯特还有那种被监视的奇怪感觉。尽管他注意到有几个人分散在广场上，还有一些在毗邻的房间里，但他还是确定不了是哪双眼睛在密切跟踪他。

罗伯特把自己锁在男厕所的隔间里，开始解去一层层衣服，把手伸进特制的内衣里，就是那件让他深恶痛绝、穿着极不舒服的装钱的背心。最近几天，随着现金逐渐花掉，这件背心倒也没那么让人难受了。他拿出一沓美元开始数。纸币是全新的，数每一张都得

① 译者注：指的是 1914 年波兰被德国占领之前，由苏德联合控制的时期。

把它从这沓钱上剥离开来。他数出了一大笔钱，然后把钱塞进裤袋，从夹克的另外一个隔层里拿出一沓卢布。这沓卢布他在酒店已经数过了，知道足够买票用。他把卢布折成一小块，放在他的派克大衣口袋里。

那真是一大笔钱。但对于美国政府来说，这到底是多少钱，取决于你用哪种汇率。在苏联领土上，金钱的现状真的混乱至极。根据苏联人控制的官方汇率，也就是他们的银行还有美国军事代表团都必须承认的汇率，这一堆车票将价值超过 1 000 美元。但是如果你按照当地黑市的汇率，买票时就不那么心疼了。在波兰，美元就像黄金一样。根据黑市汇率，400 张票总共只值 40 美元。

罗伯特分出剩下几张纸币，也放到大衣口袋里。除了这 400 张火车票以外，他总共还能买 20 张额外的车票。他担心万一还有更多女人加入伊莎贝尔的队伍，最好还是早做准备，要是让任何一个女孩子被丢下，那可真是太不像话了。

过了几分钟，罗伯特走出男厕所，把大衣搭在手臂上。约瑟夫就在广场的一条长凳上坐着。罗伯特坐到他旁边聊了会儿天，聊起各自的家庭，随后又拿出钱包，相互传看家人的照片。最后，罗伯特站起来和约瑟夫道别，走出了车站大楼。他朝大街走去，假装把他的大衣忘在了长凳的靠背上。在室外刺骨的寒风中，他只穿了一件飞行夹克，却仍装作浑然不觉。

但是他没有注意到，有几个身影，在他离开后几分钟里，也离开了车站大楼，跟着他走上了通向市中心的这条大道。

火车站广场上，约瑟夫挽起罗伯特的大衣，匆忙赶到售票厅。在售票厅里，确认没有人在玻璃外监视他后，约瑟夫翻遍了大衣的口袋，拿出一大笔钱，然后把它们扔进了保险箱。

他重重把门带上，长松一口气，继续工作了。

*

罗伯特推开小饭馆的门，发现伊莎贝尔已经在那儿等他了。看到伊莎贝尔不是一个人来的，他的心抽紧了一下。一次性带那么多人来里沃夫，冒这样的险真是傻透了。伊莎贝尔向罗伯特介绍了她的朋友们，都是和她一样的年轻法国女孩。伊莎贝尔说，所有的姑娘都想亲眼见一见这位能救她们的美国人，但是她们中只有 3 个人有胆量和自己一起进城。女孩们崇拜地望着他，罗伯特作为男性的软肋被一瞬间击中，只能像个大男孩一样向她们咧嘴微笑。

伊莎贝尔可没有忘记她来这儿的正事，她把话题又扯回了正轨上。罗伯特和她们详细说了一遍自己的安排。相比于罗伯特，伊莎贝尔和朋友们对里沃夫附近几英里的郊野要更为熟悉。罗伯特每提到一个地方和约定的时间，她们就点点头。她们知道他所说的地点在哪，也知道怎样才能最快最好到达那里。姑娘们又给这个计划提了几个改进意见。

在乡下要调度 400 多个女人很不容易，但是她们很快就都谈好了。

唯一让姑娘们头疼的是吃饭问题。去敖德萨的路上，如果没有交通阻塞，要花 3 天时间。罗伯特拿出了他裤袋里的一沓钱，偷偷给了伊莎贝尔。她们可以用这笔钱换一大笔卢布，在路上给每个人买食物，罗伯特还给了她们一沓火车票，那是他和约瑟夫在长凳上聊天时悄悄装起来的。

女孩们站起身准备离开，眼睛里闪烁着兴奋的光芒。罗伯特在她们眼里，仿佛是加拉哈特[1]和加里·格兰特的合体。这时候要保持严肃的军官风度真难啊！她们纷纷在罗伯特的脸上献上了一记让人窒息的吻。在这幸福愉悦的氛围里，罗伯特仍保持了理智，他庆幸自己没有被跟踪，不然这一幕绝对会引起任意一只“捕鸟犬”的怀疑。

女孩们把罗伯特当成了英雄，但是伊莎贝尔仍严肃地看着他，那眼神和第一晚在饭店里看着他时一样坚定。“明天，”她小声低语，“事情就见分晓了。”[2]然后她突然笑着走近，在罗伯特的双颊上印下温柔一吻。“再见。”她说。

见到她的朋友们抛下她先走了，伊莎贝尔气呼呼地跟了出去，餐厅的门在她们身后晃动着关上。

那是罗伯特和她们的最后一面。

*

约瑟夫正在后面的办公室里煮咖啡，突然听到有人猛敲售票窗口的玻璃。

他骂了一声这位不耐烦的旅客，缓缓走到窗口。窗口那儿是个苏联军官，后面站着两名携带武器的士兵。一开始约瑟夫并不惊讶，在车站经常能见到苏联人，军官也通常都是这副飞扬跋扈的样子。但是这位军官看上去格外地严厉。对于约瑟夫这个在苏联和纳粹统治下都生活过的波兰人来说，看到一个怒气冲冲、有急事找他的军人还是够吓人的。和他们在一起的还有一个人，是个再普通不过的

① 亚瑟王的圆桌骑士之一。
② 译者注：原文为法语。

穿工装的平民。约瑟夫并不知道，这就是早上尾随特林布尔上尉走出火车站的那个线人。

情况不妙。约瑟夫已经想到了布莱基迪监狱，也想到了自己在后街小巷上横尸的场景。

苏联军官命令他把门打开。约瑟夫赶紧照做，让4个人都进了办公室。“美国军官留下的那件大衣在哪里？”苏联军官凶巴巴地问。约瑟夫指了指那件大衣，它还挂在之前的凳子上。军官抓起大衣一顿翻找，把所有的口袋都翻了出来，又把手伸进袖子、衣襟和毛领子下摸来摸去。

什么都没有。军官朝那个便衣线人骂了一句短促的俄语。线人耸耸肩，嘟囔说自己该看的都看到了，而且是以最快速度报告的。他也不知道那个美国人后来到哪去了，他可只有一双腿呐。

那军官扔下大衣，转向战战兢兢的约瑟夫，说了一句每个波兰人都最害怕听到的话：“你，跟我们来一下。”

*

消息传遍了一个又一个农场，从小村寨到偏远的农舍，遍及任何一处姑娘们藏身的地方。消息来了！她们的出路就近在眼前！

女人们三三两两，或是一小撮，或是一大群，都开始打包她们的物品，向好心收留她们的波兰家庭告别后，在黄昏消散的日光里上路。她们悄无声息地穿过田野，穿过无人的小灌木丛，沿着乡村小路悄悄行走。

最先到达的是林地中的集合点。伊莎贝尔和朋友们看到集结在一起的女同胞们，兴冲冲地低声议论，一时间问候声此起彼伏，姑娘们唱起一段段小曲，夹杂着阵阵笑声。

做这一切是否值得？那个美国人会信守他的诺言吗？见过他的那几个姑娘一定是相信他的，可其他人只知道她们的命运必须有所改变。但是她们也都清楚，光靠美国人所说的话和他的信誉还远远不够，要成功还要靠技巧和应变，更别说还要有运气的加持了。内务人民委员部这个对手相当凶险。

女人们开始在漫长冰冷的永夜里等待火车的到来。

*

罗伯特在恐惧中惊醒。我一定是疯了，他想。这已经不是他第一次怀疑自己了。他怎么就觉得自己能成功呢？400个女人！这太不可理喻了，简直是疯了！

他在脑海里一遍又一遍地过这个计划。他还能有别的办法吗？可能有数不清的办法，可是他却想不到，除了一个：一开始就告诉伊莎贝尔他帮不了忙。好吧，再想这个已经没用了。在焦虑和重压下，一想到能解救这些女人，罗伯特还是感到很快乐的。他做之前所有任务时都有这种感觉，但这一次特别强烈。

等他冷静下来再看这件事，他就会知道自己已经在可能的时间里做到了最好。而自从来到这个国家，他所有的行动也皆是如此。如果他做得还不够好，那也情有可原，就如他一直和那些上层的人说的，他只是一个飞行员、一个士兵，而不是间谍。就在他到波尔塔瓦的第一天，就在他们把那么大一个“惊喜”扣到他头上时（距今真的才不到两个月吗？），他就已经和汉普顿上校说过这话了。

罗伯特下楼去餐厅吃早饭。他决心抑制住前往火车站的冲动。

他没必要去，他已经把计划付诸行动，现在一切都由不得他了。他完全不用去那里，不论好奇心如何强烈。

忍了约一个小时后，他戴上帽子，穿上夹克（他为前一天丢下的那件大衣叹了口气），步行去了火车站。他必须知道那儿是否会出现什么问题，或者能不能获得一些有关结果的消息。

走在通向火车站的大道上时，罗伯特开始感到不对劲。离车站更近了，他注意到车站前比往常多了点苏联士兵，看上去他们比往日更为警觉。罗伯特胃里一紧，他走进车站广场，却看到了更多的士兵——绝对有一个团的兵力——守卫在售票厅附近、等候室、餐厅，还有站台的入口处，不断拦下旅客询问。

还没来得及完全消化他所看到的一切，罗伯特就撞见了一名苏联红军上尉，他浑身散发着内务人民委员部的味道，而且好像一眼就认出了罗伯特。

“你是来自波尔塔瓦、隶属于美国东线指挥部的罗伯特·特林布尔上尉？”他用英语问。

罗伯特强抑住内心的厌恶，承认他是，并拿出了护照。苏联人检查护照的时候，罗伯特看了一眼售票处，那玻璃后面是另外一张脸，约瑟夫不知到哪里去了。罗伯特怒气上头，问他们为何要这样为难自己。“我被授权代表美国军事代表团和东线指挥部，你们没有权力……”

“我有的是权力，”苏联上尉打断了他，“来拘留和审问有嫌疑在苏联领土内帮助潜在反苏联间谍的外国人。我有证据表明，你帮助了 400 名这样的间谍离开波兰，而没有把他们送往有关部门去审查。”

现在罗伯特可以确信他们把约瑟夫抓走了。他和约瑟夫讨论过这个可能性，而且他们商定好，约瑟夫绝不能抗拒审讯。他应该承认票的张数，承认自己安排了付款，但是对于其他的事，都要申明他是无辜的。罗伯特只能祈祷苏联人不要再进一步审问他了，因为无论是约瑟夫拒绝回答而受到酷刑，还是他把整个计划都泄露了出去，罗伯特心里都不好受。

上尉无权逮捕罗伯特，但是把他禁足在了火车站，然后让手下的人进行搜查。一个细节让罗伯特重燃了希望：苏联军队看上去是在等那 400 名乘客来到火车站。他们明显低估了他的智商，有时候被认为是个傻子还挺好的。

一个又一个小时过去，罗伯特听见铁路上熟悉的声音回荡在车站大厅——那是一列列火车来了又去，抑或是被转轨到车站附近的大型场站，很难分辨出哪一列才是那来自普热梅希尔[①]前往敖德萨的进站火车。他知道苏联上尉的人在站台，每一列火车都被他们拦下，士兵们登上火车，企图找到那些非法的乘客。如果苏联人够聪明，他们应该拦截接下来 24 小时里所有经过这里的火车，或者等车上装满了内务人民委员部的卫兵再开出站。

罗伯特看了看表，不知道伊莎贝尔那边怎么样了。

*

自由女神也屏住了呼吸……

一出城，主铁路就甩开了郊区，直接跨入那舒缓起伏的辽阔农田和平坦的沼泽地，横扫向东，然后转向东南，前往乌克兰的敖德萨。

① 译者注：波兰东南边陲城市。

出了里沃夫城区约 10 英里后，铁路经过了一片长达 1 英里的林地。铁轨两旁是浅浅的土堆，长满了矮草和灌木。然后火车将遇到一排密林。在铁轨上方的山坡上，隐藏在树枝间，在严寒中瑟瑟发抖的，就是伊莎贝尔们。

伊莎贝尔和她的朋友们就躲在这里，满心担忧，彻夜不眠。她们等了一整个冰冷的夜晚，等来的可能是解脱也可能是灾难。伊莎贝尔对这个计划也是将信将疑，不过她有一部分责任，她曾相信罗伯特是个可信任的人，也让她的同胞们去相信他。如果此次碰头失败，或者导致所有人被送往苏联收容营监禁，她也难辞其咎。

晨光来临又消散，中午也过去了，还没有火车来的迹象。如果火车不来，又或者那上面坐满了苏联人，万一有任何的不幸发生，所有女人都会面临更加难熬的监禁，更多非人的折磨，很有可能还会失去生命。伊莎贝尔的心在下沉，她深深挖掘那越来越少的、仅剩的希望，正是这一点希望让她挨过了过去的两年。

火车不得不来。它必须来。

伊莎贝尔相信罗伯特。他是个善良的人，可能甚至是个英雄。但是这世上，再善良的人也有他做不到的事。

伊莎贝尔的信心正在逐渐消退，希望也从她的指尖点滴流逝。当听到远处传来微弱的汽笛声时，她紧张起来。错不了，这就是越来越近的火车声。

是她们等的那列火车吗？它是不是也盼着看到姑娘们的接头标志？车上会不会有内务人民委员部的人？那种人真是到处都是。那位美国人到底是不是个英雄，此时就要见分晓了。伊莎贝尔的心跳得更快了。远方，蜿蜒的铁轨后的树林上空正冒出一缕蒸气，伊莎贝尔看见了，便从藏身的地方出来，奔跑下山坡。脚步在冰块上打滑，她蹒跚着跑过石块，爬上路基，站在铁轨的正中央。伊莎贝尔举起她做的接头标志——一块木板，上面用木炭涂了一个充满希望的词：法国。

火车雷鸣般驶向她，脚下的大地都在跟着震动，伊莎贝尔把标牌举在空中，等待着自由——或是死亡。

车头驾驶室里，司机透过冲天的烟雾和蒸气向前看去，突然，他发现了这个小小的身影。他咒骂了一句，大喊着警告锅炉工停车。刹车放了下来，机轮被锁定，在铁轨上擦出尖厉的啸声。火车逼近女人瘦小的身影，一点点减速，伊莎贝尔闭上眼睛开始祈祷。

火车颤抖着滑行向前，喷出的蒸气如波浪一样包围了她，眼前什么也看不见。

车停了，司机做好了最坏的打算从驾驶室跳下，跑进车头前的大雾。当他到了那里，蒸气也刚好消散，那里站着一个年轻女子。她还站在那里，苍白的脸几乎就要碰到面前的火车头了。

他们互相瞪着对方。

火车司机先反应过来，用波兰语对伊莎贝尔喊："好极了，上来吧姑娘！不要干站在那里，我们已经迟了！"司机摘下他的帽子，在空中挥舞。伊莎贝尔这才从她的恍惚中回过神。

此时此刻，四面八方都爆发出了欢呼：几十几百个女人从她们树林中的藏身之处跑出来，飞快奔下山坡，朝火车跑去。伊莎贝尔大喊道："快来！我们回法国去！"[①] 她丢开了手中的木板，加入其他沿着铁轨拥来的女人之中，和她们一起爬上了列车。

那个美国人证明了自己，她们终于在通往自由的路上了。

---

① 译者注：原文为法语。

*

苏联上尉走的时候狠狠瞪了罗伯特一眼。他没有别的理由拘留他了。5 个小时过去了，很明显，没一个人来这儿坐火车，更别说 400 个人了。“可能她们看到你和你的人在这儿，就改了主意。”罗伯特提醒他。上尉知道这中间他一定漏掉了什么，但是他什么都做不了。他可能还在想，这招声东击西不过是罗伯特精心设计的把戏，好把内务人民委员部从别的更重要的东西上引开。

罗伯特向上尉彬彬有礼地道别，走进了寒冷的阳光中。他沿着那条通向市中心的路往回走——这路他已不知走过多少遍。他身心俱疲，却带着胜利的喜悦。

*

是时候离开了。

罗伯特已经打包完毕，准备撤离。他把空空如也的装钱背心折好，放在行李袋的最上面。罗伯特转过身，看着镜子里的自己，扯了扯领带。

他要离开里沃夫了。距离伊莎贝尔她们出发已经过去了几天，他的钱和口粮都快耗完了。更糟糕的是，他被召回了。看起来，他在波兰做的一系列惹恼苏联当局的事已经引起了莫斯科的注意。他借宿在波兰家庭，而不是住在苏联官方指定的营房里；他用手枪吓退苏联高级军官；他私自携带战俘；他还诓骗内务人民委员部的上尉：无论是因为哪一条，他都迟早要做出让步。

但是他必须再回来，他对自己说。在这个国家的任务还远没有结束。他算了算，从 2 月中旬开始，他至少已帮助了 1 000 多人逃离波兰，但仍有很多人还在外面游离：美国人、英国人、法国人和其他盟国的战俘。战俘数量在减少，但同时援助的对象也越来越棘手。剩下的战俘很可能是最无法自理的：那些病人和吃不上饭的人。对于他自己来说，这些战俘可能会成为一大挑战。但是必须要存有希望。他可能还必须借助另一个飞机营救小队作伪装，再次回到这里。

伊莎贝尔和她的同胞们平安到达了敖德萨。这天早上，他在乔治饭店收到消息，是敖德萨那边的铁路工人反馈给里沃夫铁路的："法国解放已成功。"那张神秘的纸条上如是说。他知道到了敖德萨以后就没问题了。姑娘们一坐上去敖德萨的火车，就没人会去管她们了。

罗伯特穿上他的大衣——谢天谢地它回来了。前一日他去火车站把它取了回来。约瑟夫还在那里，照常在他的窗口后面工作，脸色比从前更苍白了，但是毫发无损。罗伯特从约瑟夫手里接过大衣，听他讲了讲那天火车和伊莎贝尔们碰头的故事。

苏联司机驾驶的吉普车带罗伯特来到机场。他把行李袋和背包扔进后座，爬上了车。吉普车飞速穿过密茨凯维奇广场，开上大道。这是苏方唯一一次特别卖力地帮忙，只是因为他要离开这个国家了——或者，他们只是想确定他真的走了。

C-47 飞离地面，在空中盘旋一周，向东飞去。罗伯特望向窗外：整座城市正从冬日的银装素裹中剥离。雪在慢慢消融，郊外，一条条绿色从雪白中显现出来。一个浪漫的人可能会觉得，这标志着未来将充满温暖和希望。

事实上则恰恰相反。苏联这头熊正从冬眠中苏醒，准备用利爪紧紧抓住它的猎物。苏联决定，是时候永久屏蔽美国在苏的所有行动了，他们已经没有耐心再容忍美国在其领土内动手动脚。当罗伯特透过舷窗看着 C-47 在里沃夫上空爬升时，他没料到，这是他最后一次看到这座城市。他的任务结束了，而且很快，他就要踏上一个新的旅程：他将被塞到美苏关系的风口浪尖，而他也将把美国和苏联推向战争的边缘。

第十七章　血祭

乌克兰，波尔塔瓦

连续几个月以来，暴风雨一直在慢慢酝酿，但是当雷电击中波尔塔瓦的时候，所有人还是被这突如其来的一击吓到了。苏联对美国在波兰行动的不信任已经膨胀到了极其危险的程度。

罗伯特·M. 特林布尔上尉和詹姆斯·D. 威尔梅思中校都搭着暴风雨的边缘进入波尔塔瓦，在风雨大作前到达。这两名军官也曾在内搅了一把波澜，现在，风暴横扫过东线指挥部，两人发现自己也被卷了进去，必须和战友们并肩抵抗它。

特林布尔上尉将被迫在其中扮演一个角色，当一个让他自己都觉得恶心的两面派，还要蒙受大量政治上的耻辱。

3 月 28 日，波尔塔瓦空军基地的苏联指挥官 S.K. 科瓦廖夫少将根据莫斯科的指示发出禁令，叫停了所有美国航班，所有隶属于东线指挥部的飞机以及空运司令部的飞机都将被停飞，被营救回波尔塔瓦、正等待被渡运回原部队的轰炸机也在禁令之列。十几个被解救的、来自第 8 和第 15 航空队的作战机组——总共

180 多人——被困在波尔塔瓦。其中有 6 名飞行员伤势过重，波尔塔瓦的小医院无法提供很好的救治，可苏联人甚至对他们也拒绝开绿灯。

在波兰，正在进行中的营救迫降美国飞机的任务被突然叫停。营救小队被内务人民委员部拘留了，他们正修理的飞机和运输工具也全被就地封存。当地的苏联人说，从现在开始，所有迫降的美国飞机都将被认为是战利品，将由苏联红军空军进行修理和渡运。

局势愈发紧张。

3 月 30 日，苏联红军总参谋长阿列克谢 · I. 安东诺夫将军气急败坏地给迪恩少将写了一封信，信里列举了一些美国军人的个人行为，认为他们“违反了苏联红军指挥部定下的规矩”。安东诺夫显然没意识到苏联自己也没好到哪去，还责骂美国人违反了盟国间期望的良好行为准则，并犯下了“鲁莽破坏最基本的友好双边关系”的罪行。

安东诺夫并没提到未经批准偷带战俘一事，因为他根本就不知道，这件事还没有苏联军官知道（尽管在波兰当地，一些内务人民委员部的“捕鸟犬”明确怀疑过特林布尔上尉，觉得他是打着营救机组人员的幌子在做一些坏事）。但是安东诺夫对威尔梅思中校满腹怨言，认为他没有正当理由（或者有，但是苏联人不愿意承认）在最后逗留期 3 月 11 日过去后仍坚持留在波兰。

但是威尔梅思的所谓“品行不端”和另外 3 个小人物一比简直微不足道。前两个是美国轰炸机飞行员，第三个是俄罗斯的飞机工程师。在苏联人眼里，他们每一个人犯下的事都和间谍活动有关，而且是在暗中帮助反苏联的波兰游击队。

第一个人是马龙 · 金中尉，1945 年初，有十几名 B–17 飞行员迫降在波兰，他就是其中一个。2 月 3 日，金中尉的“空中堡垒”“美国少女号”在一次空袭中受损严重，必须在华沙附近的苏联机场紧急着陆。[①]停留两天后，苏联人命令金把飞机开到另一个苏联基地，由苏联飞机护航。途中，B-17 的飞行员们发现有个年轻波兰人偷偷登上了飞机。他们不以为意，以为他可能是苏联的官方翻译。飞行员们不会念他的波兰名字，便给他起名叫“杰克·史密斯”。因为看到他感冒了，飞行员们还让他穿上了多出来的美国飞行员服。“杰克·史密斯”向美国人坦白说他有一个叔叔在伦敦，请求他们在飞回英国的时候，让自己和他们一起走。

两架飞机着陆在什丘琴机场，苏联人很快发现了“杰克·史密斯”。不是翻译员还穿着美国飞行服的他很快就引起了苏联人的怀疑。苏联人认为金中尉在试图帮助一个伪装的波兰间谍逃出波兰。[②]那架 B-17 被扣下了，全体机组人员被拘留。苏联人实际上监禁了他们（虽然并不是严格意义上的逮捕）7 个星期，把他们从波兰的什丘琴移送到了白俄罗斯的利达。终于，苏联人获知美国当局将会控告金中尉，他们这才允许机组继续飞到波尔塔瓦，于是飞机在 3 月 18 日到达。但等到其他可疑事件陆续发生，苏联人便开始觉得金的行为只是美国秘密阴谋的一部分。

其中一个此类事件就发生在 3 月 17 日。那一天，特林布尔上尉到达波尔塔瓦（他比金早一天到达），他的飞机上有 4 名伪装成

---

① 资料显示这个靠近华沙的地点是 Kuflevo，但是在波兰并没有这个地名，有可能是 Kuflew 或者 Huta kuflewska 的误笔，这两处正巧在华沙附近，然而 Kuflew 只有一个集中营，记载中并没有提到机场。正确的地点可能是明斯克-马佐夫舍，该处的确有一个新式机场。又或者，如机组人员审讯报告中所写，这个机场很可能就是农场中的空地。

② 在苏联人告诉迪恩将军的版本中，他们称“杰克·史密斯”是已知的“恐怖分子和破坏者”，金中尉是明知这一点仍帮助他乔装成美国飞行员的。

美国飞行员的战俘。但这也不算什么，相比其他让苏联人觉得有重大嫌疑的事件，这对苏联人不过是个小小刺激。

3 月 22 日，一架来自意大利基地 459 轰炸机大队、由唐纳德·布里奇中尉驾驶的 B–24“解放者”轰炸机在波兰的梅莱茨机场迫降。轰炸机只是在空袭中耗光了燃料，却并没有受损。这个细节让苏联人很快产生了疑心。飞机加满燃料后，他们禁止布里奇中尉起飞。两天后，布里奇决定不再等苏联的许可了，他和他的机组人员声称他们只是去飞机上检查一下个人物品，然后爬上飞机，发动了发动机，不顾苏联的阻止，飞回了意大利的基地。

就在布里奇中尉迫降波兰的同一天，另一架美国的 B–24 也从匈牙利凯奇凯梅特的苏联基地起飞，它在那里接受了修理，准备回在意大利的基地。在飞机上有个偷渡者——莫里斯·西恩德洛夫上尉，凯奇凯梅特机场的一名苏联飞机工程师。莫里斯·西恩德洛夫出生于美国，是位美国公民，但也有一部分俄罗斯血统。他生于俄亥俄州的克利夫兰，少年时期随祖籍俄罗斯的父母回到祖国。他的家人打算定居在苏联，年轻的莫里斯·西恩德洛夫却想回美国，但他被苏联人收走了护照。

战争打响后，西恩德洛夫作为机械师被征募进苏联红军。在东部前线经历过一系列严酷战斗后，他受伤严重，被转送到了空军部队，最终在凯奇凯梅特机场当了一名工程师。内务人民委员部对他有所怀疑，特别是在修理一架 B–24 轰炸机期间，他和美国机组人员成了朋友。他将自己的经历告诉了美国人，轰炸机驾驶员查尔斯·罗利中尉同意把他带出去。西恩德洛夫以工程师的身份登上了 B–24。飞机起飞后，机组人员告诉苏联人这只是常规的测试飞行，但他们一飞到空中就设定航向飞往了意大利。

轰炸机在意大利的巴里[1]着陆，西恩德洛夫向美国当局说明了自己的身份，请求给予庇护，声称作为美国公民他拥有此种权利。西恩德洛夫被逮捕起来问话，在上头做出决定要如何处置他之前，他一直处于被拘留的状态。苏联人对西恩德洛夫的叛逃气急败坏，强烈要求美国遣返他。

安东诺夫将军告诉迪恩少将，美国的这些做法对苏联空军的人事造成了“极度的混乱”。而且梅莱茨机场的马拉梅多夫上尉，就是准许布里奇中尉迫降的那名苏联军官，在得知消息后“暴跳如雷”，以至于在“飞机起飞的同一天饮弹自尽”。安东诺夫把这些罪行都一股脑儿堆到迪恩少将面前，要求他必须对此做点什么。而在苏联人等待美国人的回应时，美国飞机和人员在苏联境内的活动被全面叫停。

弦绷得越来越紧。在波尔塔瓦，科瓦廖夫将军已经开始设定针对东线指挥部的计划，以防美苏关系突然恶化到开战。他所有能调度的就是一个技术营、一个工程营，还有一个“施密尔舒”[2]部队，也就是苏联的反间谍特别行动机构。每个部队都相应地被告知，一旦爆发战争，就马上包围美国营区，控制所有美国飞机和军备设施，关闭美国无线电通信。所有在营区外被逮捕的美国人都将被关押在波尔塔瓦市区的特殊设施内。

美国人对这些计划还一无所知，但是他们能敏锐感觉到紧张的气息，以及美苏关系即将破裂的氛围。东线指挥部开始马不停蹄地

---

① 译者注：意大利南部的第二大城市，毗邻亚得里亚海。

② 译者注：“施密尔舒”（SMERSH），由俄文首字母转写而来，其简称被音译为“施密尔舒”，是苏联红军 3 个中央情报机构的统称，针对的是渗透进苏联红军的德国间谍。

收集机密文件，人们还注意到副官们执勤时开始佩戴手枪了。

美国现在面临着两个选择：要么在外交关系上（甚至可能是军事上）和苏联撕破脸，要么就向苏联示软。美国毫不犹豫选择了后者。战争还没有完全取得胜利，西方还要苏联帮他们痛打日本。牵涉其中的将军和政客们为他们采取这一外交手段提供了合理的理由，但事实仅仅是美国已经被苏联弄得手足无措了。从现在开始，美国再也不会就解救战俘向苏联施压了。就在苏联禁飞美国飞机的前一天，哈里曼大使还在竭力反对，他给苏联外交大臣莫洛托夫写了一封信，声明美方“对被苏联红军所解放的美国战俘受到的待遇强烈不满”。但这种抗议今后不会再发生了。

官方联络战俘的工作被移交到了英国手上，然而也无济于事。苏联准许英国派遣一支队伍进入波兰，但是和威尔梅思中校一样，他们要忍受诸多条条框框。在苏联人眼里，英国一直是盟友中更值得怀疑的那个，但是他们现在才明白，美国才是要重点着眼的。苏联人好像终于意识到，美国人之所以如此慷慨大方，又是提供供给、情报，又是和他们进行广泛的合作，一定是因为背后有某种阴谋。

英国驻美大使哈利法克斯伯爵向美国国务卿建议，说英国外交大臣安东尼·艾登“认为目前最好还是停止向苏联申请准许联络官员进入波兰”。艾登相信“苏联政府怀疑联络官员会借助处理战俘事宜的伪装私下接触波兰领导人，并把他们纳为之前所提出的观察团的成员”。观察团是英美的一项计划，即将观察员安插在苏占波兰来监控和报告那里的近况。没有比这更能切实激起苏联的愤怒的了。

于是，英美两国都开始对苏联的要求言听计从。在苏联的坚持下，军事法庭对唐纳德·布里奇中尉和马龙·金中尉提起了诉讼。在意大利，对于是否要将莫里斯·西恩德洛夫送回苏联，也在反复进行讨论中。

苏联人开始得寸进尺，提出更多要求。他们坚持要把不讨他们喜欢的东线指挥部高级军官统统换掉，首当其冲的就是指挥官汉普顿上校。汉普顿在各方面都惹怒过苏联：他对苏联人在波兰的行为颇有微词，又曾对威尔梅思的卢布林之旅施以援手，和苏联同军衔军官交涉时他也一副咄咄逼人的样子；还有，只要被认为是美国权利范围内的事，他都会站起来发声。

莫斯科军事代表团默许了苏联的抗议。4 月 10 日，汉普顿上校正式接到通知，他的职务（“出于公平公正的理由”）被解除了，改去巴黎的美国战略空军总部任职。4 月 11 日，行动处军官迈克尔·科瓦尔少校将出任指挥官。这一改动美方也相应告知了苏联当局。

可是他们还不满意。苏联和美国军事代表团的联络官、苏联红军总参谋部的尼古拉·V. 萨尔文中将写信向希尔将军表达了不满。希尔将军很快给汉普顿上校打了电报：“刚刚收到萨尔文中将的信，说科瓦尔少校表现得相当不友好，充满敌意……简直是美苏关系恶化的源泉。”萨尔文说他“极其不想看到”科瓦尔少校留在波尔塔瓦。于是科瓦尔担任指挥官还没满一天就被解除职务，被通知前往美国战略空军总部任职。

这样一来，东线指挥部就面临着权力真空的问题。波尔塔瓦倒是有很多少校级别的军官，但没一个是飞行员。陆军航空队和世界上所有空军一样，都有一项规矩：空军基地的指挥官必须是特级飞行员。现在，波尔塔瓦唯一的特级飞行员就只剩下罗伯特·M. 特林布尔上尉了。

4 月 12 日，带着一脸的迷惘和不情愿，罗伯特成了东线指挥部的指挥官。希尔将军想让美国战略空军派一名更有经验的军官来，但是没有了下文。现在，修补美苏外交关系裂痕的任务落到了罗伯特·M. 特林布尔手里，尽管他自己的所作所为也对这裂痕的扩大出过一臂之力。离开英国后竟能走到这一地步已远远超出了他这个小小上尉的预料。罗伯特在波兰可做过比其他人更多的违逆苏联人的事，任命这样一个人真是讽刺。可就算苏联人意识到了，他们也没有表现出来。

事实证明，罗伯特担任指挥官的第一天差不多也就是他的最后一天。

*

1 400 英里外，两架 B–24 “解放者” 从不同方向飞抵波尔塔瓦。两架飞机上都坐着重要乘客，但是其重要的性质又各不相同。两架飞机都计划在波尔塔瓦添加燃料，再次起飞，但其中一架飞机将注定引发一起外交事件。

美苏在波尔塔瓦的指挥部都得到通知，称这两架飞机即将到达：一架从莫斯科飞来，上面坐着迪恩少将和希尔少将，他们将飞往美国；另一架来自意大利巴里，机上乘客的身份没有被透露。

电报系统被关闭了，可能是由于指挥权交接，也可能是因为美苏之间紧张的关系，当然还可能是因为飞往莫斯科的飞机上的那个秘密，总之没有人知道两架飞机到达的确切时间。东线指挥部的军官们还错误地以为，那架从意大利飞往莫斯科执行“特殊苏联任务”的飞机是一架 B–17。

快到午饭时间，塔楼收到消息，称一架 B–24 “解放者”，呼号 6E，序号 771，正在接近机场。值班人员都紧张起来，地勤人员和机场加油人员快速进入停机坪。消息传来，这正是迪恩和希尔的飞机。在雅尔塔会议期间，波尔塔瓦早就有过接待贵宾飞机的经验。一个由美苏军官组成的接待团跳上吉普车，车子嗡嗡轰鸣，开下小路前往机场。他们中有新任的指挥官特林布尔上尉。罗伯特还不太习惯去见贵宾，所以汉普顿上校陪在他身边，努力帮他挨过这过渡期，缓解紧张的场面。

老天打算在罗伯特新官上任的第一天就下场大雨。雪开始融化了，波尔塔瓦机场一直浸没在瓢泼的阵雨里。在敞篷吉普上，军官们竖起衣领子，取下军帽，等待飞机到达。

在迎接将军们的时候，波兰此刻怎么样了呢？罗伯特心想，有多少美国人还躲藏在乡间，或是在苏联收容营里一天天腐烂？两个星期了，美国飞机还是全面禁飞，这让每个人都很揪心，罗伯特尤为沮丧不安。他总会想伊莎贝尔现在到了何处，卡西娅的母亲怎么样了，还有比德尔、威戈利亚、古尔德、麦克内什等等所有人——他知道他们已经获得了自由。还有被送上前往敖德萨的火车的几百名战俘，他叫不出名字（如果他曾知道的话），但他们的脸还活生生印在他的回忆里。这些人成功逃脱了吗？据说在敖德萨，苏联人还是履行了他们的职责的，因为他们要用一批批西方战俘来交换苏联战俘。而那些被遣返的苏联战俘，他们的命运不堪设想。

“她来了，”坐在罗伯特旁边的军官说道，他扫了一眼地平线，“高级要员，3 点钟方向。”

B–24 熟悉的弧形轮廓逐渐降落在地面。机轮触地向跑道滑去，那里站着地勤人员和等待的接待团，军官们列成一排。罗伯特和其他一些飞行员看出来这个飞机好像有点不大对劲。通常来说，莫斯科的贵宾，比如迪恩少将，会乘坐“贝琪”，也就是哈里曼大使那架改装成客机的“解放者”轰炸机。但现在，这一排被雨淋透的军官面前，却是一架作战用的 B–24，尾翼上有所属部队的标记，机头上绘着鲨鱼嘴，机身上还写了她的名字“朱迪斯·安”。除非那些从机枪位里伸出来的炮筒都已冷却，没有装载炮弹，否则这架飞机仍是作战状态。

“朱迪斯·安”慢慢停下来。那一小队军官带着犹疑开始打招呼和挥手，等待贵宾们下飞机和他们互致亲切问候。官方摄影师赶紧抓拍了一张照片。军官们等待着，等待着。可以从 B–24 腰部的机枪口看到里面有人影闪动，但是没人出舱门。

罗伯特对正式的礼节一无所知，他想也许里面的将军们正等着他去向他们问好。不管怎样，作为指挥官，他最好还是去调查一下。他看了看汉普顿上校，对方点点头。

就在这时，另一辆吉普车飞驰过机场，停在停机坪上。车上是一群苏联军官，看上去个个板起了脸，而且军装大衣上都显眼地别着手枪。他们跳下吉普车，站在“朱迪斯·安”和接待团之间。罗伯特向飞机走去，但是被其中一位苏联军官拦下了。

“这是科瓦廖夫将军的命令，”苏联军官说，“任何美国人都不能靠近这架飞机，这涉及一项特殊的苏联任务。基地只允许为她添加燃油。请让你们的加油人员开始工作，所有其他人员都请离开。”

这一定是从意大利飞往莫斯科的飞机了。但是为什么一架来自意大利基地的作战 B–24 轰炸机会参与到苏联的秘密任务中来？想起苏联人抢修和偷走的美国作战飞机，这一架飞机的到来的确相当可疑。

“这架飞机是隶属于美国陆军航空队的，”罗伯特说，“所有这个基地的美国飞机都由东线指挥部负责，我要检查飞机。”

他走过那位苏联军官，后者再一次拦住了他。

罗伯特被激怒了：“今时今日，我是这里的指挥官，所有进入这个机场的美国飞机都要经过我的批准。我要求知道这架飞机完整的行程和飞行目的。”

他直视苏联人腰间佩戴的手枪，毫不畏惧他们投来的冰冷目光。罗伯特很清楚，过去两周，紧张的局势让整个波尔塔瓦坐立不安，而且也知道他很可能会把紧张局面直接推向危机，但是现在这事简直让人恶心。他鼓起勇气推开苏联军官，快速走到飞机的尾翼，走入检修舱门。

罗伯特以为飞机里都是苏联人，却惊讶地发现里面是一群目瞪口呆的美国军官，包括两名军装锃亮的宪兵队长。他们都坐在临时座位上，夹在他们中间的是一个头发凌乱、忧心忡忡的人，身穿像是苏联军官的制服，双手被手铐铐住。飞机的腰部挤满了人，还有另外两名军官，一个是少校，一个是上校。突然，罗伯特感到自己有些过于失礼了。

“我是罗伯特·特林布尔上尉，东线指挥部的指挥官，我想知道这架航班的目的和行程。”两名军官互望了对方一眼，听到罗伯特说自己是指挥官，半信半疑地挑起眉毛看他，但是没有说什么。“没有我的允许，这架飞机不能继续起飞。我是不会准许可疑飞机起飞的。”

“这是一架准许飞往莫斯科的飞机。”上校说，虽然他穿着美国军服，说话仍带有俄语口音，“这架飞机已事先被美国军事代表团、东线指挥部还有苏联当局授权。”

罗伯特又看了一眼戴手铐的男人，终于，他明白了——意大利、莫斯科、苏联军官……这一定是那个传说中的、声称自己是美国人的苏联上尉，那个自己从匈牙利飞到意大利、试图逃跑的西恩德洛夫上尉。所以他们决定把这可怜的人交给苏联是吗？如果罗伯特现在能做些什么，他们就不会得逞了。这儿可不只有苏联一个倔脾气。

“可是我没有授权。”罗伯特说。他走过上校，挤过通向弹药仓的狭窄过道，来到飞机前头（他早忘了从“解放者”的一端到另一端有多狭窄）。在驾驶舱后的无线电室，他不顾飞行员的目光，从操作员头上摘下了耳机。

“呼叫塔楼，这里是特林布尔。这里有一架 B-24，没有行程，看起来机上有一名苏联政治犯。第一，我希望你向苏联人说明，我不准许这架飞机起飞，除非他们公开此行目的……”

“长官——”

“第二，立刻拨电话给莫斯科告知这个情况，然后转接到我这里。”

“长官，那架飞机是不是 B-24 机型，编号 49771，还有，呃，我看看，鲨鱼嘴涂装，黄色的整流罩，尾翼上有棋盘格花纹和一颗黑色钻石？”

“就是这架。”

“长官，苏联已经放行了这架飞机，我们也从莫斯科得到了授权，这架飞机没有任何问题，我们必须放行。”

罗伯特站在那里，耳机紧贴住耳朵，想接下来他要做什么。他敢违抗莫斯科吗？在随后的寂静中，他听到飞机后部传来骚动，有人在说俄语。科瓦廖夫将军亲自到了，大声嚷嚷要求知道这里发生了什么事。

科瓦廖夫个子矮小，有一双亚洲人的眼睛。他光头，举止优雅，身边永远带着漂亮的女翻译。科瓦廖夫很喜欢聚会，在东线指挥部全盛时期就是军官俱乐部舞池的狂热舞者——他们起舞，畅饮，高声欢笑，挥霍掉夜晚的时光。

但现在他根本笑不出来。科瓦廖夫将军知道自己是国家举足轻重的要员，而且他的国家马上就要和主要盟友开战，一点小火星足以让他暴跳如雷。不过斯大林元帅告诉他，在和美国人打交道的时候尽量不要动怒。①

他咬牙切齿，怒目瞪向这个年轻人，区区一个上尉竟敢干涉起莫斯科指派的秘密任务来了？

“这里是什么情况？”他问。

罗伯特又一次开了口，但这次他不那么自信了。罗伯特说他拒绝放行这架飞机。科瓦廖夫了解情况后很快就明白了。“我知道你想做什么，上尉，但是你的行为非常欠考虑。如果你能现在就离开这架飞机，我保证不会向上面报告你所做的事。”罗伯特注意到汉普顿上校也站在舱门口，朝他做手势要他出来。

他望了一眼被手铐铐住的囚犯。“我向你保证，”科瓦廖夫说，“这个人将受到公正的审判，现在请你离开。”

罗伯特想起了罗斯托夫的那个苏联军官，他也向他保证那名偷渡的男孩将会“如愿以偿”。他现在犹能想起那阵枪声。

他做不了任何事。和对方相比，他的级别实在太低，又孤立无援。在汉普顿的好说歹说下，他从飞机上下来了，挫败感和羞耻感笼罩

① 4月初，斯大林在回复“施密尔舒”关于波尔塔瓦行动的报告时，命令“让科瓦廖夫同志冷静下来……防止他采取个人行为”。

着他。舱门被重重关上，西恩德洛夫上尉的命运已无可更改。

科瓦廖夫之所以突然出现，原因很简单：第二架 B–24 从跑道上滑行过来了。那就是“贝琪”，莫斯科的贵宾专机。飞机停在停机坪上，紧挨“朱迪斯·安”。这次终于是高级要员们了。

特林布尔上尉还没从眩晕中缓过来，就忙帮着汉普顿上校向将军们致以问候。从外形上很难分出迪恩和希尔：他们身高相差无几，体型一样，还穿着差不多的雨衣。埃德蒙·W. 希尔少将五官硬朗，不像是少将，更像一位警察。他深深浸润于早期飞行员的先锋精神，一战时期，他在步兵团服役，后来成为飞行员。业余时间他爱好航海和驾驶热气球（1928 年，希尔的热气球执照还是奥尔维尔·莱特[①]亲自发给他的），现在则是联络战略情报局的顾问。约翰·R. 迪恩少将则不然，他的气质和身份相符，就是个圆滑的军事政客。当汉普顿向他们二位介绍罗伯特时，罗伯特仍没反应过来，汉普顿、希尔和迪恩就是苏联境内知道他所有秘密任务的仅有的 3 个人。

大家都兴致勃勃，汉普顿用尽浑身解数来欢迎希尔和迪恩。两位将军注意到那架 B–24 停在附近，但是没有说什么。尽管迪恩少将很清楚那上面坐着谁，甚至知道机组的所有成员，但他仍装作毫不知情。[②]

将军和接待团乘车回到总部，地勤人员开始检查两架飞机，并为它们加燃料。官方摄影师多待了一阵，拍了几张照片，他也搞不

---

① 译者注：其与兄长威尔伯·莱特在 1903 年发明并试飞了世界上第一架飞机。

② 迪恩将军事先是知道这架航班的细节的。他把一切细节都告知了苏联，而没有通知东线指挥部。把莫里斯·西恩德洛夫带到莫斯科的机组级别相当高，成员由地中海盟国空军指挥官约翰·K. 加农中将亲手挑选。那名说话带有俄语口音的军官是斯捷潘诺维奇中校，负责把西恩德洛夫交到苏联人手中。

懂这两架飞机是怎么回事，所以没拍到将军们到达的一幕。[①]很快他也离开了。“朱迪斯·安”封闭的舱门里，机组人员、乘客，还有他们的囚犯，等待着飞机起飞。

着陆一个小时后，“朱迪斯·安”再次转起发动机，滑行并飞向莫斯科。一到达莫斯科，莫里斯·西恩德洛夫上尉就被移交给了苏联红军少校斯多巴诺夫。斯捷潘诺维奇中校，就是那个有一点俄语口音的美国人，十分谨慎地要了一张移交回执。

从那一刻起，那个出生在克利夫兰、唯一愿望就是逃离他祖先所在的国家、回到出生地的西恩德洛夫消失了。从迪恩少将到特林布尔上尉，再没有人听到过关于他的确切消息。但是后来有传闻传到波尔塔瓦，说他一下飞机就被射杀了。[②]

苏联人已经得到了他们想要的猎物，而在这一切结束之前，还会有更多的祭品。

① 在美国空军档案中，西恩德洛夫所乘飞机照片的图注写错了：“1945年4月12日，美国和苏联的军人们正在迎接联合B-24轰炸机‘朱迪斯·安’的到来，机上载有迪恩少将和埃德蒙·W.希尔少将。飞机在苏联波尔塔瓦、原穿梭式轰炸基地的钢板跑道上停下。”在东线指挥部官方历史中，同一张照片下却写着“来自意大利的B-24已秘密抵达”。

② 这个传闻是马龙·金中尉在莫斯科接受审判时听说的。

第十八章　宽容弱者，痛击傲者

1945 年 4 月 14 日，波尔塔瓦

总统去世了。

美军营房外的黑色石子路上，经年遭炮火轰毁的废墟阴影里，东线指挥部的军官和士兵们身穿整洁笔挺的军装，已集结完毕。他们肩并肩站成四列，把道路填塞得满满当当。队伍前面是国旗护卫队，三名军人高举起美国国旗——这是东线指挥部成立以来，星条旗第一次出现在波尔塔瓦。[①] 国旗是从仓库中拿出来的，而人们之所以聚集到一起，是为了哀悼富兰克林 · D. 罗斯福总统的去世。

消息在前一天早上通过英国的无线电传到波尔塔瓦。[②] 美国人已经被苏联人弄得士气低落、怨声载道，这消息又让他们一下子陷入愤怒和悲痛中。军人失去了他们的指挥官，现在还失去了领袖。就像赶走汉普顿上校和科瓦尔少校一样，他们把罗斯福的去世也怪

---

① 东线指挥部有意不挂出星条旗，就是怕惹怒苏联。

② 罗斯福在 4 月 12 日下午 3 时 35 分逝世，当时的俄罗斯正值午夜，所以那里的美国人在 4 月 13 日才得知这个消息。

在斯大林头上。斯大林不敢离开自己的国家，所以罗斯福总统只得被迫抱病赶往千里之外的雅尔塔去参加“三巨头”会议，巨大的压力最后压垮了他。

科瓦廖夫将军摆出姿态想要缓和这种矛盾。一听到总统去世的消息，他很快带领军官们来到美国营区，向美方人员致以慰问，对罗斯福总统表达哀思。看见苏联人也对罗斯福的去世感到难过，美国人又是惊讶又是感动。苏联人是真把罗斯福当朋友的，因为他能为世界带来和平，而杜鲁门却让人摸不清底，这让苏联很头疼。

这一天，东线指挥部人员举着国旗，列队从营地行进到剧院，悼念仪式就在那里举行。波尔塔瓦的苏联红军军官也会参加仪式，美苏难得的团结一致。所有因为禁飞令而被困在波尔塔瓦基地的作战人员都到了，剧场里挤得水泄不通，有几十个人只能坐在过道里。美国国旗竖立在舞台的两端，星星和横条黯然垂下，谁看了都会鼻子一酸。舞台右边是一幅苏联画家几个月前绘制的罗斯福总统肖像，而另一边是同样大小的斯大林画像。[①]

第一排就座的是东线指挥部的高级官员。罗伯特·特林布尔紧张地从位子上站起，走上舞台。台下鸦雀无声，他开始致辞。“今天，美国失去了一位伟大的领袖，”他大声念出，眼睛看向坐在下面苏联军官当中的、面色沉重的汉普顿上校，然后视线又转向和美国同胞们坐在一起的科瓦尔少校，“同样，东线指挥部也失去了一位领袖。”

在场的大多数男女直到昨天才知道他是新任的指挥官，有些人甚至不知道他是谁。如同杜鲁门总统的上任，罗伯特的上任也莫名

① 画家是萨波卡上士。1945 年 3 月，美苏紧张关系升级前，这个剧场一直是美国和苏联人员共用的，是双边开展友好活动的场所。

其妙，甚至让人心慌。

罗伯特一点也不记得他在演讲里还说了什么，但那都是次要的。对齐聚在剧场里的美国人来说，开头几句话的内容才至关重要。他们熟知和信任的领袖走了，未来捉摸不定。特林布尔上尉说，他也和所有人一样，所能做的只有勇往直前，尽己所能，并永不言弃。

*

悼念仪式第二天，新指挥官和他的下属们同科瓦廖夫将军及其下属开了一个会。

这场面看上去真是稀奇。罗伯特下属的军衔比他还要高，他的参谋是个少校，而他正打交道的苏联对手是个将军。但是他咬紧牙关，要努力做到最好。

尽管罗伯特的军衔比他正对付的人都要低，但他的自尊心还是需要膨胀一下。苏联和美国在纪念仪式上有过短暂的团结，但双方关系仍然相当紧张，徘徊在公开冲突的边缘。在苏联人眼中，美国才是错的一方，他们在波兰做的事很可疑，而且还处在观察期。两个多星期后，针对美国飞机和行动的禁令仍在继续执行。

几天前，希尔少将经停波尔塔瓦，在西恩德洛夫事件过后，他把罗伯特叫到一旁，告诉他必须尽力讨好苏联，并与苏联合作。所以第一步就是开好这个会议，而会议的主题就是询问科瓦廖夫将军，美方是否能做些什么来弥补双边关系。

基于罗伯特对苏联的了解，再加上他曾亲眼看见、现在仍历历在目的苏联人在波兰的罪行（而且现在还在继续），罗伯特觉得自己在会上说的每一个字都是对道德的玷污，是打在他自尊心上的重锤。他感到自己也在成为那冷酷机制的一部分。

科瓦廖夫将军的回答很是圆滑。他称自己一直都很满意和美国的关系，他很能理解美国人为什么焦虑，不用问，一定是因为被困的作战机组人员回不了家。科瓦廖夫亲切地询问美方是否愿意参加即将到来的卫国战争胜利纪念日。

他还提出，要是特林布尔上尉在指挥时遇到什么问题，他会马上过来摆平那些不听话的下属。“任何你自己搞不掂的事，”将军说，“我确信我们能一起解决。”

一定程度上，科瓦廖夫伸出了一根橄榄枝。但对方是一位年轻又涉世未深的军官，科瓦廖夫确信这个年轻人可以任由自己摆布，自己可以凌驾在其之上。苏联人嘴上说得好听，但是手中仍紧握大权。没有进一步通知，东线指挥部的飞机还处于禁飞状态。接下来几个星期，特林布尔上尉将会证明他并不像科瓦廖夫预期的那样好哄。但到目前为止，他还是控制住了脾气，和他们保持缓和的关系。

或者说，至少相对缓和的关系。罗伯特闭上了嘴，再不提还在波兰受难的战俘，但是他问科瓦廖夫，在苏联境内被飞行禁令禁足的美国营救人员该怎么办。他们一定早就耗尽了口粮，而且罗伯特不太相信苏方会提供必要的食物或照顾。当罗伯特直接向科瓦廖夫询问是否要重新开展营救工作之后，他收到了莫斯科来的消息，要他断了这个念头。东线指挥部在营救行动中的角色彻底退场了。他被告知，从现在起，由苏联来执行营救美国飞机的行动。

这真是可笑。正如罗伯特和他的工程师们所知，苏联人员对修理和驾驶像 B-17 这一类的飞机毫无经验，他们还有偷窃美国飞机的前科。但是看起来，苏联人似乎下了决心要真心实意开干，他们到底是修了一些飞机，也把它们开回到波尔塔瓦移交给了美国人。

不出罗伯特所料，有一架 B–17 的 4 台发动机全都过热，像火山一样冒着滚滚浓烟就飞进了机场。苏联机组人员根本不知道怎么操纵整流罩里的散热风门。苏联机械师们还有个“习惯”，他们会从抢修的飞机里一点一点地“拿”走零部件，还会从东线指挥部的仓库偷工具。

特林布尔上尉开始拒绝接收任何苏联交回来的低于维修标准的飞机，以示抗议。莫斯科立刻又来了一道命令：“我们希望你接收任何苏联交还的飞机，而且不要对当地的苏联指挥部提起丢失的零部件。”罗伯特答复说，这样的话，每一架苏联人修的飞机都必须由美国机械师再来一次大检修，他还要求在这些苏联抢修的飞机回到原部队后，东线指挥部可以不承担任何飞机安全和运转上的责任。希尔将军授权罗伯特为飞机做必要的修理，并且说如果有问题就向他报告，别去麻烦科瓦廖夫。

然而，真正深埋在波尔塔瓦美国人心中的，是被迫禁足和遭到忽视带来的士气低落。医院里还有病人需要被疏散到德黑兰，还有几十个战斗机组在等着回到原部队，邮政服务也暂停了，美国的政客、外交家和将军们过于纵容苏联，人人都有一肚子闷气，正待爆发。

可苏联还是觉得美国人没有为飞行员在波兰干的错事受到足够的惩罚，还有人要为此付出代价。

*

莫里斯·西恩德洛夫不是美国军事代表团给苏联的唯一祭品，但却是唯一的血祭。4 月逐渐过去，苏联还维持着对苏联境内美国飞机的封锁，又有两名美国陆军航空队的军官被处罚。在这个月底，唐纳德·布里奇中尉，那个没经苏联允许擅自将B-24开离梅莱茨机场的飞行员，在意大利第15航空队指挥部的军事法庭上被判有罪，罚款600美元，并在档案上留下严重污点。同时，马龙·金中尉被指责偷渡波兰人“杰克·史密斯”到英国，正关押在波尔塔瓦，等待被移送莫斯科，他将在莫斯科美国大使馆的军事法庭接受审判。

马龙·金中尉案件的军事检察官不是别人，正是詹姆斯·D.威尔梅思中校，他也因为飞行禁令在波尔塔瓦动弹不得；被告方则由和他一同去卢布林的战友金斯伯里中校组织带领。金中尉的辩护律师（碰巧也是整场诉讼中唯一一名律师出身的军官）是莱昂·道林少尉，也是一名B-17飞行员，他曾迫降于波兰，是威尔梅思中校把他从卢布林带回来的。[①]

被告方和他的律师团队计划在4月18日从波尔塔瓦飞到莫斯科，乘坐美国的C-47机型，由苏联机组驾驶。一听说那飞行员是何方神圣，特林布尔马上就拒绝予以放行。

那人正是若克里科夫中尉。这人曾疯疯癫癫、极不称职地弄坏了一架C-47，他在斯塔舒夫拙劣的着陆和起飞技巧差点要了罗伯特和营救小组的命。罗伯特曾不断尝试过让他停飞，却屡次失败。现在他还是想试一下。他给科瓦廖夫将军发信息说：“我可没有权

① 道林在卢布林遇见了威尔梅思和金斯伯里。很奇怪，道林一开始认为战俘联络小组是美军的先头部队，而两名军官则实际上是来苏联的美国间谍。这一说法很荒唐。道林的理由是，他曾看到威尔梅思桌子上有关于苏联军队的情报文件。他说威尔梅思把数据记录在纸上，就这么放着，任何进入他办公室的人都可以看到和阅读。鉴于威尔梅思一直处于内务人民委员部的监视下，如真这样，他就成了世界上最低能（也是最幸运）的间谍。道林所说的“情报文件”可能就是苏联红军战俘收容点、敖德萨的运输工具，还有战俘营的数据，以及可能是威尔梅思的特工提供的战俘分布的信息。

限允许若克里科夫中尉驾驶任何一架美国飞机。”

于是又开了一个会。会上，罗伯特全面见识了苏联人大言不惭、睁眼说瞎话的才能。关于若克里科夫在斯塔舒夫的胡作非为，罗伯特从专业角度给出了目击证言，科瓦廖夫将军无视了他，坚持说若克里科夫是优秀的飞行员。“如果我自己有一架飞机，我就交给他，”将军说得轻巧，“他想怎么起飞着陆就怎么起飞着陆。”

这一次罗伯特下定决心不会低头，他拒绝放行这趟航班。会议陷入了僵局，科瓦廖夫被迫要做一点让步了。他问，如果以他个人名义担保威尔梅思中校和其他乘客的安全，是否可以？罗伯特摇头，这趟航班还是不能放行。但是他觉得科瓦廖夫不会屈服的，而且他知道莫斯科为了解决金中尉的案子，也一直在施压，所以他最终不得不同意科瓦廖夫以个人名义进行担保。让苏联军官把自身名誉赌在这种承诺上也算是一大进步了。

威尔梅思和他的团队在那天飞离了波尔塔瓦，总算没少胳膊少腿地到达了莫斯科。他们直接被带到大使馆——两个多月前威尔梅思就从这个地方离开，满怀着希望去帮助波兰的战俘，并受尽了苏联的屈辱对待；再回到这里，却成了苏联人的提线木偶，要对一名美国军官提起诉讼。就他所知，案件对这位年轻中尉完全没有不利的地方。但是上峰命令他要搜遍法条，拼凑出任何他能想到的指控来。

这场装腔作势的审判从4月25日开始，持续了两天，全程都笼罩在不安和恶意的氛围中。金中尉被认定有罪，和布里奇中尉一样被罚款600美元，在档案上留下了永久污点。[①] 参与此案的陪审

① 1952年，美国空军对这一事件进行了复审，为金中尉平反，他的罚款被归还，入伍档案的污点也被去除。

团军官都羞愧难当，纷纷联名请求宽恕金中尉，并交给了目前在华盛顿的迪恩将军。迪恩此时实际上已成了苏联的代言人，他拒绝了他们的请求。审判的目的不是为了公正，而是外交需要。

外交上，苏联满意了，但是牺牲品还远远不够，美国还要继续低三下四。判决第二天，科瓦廖夫将军正式解除了美国航班进出波尔塔瓦的飞行禁令。就在那一天，罗伯特·特林布尔上尉感到和平仿佛又回到了手中，他在给莫斯科的电报中写道："28 天的禁飞期间……只允许作战飞机和运输机在原地试飞绕圈……在苏联的积极配合下，现有一架 B–17 和一架 P–51 计划明天飞往意大利。"

罗伯特知道这和平是用什么代价换来的，心里一阵恶心，也为自己感到羞耻。这是他一生中第一次为祖国感到丢脸。他差点就成了军事法庭的成员：他的名字本来在法庭成员的名单上，只是因为基地指挥官的身份才没有成行。东线指挥部人员的情绪普遍低落。军官和士兵们对上司们失望透顶，他们本应该站起来抵抗，却都迎合了苏联人。

马龙·金中尉在判决同一天回到了波尔塔瓦。他匆匆坐飞机离开了莫斯科，以防苏联觉得判决过于宽松再挑事端。特林布尔上尉乘禁令解除的东风，帮金和他的机组乘上了第二天到德黑兰的航班（他们的 B–17"美国少女"已经被运回英国[①]）。在他们离开后，科瓦廖夫将军才得知此事，抱怨个不停。罗伯特建议他自己去和莫

① 所有机组人员都离开了波尔塔瓦，除了该机组的一名机尾机枪手乔治·阿特金森中士。4 月 19 日，他在波尔塔瓦一场交通事故中撞死了一位当地妇女。阿特金森驾驶的卡车在撞上另一辆卡车后没来得及踩刹车，开上人行道撞死了该妇女。特林布尔上尉、迪恩将军还有迪恩的参谋长都努力想平息这件事，让阿特金森飞去德黑兰，但是苏联坚持要对他提起诉讼。阿特金森被罚了一大笔款，军事代表团也向该妇女的家人支付了赔偿金。

斯科发牢骚。[1]

在极难得的安静时刻，罗伯特也会静下心想想自己的境遇。如果在偷运战俘的任务中被逮捕，他又会面临什么？如果对金和布里奇这样微不足道的错误，苏联都要给予此等惩罚，那他们又会对他做什么呢？好吧，他已经知道了答案。很可能他会被悄悄除掉，就在野外某个地方，然后再把锅甩给游击队和恐怖分子。莫斯科那几个美国将军会站出来替他说话，让苏联人对此负责吗？他表示怀疑，因为这样做的话等于承认他们也是共犯了。原来这就是为什么从来都没有任何书面命令和蛛丝马迹能将他的营救行动联系到他的上司们身上。

罗伯特平复不了自己内心的矛盾。一方面，道德的督促、对国家的忠诚，还有战友之情让他听从安排来到这里去解救同胞；另一方面，上司们又把无辜的人送给苏联当牺牲品——不仅仅是那 3 个军官，还有流落在波兰的男男女女。罗伯特不懂政治，他可能也永远不会懂。

*

一切都将划上句点。

1945 年 5 月 7 日，波尔塔瓦当地时间晚上 7 点，伦敦英国广播公司在播报中宣布欧洲战场的战事结束。消息有点为时尚早，因为

① 根据官方历史学家卡鲁塔的叙述，科瓦廖夫事先批准了金的离开。但是罗伯特·特林布尔回忆，在他们离开后，科瓦廖夫又开始抱怨起来。他知道苏联人很喜欢出尔反尔，所以没有感到奇怪（在飞行禁令期间，他们数次同意将受伤的战斗机组人员送去德黑兰，但是又撤销了许可）。想到莫里斯·西恩德洛夫的遭遇，罗伯特后来说：“如果同样的事发生在金身上，那我们都该死。”

最终的战败书要等第二天才签署。但是在波尔塔瓦，心情被压抑过久的美国人听闻战斗结束喜不自胜，爆发了一场盛大的狂欢。他们在街道上欢歌快舞，对空中鸣枪。

苏联士兵看着美国人惊讶万分，不知道发生了什么。当被告知原因时，他们还不相信，因为莫斯科还没有宣布战争结束，所以这不可能是真的。又过了一天，克里姆林宫还是没有消息。终于，在5月9日的凌晨，消息传来：伟大卫国战争正式结束，德国人完蛋了。波尔塔瓦的苏联人一下子沸腾在更甚于美国人的狂喜中。那天夜里，一场联合游行在城内举行。美国国旗开道，东线指挥部人员在国旗后自豪地行军踱步。他们相信任务很快就将完成，要准备打包回国了。

所有的事情都要结束了，除了战争的亡魂和回忆。在接下来的十余年里，它们仍将纠缠所有参与战斗的军人，阴魂不散。

*

莫斯科的美国大使馆召开了庆祝欧洲战场胜利的酒会，作为东线指挥部的指挥官，罗伯特·特林布尔上尉也在被邀请之列。

他到达莫斯科，满怀期许却又战战兢兢。罗伯特将会和最高级别的军官要员们在一起，他对他们的情感很复杂，那种矛盾他自己都难以调和。是他们预见到苏联在波兰的残酷行径，构想出了那个大发善心的隐秘任务，从而把他带到苏联。可他们实际上是在拿美国军人的生命做赌注，来让自己变得崇高和值得尊敬，不是吗？如果不是他们授自己以窍门，为自己提供掩护，他不可能在波兰做这些事。但是当到了最后和苏联讨价还价的时刻，也是他们，把美国军官，还有整个波兰都出卖给了苏联人；或者这一切都是在伦敦和华盛顿的上峰的意思，他们也只是在其中做了伥鬼。

约瑟夫现在怎么样了？那位管理乔治饭店的笑脸盈盈的女士呢？斯塔舒夫农场的卡拉提一家近况如何？还有那小姑娘的兄弟塔德乌什，他还能回家吗？天黑之后，里沃夫的居民在街道上是否从此就会安全了？

罗伯特从机场打了一辆出租车来到美国大使馆——它伫立在诺文斯基大道上，那是一条环抱俄罗斯首都的宽阔大道。大使馆比伦敦的那个还要大还要气派，建筑以蜜色石头和白色灰泥砌成，辉煌如同宫室。[①] 回忆起上一次在美国大使馆发生的事，罗伯特有点惴惴不安。一想到这场盛大奢靡盛会进行的同时，还有那么多人在受苦，这让他很不好受。也许他至少可以和掌权的人说说，给苏联施加压力，好缓和波尔塔瓦的现状。军人们还是情绪低落，苏联仍在处处为难美国飞机，通信也没有恢复。

负责接待罗伯特的是军事代表团的一位年轻随员，他陪同他来到舞厅。满眼都是金色的穗带和绸缎礼服。三个盟国的陆海空军高级军官和外交使团成员正小口吃开胃菜，畅饮红酒，在水晶吊灯下高声交谈。

随员陪同罗伯特走了一圈，将他介绍给与会人员。随员悄声提醒说在场的女宾有一半都是内务人民委员部的人。其实哪儿都有他们，从里沃夫的大街小巷，到外交使团的核心成员，苏联的间谍和线人随处可见。苏联文化对谍报情有独钟，若是浸润其中，最后谁都会变成心胸狭窄的臆想狂，所以他们把所有战俘都当成假想敌一

① 这幢老建筑如今仍是美国驻俄罗斯大使馆的一部分，现在是美国市民中心。

点儿也不奇怪；而如金中尉、布里奇中尉、西恩德洛夫之类的人，对苏联人来说简直是恐怖分子。

随员带着罗伯特走向一小撮看上去级别颇高的人。他认出了迪恩将军。迪恩身旁那个人很瘦，兴致高昂却面容憔悴，活像有人把亚伯拉罕·林肯的胡子刮掉，又给他讲了个令人捧腹的笑话。

迪恩把罗伯特拉到人群中。“埃夫里尔，”他对那瘦削的男人说，“这位是特林布尔上尉，我们波尔塔瓦优秀的新指挥官。”

那么这位就是哈里曼大使了。哈里曼伸出手：“很高兴认识你，上尉。所以你就是我听说过的那位过渡的指挥官？”

罗伯特听到“过渡”两个字愣了一下，但还是继续说：“先生，能收到您的邀请我激动坏了，希望我们能找时间谈些事情，仍有一些问题……”

一旁的迪恩将军紧张起来，但是哈里曼已经搪塞了罗伯特：“见到您真是愉快，上尉。我听说你工作完成得相当不错。今晚还要赶很多场子，请原谅我得四处走动。祝你玩得愉快，再见！”

随员又将罗伯特介绍给了其他人。迪恩将军和他聊了一会儿，十分谨慎地把话题转移到了公事之外。过了一会儿，又只剩罗伯特和随员两个人了。

“高级军官总是这样搪塞他们的军人吗？”罗伯特问。

随员笑了：“哦，他们都这样。不过我从来不关心他们在谈什么——除非上司开口叫我做事，然后我赶紧做完就是了。”

“在波尔塔瓦，苏联人对我的领导权不屑一顾，底下人都垂头丧气的。我向上司请求支援，他们却命令我，苏联人要我们做什么我们就得做什么。”

随员把罗伯特拉到一边，走到那些站着的苏联人听不见的地方。

“这么说吧，在这个国家，我们是客。过去几年内，我们不断收到来自苏联当局的抱怨，说美国军人在波尔塔瓦做事欠妥——什么交通肇事、黑市牟利、骚扰当地妇女等等，所有你能想到的。苏联指责我们，但有些确实是真的。”

罗伯特不需要随员来告诉他这些，处理这些抱怨是他作为指挥官的日常事务。“美国作为客人，”随员继续道，“当然有义务表现得无可挑剔。但要是想和苏联维持友好关系，我们必须要做他们喜欢的事。”

在莫斯科的那个夜晚，罗伯特得到了一个结论——如果必须有人点醒他的话——他不是搞政治的料。

还有其他事也让他疲于对付。过了一会儿，他不知道自己是否可以离开酒会了，这时，一位像电影明星一样光彩照人的女士走到他身边。在伊朗王后之后，他还是第一次见到如此动人的女人。她没有费口舌做自我介绍，而且似乎已经知道了罗伯特是谁。“你抽烟吗？上尉？”她问。罗伯特说他时不时会抽根雪茄。女士挽起他的手臂，带他去了阳台。

冰冷的空气里漂浮着香水味和香烟的云雾，女人喋喋不休向他抛去许多问题。她被罗伯特当飞行员的经历迷住了，非常好奇那些被迫在敌区着陆的美国飞行员的状况，她还想听听他们被解救的故事。

罗伯特叹了一口气。他知道，自己又撞上了同样的陷阱。几天前的欧洲胜利日庆典，波尔塔瓦剧院里有一场演出。演出过后的派对上，罗伯特邂逅了一位漂亮的乌克兰女演员，她自称莉迪亚。接下来发生的一切让他有些难以启齿。他喝了过量的酒，再加上生来异性就是他的软肋，于是他就听从了莉迪亚的劝说，进城去见她的父母。奇怪的是，那一对老夫妇对迪莉娅的了解也没比罗伯特多多少。

更多的伏特加落肚，莉迪亚把他带回了她的房间。

吐纳着彼此呼出的香水和酒精的气息，他们最终上了床。莉迪亚如饥似渴地盯着他的眼睛，手在他的大腿间来回滑动……莉迪亚问罗伯特关于他父母的事，他的学校，还有宗教信仰。罗伯特醉眼惺忪，恍惚中不知道发生了什么。莉迪亚继续用眼睛和双手诱惑他，进一步问起了他在苏联的任务。

罗伯特第二天早上回到基地时酒还没醒，酒劲大得足以让他劈开树干。他能回想起来的就只有莉迪亚的逼问，还有昏迷前模糊的情形。他觉得自己应该没有回答莉迪亚的问题（不管怎样，反正没有明确回答），但是他也不能确定。

在大使馆的接待会上，酒精之力再没有像那晚那般水到渠成。这位漂亮的女士步履踉跄，硬是要罗伯特用手环抱她的腰扶着。罗伯特很快想起了莉迪亚。“上尉，你真是英俊。”女士喘息着，用一双酷似丽塔·海华斯[①]的眼睛看着他。她真是美得令人难以置信，但是这次罗伯特不会屈服，他很清楚，她所感兴趣的只是锁在他脑子里的那些情报。

罗伯特一百个不情愿，和身体里的男性冲动做着斗争。他找了个借口，优雅地从女士的手中脱身，回到了房间里。

真是好险。在这些专业间谍面前，他就只是个受人摆布的小镇男孩。他没有受过间谍的训练，他无比地想家，想埃莉诺，可是要长期抵抗这种诱惑他真的无能为力。

① 译者注：二十世纪三四十年代著名的西班牙裔美国女演员。

在回酒店的出租车上，他回想了今晚发生的一切，不知道自己在这种领袖们的政治游戏里还能撑多久。对于那些人来说，这是不是就像玩一样？前线的士兵和平民就只是玩弄的对象，是他们争权夺利过程中的牺牲品？

第二天早上，他回到大使馆，希望能和哈里曼大使或迪恩将军见上一面。他觉得他不能空手回到波尔塔瓦。他只需要莫斯科的大人物们一句话，表明他们还想着波尔塔瓦的军人们，还在努力维护军人的利益，就已足够。可是哈里曼和迪恩都没时间。罗伯特只是被带着参观了一下大使馆。使馆人员能享受的设施真让人惊叹。在健身馆，高级官员还可以来一场活力四射的室内网球。罗伯特明白了，即使在战争时期，外交使团里的有些人还是能过得很滋润。

波兰成了牺牲品。卡廷惨案的纷争已经让流亡政府被除权，取而代之的是苏联傀儡政府。现在，苏联想分割一部分波兰的领土。波兰人和乌克兰人混杂的里沃夫已经变成了游戏筹码。斯大林提出要求，说在中世纪波兰就是俄罗斯固有的领土，里沃夫迟早会属于苏联，并重命名为利沃夫，东波兰那条宽阔的版图会脱离出来，从此成为乌克兰的一部分。

罗伯特·特林布尔咽不下这口气。他真的不是从政的料，或者只是他自己这样认为，他不知道，大多数毕生从政的人也深有同感。

回望这一时期，温斯顿·丘吉尔曾悲观地反思道："我看到这两次战争的结束，一直很惊讶，要让人们明白古罗马的智慧该是有多么困难——'宽容弱者，痛击傲者'[①]。而现代的做法通常是去

---

① 译者注："宽容弱者，痛击傲者"源于古罗马诗人维吉尔在其所著史诗《埃涅阿斯纪》中对于古罗马执政理念的描述，即宽恕被征服的人，对桀骜不驯者予以坚决打击。

惩罚被征服的人，却对强者卑躬屈膝。”

像特林布尔上尉一样，迪恩将军并不喜欢被迫向苏联人臣服，特别是在营救美国战俘的这件事上。[①]同样的还有哈里曼大使。甚至作为一个实用主义至上的政客，迪恩将军也后悔当初一味迎合苏联。“只有当我们采取了强硬态度，”他回忆道，“美苏的关系才会好一点。”他的想法，恰恰也是特林布尔上尉和威尔梅思中校在波兰风口浪尖时的想法。“当对手开出更棘手的条件，而不是轻易妥协时，苏联当局会变得更乐意、更听话，也更少疑神疑鬼。”

回到1941年，阿道夫·希特勒对美国人有个极端错误的看法，他从美国人的外交政策、人民的自由度，还有颓废的爵士文化得出结论：美国人太弱了。希特勒只听到了美国轻柔的话语，却没有注意到他们挥舞的大棒。德国已经为这错误付出了沉重的代价。现在，斯大林可能也是这么想的，他只知道美国的慷慨与开放——租借物资，乐意分享情报，外交上也轻声细语——便觉得这是个好欺负的国家。

但是当战争进入尾声，杜鲁门的铁幕徐徐落下，美英两国开始了一场精细复杂且步步危险的游戏[②]。丘吉尔后来回忆道：“因为弱小和恐惧而选择息事宁人，这不仅无用而且致命。强权支撑下的退让却宽宏又高尚，一定会是通向世界和平的道路，也可能是唯一的道路。”

迪恩、哈里曼、丘吉尔和罗斯福身上都有，而特林布尔却缺少的，

---

① 在战后不久写成的回忆录《陌生的盟友》中，约翰·R.迪恩一谈到战俘问题，原本的外交辞令就变成了愤怒。同样，埃夫里尔·哈里曼对此事也相当生气，他提出要对在美国占领区的苏联战俘联络小组以牙还牙。

② 译者注：此处指1946年开始的美苏冷战。

正是调和道德和政治手段的能力。也有可能罗伯特只是缺少经验。他本是小镇走出的男孩，从一个普普通通的美国人成长为勋章满怀的战斗老兵，又从老兵成为秘密特工和外交家；但他仍是在梯子的底端，远无法俯瞰形势。他相信他做再多也无济于事，压力和愤怒在他体内急剧膨胀，裂痕正在产生。

第十九章　漫漫回家路

1945 年 6 月 23 日，波尔塔瓦空军基地

这是东线指挥部的最后一天。欧洲战场的战斗真真正正结束了，指挥部的任务也随之落幕。

4 架运输机停在混凝土底板覆盖的滑行道上，正在慢车预热，螺旋桨喷出的波浪将草丛吹得匍匐在地。附近，一小队军官正站在那准备登机。过去一周里，每天都有 C-46 突击队飞机在转移物资、设备和人员，现在就只剩指挥部的核心成员了。十几个士兵登上了最后两架 C-46，军官们也即将乘坐两架 C-47 离开。

领导们还要花点时间最后检视这个基地。一辆吉普从总部方向快速驶来，在飞机旁停下，里面坐着特林布尔上尉和莫斯科军事代表团的参谋长里奇准将，他是昨天到的波尔塔瓦，来做最后的视察。

关闭基地的准备工作持续了一个多月，相关机构的办事效率极其低下。邮政服务倒是关得太早，基地人员几个星期都没收到过信件了，弄得人心烦躁。东线指挥部的大型仓库——原本是为了拥有

大规模穿梭式轰炸机组的大型指挥部而修建的——必须清点库存，把仓内物品运出去。几千吨的剩余物资在租借条件下被移交给苏联，他们还挑三拣四，说这些东西都太差了，所以要降低所登记的物资价值。机关枪甚至都没从密封包装里拿出来过，他们也说“很脏”。上千包巧克力块和香烟被偷走了，捣蛋的小孩子拿着它们在波尔塔瓦的大街上叫卖。

再回头想想这一时期，罗伯特无论如何都高兴不起来。为了让基地顺利运作，在和苏联人软磨硬泡时，他一直抑制着心头的愤怒和不耐烦，这些情绪快要让他崩溃了。

他在波尔塔瓦还是结交了一些好友，并不美好的伤感回忆中也有愉快的事。4 月，正是飞行禁令最严格的时期，在双方关系紧张到了极点之时，年轻的陆军工兵部队中尉威廉·卡鲁塔和女朋友、基地医院的护士克洛蒂尔德·戈沃尼中尉结婚了。卡鲁塔生性活泼，是个相貌英俊的风琴手，战争早期就在东线指挥部服役。婚礼举行的那一整天大家都兴致昂扬。作为指挥官，罗伯特还代理了新娘父亲的角色。婚礼庆典在市政大厅举行，来的嘉宾有美国人也有苏联人。市政厅外面，乌克兰市民们一脸困惑，看着一群穿军装的人欢快地进进出出。他们开怀大笑，互相取乐，还给当地的孩子们发糖果。大家起哄要罗伯特亲吻新娘，罗伯特便在克洛蒂尔德的唇上印了一枚热吻——这可不像父亲的吻，逗得新娘咯咯笑个不停。那一天，美国人和苏联人的欢声笑语和美好愿望，都是黑暗时刻里的光点。

吉普车停在预热的飞机旁边时，卡鲁塔也在等待乘飞机离开。罗伯特将乘坐其中一架 C-47 去莫斯科，然后到达巴黎的美国战略空军总部；卡鲁塔则坐另一架 C-47，途径开罗。他负责所有东线指挥部的档案——苏联人曾想方设法要在其中插手——这一包文件在必要时必须被毁掉，它们必须绕过莫斯科，经最短路线离开苏联。有传言说，美国最后要特别注意的物品，就是之前未被发现的一批秘密武器和设备库存，那是战略情报局的财产，是里奇准将在仓库里找到的。很显然，这是战略情报局和内务人民委员部已流产的合作的遗物。为了防止这批武器设备落到苏联手里，里奇在夜深人静之时，把它们装到一辆卡车上，然后亲自驾驶卡车到附近的湖边，把它们都倒入了湖里。①

军官们相互道别登上飞机。罗伯特跟在里奇准将后面走进 C–47 的舱门，他转身回望，仲夏的太阳照耀在大楼和营房的废墟上，混凝土底板浇筑的跑道也闪亮耀眼。这和他第一次看到的波尔塔瓦很不一样。相比于这样温暖和煦的景致，2 月份的严寒曾给他迎面一击，像要把他撕个粉碎——而那好像已是另一个世界。当初，错误的承诺带他来到这里，他本以为只是小菜一碟，可以借此度过战争的最后时期。罗伯特心中惊叹，原来才过去了那么点时间。他始终不认为自己完成了在波兰的任务，但是也只能尽力做到这样了，他毕竟把上百名男女从地狱中带回了安全的国度。

这些事都是不能见诸档案的，对他的唯一褒奖也来得迂回而隐晦。5 月，在一封写给卡尔・A. 斯帕茨将军的信里，美国战略空军指挥官希尔少将要求提拔特林布尔上尉为少校，跳过要佩戴现有军衔满 12 个月才可以升级的一般性限制。希尔尽可能地承认了罗伯

① 很遗憾，在应菲尔德的《波尔塔瓦秘闻》中提到的这个故事并没有根据，本身也有诸多疑点。首先，应菲尔德以为里奇是波尔塔瓦的指挥官（他只是为了视察最后的人员物资疏散而来到波尔塔瓦），并且说里奇是“通过冰上的一个洞”把这些物资倒入湖中的（当时是 6 月份）。可是，考虑到曾计划实施的美苏合作，战略情报局设备被储存在波尔塔瓦是完全合理的。这批物资不太可能（虽然也不一定是没可能）和罗伯特・特林布尔的任务有直接联系。

特在波兰的出色表现："我认为过去 3 个月内，特林布尔上尉所执行的任务的超常性足以让他跳过现行的升级限制。"[①] 罗伯特作为 493 轰炸机大队的飞行指挥官和东线指挥部的指挥官，其表现被评为优异，但是作为行动副官——也就是在波兰进行秘密工作时，他为不得公开的工作内容所准备的掩护身份——他被评为杰出。

罗伯特竭尽全力做到比他人期望的还要好，尤其比他自己预想的要好。"这是东线指挥部成立以来最为艰难的时期之一，"希尔少将写道，"然而特林布尔上尉展现出了高超的外交手段，用最大的活力和热诚在最富有挑战性的情况下完成了他的工作。"

那个月底，迪恩少将也和希尔少将同时发声要求提升罗伯特的军衔，还闪烁其词地提到了"特林布尔上尉的工作和表现所具有的特殊性质"。

特林布尔上尉从不知道他的上司们到底对他有何等评说。他所知道的就只是自己做了对的事，但是并没能做得更好。行吧，一切都结束了。他麻利地进了飞机，关上舱门。

*

最后一架 C-47 的机轮离开了波尔塔瓦的跑道。

最后的一丝联系也断了。美国曾来过这里，现在她走了。那小小一方脆弱的西方小岛被环绕在红色潮水间，淹没不见了。

---

① 有一点很重要，担任波尔塔瓦指挥官是罗伯特唯一一件超常的官方任务，然而在希尔写这封信时，他才只上任一个月。而他被正式记录在册的工作，即担任行动副官（对于东线指挥部来说）又是非常鸡肋的。所以很明显，希尔此处的"超常性"暗指的是特林布尔上尉那未被记载的真实任务。

特林布尔上尉为他所得到的付出了巨大代价。他看到的和经历的，远超一名战斗飞行老兵的视线所应及的。死亡的恐惧笼罩着他，但更让他揪心的是背叛：在他眼里，美国人向斯大林卑躬屈膝，用一场愚蠢的交易出卖了波兰。

波尔塔瓦消失在视线外，罗伯特坚信自己能把那种恐惧、沮丧，还有战争里让人反胃的行径彻底抛在身后。但是他没有。他把它们都带走了，锁在心里。

战争要他付出的代价，他还远远没有付清。

*

C–47 中途停靠在莫斯科，还有一些手续要处理，里奇准将也要回到大使馆的岗位上。罗伯特被提升为少校一事一直没有兑现，但里奇准将在短暂的相处中已和他成了朋友。他向罗伯特承诺会过问这件事，也支持他，但仍然没有下文。这几天罗伯特的脑子一直晕乎乎的，他只能把问题归咎于他在担任指挥官期间有什么过失。“莉迪亚”和那个糟糕的醉酒之夜又回到脑海里，这让他浑身发冷。不过他从没发现还有别人也知道这件事，晋级受阻肯定不是因为这个。

晋升军衔的消息再也没有到来，更可能的一个原因是，不再有他的一席之地了。战争趋于尾声，东线指挥部渐渐失去了作用，解散就在眼前，完全不再需要一个富有活力的新少校。当然，还有其他可能的原因，而这原因会在他回家路上的另一站显现出来。

C–47 从莫斯科起飞，途径柏林和法兰克福。这是罗伯特第一次双脚站在敌国的领土上，脚下是他曾投下几吨弹药的土地。这两个地方被彻底摧毁了——就像他在俄罗斯或波兰所看到的那样——骄傲又好战的德意志第三帝国人民现在沦落得赤贫如洗。他不愿细想，迫不及待离开了。

他在法兰克福接手飞机，自己飞完了下一段旅程。在巴黎，几个月来他第一次感到重回了自由的世界。这座城市几乎没有被战斗和炸弹侵害，西方势力正占上风。在法国这个半敌意国家里，罗伯特身为少数派的一员，却奇怪地发现这里到处都能看到英国和美国的大兵，他们半躺在人行道上的咖啡厅里，和当地的姑娘在大庭广众下手挽手散步。到最后，家这个词，总算有点眉目了——一个真实、确切存在的地方。

在巴黎，罗伯特意外收到了邀请，请他参加为卡尔・A. 斯帕茨将军举行的欢送宴会——斯帕茨即将卸任战略空军指挥官，前往太平洋战场指挥驻扎在那儿的空军。[①] 罗伯特搭车来到位于圣日耳曼昂莱大街的指挥部，那里之前是巴黎西郊的皇家行宫。这个地方有很多辽阔的城堡庄园，直到一年前成了德军指挥部。罗伯特又一次和那些地位高出他一大截的人站到了一起。在欢送宴会上，各将军之中只有他一个是上尉。他们都是战略空军下属部队的指挥官，所以名义上罗伯特・特林布尔上尉也还算是他们中的一员。和莫斯科的宴会相比，罗伯特这次更加不知所措。

晚宴行将结束，斯帕茨将军来到罗伯特身边和他握了握手。像罗伯特熟知的很多将军一样，斯帕茨也是 55 岁左右，出乎意料地

---

① 很多传记中写到斯帕茨在 6 月初前往华盛顿的美国陆军航空队指挥部上任，7 月底才前往太平洋战场。但实际上 6 月底他仍在欧洲，6 月 13 日到 14 日又重新掌管美国战略空军。6 月 27 日，他访问了法国的默伦机场，视察那里的美国飞行员试飞缴获的德军梅塞施密特 Me-262 喷气式战斗机。

和蔼，但感觉在他温和的外表之下内心坚硬如铁。斯帕茨听说过这位年轻上尉在苏联工作的好评。在短暂的谈话中，他们发现原来彼此都是宾夕法尼亚东南部人。斯帕茨在波伊尔镇长大，是距露营山60英里的小镇，父亲是当地的一个送报员。身为政客，斯帕茨在哈里斯堡的宾夕法尼亚州议会还拥有一个席位。

“以前在美国退伍军人协会里，我们和波伊尔镇打过棒球比赛[①]，”罗伯特沉浸在童年的回忆中，却忘了注意自己的措辞，“把他们打了个屁滚尿流。”

斯帕茨将军气急败坏：“你说什么？”

罗伯特脸一下红了，开始退缩。对于罗伯特对他家乡的侮辱，斯帕茨只是一笑了之。“一起抽根雪茄吧，上尉，”他提议，“我想和你单独谈谈。”

他们走出房间到了阳台上，俯瞰夏夜黄昏中的圣日耳曼。斯帕茨和罗伯特说了一会儿琐事，直接进入正题。“我不久就要去太平洋战场了，”他说，“我刚失去了一位助手，正想要一个合适的人来接替他。”透过烟圈的雾气，斯帕茨看着罗伯特，“你就是那个合适的人，我听过他们对你的夸奖。”这个提议让罗伯特出乎意料，他不知道要说什么，头脑也是空白的。

“如果你接受的话，”斯帕茨继续说，“你的上司一直缠着我要让你提升军衔，我会让你如愿以偿的。”

去太平洋当斯帕茨将军的副官，真是一笔好买卖。可是从另一个方面看，罗伯特已经有过教训，要警惕那些听上去很可口的提议。根据过去的经验，他很有可能会被骗，如果接受这个任务，一个月

① 美国退伍军人棒球队是（现在也是）美国的一个青少年棒球社团，1926年由美国退伍老兵协会创立。

后，自己就得偷偷摸摸走在缅甸丛林里，身上穿着装钱的背心，里面的日元和他的心脏一起晃荡不停。

见到罗伯特犹豫，斯帕茨给他说了更多关于这个任务的事。现在美军正策划一项秘密任务，远超出罗伯特所有的想象。他们计划针对日本开始一轮全新的、全世界从未见过的空中战役。一个顶级机密的项目正在训练当中，将为日本带来致命的重击。B–29轰炸机特殊大队已经组建，如果有机会，罗伯特·M.特林布尔上尉，不，少校，将会成为其中的一名飞行员。

罗伯特不知道那意味着什么，不知道该做什么反应。又是空战？那不正是他去苏联想避开的么？还有更多秘密在等着他，还要在将军们中间、在政治旋涡中周旋。谁知道会有什么结果，这可能又是一个玷污美国在他眼中形象的行动。他已经受够了破坏，受够了战争，对政治感到恶心。

斯帕茨将军用他那双忧郁的、亮晶晶的眼睛盯着罗伯特，眼神敏锐而柔和："你怎么看？"

罗伯特身体里有一小部分被说动了，他还剩下一点冲动，让他想第一时间赶到战场，心中那个少年冒险家还没有完全离开他。他想了好半分钟，然后摇了摇头。

"谢谢你长官，但是恕我不能接受你的提议。我妻子在家等我，我们有一年多没见了，还有一个我从未见过的8个月大的女儿。我已经做完所有的工作了，长官。我受够了战争，只想回家。"

斯帕茨认真看着他。"我知道了，"他说，"好吧上尉，我猜我们得找找其他人了。"他坚定地握了握罗伯特的手。"保重。"说完这句话，斯帕茨走开了。

很久以后，罗伯特才知道，他拒绝的机会原来是成为一名向日本投掷原子弹的飞行员。[①]

现在他要回家了，没有人能阻拦他。

罗伯特坐在椅子上朝前倾，带着奇异的紧张感看宾夕法尼亚的山川从玻璃窗前掠过。在这条熟悉的老路上，铁路转向架在他脚下咔嗒作响，每一条银光闪闪的轨枕，每一座桥，每一个路口，都带他离家更近一步。

离开巴黎已经5天了，这5天过得不能再快。伦敦——罗伯特诡异冒险开始的地方——是第一个熟悉的经停站。然后路线又会很曲折——途径北爱尔兰、冰岛、格陵兰——终于来到他的故土。华盛顿、巴尔的摩，而现在是养育他的土地，这世上他最熟悉的地方。当你很多年后再回到熟知的地方，你会产生一种不安的陌生感。宾夕法尼亚铁路带他回家再合适不过了。参军之前，他就在这铁路上工作，旅行了整整3年，每一个连接点、每一处地标都是他的老朋友。

但是铁路上又覆盖了新的回忆。他看到铁轨出了巴尔的摩城区，仿佛看到火车车厢缓缓开出里沃夫，上面坐满了憔悴却满怀希望的男男女女。他听到匆匆的脚步声回荡在车站大厅，想起内务人民委员部军官和他的手下在等待伊莎贝尔和她的朋友们到来；他脑海中还经常浮现两条穿过比克瑙集中营拱门的铁轨，还有残坏的尸体像木材一样堆在卢布林西北部的铁轨旁。

在所有这些地方，他也留下了一部分自己，再也无法带回来。那些人现在都在哪里？他们战胜恐惧活下来了吗？有没有找到自己

---

① 实际上，可以肯定，罗伯特·特林布尔不太可能成为投掷原子弹的飞行员之一，哪怕他接受了斯帕茨的任命。509复合大队是一支专业性部队，为执行原子弹任务进行了高强度的训练。罗伯特是不可能有时间在完成B-29机型的转换后加入509大队的，更不要说参加轰炸行动了。但当时他不知道这些：美国本来预计在广岛和长崎之外还会有别的原子弹任务，且战争还会持续。

的家？是不是也带着和他一样的行李，内心也同样封锁着创伤？如果他们回到故乡，那里的风景是不是也和他的故乡一样，看上去格外新奇？

火车出了纽约，罗伯特向前坐起，用手指敲着窗台。火车提速开入萨斯奎哈纳山谷，慢慢驶入他故乡的郊区。他的呼吸急促起来，心怦怦直跳。难以相信勒莫宁现在就在窗外闪过。如果站起来眺望，应该还可以看到赫梅尔大街。火车轰鸣着开上萨斯奎哈纳大桥的时候，他站了起来，两手发颤。一眨眼，他隐约就看到了哈里斯堡车站的红砖和车库屋顶。火车滑行穿过一道拱门，停了下来。

罗伯特拖着行李袋从门里挤了出去，加入大兵、水手还有平民的大军，蜂拥跨入站台。他的眼睛在人海中扫过，看到了那张熟悉的脸孔，朝她走去——是她！罗伯特加快了脚步，双脚似乎从身下消失，他飘过人群，把行李袋往地上一放，一把将她揽入怀中。

“罗伯特！哦！罗伯特！”埃莉诺惊叫起来，“罗伯特！”他感到她的泪水浸湿了他的脸，他深吸了一口她的气息——他不会忘记这股气息，他好像又回到了沃斯堡湖边的那个夜晚，在那里他们一路走向共同的家。埃莉诺的气息还带他回到了更早之前，那时他们还都是天真无邪的孩子，还未经历战争。

他揽着埃莉诺，不知过了多久，好像一个快要溺水的人紧紧抓住救生船。隔着一臂之遥，罗伯特凝望她那动人却消瘦的五官，埃莉诺眼睛哭得红红的，但是一直在笑，她顾不得喘气，一遍又一遍告诉罗伯特自己有多想念他。（直到罗伯特后来回忆这一段时，才想起他当时始终没有哭。）

还有另外一个人，正安静地坐在一边的长凳上，充满好奇地看着她妈妈在拥抱一个陌生男人。

“卡罗尔·安，”埃莉诺说着把她抱起来，“这是你爸爸。”

罗伯特的目光与这小脸相对，一时说不出话来。此刻，另一张婴儿的脸涌入脑海——在大雪纷飞的森林里，那张苍白、冻僵了的小脸。他努力摆脱掉这景象，伸出手去抱他的女儿。卡罗尔·安却朝后躲，用小手拼命打他，在他的鼻子上捶了一拳，然后拧起脸尖叫。

“宝贝！”埃莉诺发窘地说，“这是你的爸爸，爸爸回家了。”

罗伯特笑了，但是内心一痛，他被卡罗尔·安的冷淡伤到了。回家并不像他想的那么容易。

*

虽然已经回到家，但他还没退伍，所以也许还会被召回，甚至有微小的可能性会再次投入战斗。看上去太平洋战场的战役会拖延更长时间。无论参与斯帕茨将军的特殊任务与否，罗伯特最后还是有可能会参加对日的空战。

但是他现在明白了，根本不必去担心这些，因为他并没有把战争留在身后。战争一直如影随形，渗入他身体的每一个部分，在家中滋生蔓延。回家两个星期后，罗伯特还是无法安定下来。他神经紧张，暴躁易怒，皮肤之下像埋了枚地雷，最细微的触动就能引爆潜伏的盛怒。

家一点也不像家，更像个陌生的地方，和乌克兰没什么两样。卡罗尔·安不再一看到他就尖叫，但是她有事只找埃莉诺，根本不睬他。而且虽然他想起来就觉得惭愧，但其实埃莉诺一直在惹他生气。他不喜欢待在她身边。埃莉诺根本就不懂，不知道他目睹过什么，永远不会知道，也想象不到，他无法就这些事和她好好谈谈。

罗伯特尽可能自己一个人待着，安安静静在萨斯奎哈纳钓鱼，打发无止境的时间。

在等待军队决定他的去留时，罗伯特想过平民的生活。埃莉诺希望他再回到铁路上去工作，但是他想要继续飞行。他开始偷偷看民航飞行员的招聘广告。在无所事事的时间里，他逐渐迷上了他那把军用柯尔特手枪，就是在斯塔舒夫吓退苏联上校的那把。他把枪放在卧房梳妆台的抽屉里，不断地拿出来，擦拭它。

每天他都拒绝回忆过往，但是过去仍会在噩梦中袭来，甚至在他醒着的时候也会。突然就有一枚弹片擦身飞过，碎片穿透金属发出尖厉的啸声，再飞过弹药爆炸的上空。他紧张得胃痉挛，努力稳稳瞄准目标，轰炸机的半边被炸开，直接掉到了地上。还有堆在一起的、冰冷冻僵的尸体，从小屋里漫出来，躺在肮脏的雪水中。那饥肠辘辘、几乎冻死的婴儿，正蜷缩在大衣里。窗子下、街道上的枪声，女人一下子就停止反抗死去。还有那些让他怒气翻涌的场景：无动于衷、扬扬得意的苏联军官，卑躬屈膝、唯命是从的美国将军们和外交官们；当波兰成了斯大林的前院，到处都是秘密警察和暗杀，他们还在品香槟、打网球。

埃莉诺很害怕，也不知怎么才好。她发现了罗伯特的变化，但不明白其中的原因。他终日都心不在焉、情绪无常。罗伯特对埃莉诺来说就像黑暗中的一线光亮，支撑她努力维持这个家，度过寂寞的岁月等他回来。但是罗伯特带回家来的却是幻灭和恐惧。他们之间的浪漫再也没有被点燃，只剩下阴郁的沉默、不时的争吵，还有罗伯特长时间的独处。罗伯特把她关在门外，嫌她烦人，可是她不知道这是为什么——而且他还老是玩弄那把糟糕的手枪。

星期五晚上，为期一星期的军事训练后，罗伯特回到家，埃莉诺鼓足了勇气想和他好好谈谈。一看到他的脸，埃莉诺又不敢说话了。她问他到底是因为什么，罗伯特却说根本没什么问题。埃莉诺问，既然这样，为什么这段时间他都表现得如此古怪？

这句话好像在露肉的伤口上戳了一下。罗伯特爆发了，他破口大骂："你不会懂的，你他妈一点儿都不懂！我们在那边看到的东西，你这种留在家里的人根本就看不到！你还指望我回到家，好像什么都没发生一样吗？"

他的眼里喷出火来，埃莉诺向后退缩，但还是大着胆子说："问题就在这里。我真的不明白，我也不知道，所以你怎么能怪我呢？怪我装作什么都没发生过？"

"你真想知道？好，我告诉你。这家里没一个人知道战争到底是个什么样。战争血淋淋、愚蠢至极、毫无人性！别人告诉你是德国人在搞鬼，但是所有人，苏联人，甚至我们，都不是好东西。有人在饿死，可是没有人会为他们做一点事。那些人还折磨他们，谋杀、强奸比比皆是。我还看到有人被杀死，断成了两截，我……我把一个小婴儿抱在手里，她……她死了。"他的声音开始失控，"还有莫斯科那些该死的政客，出卖了所有人——波兰人，甚至他们自己的百姓……"

罗伯特情绪过于激动，说不出话来，手捂在脸上啜泣。埃莉诺吓坏了，她听得心碎，伸出手想安慰罗伯特，但是他把她甩开了。

"我们没有这个资格！"他对她大吼，"我们没有资格那么开心地活在温暖中，假装这个世界很美好！"

他推开她走了，埃莉诺还没来得及喊他的名字，罗伯特就把门甩上，走下楼梯来到大街上。埃莉诺听到车发动又开走了。

埃莉诺坐下来，吓得不知所措。她身子颤抖，泪水上涌，快要把心都哭出来了。身边的一切好像都被摔成了碎片，她不知道要做什么。她彻底迷惘了。她知道战争很可怕，但是……但是罗伯特又怎么会看到他描述的那些东西呢？他不是去苏联做渡运飞行员的吗？他怎么看得到呢？

罗伯特的话让她心寒。也难怪他是如此的崩溃，但这怎么能是她的错？埃莉诺的希望也熄灭了。她那个性情温和、深爱着她的丈夫，是她亲自送他踏上战场的，却再也回不到她身边了。

华盛顿的电报来的时候，埃莉诺正独自和卡罗尔·安在一起。甚至到现在，电报也还是让她心惊肉跳，那么多年来对战争部电报的恐惧已经让埃莉诺有了条件反射。电报是给罗伯特的。他现在在部队里有点事，所以埃莉诺打开了它。消息短小简练，要求特林布尔上尉向美国空军指挥部报到。

考虑到情况可能很紧急，埃莉诺给罗伯特打了个电话。他们之间的对话已经紧张到了剑拔弩张的地步，所以她只是把电报内容念给了他听。

罗伯特搞不懂电报是什么意思，他也从来没听说过这名给他发电报的高级军官，文中也没有暗示要他去做什么。那晚他回到家，直接就上楼收拾东西，为了早上会见上司的时候精力充沛，他需要在华盛顿住一晚。

离开家的时候，罗伯特看上去心情比平时要好一点，和埃莉诺分别的时候他装得很热情。他想，有可能他终于要为所做的事得到一些认可了。也许有人——斯帕茨、迪恩或是里奇替他说了话。他们当然不会公开他的秘密工作，但是这些权贵却如同及时雨，承认了他的努力是被上头认可和赏识的。这并不会治愈他的伤痛，但也许能有所缓解。

第二天早晨，罗伯特走出酒店来到灿烂的阳光中，几个星期来他第一次有了笑容。他打了一辆出租车到五角大楼，这座建筑物仍近乎崭新、规模宏伟。他找到美国陆军航空队的部门，向前台报到。一名工作人员陪同他来到发电报的那位将军的办公室。一进到办公室，罗伯特就觉察到这场会面和他想的不一样。

这个将军举手投足间好像连距战区一百英里的地方都没去过，他的态度十分冷淡且不友好。将军从桌面上拿了一沓文件。"我有一份文件，上面有东线指挥部存在时期内，苏联境内发生的各种事件。我知道你曾经当了一段时间的指挥官。"他说话阴阳怪气，好像暗指东线指挥部一定是缺人缺到没有更好的人选了。

罗伯特下巴紧绷："是的，长官。"

"看起来你得对几件惹怒苏联官方的事负责。包括拒绝给某一位苏联飞行员授权许可，而且还要求他停飞；拒绝让你的人参加苏联的欧战胜利游行；苏联禁止苏占前线地区一切未经授权的美国行动，这条飞行禁令你也几次三番地违抗——"[①]

"长官，不是这样的，"罗伯特打断他，"东线指挥部全员都参加了欧战胜利日的庆典[②]。（没有人比他更清楚这事，一想到那个醉酒的夜晚他还是怕得很。）那名苏联飞行员是他自己飞行技术不过关，让他飞相当危险。"

---

① 关于罗伯特·特林布尔在东线指挥部的表现有两种截然不同的观点。研究东线指挥部历史的历史学家埃尔伯特·里帕斯基少校对罗伯特担任指挥官一事态度轻蔑。把罗伯特叫到华盛顿的那位不知名将军，很可能就是听到了里帕斯基所宣称的版本，因为最早从 1944 年 12 月开始，里帕斯基就在为战争部提供关于东线指挥部的报告。

② 特林布尔上尉一开始是拒绝参加的，因为几天前迪恩将军通知他们，东线指挥部即将解散撤离，他的人正忙于处理行政上的紧急事务。后来这一命令被撤销了。特林布尔上尉马上就此举引起的误会向科瓦廖夫将军道歉，并批准美国人参与庆典。

将军瞪着他，完全不顾他说的话继续道："……在这些行动中，你，特林布尔上尉，是一名共犯。你私自带领美国、英国的战俘到波尔塔瓦，还把他们伪装成陆军航空队的飞行员。还有，好像你还不过瘾，还拿着手枪威胁一名苏联高级军官。对此你否认吗？"

罗伯特无话可说。

"那么你对这些有什么要说的吗？"将军把文件从一沓纸里抽出来，递给他。

罗伯特一眼就认了出来，一阵晕眩。那是他作为指挥官写的或签署的几十份日常情况报告。日期从他心情最低落的那刻开始——他被迫对苏联人的要求唯命是从，也就是金中尉被军事法庭审判，西恩德洛夫被逮到莫斯科处决的时候。他在文件边缘用大大的字写上：为美利坚感到可耻。

"这是什么意思啊，上尉？我可吓坏了，一位身居指挥官要职的美国军官居然能如此不爱国，真是丢人现眼。"

这下罗伯特也炸了："你当时在那里吗，长官？你到底经历过战争没有？"

将军仍瞪着他："这有关系吗？"

"这怎么没有关系？你怎么敢质疑我，还有我们那里所有人的爱国之心？我们所经历的东西你根本就看不到，你也不知道我们为此付出了什么！我们为国家做牛做马，却还要眼睁睁看着和你一样的政客把她的荣耀出卖给一个独裁者！"

"注意你的言辞，上尉！"

"我乐意的时候我自然会注意！现在，你可以告诉给你这些文件的人——"

"我说了注意你的言辞，上尉！有点礼貌，不然你在美国空军的日子就屈指可数了。”

“已经屈指可数了！我已经递交了退伍申请！”

将军生了几分钟的闷气，气得声音嘶哑地吼道：“上尉，你被开除了，从我的办公室滚出去！”

罗伯特找回了他所有的尊严，向那个将军敬了个礼，转身出了门。

*

家里安安静静，没有人在家。罗伯特在门厅里站了一会儿，一言不发，听着家里的动静，但他所听到的都是大脑中的撞击声。

从华盛顿回来是一个耻辱。他从五角大楼直接到酒店，搭上了最早的火车回到哈里斯堡。他走进联合车站，和上个月第一次回国看到这个车站一样，仍有一种奇特的异地之感，建筑物看起来如此像里沃夫和克拉科夫的火车站，他几乎能感觉到靴子下的冰雪，还有紧张的气氛。看到一大群大兵、水手出没在本应该有三五成群的难民和苏联红军卫兵的地方，他很不适应。

回家的一路上，他义愤难平，困惑和绝望不停撞击他的脑袋。事情怎么会变成这样？他经历了这一切，能付出的都付出了，却被人这样责骂，说他不爱国。他是如此渴望回家，却只发现，相比站在战争的风口浪尖，在家中对他更是一种折磨。他快没有家了。很快，他的婚姻也岌岌可危。

罗伯特一次跨两级台阶，大步走进卧室。他直接走到梳妆台前，猛扯开他放着柯尔特手枪的抽屉，在一摞内衣里翻啊翻，可那把手枪不知去了何处。他被怒气冲昏了头脑，直接把抽屉拉出来，整个倒在床上；然后又抽出第二个抽屉，还是不见手枪。

“这是不是你想找的东西？”

他转过身，埃莉诺正站在门口，手里拿着柯尔特手枪。

罗伯特僵住了。埃莉诺不情愿地握住手枪，好像那是一个有毒的动物，但是她的手指扣在扳机上，甚至从罗伯特那里也可以看到保险被拨开了。“你在找这个吗？”她又问了一遍，笨拙地把手枪对准罗伯特，罗伯特胃里顿时翻江倒海，“好，在我杀了自己之后，你可以拿去，也一枪崩了自己。到死我都跟你走。”

罗伯特一动不动站在那里，埃莉诺骂他的时候，他越来越害怕，心也跌到了冰点。“我不知道你在战争里经历过什么，我当然不会知道，但我知道那一定很糟。你为此痛苦，我也是，罗伯特，我也受了很多苦。你走的时候我的心都快碎了，每一次邮递员喊我，我都吓个半死。我曾经那么地为你骄傲，把每一张报道你获得勋章的报纸都剪下来。你是我的英雄。”她危险地挥着手枪，“你父亲走后，小时候的你过得很不开心。但是你知道的，那种痛苦我也懂，我的父亲和母亲也让我失望透顶。但是如今他们都去世了，还有霍华德。”埃莉诺忍住不让眼泪掉下来，在说完之前，她得努力地控制住情绪，“我曾那么盼望你回家，但是现在我好像一点也理解不了你。你好像快要离开我了。”她大幅挥动手枪，“但是如果你想走，我要比你先走一步……”埃莉诺举起柯尔特手枪，指节都紧张得泛白了。

罗伯特终于说出话来：“不！埃莉诺……把枪放下。我求你了，把枪放下！埃莉诺，我爱你……”

埃莉诺只是瞪着他，通红的双眼满是泪水。枪管抖个不停，但她没有放下它。罗伯特向前一步，感到体内有某种东西正在瓦解，那是他身体里长出来的荆棘篱笆，他终于明白了生活中到底什么才是真正最重要的。“埃莉诺，你吓到我了，不要做傻事……没有你我根本活不下去。我爱你。”

他们互相看着对方。埃莉诺慢慢放下柯尔特手枪，枪从她的指间滑落在地毯上，发出砰的一声。罗伯特跪下来，用双臂搂着埃莉诺哭泣。在车站拥抱埃莉诺时，他那不情愿落下的泪水，此刻从眼眶中汹涌溢出，几个星期以来似乎已经死掉的情感让他哭得浑身颤抖。罗伯特大哭起来，埃莉诺的手臂环绕着他，把他的头按在怀中。“不要离开我，”罗伯特说，“对我来说，这世上没有任何别的比你更重要了。”

埃莉诺抚摸着他的头发，自己那颗心也快要崩裂开来。她接下来说的这句话，将跟随着他们两个人直到生命的尽头。

“我永远都不会离开你的，罗伯特，只要你永远不离开我。”

罗伯特的呼吸慢慢趋于平稳，平静与祥和重新降临在他身上。他感到有人在轻轻拉扯他的袖子，他睁开眼，透过泪水定睛看去。原来卡罗尔·安被他们说的话吸引，爬进了房间，她嘴巴微张，面带疑惑地看着自己的爸爸。罗伯特试探性地笑着向她伸出双臂。卡罗尔·安犹豫了一下，然后抓住了他的手指，对他也报以一个微笑。

他终于回家了。

终章　荣誉犹存

他在鸟鸣声中醒来。

有一瞬间，他的思绪在大雾中迷失了方向，不知身处何方。他想起当时自己躺在地上，热辣的阳光照着他的背部，好像有团火焰在头骨中灼烧。他觉得他应该是在花园里照料他的植物，一阵阵眩晕袭来，整个人就发起了高烧。后来他们告诉他，晕倒是脱水和低血压引起的，还有长时间在太阳底下做园艺。他能想起自己被人抬起来，移动，然后就一片黑暗了……再然后，就是鸟叫声。

醒过来的时候已是中午了。他躺在医院的病房里，而他以为的鸟叫声其实是机器轻柔的哔哔声。他在床头柜上看到了自己的眼镜，还有满是泥巴的园艺服，被折好放在一旁。他拔掉手臂上的管子，下了床，穿上湿冷的外套。他拖着脚走到走廊里，跟着日头的光亮来到医院的前台。

"我在哪儿？"他问。

他们告诉他，他现在在柳树谷庄园退休社区的养老院里。他放下心来。柳树谷庄园是他的家，这里有他自己的公寓。现在他一个人住，也逐渐习惯了独处，虽然这适应过程真的不容易。护士们要他回到床上去，他拒绝了。当一名护士来协助时，他对她不理不睬。“就让我一个人待着吧，”他脾气很冲，“去，照顾那些病人去。”

他沿着走廊走去。终于要离开养老院回家了，但是他得先去看一个人。他对这养老院了如指掌，但是多奇怪啊，刚才他居然没认出来是这里。

他熟练地转了个弯，停在一扇熟悉的门前，推开门。

她睡着了。他轻手轻脚绕过他一贯坐的椅子，在床边坐下。他将她的手放在自己手心，轻声低语说："是我。"埃莉诺睁开眼睛，呆滞地看了他一会儿，然后笑了。她的笑容让他忘却了从下床那一刻起就缠着他的疼痛。

埃莉诺在这个世界上的时间不多了。她在养老院已经住了 6 个月，一周比一周衰弱。这几十年来，他们一直在一起，要习惯没有她的生活太难了。他倾其所能要把埃莉诺留在身边，然而自身的健康却在日益衰退，直到一刻不停的看护让他也吃不消了。可是他固执又坚决，还是要来看她。

他们的手握在一起，他轻声对她说话，想让她再想起外面的世界，还有他们在一起度过的时光，尽管她再也听不懂了。“你是我的救命恩人，埃莉诺，”他说，“我数了数，你救了我三次。你第一次救我的时候，我们还只是孩子。第二次，是你让我去苏联，而不是再开始新的服役期。第三次……”他用力握了握她的手，她又笑了。

他在那坐了一个钟头，很快埃莉诺又进入梦乡，伴随她的呼吸声的是机器轻微的啾啾声和悲鸣。他把她的手放下，板着身子站起，走到了走廊上，狠狠瞪了一眼试图把他带回自己房间的护士。他走出门，来到阳光底下。

*

罗伯特把老旧的雪茄盒放在桌上，打开盖子。全都在里面——经年保存下来的物品，除了回忆，战争的遗留物就只剩下这些。他保存的东西并不多。勋章和文件都受损严重，还掉了色。它们被藏在盒子里，与世隔绝。罗伯特把它们一个个拿出来，摊在桌子上。

每一样物品都能扯出一长串的回忆，一轴支离破碎的画面，还有已记不太清的情绪，此刻，却都在他苍老颤抖的指尖活了过来。盒子的最底层，有一样东西在那么多年后仍然奇迹般地鲜艳——那是法国军功十字勋章的红绿色丝带，银色的星星早已失去了光泽，近乎发黑，可是丝带仍然鲜亮，十字也仍流溢着光彩。收到这枚勋章对他来说是一个美妙又暖心的惊喜，随之而来的回忆也一直崭新而纯粹。

那是1945年，那个多事的仲夏。他在圣安东尼奥市，心情低落地等待退伍。和平终于到来，斯帕茨带领的军人们在日本投下了那两个大家伙，战争终于结束。罗伯特在空军的经历像绕了一个圈，又把他带回了最初开始飞行训练的那个地方。一个下午，有个声音咆哮在营区上空，呼叫他去副官办公室报到，说有一道命令传来，要他前往俄亥俄州的莱特菲尔德军用机场[①]，法国政府将在那为他颁发勋章。

罗伯特感到奇怪，为什么法国人要给他勋章？而且，为什么是这个时候？然后他想起来那个下午，他在里沃夫郊外小餐馆里的那

---

① 译者注：位于美国俄亥俄州西南部，一战时成为美国空军的军事基地，用于飞机测试、飞行员训练等。

一次会面，有几张美丽的脸孔围着他凝眸注视，好像眼前站立的是位超凡的英雄。

甚至到现在，手中握着这枚年迈的勋章，触摸那颗已经灰暗的银星，他还能想起那些法国姑娘们的脸。尽管中间隔了这许多年，他仍能感觉到那些印在他脸颊上的吻。他想不起她们的名字了（要是他曾知道的话），除了一个人——伊莎贝尔。她也一定记得他的名字，也一定说出了自己的故事。

所以这就是结果，他收到了唯一一个来自官方的对他秘密任务的表彰。

他到了莱特菲尔德，那是个艳阳高照的星期日，机场热闹得像州里的市集。到处都是大兵、陆军妇女军团、吉普车和飞机，正在为秋天计划举行的盛大航空展览预热。美国战略空军将展示其最新的技术，公开展示从纳粹那里收缴来的惊人的飞机。当天有两名美国飞行员和罗伯特一起接受了法国二战军功十字章[①]。他们被告知将会由法国总统夏尔·戴高乐亲自授勋。当时戴高乐正在华盛顿访问杜鲁门总统，但是和杜鲁门总统产生了某些争执，所以这个仪式被从行程上抹掉了。法国驻美大使 M. 亨利·波奈代替他到场，将这枚美丽的铜质十字勋章别到了特林布尔上尉的胸前[②]。

勋章看上去是如此的小，却意味深长。所有那些受苦的人都被送上了前往家园和自由的旅途。但是仔细想想，只有他们的感谢才是最重要的——那些男男女女登上火车时给他的握手和拥抱，口袋

① 对罗伯特·特林布尔的嘉奖被记录于法国政府档案“第 1029 号嘉奖令，级别‘银星’”，日期是 1945 年 8 月 20 日，不幸的是正式的嘉奖文件已经丢失。

② 戴高乐于 8 月 22 日到 8 月 24 日在华盛顿与杜鲁门总统进行会谈。本次会谈气氛总体融洽，但是关于战后对德计划，美法之间在那一年一直分歧不断。

里装着他给的卢布和美元，还有他们那几乎被战争和内务人民委员部冲淡、却被罗伯特再次点燃的珍贵希望。罗伯特祈祷他们都回到了家，重新开始了生活，像他一样享受儿孙满堂的天伦之乐。

也许是时候谈谈这个故事了。距离罗伯特晕倒在公共花园里已经过去了几个月，李一直在询问关于他战争期间服役的事，想要再听一遍他儿时就着迷的那些故事。李的姐姐卡罗尔[①]也鼓励他这么做。直到现在，关于她婴儿时就发生在世界远端的遥远往事，卡罗尔都没表现出什么兴趣。但是她的孩子们也长大了，也有了自己的孩子——只有到这时，一个人才能意识到过去的重要性，才会关心历史是如何影响一代又一代人的。

罗伯特的孩子们完全不知道父亲在轰炸机飞行员经历之外的服役，在苏联的那一段往事被封锁了多年。也许是时候打开盒子，让它们重见天日了。

*

一战时期有一张众所周知的海报，目的是为了羞辱那些不愿入伍的人。海报上画了一个一脸尴尬的父亲，正被他的孩子质问："爸爸，你在战争里做了什么呢？"

每一个我这一代的男孩，都坚信他们的父亲是战斗英雄。而当我们长大后，大多数人只要知道父亲在战争中尽了力，便也就心满意足了，即使父亲们在巨大的人肉机器里就只是一个零件。他们远渡重洋去抗击暴政，结束人民所受的苦难。所以当我听父亲讲述他

① 在孩提时代，卡罗尔·安的名字逐渐简化为卡罗尔。卡罗尔自己也忘了是什么原因，只知道在她的婴儿时期，父亲曾叫她"卡罗尔·安"。

在空袭中所经历的险境和壮举时，我从没想过他还有另一半的战斗故事，他也从没对我说起。

我不太确定他的缄默有多少是因为此事所涉及的机密，又有多少是因为回忆中流过的痛苦。时间过去了那么多年，我猜，要闭口不谈只会更加容易。

讲出这个故事的确用了他很长时间。有太多的话要说了，有太多的回忆要解开，还要理清和这些故事纠缠在一起的复杂情感。在拜访父亲的时候，我尽量录下了他说的话，但仍有几个小时甚至几天的对话没能记录下来，大多数都是在我们打台球的时候谈的。他重新想起了一些被遗忘的乐事（比如他是那么的喜欢里沃夫酒店那张温暖的床，还有法国女孩们得知能重获自由时的欢呼雀跃），至少有关飞机的事一直都是愉快的。但是随着每一段回忆被挖掘，反复提起的主题就全变成了伤感和愤怒。他的嗓音因为上了年纪而粗哑，当他谈到波兰的命运时，他仍是粗声粗气，充满了愤恨。当他谈及苏联的暴行，那些被虐待和杀害的战俘时，声音又阴郁而惨淡，让人身临其境。你几乎可以感觉到铁路上和集中营里刺骨的寒气，还有那种荒芜的孤寂感。

对于他自己，他展露出了一丝遗憾，他觉得自己本还能做得更好，还有其他人——从被解职的指挥官汉普顿上校，到他没能带出波兰的那些战俘——在因为他的行为，或是因为他的不作为，而继续受苦。

像大多数进行秘密工作的男女一样——比如那两个为他提供帮助和建议的战略情报局匿名特工——他没有受到上司的赞扬。哪怕一个小小象征也好，能告诉他，他的工作是多么重要和有价值，他做得又有多么好。在华盛顿，那场最后的会面让他的自我价值感枯萎殆尽。上头告诉他，将会最大限度给他一个“让他满意的”评价，但是不可能再有任何机会升迁。

他再也不会知道，他的直属上司希尔将军和迪恩将军，为他向斯帕茨上将说了什么——他们称赞“他的服役和表现都非常杰出”，还说作为一名指挥官，他极度出色地履行了职责。

*

当我了解了所有掩埋在故纸堆中的真相时，已经来不及告诉他了。但是终其一生，我们几个孩子——卡罗尔、罗伯特和我，都对他的话深信不疑。

父亲的最后时刻仍历历在目。在他生命的最后几个小时，我就坐在床边。他说不了话了，意识也时有时无。我抓起他的手说：“爸爸，如果你能听到我说的话，就握一握我的手。”他突然很用力地握紧了我的手，把我吓了一跳。

看来他仍和我们在一起。我心里一暖，继续说：“现在你可以去见妈妈了，去见妈妈埃莉诺。为家人，为国家，为整个世界，你已经完成了所有能做的事。你永远都不知道我们有多爱你，有多感激你。”

据我记忆所及，那是我对他说的最后一句话。

罗伯特·特林布尔从没想过要成为一个英雄。他只是想飞上天空，去尝一尝他所认为的战争和冒险的滋味。但是当需要他超越自己使命的那一刻来临，他也义无反顾地去了，并尽其所能，不惜以生命做赌注，把他的同胞们安然无恙地带回了故土。

致　谢

从开始写这个故事到最后的校订，这本书和它的两位作者一路而来得到了众多热心和天才人士的帮助。

迈克尔和约翰·卡鲁塔在早期调查中对我们帮助良多。他们提供了大量照片、胶片和文件，这些资料都来自他们的父亲威廉·R.卡鲁塔中尉。东线指挥部存在期间，卡鲁塔中尉也在波尔塔瓦，并成为东线指挥部的官方历史学家。

威廉·麦克劳德热心提供了他父亲唐·麦克劳德中士的回忆，以及蒂尔曼中尉机组在波兰和乌克兰期间的照片。威廉还帮助我们对照片出处进行了查找和辨认。唐·尼克尔森（前美国陆军航空队少校）向我们讲述了他在波尔塔瓦和利沃夫的故事，还有在东线指挥部期间，他参与的机组人员营救工作，在辨认照片及获取文件复本上我们也得到了他的鼎力相助。

感谢威戈利亚一家慷慨允许我们阅读战俘的回忆录，还有关于鲁迪·威戈利亚中士的报道剪报。威戈利亚中士的儿子阿尔和孙子约瑟夫还和我们探讨了鲁迪在诺曼底和波兰的经历。

493轰炸机大队（总部）纪念联合会的戴维·施密特提供了关于

该大队任务的大量信息，包括原始任务文件的复本和手稿。奥斯汀得克萨斯军事博物馆的丽萨·谢里克多也展示了蒂尔曼中尉捐献的信息和照片，这帮了我们很大的忙。

关于追查罗伯特·特林布尔获得法国二战军功十字勋章一事，要特别感谢杰洛姆·维兰以及来自法国国防与退伍军人事务部的米歇尔·齐米缇卡中校。在早期的调查中，麦克·阿兰德贡献了一臂之力，让我们得以再次见到罗伯特·特林布尔和蒂尔曼机组当年签名的那张纪念纸币。还要感谢波兰“战斗飞机寻找行动”的麦克·穆夏，和第 96 轰炸机大队联合会（英国）的杰夫·沃德，是他们给了我们蒂尔曼机组历险的宝贵资料。感谢唐·谢利，他建立的网上相册让我们顺利查找到美国空军档案照片的出处。感谢伊莲娜·科特洛布拉托娃，是她慷慨相助，让我们可以使用乌克兰利沃夫乔治饭店的照片（前身是波兰里沃夫乔治饭店）。

还要一并感谢的是华盛顿国家档案和记录管理局，以及剑桥大学图书馆工作人员，他们在馆藏文件方面提供了我们极大的方便。

感谢娜塔莉·罗森斯坦、罗宾·E. 巴列塔，还有企鹅 / 伯克利出版的每一个人，感谢你们对这本书充满信心。特别感谢我们的出版代理人安德鲁·劳尼，是他看到了罗伯特·特林布尔上尉故事的潜力，才把我们两个聚在一起，共同讲述它。

最后，我们衷心地向卡罗尔·特林布尔·明尼克和罗伯特·霍华德·特林布尔，也就是李的姐姐和弟弟致谢，感谢他们的帮助和支持，让他们父亲的战斗故事公之于世。我们还要感谢李挚爱的妻子罗宾和孩子们，瑞秋和亚伦，是他们不知疲倦地一遍遍阅读这个故事，并给予我们诚挚的意见和鼓励。

图片资料

1945 年 1—2 月，罗伯特·特林布尔上尉从英国飞往乌克兰的航线。

制图：德龙菲尔德

1945 年初，罗伯特·特林布尔上尉在东欧的行动区域。　　制图：德龙菲尔德

1944年7月6日，罗伯特·M.特林布尔上尉（站立者，左二）和机组成员于英国德巴赫空军基地与他们的B-24“酒贩子”合影留念。那天是他们第一次执行战斗任务，负责轰炸位于法国的一个V-1飞行炸弹仓库。

特林布尔家族提供

1945年1月，萨福克郡德巴赫，493轰炸机大队指挥部。

美国空军提供

编队飞行的波音 B-17G“空中堡垒”轰炸机。（这是罗伯特熟悉的机型。）

美国空军提供

道格拉斯 C-47“空中列车”。（1945 年 1 月 29 日，罗伯特乘 C-47 从德巴赫飞抵法国。）

美国空军提供

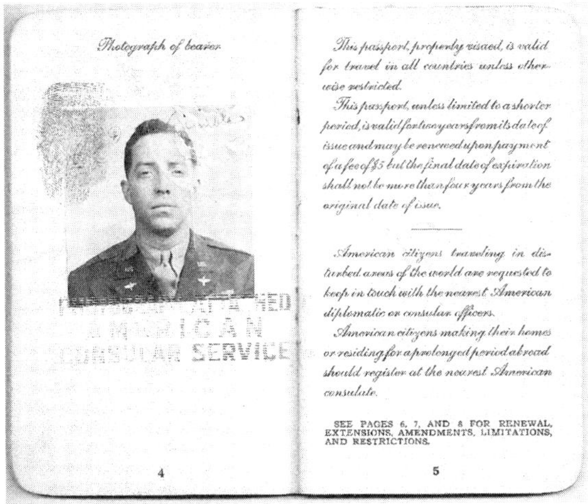

1945年1月22日颁发给罗伯特·M.特林布尔上尉的2242号外交护照，照片页。

特林布尔家族提供

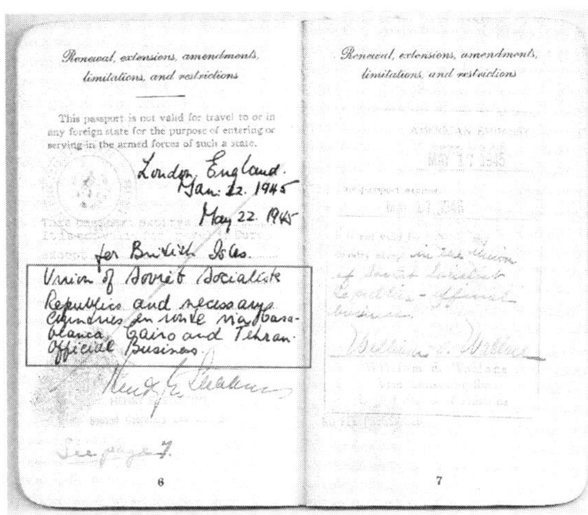

1945年1月22日颁发给罗伯特·M.特林布尔上尉的2242号外交护照，第6页，上面列出了该护照许可抵达的一系列地区和国家。

特林布尔家族提供

现存的唯一一张摄于 1944 年 1 月 21—22 日德国空军夜袭波尔塔瓦期间的照片。

美国空军提供

（左）1944—1945 年冬，托马斯 · K. 汉普顿上校在波尔塔瓦。

美国空军提供

（右）托马斯 · K. 汉普顿上校（右）和迈克尔 · H. 科瓦尔少校（中）以及苏联的佩尔米诺夫将军。

迈克尔 · 威廉 · 卡鲁塔的私人收藏

1945年2月，埃德蒙·W.希尔少将（左），一位不知名英国军官，还有美国驻苏联大使威廉·埃夫里尔·哈里曼在前往雅尔塔参加会议时，经停波尔塔瓦的合影。

迈克尔·威廉·卡鲁塔的私人收藏

1945年元旦，红军翻译迈娅（右侧坐者）和加利亚在波尔塔瓦。

迈克尔·威廉·卡鲁塔的私人收藏

里沃夫，乔治饭店。

伊戈尔和伊莲娜·科特罗布拉托娃提供

1945年2月，阿诺德·伊克拉中士（左）和阿诺德·A. 蒂尔曼中尉在波尔塔瓦。

蒂尔曼中尉的私人收藏，得克萨斯州奥斯汀美军马布里营的得克萨斯军事博物馆提供

1945年2月，蒂尔曼的纪念纸币。在上面签名的是蒂尔曼中尉机组内的军官，还有“R.M. 特林布尔，陆军航空兵团上尉”。特林布尔的签名在纸币正中央，紧挨“ONE”上端。上方边缘是科尼利厄斯·达利中尉的签名，右边边缘正是所谓的“乌克兰战斗英雄”及日期“（19）45年2月25日”。蒂尔曼中尉自己的签名在纸币背面。

麦克·阿兰德的私人收藏

1945 年 4 月，北美 P–51D“野马”战斗机正在波尔塔瓦空军基地接受维护。（罗伯特曾接到命令，要他找回一架“野马”及其飞行员，但他没有找到。）

美国空军提供

（左）罗伯特 · M. 特林布尔上尉，摄于美国营区和波尔塔瓦指挥部之间的一条小路上。

迈克尔 · 威廉 · 卡鲁塔的私人收藏

（右）鲁道夫 · 威戈利亚中士（罗伯特营救的一位集中营前战俘）。

鲁迪 · 威戈利亚家族提供

1945 年 4 月 11 日，波尔塔瓦的飞机。后面是 C–47 和正被抢修的 B–24，画面前方的 B–17“空中堡垒”轰炸机是马龙 · 金中尉的飞机“美国少女号”，他此时正在波尔塔瓦等待军事法庭开庭。

美国空军提供

1945 年 4 月 12 日，B–24“朱迪斯 · 安”在波尔塔瓦机场。停留一段时间后，接待团离开，地勤人员在照料这架飞机。

美国空军提供

1945 年 4 月 12 日，S.K. 科瓦廖夫少将和约翰 · R. 迪恩少将在波尔塔瓦。

美国空军提供

1945 年 4 月，罗伯特 · M. 特林布尔上尉在波尔塔瓦。

迈克尔 · 威廉 · 卡鲁塔的私人收藏

国旗护卫队带领方阵行进穿过美国营区，前往美国总统富兰克林·D. 罗斯福的追悼会。

美国空军提供

1945 年 4 月 14 日，在剧院举行的富兰克林·D. 罗斯福总统的追悼会。新任指挥官特林布尔上尉坐在前排最左侧。前排最右端是即将离开的指挥官托马斯·K. 汉普顿上校。

迈克尔·威廉·卡鲁塔的私人收藏

1945年5月20日，威廉·卡鲁塔中尉和克洛蒂尔德·卡鲁塔中尉（婚前姓戈沃尼）在波尔塔瓦军官俱乐部里，为罗伯特·M.特林布尔上尉分发结婚蛋糕。卡鲁塔佩戴莫斯科美国军事代表团的肩章，上有一只美国鹰，以及西里尔字母（斯拉夫语族的字母系统）转写的“美国”。

迈克尔·威廉·卡鲁塔的私人收藏

波尔塔瓦东线指挥部的军官们（从左至右）：唐·尼克尔森少校、威廉·卡鲁塔中尉、罗伯特·特林布尔上尉、不知名军官、迈克尔·科瓦尔少校。

迈克尔·威廉·卡鲁塔的私人收藏

1945年夏，刚回国不久的罗伯特和埃莉诺·特林布尔，还有他们的女儿卡罗尔·安。

特林布尔家族提供

（左）罗伯特·M. 特林布尔所获勋章及奖章：（上排从左至右）杰出飞行十字勋章、铜星勋章、欧非中东战役奖章（共获得7次）、第二次世界大战胜利奖章；（下排从左至右）航空奖章（共获得6次）、美国本土战功奖章、带银星的法国军功十字勋章、“伟大卫国战争”胜利15周年纪念奖章。

特林布尔家族提供

（右）2009年，罗伯特·特林布尔。

特林布尔家族提供

译后记

对于军事爱好者而言，本书无疑信息量巨大且惊心动魄。但我一直在想，这个故事对于我们普通读者又有什么意义？换句话说，它是否仅是一次二战秘闻的披露而已？

最初接触本书是一年多前，编辑问我，有个二战飞行员拯救战俘的故事，你感兴趣吗？我看了一眼就觉得我不可能翻译这书。第一，我当时只是个初出茅庐的新闻系学生；第二，我极少看战争题材的小说与电影，对二战的认识仅限于中学课本。但拒绝之前，我把前言看了一遍。不同于我想象的打打杀杀的枯燥情节，在前言里，我看到一个老人在生命的最后几年，因为一次意外才对儿子吐露了早年的英雄壮举，而这壮举却终因种种无意的误会和有意的掩饰，遗憾地尘封在了历史中。

我模糊意识到这个故事也许有其与众不同的地方，我决定试试。

第一章我就碰壁了，轰炸机型号、军衔、飞行与军事术语、东线战场的各种地名把我弄得晕头转向。说来惭愧，除了翻译原书内容，我不得不花大量额外时间在网上和各类参考书中埋头搜索。第一章中，军服俗称“红绿配”（pinks & greens），这个说法属于美军内部的俚语，在一般字典中很难查到，我也是机缘巧合才在美国军迷的网站上找到了相关历史和解释。第九章电报里的“rte”我也一直弄不明白，直到看电影时看到有电报的相关情节，才知道原来是“route”的缩写，是“某某某寄送”的意思。一开始，我一天连三四段都翻译不到，觉得整本书像是不可能完成的任务；但后来我发现，无论翻译中遇到的名词多么陌生，资料多么没有头绪，只要肯花时间，我就一定能弄明白。

翻译开始后的两三个月，我渐渐成了一个初级专家。我购买了《空中英豪》等讲述二战美军轰炸机的书籍，专门看了二战美军空军的教学片，观看轰炸机模型，搞懂轰炸机各个舱室到底有何作用，直到对美军二战期间更换的轰炸机机型、飞机绰号、发动机牌子如数家珍。为了准确翻译术语，我还特意向一位民航从业者（轰炸机飞行员实在是生活中接触不到的物种）咨询了飞机起飞、降落、迫降的知识。

波尔塔瓦、B–17“空中堡垒”、P–51“野马”、杰出飞行十字勋章、防空气球、飞机失速……这些名词在翻译的时日里与我日日相伴，虽然它们仍与我的现实生活毫无关系，却给我极大的信心，本以为无法完成的译稿，在手中越来越厚。

随着翻译的深入，我也跟随罗伯特·特林布尔经历了他的冒险。他在雪地里艰难跋涉，在林间摆脱特务的跟踪，在废弃铁轨旁走过一排排冻僵的尸体；他独自在暴风雪中驾驶飞机，在集中营直视惨剧，在他乡孤军奋战。他一个人救出了上千名战俘和劳工，是他们眼里的大英雄，是回家的希望，可故事却没有英雄衣锦还乡的标准结局。罗伯特被自己的国家误解，被没有上过战场的军官臭骂，尊严尽失。这个救了那么多人的英雄救不了自己，他被午夜的噩梦惊醒，被战争的余热摧残，心理压力让他与妻子差点决裂。他心心念念的那个祖国，直到他去世都没有正式承认他的功绩。如果不是他暮年在花园里意外晕倒，我们也许永远不会知道这个波澜壮阔、荡气回肠的故事。

古往今来，大英雄们年近迟暮，光环退尽固然可惜，但世上还有的是没有光环的英雄。他们也冲在前面，付出了生命的代价，同时又如尘土般默默无闻。如果不是自己上了战场，电影《血战钢锯岭》的主角道斯永远只会以为他父亲是个不讲理的暴脾气；《敦刻尔克》中，那些好不容易回到故土的年轻战士也害怕被指责为懦夫。我们的英雄到底承受了多少，没有去过战场的人永远不会知道，没有翻译过这本书的我也永远不会知道。然后，当战争结束时，他们的光芒也湮没在废弃的战壕中。

你会说这不公平，可生活从来由不得我们想象，被勋章与鲜花环绕的标准结局可能只是童话。我们也许很努力很努力，最后也会一无所获，可就算这样，我们也不会甘心停步不前吧。

如今，回望一年多前我的译稿，当时熟悉的术语已然陌生。我有时甚至会想，这真的是我翻译的吗？我是怎么做到的？而接到了更多翻译工作的我，也难免觉得一年前的文字翻译腔浓重，还很幼稚。

1945 年，25 岁的罗伯特・特林布尔自觉不是做特工的料，不仅一个战俘都救不了，还会搭上自己的性命。2017 年，25 岁的我也感到自己才疏学浅，翻译不了这本书。罗伯特・特林布尔和我都完成了任务，他没有受到褒奖，我的翻译也一定会有错漏和幼稚的地方，但我们都做了一件自己以为不可能做到的事。回报与成绩也许不尽如人意，却阻挡不了继续向前的脚步。对英雄最好的回报不是勋章和鲜花，而是闭上双眼时一颗无怨无悔的心。

我想，大概这就是这个故事要告诉我们的。

在此，我想特别感谢浙江文艺出版社给我机会，能够翻译这样一本小说。感谢编辑夏言，感谢我的朋友们给我精神和资源上的帮助。感谢豆瓣用户“飞行的路西法”，是他不厌其烦回答我飞行术语的问题，并一次次指正我的错误。最后要特别感谢我的家人。

衷心希望你们喜欢这个故事，并请不吝指出我的错误。

译者

2018 年 12 月 22 日冬至，于深圳

BEYOND THE CALL: THE TRUE STORY OF ONE WORLD WAR II PILOT'S COVERT MISSION TO RESCUE POWS ON THE EASTERN FRONT By LEE TRIMBLE WITH JEREMY DRONFIELD

图书在版编目（CIP）数据

1945：秘密营救 /（美）李·特林布尔，（英）杰里米·德龙菲尔德著；高瑞梓译. —杭州：浙江文艺出版社，2019.4
ISBN 978－7－5339－5553－3
Ⅰ. ① 1… Ⅱ. ①李… ②杰… ③高… Ⅲ. ①传记小说－美国－现代②传记小说－英国－现代Ⅳ. ①I712.45 ②I561.45
中国版本图书馆 CIP 数据核字（2019）第 003567 号

策划统筹：曹元勇
责任编辑：周 语
封面设计：人马艺术设计·储平
责任印制：吴春娟

1945：秘密营救
［美］李·特林布尔 ［英］杰里米·德龙菲尔德 著
高瑞梓 译

出版：浙江文艺出版社
地址：杭州市体育场路 347 号 邮编：310006
网址：www.zjwycbs.cn
经销：浙江省新华书店集团有限公司
印刷：浙江新华数码印务有限公司
开本：880 毫米 ×1230 毫米 1/32
字数：264 千字
印张：11.375
插页：1
版次：2019 年 4 月第 1 版 2019 年 4 月第 1 次印刷
书号：ISBN 978-7-5339-5553-3
定价：46.00 元